Heinrich Böll:
Man muß immer weitergehen
Schriften und Reden
1973–1975

Deutscher
Taschenbuch
Verlag

dtv

Schriften und Reden
1973–1975

entnommen aus:
Heinrich Böll Werke
Essayistische Schriften und Reden 3
1973–1978
Herausgegeben von Bernd Balzer
Verlag Kiepenheuer & Witsch, Köln (1978)
ISBN 3-462-01259-2 (Leinen)
ISBN 3-462-01258-4 (Broschur)

Dezember 1985
Deutscher Taschenbuch Verlag GmbH & Co. KG,
München
Lizenzausgabe mit freundlicher Genehmigung des
Verlages Kiepenheuer & Witsch, Köln
Umschlaggestaltung: Celestino Piatti
Gesamtherstellung: C. H. Beck'sche Buchdruckerei,
Nördlingen
Printed in Germany · ISBN 3-423-10605-0

Das Buch

»Ich bitte um Einmischung«, schreibt Böll im Februar 1973 in der »New York Times«. Er verlangt, die Entspannungspolitik dürfe an den verfolgten, eingekerkerten und gefolterten Schriftstellern der Sowjetunion, der Türkei, Lateinamerikas, Spaniens, Indonesiens und Jugoslawiens nicht vorbeigehen. Am Beifall des politischen Establishments in der Bundesrepublik ist ihm freilich wenig gelegen: »Wer sich hierzulande für Solschenizyn, Bukowskij, Amalrik, Grigorenko, Maximow und Galitsch verwenden zu müssen glaubt, muß sich erst einmal legitimieren.« Die CDU/CSU und gewisse ihr nahestehende Blätter, heißt es in dem Artikel »Gefahren von falschen Brüdern«, sollten sich lieber zurückhalten, denn sie seien die ersten gewesen, die sich mit ihren Diffamierungs- und Denunzierungskampagnen gegen oppositionelle Intellektuelle im eigenen Land disqualifiziert hätten. Zu diesen Diffamierungskampagnen gehörten auch die Angriffe gegen Heinrich Böll selbst, der zu einer Zielscheibe der Terroristenpsychose geworden war. Er war der erste, den Alexander Solschenizyn aufsuchte, als ihn die Behörden der Sowjetunion im Jahre 1974 abschoben und ausbürgerten. Literarischer Höhepunkt dieses Bandes ist der »Versuch über die Vernunft der Poesie«, die Nobelvorlesung vom Mai 1973 in Stockholm.

Der Autor

Heinrich Böll, am 21. Dezember 1917 in Köln geboren, war nach dem Abitur Lehrling im Buchhandel. Im Krieg sechs Jahre Soldat. Danach Studium der Germanistik. Seit 1949 veröffentlichte er Erzählungen, Romane, Hör- und Fernsehspiele, Theaterstücke und war auch als Übersetzer aus dem Englischen tätig. 1972 erhielt Böll den Nobelpreis für Literatur. Er starb am 16. Juli 1985 in Hürtgenwald.

Heinrich Böll
Schriften und Reden

Zur Verteidigung der Waschküchen. 1952–1959 (10601)
Briefe aus dem Rheinland. 1960–1963 (10602)
Heimat und keine. 1964–1968 (10603)
Ende der Bescheidenheit. 1969–1972 (10604)
Man muß immer weitergehen. 1973–1975 (10605)
Es kann einem bange werden. 1976–1977 (10606)
Die »Einfachheit« der »kleinen« Leute. 1978–1981 (10607)

Inhalt

Editorische Vorbemerkung zur Werkausgabe 1978

Die Bände *Essayistische Schriften und Reden* 1–3 enthalten die zwischen 1952 und Juni 1978 entstandenen Arbeiten dieses Genres. Ihre Zahl ist größer, als zu erwarten war: trotz Werner Lengnings verdienstvoller bibliographischer Arbeit (W. L., *Der Schriftsteller Heinrich Böll. Ein biographisch-bibliographischer Abriß*) war doch eine Reihe von Aufsätzen, Rezensionen, etc. unentdeckt geblieben; einiges lag auch – bislang unveröffentlicht – in Heinrich Bölls Archiv.

Dennoch ist diese Sammlung nur *nahezu* vollständig: So konnte etwa die mehrfach geübte Praxis, private Briefwechsel ohne Zustimmung Bölls zu publizieren, nicht durch die Aufnahme solcher Briefe in die Werkausgabe nachträglich autorisiert werden. Dazu waren Versprechungen zu respektieren, wie Böll sie z. B. Bischof Scharf gegenüber (vgl. *Ich habe die Nase voll*, 1974) öffentlich geäußert hat, wobei die Öffentlichkeit des Versprechens nicht das Entscheidende war, wie das Fehlen einiger Texte in diesen Bänden belegt.

Verzichtet wurde schließlich auch auf Texte (zumeist Resolutionen, Aufrufe, öffentliche Erklärungen), die Böll zusammen mit anderen Persönlichkeiten verfaßt, die er zum Teil auch nur mitunterzeichnet hat.

Ein weiteres »Defizit« ist nur scheinbar: bei verschiedenen in den Bibliographien verzeichneten Titeln handelt es sich – wie sich bei den Vorbereitungen zu dieser Ausgabe herausstellte – *nicht* um selbständige Veröffentlichungen, sondern um Nachdrucke unter verändertem Titel.

Auf eine Differenzierung der Texte in Aufsätze, Kritiken, Reden, Feuilletons etc. wie in den früheren »Schriften«-Ausgaben wurde hier bewußt verzichtet, um für den Leser den Nachvollzug des »Fortschreibungsprozesses« nicht zu erschweren, in den das gesamte Werk Heinrich Bölls einbezogen ist.

Diese Absicht bestimmte auch das Prinzip der Reihenfolge, die sich grundsätzlich an der Chronologie der Erstveröffentlichungen orientiert. Bislang nicht publizierte ältere Texte wurden freilich ihrer Entstehungszeit entsprechend eingeordnet, und bei Artikelserien, Briefwechseln etc. wurde der sachliche Zusammenhang über das Prinzip einer rigiden Chronologie gestellt.

Das Quellenverzeichnis macht die entsprechenden Abweichungen von der zeitlichen Reihenfolge deutlich; es ist überdies für die folgenden Bände erweitert um einige Anmerkungen vor allem in den Fällen, in denen die Kenntnis an Böll gerichteter Artikel oder Briefe für das Verständnis der Repliken unabdingbare Voraussetzung ist.
Textgrundlagen für diese Ausgabe waren – soweit vorhanden – die früheren bei Kiepenheuer & Witsch erschienenen Ausgaben, sonst die jeweilige Erstveröffentlichung – in wenigen Fällen das Originalmanuskript.

Bernd Balzer

Editorische Vorbemerkung zur Taschenbuchausgabe 1985

Die ersten fünf der auf insgesamt neun Bände konzipierten Taschenbuchausgabe *Schriften und Reden. 1952–1985* folgen in Wortlaut und Chronologie der Werkausgabe *Essayistische Schriften und Reden 1–3*, die 1978 im Verlag Kiepenheuer & Witsch erschienen ist. Einige offensichtliche Druckfehler wurden stillschweigend beseitigt und aufgrund der eigens für die Taschenbuchausgabe erstellten Register einige Unstimmigkeiten in den Schreibweisen von Eigennamen ausgeräumt.

Zur Weiterentwicklung der Maulwürfe für, nach und in memoriam günter eich

bisher unbestätigt jedoch mit an sicherheit grenzender wahrscheinlichkeit zutreffend ist eine meldung, die uns aus den usa erreicht. an einem bisher unbekannten ort soll es einer amerikanisch-sowjetischen kommission von geheimdienstlern und geheimwissenschaftlern gelungen sein, eine maulwurfsart zu züchten, die keine erdhügel mehr aufwirft, sondern unterseebootartig mit einem schmalen schnorchel, der selbst den ältesten englischen rasen nicht verletzt, sich am leben erhalten kann. man denkt, zuverlässigen quellen zufolge, daran, diese lebewesen untererdboot zu nennen. amerikanische linguisten sollen schon vorgeschlagen haben, die vokabel »bugging« oder »to watergate« durch »molewarping« zu ersetzen. als wissenschaftliche bezeichnung soll »talpa intima subterrana« erwogen werden. diese neue talpa könnte, wie unser gewährsmann zitiert, »dem abhörgeschäft eine neue dimension der sensibilität« geben. es ist daran gedacht, sie auf golfplätzen, in parks und gärten einzusetzen, da immer mehr geheimnisträger sich dem vorbereiteten »wanzennetz« entziehen. auch soll die neue talpa, mit einem hochsensiblen sender ausgestattet, selbst allerzartestes liebesgeflüster laut- und gefühlgetreu übermitteln können, es soll sogar gelungen sein, an testpersonen die bisher als die lautloseste zärtlichkeit geltende technik des »butter flying« (für deutsche leser: diese zärtlichkeit wird an wange, stirn oder jedwedem beliebigen körperteil des partners durch eine berührung der augenwimpern erteilt) aufzunehmen. eingeweihte ließen verlauten, diese zärtlichkeit verursache, durch die neue talpa übermittelt, und nur leicht verstärkt, sphärisch-elektrische schwingungen, die auch der neuen musik zugute kommen könnten. nicht ganz glaubwürdig klingen die angaben über die geschwindigkeit des tieres. es soll schrittempo ohne weiteres einhalten, soll sogar, aufgrund eines eigens erfundenen mechanismus, in der lage sein, die durch erdschwingungen meßbare schrittbeschleunigung aufzunehmen und sich dieser anzupassen. es wird von einer höchstgeschwindigkeit bis zu 12 stundenkilometern unter der erde gerechnet, falls die geologischen bedingungen (steiniger boden, allzu große bodenfeuchtigkeit) nicht allzu ungünstig sind. es wird jedoch damit gerechnet, daß höchstgeheimnisträger selten in laufschritt verfallen.

Wer ist Jesus von Nazareth – für mich?

Mir erscheint die Trennung des Jesus vom Christus wie ein unerlaubter Trick, mit dem man dem Mensch*gewordenen* seine Göttlichkeit nimmt und damit auch allen Menschen, die noch auf ihre Menschwerdung warten. Da ich mich nicht mehr Christ nennen möchte und auch nicht mehr so genannt werden möchte angesichts der Tatsache, daß alle institutionellen Verwendungen des Wortes »christlich« (bei der CDU/CSU etwa, in der sogenannten Amtskirche) es mehr und mehr zu einem Schimpfwort machen, kann ich nicht einfach auf Jesus ausweichen, der zwar Mensch war, aber mensch*geworden.* Ich kann das Menschliche vom Göttlichen so wenig trennen wie Form vom Inhalt; wie das, was »gemeint« ist, von dem, wie sich dieses »Gemeinte« ausdrückt. Natürlich machen nicht alle, die sich Christen nennen, das Wort zu einem Schimpfwort; es mag deren unzählige geben, die noch Anspruch auf diesen Titel haben. Ich möchte dieses Wort weder in seiner Form als Substantiv noch in seiner Form als Adjektiv weiter für mich beanspruchen. – –
An der Gegenwart des Menschgewordenen werde ich nie zweifeln. Aber Jesus allein? Das ist mir zu vage, zu sentimental, zu storyhaft, zu sehr eine »rührende Geschichte«. Die »offiziellen« Christen haben alles, was menschlich sein könnte, zu einem zynischen Schwindel gemacht. Ich kann das nicht anders als gesellschaftlich-politisch sehen. Die Tatsache, daß ich zufällig (noch immer) die gleiche Kirchensteuer zahle wie wahrscheinlich Dr. Franz Josef Strauß und Richard Jaeger, führe ich lediglich auf die Schamlosigkeit der Institution zurück, die von allen kassiert und kassiert, die es nicht über sich bringen, ihre Taufe zu widerrufen. Was habe ich sonst mit den beiden als Beispiel genannten Herren gemeinsam? Ich hoffe: nichts, nichts, nichts! So kann ich mich weder Christ nennen noch Anhänger des Jesus von Nazareth sein. Ich kann nur an die Präsenz des Menschgewordenen glauben. Nicht mehr und nicht weniger.

Protest – laut oder leise?

Eine Erwiderung auf Eugen Kogon

Es gilt doch gewiß als vorausgesetzt, daß nicht jeder der 150 Unterzeichner des Appells an Willy Brandt mit jeder einzelnen Formulierung einverstanden ist. Es leuchtet mir deshalb nicht ein, weshalb ausgerechnet ich in Eugen Kogons Artikel mehrmals so ausdrücklich apostrophiert werde in einer Sache, die ich nicht ge-, sondern unterschrieben habe. Wenn ich trotzdem versuche zu antworten, dann deshalb, weil in Kogons Artikel zwei wichtige Probleme aufgegriffen werden, die bei jeder Art internationaler Beziehung eine Rolle spielen: das Problem der Einmischung und das der Ausspielung.

Es erscheint mir als schlechterdings unzulässig, Wladimir Bukowskij und andere gegen die Opfer des Vietnamkrieges auszuspielen, und in diesem Zusammenhang empfinde ich es fast als demagogisch, mich, der ich nicht im geringsten zur Bescheidenheit neige, mit Willy Brandt zu vergleichen in dem Satz: »Was Böll in Moskau recht war, muß Brandt in Washington billig sein.«

Ob ich nun mit oder ohne Nobelpreis, vor oder während meiner Amtszeit als Präsident des Internationalen PEN, ob ich laut oder leise dies oder jenes getan oder nicht getan habe, ob man dies oder jenes strittig finden mag oder nicht: ich sehe keine Vergleichsperspektive, und im übrigen hat ja keiner Willy Brandt eine bestimmte Lautstärke vorgeschrieben, und bisher hat er persönlich nicht einmal leise protestiert. Sich auf die Weise, wie Kogon es tut, zwei sehr ernsten Problemen anzunähern, erscheint mir als mindestens fragwürdig. Sicher mußte doch hier zunächst die klassische Trennung von Innen- und Außenpolitik vorgenommen werden. Das sehr, sehr ernste Problem unserer inhaftierten und diskriminierten Freunde und Kollegen in der Sowjetunion mit dem fürchterlichen Problem Vietnam zu vermischen, schadet ihnen. Sie gehören nicht auf *dieses* Kerbholz, und Argumentationen wie die Kogonsche wird man ihnen natürlich ankreiden.

In Eugen Kogons respektvoller Apostrophierung klingt noch etwas anderes an, das nicht er so nennt, das aber anderswo gelegentlich mit »Moralist der Nation« oder »Gewissen der Nation«

ausgedrückt wird, Titel, die man Schriftstellern und Intellektuellen manchmal verleiht. Ich halte solche Titulierungen, auch in ihren leisesten Anklängen, für lebensgefährlich. Moral und Gewissen einer Nation finden ihren Ausdruck in Politikern, Publizisten, Journalisten, Juristen; sie ergeben sich aus der permanent notwendigen Reibung und Konfrontation zwischen der Verbalität ihrer Verfassungen und der Wirklichkeit ihres Rechts-, Straf- – und Sozialvollzugs.

Wenn ein Schriftsteller gelegentlich tut, was jeder Politiker, Publizist, Kommentator gelegentlich ebenfalls tun muß: das »Gewissen der Nation aufrütteln«, so könnte er das gar nicht mehr, wenn er selbst der Sitz dieses Gewissens wäre. Er müßte ja dann sich selbst »aufrütteln«: eine peinliche Turnübung im stillen Kämmerlein, und ich hab' nun mal was gegen's stille Kämmerlein. Etwas, das so umfangreich ist, wie es das Gewissen einer Nation sein sollte, kann in der Brust eines Schriftstellers nicht untergebracht werden: sie wäre zu klein – und zu unzuverlässig. Das Gewissen einer Nation muß aus sehr vielen, einander korrigierenden Instrumenten bestehen, die gelegentlich in offenen Konflikt geraten können.

Ich warne vor nationalen und internationalen Figurationen der oben angedeuteten Art, und ich warne damit gleichzeitig auch vor einer solchen Figuration Willy Brandts; sie ist in dem Appell, den ich nicht ge-, aber mit unterschrieben habe, verborgen. Tatsächlich halten viele Menschen, mehr noch im Ausland als im Inland, Willy Brandt für den »Retter der Welt«, und ich glaube nicht, daß er »Retter der Welt« ist. Vielleicht sogar kommt seine Schwäche, als die man sein Schweigen über Vietnam und sein Fernbleiben von der Sozialistenkonferenz in Frankreich bezeichnen kann, gerade früh genug, um ihn vor Ikonisierung zu bewahren. Ich mag Brandts Schweigen oder seine Scheu nicht denunzieren, wage aber zu bezweifeln, ob sie in allen Fällen angebracht ist. Immerhin ist die Bundesrepublik nach den USA der militärisch stärkste und ein innenpolitisch solider NATO-Partner, und es müßte dem Bundeskanzler erlaubt sein, die Moral der NATO, ihrer Verfassung, auch öffentlich einem NATO-Partner gegenüber beim Wort zu nehmen.

Man hat sich so daran gewöhnt, Intellektuelle immer als Moralisten zu bezeichnen, wo es doch meistens die Politiker sind, deren Rede vor Moral trieft. Man höre sich doch Herrn Nixons Vokabularium einmal an, wenn er *politische* Reden hält, und man höre sich das moralische Gefasel der griechischen Obristen einmal an. Kein Schriftsteller würde ein derartiges Moralgerede riskieren – er würde – und mit vollem Recht – von sämtlichen anwesenden Kollegen ausgelacht. Konfrontiert man die unterstellte Moral der NATO mit den innenpolitischen Praktiken in den Ländern, die unter dem Schutz der USA stehen, in Mittel- und Südamerika, in Griechenland, der Türkei, Spanien, Portual, Indonesien, den Philippinen (ich weiß, die beiden letzteren gehören zur SEATO), so darf man doch auf die Idee kommen, daß Brandt und auch Scheel nicht nur leise, gelegentlich etwas lauter ihre Verbündeten mit deren eigener Moral konfrontieren.

Die erste und, wie mir scheint, notwendige Reibung entsteht immer zwischen der politischen Praxis und der Verbalität der Verfassung, deren Erfüllung man als politisches und moralisches Ziel bezeichnen kann. Auch viele Oppositionelle in der Sowjetunion, die ja nur in wenigen Namen bekannt sind, berufen sich ja zunächst auf die Verfassung. Versucht man das Gewissen einer Nation zu personifizieren, so gerät man in Gefahr, zu delegieren, was man selbst tun sollte. Ich sehe diese Gefahr auch für meine sowjetischen Freunde, es ist fast schon die Gefahr der Ikonolatrie, sicher die der Ikonisierung, und man ist dann nicht mehr weit entfernt von den kitschigen Lilien, dem Dauerattribut des heiligen Aloysius.

Das Problem der Lautstärke ist nebensächlich, wenn man sich zur Einmischung entschließt und Ausspielung ablehnt. Es ist die Charta, die Verfassung des PEN, die zur Einmischung verpflichtet, und ich sehe keine andere Möglichkeit der Glaubwürdigkeit, als im eigenen Lager mit der Einmischung zu beginnen. Dann ist keine Aufrechnung – etwa der torturierten »Kommunisten« und Kommunisten in Indonesien gegen die Intellektuellen in der Sowjetunion – mehr möglich. Das wäre der Sinn des internationalen Komitees *Writers in Prison* im PEN.

Zugegeben: ein Fernziel. Nicht utopisch, aber fern. Ich hoffe, daß meine Kollegen und Freunde in den sozialistischen Ländern eines Tages ausführen, was sie längst begriffen haben: Daß ihre und unsere Freiheit, mögen sie oder wir sie mit oder ohne Einsicht gelegentlich freiwillig einschränken oder Einschränkungen für notwendig halten, tatsächlich unteilbar ist, daß sie dann zunächst ihren Kollegen in der UdSSR und in der ČSSR beistehen müssen, in einer Weise, die wir hier vielleicht nicht bestimmen können. Die auf die Dauer sinnlose, fast schon automatische Prozedur, daß die einen sich für Sozialisten in Brasilien, die anderen sich für Inhaftierte in der UdSSR äußern, ist nicht mehr wert als die von Politikern geübte internationale heuchlerische Praxis der Nichteinmischung.

Das bisher angewandte Klischee ist das Klischee der Ausspielung. Ich halte es deshalb auch für nicht angebracht, die kommerziellen Praktiken der schwedischen Regierung während des Zweiten Weltkrieges gegen Ministerpräsident Olof Palme auszuspielen. Man sollte ihm nur vorwerfen dürfen, was unter seiner Regierung geschehen ist, aber nicht Praktiken, die er selbst gewiß so energisch verwirft wie seine Kritiker.

Wir kommen keinen Schritt weiter, politisch nicht und moralisch nicht, wenn wir weiterhin Ausspielung betreiben. Da gibt es Konten genug, die man noch ausgraben kann, und wenn nichts mehr weiterhilft, wird man dann letzten Endes noch gewisse umstrittene Praktiken der schwedischen Soldateska während des Dreißigjährigen Krieges ausgraben, um Olof Palmes moralischen und politischen Appell zu denunzieren. Ich kann nicht, ganz gleich in welcher Lautstärke, für die Freilassung Bukowskijs und anderer plädieren, wenn ich nicht vorher oder mindestens gleichzeitig für die in Griechenland oder der Türkei zu verteidigende demokratische Freiheit plädiere.

Bei der eventuellen Mitgliedschaft der Sowjetunion im Internationalen PEN geht es ja nicht um etwas so »Hehres« wie Literatur, sondern um etwas so »Niedriges« wie Politik, es geht um internationale Repräsentation. Die Charta des PEN würde jedes potentielle sowjetische Mitglied des PEN verpflichten, sich für Solschenizyn, Bukowskij und andere zu verwenden. Die Lautstärke ist nicht vorgeschrieben.

Da Eugen Kogons Artikel sozusagen mit Apostrophierung meiner Person »umrahmt« ist, erlaube ich mir noch ein paar Klarstellungen. Ich habe in meiner Rede anläßlich des Nobel-Banketts die Sowjetunion mit keinem Wort erwähnt. Man konnte den Text in seinem vollen Wortlaut in verschiedenen deutschen Publikationen nachlesen. Wohl erwähnt habe ich die Sowjetunion anläßlich einer Pressekonferenz.

Da hier soviel über Lautstärke gesagt wird, muß ich hinzufügen: Innerhalb der vergangenen fünf Jahre allein habe ich laut, das

heißt ja wohl öffentlich, völlig unzweideutig zur Lage der Intellektuellen in der UdSSR und der ČSSR Stellung genommen. Weil ich nicht gegen Springer-Zeitungen prozessiere, hat mein Verleger, Herr Dr. Reinhold Neven DuMont, in einem Prozeß, den er gegen die *Berliner Morgenpost* geführt, mehr als ein Dutzend öffentlicher »Aktivitäten« nachgewiesen, laute, versteht sich, von den leisen weiß auch er nichts. Ich bin in diesem Punkt empfindlich, möglicherweise sogar überempfindlich; ich habe meine Gründe dazu. Deshalb möchte ich Eugen Kogon und den Lesern der ZEIT diese Mitteilung nicht vorenthalten.
Herr Scheel will also nach Griechenland fahren und dem Regime weiteren internationalen Kredit verschaffen, moralischen versteht sich; finanziellen bekommt es aus den USA, und die Herren Pappas und Onassis sind ja auch nicht allzu fern. Die griechischen Intellektuellen werden wieder einmal verkauft und verraten zwischen den widerwärtigen Moralpredigern ihrer Herren Obersten und der NATO-Moral, die so leicht keiner beim Wort nimmt.
Was die Sowjetunion betrifft, so sind da – bei den Offiziellen – deutsche Großindustrielle weitaus willkommener als deutsche Schriftsteller, mögen sie nun leise oder laut oder abwechselnd beides sein. Es mag noch Konflikte zwischen Politik und Moral geben, wobei immer festzustellen wäre, welche Politik mit welcher Moral in Konflikt gerät, bei Geschäften gibt es letzten Endes doch Handelseinigkeit, in der Sowjetunion, in Griechenland, der Türkei, Brasilien.
Das Geschäft Vietnam ist ja, wie man so schön sagt, »gelaufen«, nicht auf Kosten aller Beteiligten, auf Kosten der Betroffenen, von der allerletzten Prostituierten in Saigon über die getöteten Kinder und Zivilisten bis zum drogensüchtigen amerikanischen Soldaten.
Es gab da irgendwann am Anfang der Eskalation einen gewissen Kardinal Spellman. Ich wäre Eugen Kogon dankbar, wenn er in einem nächsten Artikel diesen inzwischen zu den Seligen abberufenen Herrn einmal apostrophieren würde. Er findet ihn bestimmt im Himmel, wo er vielleicht ein paar gute Worte für die vietnamesischen Huren einlegt, die ja nun leider den christlichen Zielen geopfert werden mußten, und die armen Mädchen müssen da sicher in irgendeiner Vorhölle auf die Seligkeit warten, die Herr Spellman längst genießt. Ich halte es lieber mit dem Kardi-

nal Alfrink, der, wie ich las, gemeinsam mit – ich bitte die Redaktion der ZEIT, hier ein Herzstärkungsmittel für die katholischen Leser zwischen die Zeilen zu drucken – mit Kommunisten (!) gegen die Weihnachtsbomben protestiert hat. Wenn Spellman das erfährt, mobilisiert er gewiß ein paar Atom-Erzengel gen Holland. Vorsicht!

Einmischung erwünscht

Jener erfreuliche Vorgang, den man »weltweite Entspannung« nennt, scheint ausgerechnet denen am wenigsten einzubringen, die unter den verschiedenen politischen Systemen, unter ständigem Risiko der Denunziation oder der Verhaftung am heftigsten dafür eingetreten sind: Schriftsteller, Akademiker, Intellektuelle aller Provenienz.

Man hört, daß die Sowjetunion Annäherung an Spanien sucht, daß Griechenland bald die DDR anerkennen will. Wird das nun zur Folge haben, daß Papadopoulos ein gutes Wort für Wolf Biermann, oder Honecker ein paar gute Worte für die inhaftierten und zensurierten griechischen Autoren einlegen wird? Wird Generalissimus Franco sich für Alexander Solschenizyn und für Wladimir Bukowskij verwenden, Herr Breschnew sich für die kürzlich zu 10000 DM und Paßentzug bestraften Verleger und Autoren Castellet, Cirici, Cucurull, Fauli, Manent und Triadu, die das unaussprechliche Verbrechen begangen haben, an einer Jurysitzung der traditionellen Jocs Flora (Blumenspiele) teilzunehmen? Wird Präsident Nixon sich für den indonesischen Romancier Toer ins Zeug legen und für die schätzungsweise 100 000 politischen Gefangenen in Indonesien? Wird die Regierung der Bundesrepublik Deutschland bei den Verhandlungen über einen Vertrag mit der Prager Regierung wenigstens ein paar Worte einflechten für die tschechischen Autoren, die dem Terror und der Aushungerung ausgeliefert zu sein scheinen?

Ich fürchte, alle diese Fragen müssen mit Nein beantwortet werden, denn alle diese Autoren, Akademiker, Intellektuellen, die man innerhalb der sie verfolgenden Systeme, mögen sie nun in Spanien als »Rote« oder in der ČSSR als »Imperialistenfreunde« denunziert werden, als »fortschrittliche Intelligenz« bezeichnen kann, waren zwar gut genug, als Vorreiter und Fürsprecher einer weniger erstarrten Dogmatik den Kopf hinzuhalten, aber politisch sind sie natürlich ganz und gar »irrelevant«, wie man das so hübsch nennt. Obwohl man doch weiß, daß ohne sie und die fast unzähligen Generationen ihrer Vorgänger nichts, aber auch nichts auf dieser Erde je in Bewegung geraten wäre, kann man sie verkümmern lassen – und das sogar angesichts der »weltweiten Entspannung«. Hauptsache: Die Handelsbeziehungen kommen in Gang, profitable Investitionen werden möglich, und wenn dann irgend etwas schiefgeht, kann man mit diesen Kräften jederzeit seine Reserve an Sündenböcken auffüllen.

In Kroatien wurden unter anderen Vlado Gotovac und Zlato Tomicis verurteilt. Um die Zustände in der Türkei auch nur andeutungsweise zu beschreiben, müßte man ein paar Bücher schreiben – und tatsächlich nehmen die Dokumentationen über Torturen, politische Verfolgung in der Türkei und in Indonesien schon den Umfang von Büchern an, und die regelmäßig erscheinenden Dokumentationen über Griechenland machen jährlich ein Buch aus.

Schon nicht mehr nur monatlich, immer mehr wöchentlich gehen Amnesty International, dem Internationalen PEN, der Vereinigung Writers and Scholars Informationen über verhaftete, zensurierte, angeklagte Schriftsteller und Intellektuelle zu, von denen jede einzelne Information einen Protest notwendig machen würde.

Es fragt sich nur, ob diese Appelle und Resolutionen, die für Freiheiten plädieren, die als die konventionellen gelten und verfassungsmäßig in den meisten Ländern garantiert sind – ob diese Appelle und Resolutionen in ihrer Einsamkeit noch sinnvoll sind, wenn die Politiker diesen drei Organisationen und den zahlreichen anderen Gruppen und Kreisen, die sich mit Verfolgung und Unterdrückung auf dieser Erde beschäftigen, nicht an die Seite treten.

Immerhin repräsentieren diese Organisationen und Gruppen jene merkwürdig schwer zu definierende Instanz, die man das Gewissen zu nennen pflegt. Es besteht die Gefahr, daß dieses Gewissen zu einer abgestorbenen Blume im Knopfloch verschiedener Ideologien wird, wenn die Politiker nicht begreifen wollen, daß nur sie es sind, die den moralischen Druck in einen politischen verwandeln können, und wenn sie nicht endlich das heuchlerische Konzept der Nichteinmischung in die inneren Angelegenheiten anderer Staaten aufgeben.

Wer kümmert sich schon an Konferenztischen, wo über Militär- und Wirtschaftshilfe verhandelt wird, um den paraguayischen Dichter Rubén Bareiro Saguier, um die beiden Uruguayaner, den Romancier und Essayisten Jorge Musto und Carlos Nuñez, um die Hunderte von jungen Männern und Frauen in der Türkei, die durch Folterungen zu Krüppeln werden, in einem Land, wo

das Jahresdurchschnittseinkommen bei etwa 600 DM liegt und für Bespitzelungen 2000 bis 3000 DM bezahlt werden.
Es gehört zur Perversität der intellektuellen Situation, daß ausgerechnet die Kräfte, denen Handelsbeziehungen zu sozialistischen und unterentwickelten NATO- und SEATO-Ländern Profit bringen, in ihren Organen immer weiter jene Kräfte denunzieren, die für Entspannung, Öffnung etc. eingetreten sind.
Natürlich wäre es emotional, was ja gleichbedeutend mit kriminell geworden ist, nähme man die westliche Freiheit, die angeblich in Griechenland verteidigt wird, einmal beim Wort. Wir, nicht mehr ganz so junge Autoren, nicht sehr verwöhnt mit geschichtlichen Erfahrungen, halten da noch so etwas wie eine Fahne hoch, noch nicht krampfhaft, doch mühsam, immer noch überzeugt, wenn auch angesichts der unverrückbaren Umstände desperat. Doch es könnte bald der Augenblick kommen, in dem wir uns als nützliche Idioten nicht im Sinne Lenins erkennen, sondern als nützliche Idioten jenes Teils der Welt, dessen Bürger wir sind.
Das Gerede von der unteilbaren Freiheit wird zur Farce, wenn die Heuchelei der Nichteinmischung aufrechterhalten, von Industriellen am Profit gemessen wird. Es war eine große Bestärkung, daß endlich wenigstens einer, dem sich dann andere anschlossen, den Mut fand, energisch und deutlich das Prinzip der Nichteinmischung zu durchbrechen: der schwedische Ministerpräsident Olof Palme, als die amerikanische Luftwaffe mit verstärkter Brutalität Nordvietnam in den Frieden hineinbombardieren wollte. Olof Palmes Mut hat andere angesteckt, und es wäre ein Trost für uns Autoren und Intellektuelle, wenn diese Ansteckung sich fortsetzte und wenn wir den Beistand von Politikern fänden beim Appell für die unteilbare Freiheit.
Wir Autoren sind die geborenen Einmischer, wir mischen uns ein in die Rechtsprechung und Kulturpolitik der Sowjetunion, der ČSSR, Spaniens, Indonesiens, Brasiliens und Portugals, und wir mischen uns ein in die erschreckende Entwicklung in Jugoslawien, wo wieder einmal Sündenböcke gesucht werden und eine Hoffnung begraben werden soll. Wir werden uns auch in die Volksrepublik China einmischen, in Kuba und in Mexiko. Das klingt idealistisch, ist es aber nicht. Einmischung ist die einzige Möglichkeit, realistisch zu bleiben.

Unsere tschechischen Freunde, die keinen Zentimeter nachgeben, sind keine Idealisten, es sind Realisten, denn sie wissen sehr wohl, daß geistiges Terrain noch schneller und endgültiger besetzt ist als geographisches.

Was für die ČSSR gilt, gilt für Jugoslawien, für die Türkei, für Griechenland, Brasilien, Spanien: Irgendein unbekannter Oberschüler oder eine junge Frau, die in der Türkei von den Schergen der Junta torturiert werden, gehen auf das Konto einer Profit- oder Interessenpolitik. Auf der Tabelle, die die Börsenkurse anzeigt, wird Blut nie sichtbar.

Ich weiß sehr wohl, daß die Herren Realpolitiker über all das lachen werden: Für sie sind wir wirklich die nützlichen Idioten, die ein paar hübsche Fähnchen schwenken. Sollen sie lachen.

Ich schreibe dieses Lamento nicht nur für westliche Augen und Ohren, auch für östliche; für die politisch Verantwortlichen dort und für die, die Opfer unverantwortlicher Maßnahmen geworden sind: für Wladimir Bukowskij, Alexander Solschenizyn und andere, für viele dort, die in den Listen von Amnesty International, des Internationalen PEN und INDEX von Writers and Scholars stehen. Sie sollen wissen, gegen welche Heuchelei wir hier verstrickt sind. Sie sollen wissen, daß wir die geborenen Einmischer sind, wie sie dort.

Es könnte als mehr oder weniger willkommener Beitrag von Pornographie mißverstanden werden, wenn ich hier einige Vergewaltigungspraktiken schilderte, wie sie von der türkischen Polizei an den Freundinnen, Frauen und Schwestern verhafteter Oppositioneller praktiziert werden. Natürlich darf man sich da nicht einmischen, nur nicht einmischen.

Es gibt ja noch eine Reserve an nützlichen Idioten, die die Fahne hochhalten, die Fahne der Freiheit, der Menschenwürde, der Demokratie, genauer jener Freiheit, die via NATO und SEATO in Griechenland, der Türkei, in Spanien, Indonesien und auf den Philippinen verteidigt wird.

Aber ich hätte ja fast einen der Urwerte vergessen, der da überall mitverteidigt wird: das christliche Erbe, das abendländische Kulturgut. Nein, daß ich das fast vergessen hätte!

Ich bitte um Einmischung in die Angelegenheiten der Bundesrepublik Deutschland. Und ich möchte bei dieser Gelegenheit hinweisen auf den PEN EMERGENCY FOUND for Writers in Prison und deren Familien. Der Found wird vom holländischen

PEN-Zentrum verwaltet und hat ein Konto bei der AMRO-Bank in Den Haag.

Blick zurück mit Bitterkeit

Über Rudolf Augstein, »Jesus Menschensohn«

Es müßte einer, um diesem Buch gerecht zu werden, unmögliche Aufräumungsarbeit leisten: den Verfasser Augstein von manchem Ruf, Ruch und Ruhm befreien, der ihm unvermeidlicherweise vorangeht: von *Spiegel*-»Fluch« und *Spiegel*-»Segen«, von der unglückseligen »Papierbombe unterm Weihnachtsbaum«, einem unglückseligen Wahlkampf mit letzten Endes unglückseligem Ausgang. Was man dem Buch unter anderem nachgesagt hat, es sei im »*Spiegel*-Jargon« geschrieben, konnte ich nicht feststellen. Stellt man sich unter dem anonymen *Spiegel*-Jargon eine gewisse, mit Süffigkeit aufbereitete Häme vor, so liest man diesen Jargon – wenn man nicht gerade selbst der Betroffene ist – gelegentlich ganz gern, weil er »flott« ist, ohne den geringsten »Ewigkeitswert« und Anspruch auf denselben. Ich zählte der Stellen in Augsteins Buch, denen man eine gewisse Schnoftigkeit nachsagen könnte, ganze acht, und hätte ich ein paar übersehen oder nicht als solche empfunden, so mögen's auf 430 Seiten ein Dutzend sein.

Die den Theologen am meisten ärgerliche dieser Stellen, »Der Heilige Geist, wenn denn überhaupt eine journalistische Begabung, ist ein schlechter Reporter«, ist ja nicht einmal blasphemisch; wie uns gelehrt worden ist, ist ja die uns überlieferte *Berichterstattung* durch des Heiligen Geistes Kontrolle (oder Zensur) gelaufen. Außerdem hätte man sich über ein solches Bild nicht in frommem Zusammenzucken ärgern, sondern Augsteins Einstieg in die Materie daran aufhängen können. Augstein kann doch wohl nicht ernsthaft glauben, ein Reporter, und wäre er der begabteste, berichte wahrheitsgetreuer als irgendein »Geist«, sei er nun heilig oder nicht, oder irgendeine »poetische Kraft« habe geringeren Mitteilungswert als des Reporters Wort und Wörtlichkeit. Wenn am Anfang das Wort war, ist es, da ja meistens in Worten berichtet wird, keine Schande, ein Reporter genannt zu werden.

An diesem Einstieg fangen nach meiner Meinung Augsteins Irrtümer an, nicht seine Blasphemie, von der in diesem Buch leider wenig zu spüren ist. Immerhin liefert er selbst in seinem Vorwort die Einschränkungen für seine umfangreiche Arbeit mit, immer-

hin bezweifelt er nicht die historische Existenz dieses Jesus, er bezweifelt und bestreitet nur den atemberaubenden Anspruch eines Riesenimperiums, das sich auf die Existenz Jesu gründet; und er bezweifelt den schwindelerregenden Anspruch, alles, was nun auf dieser Erde als »sittlich« zu gelten habe, begründe sich auf die Botschaft. »Wir aber glauben schon, daß es ihn, Jesus, gab, nicht nur als irgendeinen« (Seite 159), »daß er (Jesus) dort (in Jerusalem) war und auf irgendeine gewaltsame Art zu Tode gebracht wurde« (Seite 167). Irreführend an diesen Bekenntnissen ist nur der Plural, von dem ich hoffe, daß er kein Majestatis ist. Und immerhin sind einige Schlußfolgerungen erheblicher Art für Augstein nur »mutmaßlich«, ist vieles nur »unwahrscheinlich« oder »ungereimt«. Die Schwächen des Buches sind nicht seine polemischen Partien, die mir vergleichsweise harmlos, fast brav vorkommen. Eingeweihte wissen doch, daß es gerade innerhalb der wissenschaftlichen Literatur eine ganze Skala boshafter Seitenhiebe unter Wissenschaftlern gibt, auch unter Theologen, man schaue sich doch einmal an, was da alles etwa zwischen Rahner-Höffner-Flatten »gewechselt« wird.
Ich habe den Eindruck – und sollte er täuschen und als Unterstellung empfunden werden, bitte ich um Pardon –, daß Augstein etwas Irrationales, das ihm verlorengegangen ist, in diesem Buch mit nur rationalen Mitteln als objektiv und endgültig verloren erklärt. Ich habe mir nie so recht vorstellen können, daß Glaube lehrbar, vererbbar, tradierbar sei, und gerade die Vernunft der Theologen hat mir immer am wenigsten eingeleuchtet; diese peinlich konstruierten Gottesbeweise, diese auf primitive Weise naturwissenschaftlich erklärten Wunder, diese Versuche, in einer Gleichung zweiten Grades Unglaublichkeiten achten Grades erklären zu wollen.
Was ich mir nur schwer vorstellen kann: daß Glaube ohne eine mystische, persönliche Komponente möglich sei, bin ich bereit, anderen zuzubilligen. Ich kann hier weder über Augsteins theologischen Versuch noch über die mehr als achtzig angeführten Standardwerke und die mehr als sechshundert zitierten Werke auch nur andeutungsweise so etwas wie ein »Fachurteil« abgeben, ich befinde mich, was Religion, Kirche etc. betrifft, in einem ausgesprochen vulgären Zustand, und ich frage mich, ob es einen »Gott der Theologen« gibt und einen anderen für den vulgus.

Ich bin nahe daran, Augsteins provozierende These von Seite 103 zu übernehmen: »Definition für Kirche: der Ort, an dem die Irrtümer der jeweils vorangegangenen Theologen-Generation berichtigt werden.« Ich möchte nur gern anstelle von Kirche Theologie setzen: »Definition für Theologie: der Ort ... usw.« Es erscheint mir als typischer Theologenirrtum (und Augstein ist hier eindeutig unter die Theologen gegangen), Kirche und Theologie gleichzusetzen. Es gehört doch mit zu den erstaunlichsten Wundern, daß sich nicht nur Religion, auch Glaube *trotz* der Theologie erhalten haben und daß sogar noch Ansätze von »Kirche« da sind.

Es ist doch wohl – allerfreundlichst ausgedrückt – schon ziemlich arg gewesen, was uns (ich habe wohl eine vergleichbare Erziehung wie Rudolf Augstein, deshalb »uns«) so alles zugemutet worden ist. Nicht nur der Flammentod des Giordano Bruno, auch die peinlichen und theologisch überflüssigen Gewissenstorturen, denen unsere Eltern, Großeltern und Urgroßeltern und wir selbst ausgeliefert waren.

Man schlage doch einmal einen Katechismus aus dem Jahre 1930 auf, eine Schulbibel aus dem gleichen Jahr, diese idiotischen Steril-Editionen mit entsprechenden Illustrationen, und forsche einmal nach, wieviel etwa von der Theologie eines Erich Przywara darin zu finden wäre oder von den ökumenischen Ansätzen eines Arnold Rademacher.

Immer dann, wenn man die Gottesgelehrtheit dazu bringen möchte, doch endlich Tacheles zu reden, dann wird in einem abfälligen Ton von Vulgarisierung oder Popularisierung gesprochen. Für wen denn ist Religion da, für wen anders wird sie denn in der Theologie aufbereitet als für vulgus oder populus? Mag man jeder anderen Wissenschaft zubilligen, daß sie theoretische und abstrakte Bereiche hat, die nicht mitteilbar sind. Ich erwarte nicht, daß man die Formeln und Erkenntnisse Werner Heisenbergs auf der Straße verkaufen kann; aber zu was anderem, als vulgarisiert zu werden, sind Theologie, Kirche, Religion denn je dagewesen? Für meine Großmutter war noch das Dogma von der Unfehlbarkeit des Papstes zwar Glaubensgegenstand, aber doch auf eine so verfluchte Weise gleichgültig wie der Mann im Mond, weil es sie nicht direkt betraf, und eine »Todsünde« wie Ehebruch lag wahrscheinlich außerhalb ihrer Reich- und Denkweite.

Worunter sie in eingetrichterter Skrupelhaftigkeit gelitten hat, was ihr naheging und ganzen Generationen Gewissenskrämpfe verursacht hat, war etwas theologisch so absolut Banales wie das Gebot der Nüchternheit vor dem Empfang der Kommunion. Man erinnere sich doch einmal bitte gnädigst daran, wieviel Stunden des Religionsunterrichts darauf verwendet wurden, die Möglichkeit, daß beim Zähneputzen ein Tropfen Wasser die Kehle hinunterschlüpfen könnte, zu diskutieren, und welch ein Angstsystem um solche Idiotien herum aufgebaut wurde.
Über diese Vorschrift, die unbegründet und mit einer beispiellosen Schnödigkeit über Nacht aufgehoben wurde, lachen wohl *heute* die Theologen. Ich finde das gar nicht zum Lachen. Der vulgus erfährt Religion eben in vulgarisierter Form. *Damals* fand sich kein Theologe, der den leidenden und stöhnenden katholischen Teil der Menschheit von dieser banalen und magisch wirkungsvollen Disziplinierungsvorschrift befreit und die lächerliche Strafe der Exkommunikation riskiert hätte.
Der vulgus leidet eben immer auf seine vulgäre Weise, und wenn man ihn schon so verachtet, daß »vulgär« zu einem Schimpfwort wird, dann sollte man doch auf ihn verzichten. Dieser verachtete vulgus leidet nie unter den Problemen, die sich aus theologischen Höhenlagediskussionen ergeben: die kommen unten, in jedem Fall vulgarisiert, ohnehin als Disziplinarvorschriften an; da unten, wo sie wirklich Fleisch werden, sind sie unvermeidlicherweise vulgär.
Nur im Blick zurück, mit viel Zorn und noch mehr Bitterkeit, kann man wahrscheinlich ermessen, was an den *heutigen* Vorschriften sich in *Zukunft* als ebenso banal erweisen könnte: Zölibat, Geburtenkontrolle, Unauflöslichkeit der Ehe.
Leider ist auch Augsteins Buch so gar nicht vulgär oder populär, und der Streit wird wieder einmal zu einem Theologenstreit. Geschenkt. Es ist schade, daß Augstein, möglicherweise in einer modischen Furcht vor »Emotionen«, weder ein religiöses noch ein antireligiöses, sondern eben ein theologisches Buch publiziert hat. Es ist nichts Unehrenhaftes daran, auf diese Weise unter die Fachleute zu gehen, es fragt sich nur: Wird das viel mehr bewirken als ein paar aufgescheuchte Theologen, die ihn wieder einmal fachlich widerlegen oder korrigieren möchten? Mehr bliebe da nicht, wenn nicht, ja, wenn nicht die Theologen beider Konfessionen ihren Ärger über einige Seitenhiebe (mein Gott, es

wäre doch gar kein *wissenschaftliches* Buch ohne diese Seitenhiebe!) vergessen und sich selbst nachliefern, was Augstein sich und ihnen versagt hat: daß hier jemand schreibt, der wohl eine klassische katholische Erziehung genossen hat und gewiß nicht mehr Grund hat, »böse« zu sein oder sich »rächen« zu wollen als zig Millionen andere.

Immerhin beschäftigt sich hier noch jemand ernsthaft mit Jesus und der Kirche, bei weitem nicht so unfair, wie man ihm unterstellt hat, und wenn auch das Ergebnis dieser Untersuchung in den niederschmetternden Halbsatz mündet: ». . . die Theologie scheint den bitteren Weg ihrer Selbstaufhebung zu Ende gehen zu müssen« – so sollte man nicht wieder den simplen und leider gewohnten Weg wählen, den Zerschmetterer schlichtweg zu verteufeln und zu denunzieren, sondern sich überlegen, ob in diesem Halbsatz nicht mehr als ein Fünkchen Wahrheit verborgen ist.

Ist die klassische Theologie denn nicht am Ende? Ist sie nicht mehr und mehr ein Spiel unter Eingeweihten, die sich in Windungen und Gewundenheiten ergehen, vernarrt in und festgebissen an einen Fachjargon, eine Gruppe von Illusionären, die es als Sensation empfinden, wenn der Vatikan ihnen gnädigst erlaubt, die Frage zu diskutieren, ob Laien eventuell in der Kirche predigen dürfen. Spürt man nicht, wie absurd das ist, wie lächerlich, relativ banaler noch als die Nüchternheit vor der Kommunion? Immerhin war ja irgendwann am Anfang mal das Wort, und man könnte als Schlußsatz ans Ende der klassischen Theologie vielleicht den Satz setzen: »Und das Wort ist verlorengegangen.«

Augsteins Irrtümer sind fast die gleichen wie die der klassischen Theologie. Wenn er feststellt, daß Jesus Dämonen immer nur mit Worten ausgetrieben habe, so kann ich nur boshaft fragen: Na und? Worte können eben heilen, auch Zärtlichkeiten, Speichel, Handauflegen, Liebe. Es ist ebenfalls ein Irrtum anzunehmen, schriftliche Überlieferungen seien zuverlässiger als mündliche. Auch schriftliche Überlieferungen können redigiert, manipuliert, gefälscht werden, und wenn Augstein, um die historische Zuverlässigkeit eines Textes anzuzweifeln, sagt, es seien eben »Dichter am Werk« gewesen, so ist die unterstellte Voraussetzung Dichtung gleich Unwahrheit oder Ungenauigkeit schlichtweg falsch.

Wenn ich wissen möchte, was sich hinter dem großen Wort

»Spanien« verbergen könnte, und ich lese meinen Cervantes, werde ich da einfach nur »falsch informiert«, oder vermittelt Cervantes nicht doch eine Vorstellung von Spanien, die sich sogar partiell mit der eines ihm so konträren Geistes wie Andersen Nexö deckt?
Man mag mir getrost unterstellen, daß ich hier pro domo spreche, nicht gegen den Zeitgenossen und Journalisten, sondern gegen den Theologen Augstein. Dichtung ist nicht gleich Unwahrheit. Legende sowenig gleich Lüge wie Mythos. Dichtung ist auch kein Gegensatz zu Geschichtswissenschaft, beide können einander ergänzen, indem sie sich von weit entfernten Standpunkten dem gleichen Gegenstand nähern. Auch die Schriftsteller betreiben etwas, was die Physiker vielleicht »Prüfung des Materials« nennen würden. Im übrigen wählt ja auch ein Reporter aus, komprimiert, komponiert, überarbeitet, und wenn Augstein zweimal (Seiten 299, 314) die »poetische Kraft« in Gegensatz zur Wirklichkeit stellt, so verfällt er einem typischen Theologenirrtum. Ob sich nicht eines Tages herausstellen könnte, daß die einzig ernst zu nehmende theologische und religiöse Literatur von Dichtern geschrieben worden ist?
Wenn Augstein vom Evangelisten Johannes sagt, er habe es genau, genauer als Markus, wissen wollen, so bestätigt er meine Vermutung. Ziemlich viele Schriftsteller (oder meinetwegen! Dichter) wollen es möglichst genau wissen: Er lese einmal Peter Handkes *Wunschloses Unglück* und frage sich, wo hier Dichtung zu Wahrheit und Wahrheit zu Dichtung wird, und auch Theologen sei diese Botschaft als Lektüre empfohlen. Sie könnten erkennen, wie, als wie mieses Kleingeld, Theologie beim vulgus erfahren wird. Dostojewskij hat von Psychologie im Sinne der Wissenschaft keine Ahnung gehabt und hat doch *die* psychologischen Romane geschrieben, und ich weiß immer noch keine bessere literarische Jesus-Darstellung als seinen *Idioten*. In Augsteins Buch fallen die paar Rilke-Verse wie Sternschnuppen ein. Augstein, so scheint mir, hat in diesem Buch viel weniger gegeben, als er könnte. Religion ist kein emotionsneutraler Gegenstand. Deshalb ist es extrem *unsachlich*, sich ohne Emotion damit zu beschäftigen. *Das*, nicht seine »Blasphemie«, nicht seinen unglaublichen Forscherfleiß (daß er sich möglicherweise dabei hat helfen lassen, halte ich nicht für eine Einschränkung) kann man ihm vorwerfen.

Diese Abrechnung eines katholisch erzogenen Zeitgenossen war fällig, auch die Provokation der Theologie, in die das Buch mündet. Bloßer Ärger, Gekränktheit über Augsteins Buch wären eine peinliche Reaktion seiner »Kollegen«.
Dieses Buch, von einem Zeitgenossen geschrieben, der wahrscheinlich ungefähr der gleichen Erziehung wie ich teilhaftig geworden ist, hat mich angeregt, und was man mir wahrscheinlich als unsachlich ankreiden möchte in dieser Rezension, kommt aus einer möglicherweise noch nicht erkannten, ganz anderen Sachlichkeit und Vernunft. Die Geringschätzung des Poetischen, das seine eigene Sachlichkeit und seine eigene Vernunft hat, ist ein grober Irrtum der Theologen. Was sonst könnte sich denn als wahr erweisen und erhalten an den Evangelien und an dem, dem sie zugeschrieben worden sind, als die Poesie an ihnen und an ihm? Kann man Verachtung *und* Höflichkeit besser ausdrücken als durch Schweigen vor Gericht.

Versuch über die Vernunft der Poesie

Nobelvorlesung, gehalten am 2. Mai 1973 in Stockholm

Lieber Herr Gierow, verehrte Mitglieder der Schwedischen Akademie, zunächst meinen herzlichen Dank für Ihre Gastfreundschaft, die ich jetzt zum zweiten Mal in dieser herzlichen Form erlebe.

Meine Damen und Herren,
erlauben Sie mir zunächst zu erklären, daß ich das Thema meines Vortrags gewechselt habe. Ich hatte vor, über die Beziehung der russischen Literatur zur deutschen, über die politischen und geschichtlichen Beziehungen Rußlands und der Sowjetunion zu Deutschland, den beiden Deutschland, zu sprechen, aber als ich anfing, diese Vorlesung vorzubereiten, hatte ich zu tun, was so mancher Autor gelegentlich tut, ich mußte Korrektur lesen, fand darunter einige Aufsätze aus den letzten Jahren von mir und stellte fest, daß ich über alle diese Dinge schon geschrieben hatte.
Ich habe mich zwischen 1966 und 1968 zur Vorbereitung eines Dokumentarfilmes sehr intensiv mit Dostojewskij beschäftigt, habe Drehbuch, Text, Kommentar zu einem Film über ihn geschrieben. Später, anläßlich seines 150sten Geburtstags, an einer sehr umfangreichen Rundfunkdebatte teilgenommen, habe dann 1–2 Jahre später im Jahre 1971 einen anderthalbstündigen Vortrag, der dann als Nachwort zu einer Tolstoi-Ausgabe erschien, geschrieben. Er hieß *Annäherungsversuch* und in ihm ist alles schon ausgedrückt, was ich hier dann noch einmal hätte ausdrücken müssen. Um Ihnen und auch mir Langeweile zu ersparen, habe ich deshalb das Thema gewechselt. Ich bitte Sie, das zu verstehen, denn Wiederholung ist mir sehr fremd und langweilig. Und ich bin auf ein Thema gestoßen, das mir sehr aktuell erscheint. Ich habe versucht, mich der Vernunft der Poesie anzunähern, weil ich in Gesprächen, Diskussionen und auch in Publikationen feststellte, daß sich innerhalb einer gewissen Dogmatisierung literarischer und künstlerischer Probleme alles auf die Formel: entweder Information oder Kunst zu reduzieren scheint. Ich habe deshalb diese Vorlesung *Versuch über die Vernunft der Poesie* genannt.

Es wird von denen, die es wissen müßten, gesagt – und von anderen, die es ebenfalls wissen müßten, bestritten –, daß bei etwas anscheinend so Rationalem, Berechenbarem, von Architekten, Zeichnern, Ingenieuren, Arbeitern gemeinsam Erbrachtem wie einer Brücke ein paar Millimeter bis Zentimeter Unberechenbarkeit bleiben. Diese angesichts der behandelten und geformten Masse winzige Unberechenbarkeit mag in der Schwierigkeit begründet sein, eine Masse kompliziert miteinander verbundener chemischer und technischer Einzelheiten und Materialien in all ihren möglichen Reaktionen und dazu noch das Mitwirken der vier klassischen Elemente (Luft, Wasser, Feuer, Erde) genauestens vorauszuberechnen. Es scheint also da nicht allein der Entwurf, die immer wieder neu berechnete, kontrollierte technisch-chemisch-statistische Komposition das Problem zu sein, sondern – ich nenne es so – deren Verkörperung, die man auch Verwirklichung nennen kann. Diesen Rest Unberechenbarkeit, und mag er auch nur aus Bruchteilen von Millimetern bestehen, die unvorhersehbaren, winzigen Dehnungsdifferenzen entsprechen – wie sollen wir ihn nennen? Was verbirgt sich in diesem Zwischenraum? Ist es das, was wir Ironie zu nennen pflegen, ist es Poesie, Gott, Widerstand, oder, modischer ausgedrückt, Fiktion? Jemand, der's wissen mußte, ein Maler, der früher einmal Bäcker gewesen war, erzählte mir einmal, daß auch das Brötchenbacken, das ja in den frühen Morgen-, fast Nachtstunden stattfand, eine äußerst riskante Sache gewesen sei; daß man Nase und Hintern in den grauenden Morgen habe hinaushalten müssen, um die Mischung von Ingredienzen, Temperatur, Backdauer mehr oder weniger instinktiv herauszufinden, denn jeder, jeder einzelne Tag habe seine eigenen Brötchen erfordert, dieses wichtige, sakramentale Element der ersten Morgenmahlzeit für alle jene, die die Mühsal des Tages auf sich nehmen. Sollen wir dies fast unberechenbare Element ebenfalls Ironie, Poesie, Gott, Widerstand oder Fiktion nennen? Wie kommen wir ohne es aus? Schweigen wir von der Liebe. Niemand wird je wissen, wie viele Romane, Gedichte, Analysen, Bekenntnisse, Schmerzen und Freuden auf diesen Kontinent Liebe gehäuft worden sind, ohne daß er sich als total erforscht erwiesen hätte.

Wenn ich gefragt werde, wie oder warum ich dieses oder jenes geschrieben habe, gerate ich immer wieder in erhebliche Verlegenheit. Ich möchte gern nicht nur dem Fragenden, auch mir selbst eine erschöpfende Auskunft geben, kann es aber in keinem Fall. Ich kann den gesamten Zusammenhang nicht wiederherstellen und wünschte doch, ich könnte es, um wenigstens die Literatur, die ich selber mache, zu einem weniger mystischen Vorgang zu machen als das Brückenbauen und Brötchenbacken. Und da die Literatur nachweislich in ihrer Gesamtverkörperung, im Mitgeteilten und Geformten eine befreiende Wirkung haben kann, wäre es doch sehr nützlich, die Entstehung dieser Verkörperung mitzuteilen, auf daß noch mehr daran teilhaben. Was ist das, das ich selber, obwohl ich es nachweislich mache, nicht einmal annähernd erklären kann? Dieses Etwas, das ich von der ersten bis zur letzten Zeile eigenhändig zu Papier bringe, mehrfach variiere, bearbeite, partiell umakzentuiere, und das mir doch mit wachsendem zeitlichem Abstand fremd wird, wie etwas, das vorüber oder vorübergegangen ist und sich immer weiter von mir entfernt, während es für andere als geformte Mitteilung möglicherweise wichtig wird? Theoretisch müßte die totale Rekonstruktion des Vorgangs möglich sein, eine Art Parallelprotokoll, während der Arbeit erstellt, das, wäre es umfassend, wahrscheinlich den vielfachen Umfang der Arbeit selbst annehmen würde. Es müßte ja nicht nur den intellektuellen und spirituellen, auch den sinnlichen und materiellen Dimensionen gerecht werden. Ernährung, Stimmung, Stoffwechsel, Launen erklärt mitliefern, die Funktion der Umwelt nicht nur in deren Verkörperung als solche, auch als Kulisse. Ich schaue mir zum Beispiel manchmal in fast totaler Gedankenlosigkeit Sportreportagen an, um in dieser Gedankenlosigkeit Nachdenken zu üben, eine, wie ich zugebe, ziemlich mystische Übung, und doch müßten alle diese Reportagen mit ins Protokoll eingebracht werden, ungekürzt, denn es könnte ja sein, daß ein Kick oder ein Sprung irgendeinen Ausschlag in meiner gedankenlosen Nachdenklichkeit gibt, eine Handbewegung vielleicht, ein Lächeln, ein Reporterwort, eine Reklame. Es müßte jedes Telefongespräch, das Wetter, die Korrespondenz, jede einzelne Zigarette mit eingebracht werden, ein vorüberfahrendes Auto, ein Preßlufthammer, das Gackern eines Huhns, das einen Zusammenhang stört.

Der Tisch, an dem ich dies schreibe, ist 76,5 cm hoch, seine Platte 69,5 mal 111 cm groß. Er hat gedrechselte Beine, eine Schublade, er mag siebzig bis achtzig Jahre alt sein, er stammt aus dem Besitz einer Großtante meiner Frau, die ihn, nachdem ihr Mann in einem Irrenhaus verstorben war und sie in eine kleinere Wohnung zog, ihrem Bruder, dem Großvater meiner Frau, verkaufte. So kam er, ein verachtetes und ziemlich verächtliches Möbelstück ohne jeden Wert, nachdem der Großvater meiner Frau gestorben war, in unseren Besitz, stand irgendwo, niemand weiß genau wo, herum, bis er anläßlich eines Umzugs auftauchte und sich als bombengeschädigt erwies; irgendwann wurde die Platte während des zweiten Weltkriegs von einem Bombensplitter durchbohrt – es hätte schon nicht nur sentimentalen Wert, wäre ein Einstieg in eine politisch-sozialgeschichtlich mitteilungswerte Dimension, den Tisch als Einstiegs-Vehikel zu benutzen, wobei die tödliche Verachtung der Möbelpacker, die sich beinahe weigerten, ihn noch zu transportieren, wichtiger wäre als seine gegenwärtige Verwendung, die zufälliger ist als die Hartnäckigkeit, mit der wir ihn – und das nicht aus sentimentalen oder Erinnerungsgründen, sondern fast aus Prinzip – vor der Müllkippe bewahrten, und man mag mir, da ich inzwischen einiges an diesem Tisch geschrieben habe, eine vorübergehende Anhänglichkeit gestatten; die Betonung liegt auf vorübergehend. Schweigen wir von den Gegenständen, die auf dem Tisch liegen, sie sind nebensächlich und austauschbar, auch zufällig, ausgenommen vielleicht die Schreibmaschine Marke Remington. Ausführung *Travel Writer de Luxe,* Baujahr 1957, an der ich ebenfalls hänge, an diesem meinem Produktionsmittel, das fürs Finanzamt längst uninteressant geworden ist, obwohl es doch erheblich zu dessen Einnahmen beigetragen hat und immer noch beiträgt. Ich habe auf diesem Instrument, das jeder Fachmann nur mit Verachtung anschauen oder anfassen würde, schätzungsweise vier Romane und einige hundert Items geschrieben, und nicht nur deshalb hänge ich daran, auch wiederum aus Prinzip, denn es tut's noch und beweist, wie gering die Investitionsmöglichkeiten und der Investitionsehrgeiz eines Schriftstellers sind. Ich erwähne Tisch und Schreibmaschine, um mir klar darüber zu werden, daß nicht einmal diese beiden notwendigen Utensilien mir ganz erklärlich sind, und würde ich versuchen, ihrer beider Herkunft mit der erforderlichen exakten Gerechtigkeit zu eruieren, ihren genauen materiellen, industriellen, sozialen Werdegang und ihre Herkunft, es würde ein fast endloses Kompendium britischer und westdeutscher Industrie- und So-

zialgeschichte daraus. Schweigen wir von dem Haus, von dem Raum, in dem dieser Tisch steht, von der Erde, auf der das Haus gebaut ist, schweigen wir erst recht von den Menschen, die es – wahrscheinlich einige Jahrhunderte lang – bewohnt haben, von den Lebenden und Toten, schweigen wir von denen, die die Kohlen bringen, Geschirr spülen, Briefe und Zeitungen austragen – und schweigen wir erst recht von denen, die uns nah, näher, am nächsten sind. Und doch müßte alles, vom Tisch über die Bleistifte, die darauf liegen, in seiner gesamten Geschichte eingebracht werden, einschließlich derer, die uns nah, näher, am nächsten sind. Bleiben da nicht genug Reste, Zwischenräume, Widerstände, Poesie, Gott, Fiktion – mehr noch als beim Brükkenbau und beim Brötchenbacken?
Es trifft zu und ist leicht gesagt, Sprache sei Material, und es materialisiere sich, wenn man schreibt, etwas. Wie aber könnte man erklären, daß da – was gelegentlich festgestellt wird – etwas wie Leben entsteht, Personen, Schicksale, Handlungen – daß da Verkörperung stattfindet auf etwas so Totenblassem wie Papier, wo sich die Vorstellungskraft des Autors mit der des Lesers auf eine bisher unerklärte Weise verbindet, ein Gesamtvorgang, der nicht rekonstruierbar ist, wo selbst die klügste, sensibelste Interpretation immer nur ein mehr oder weniger gelungener Annäherungsversuch bleibt, und wie wäre es erst möglich, jeweils den Übergang vom Bewußten ins Unbewußte – beim Schreibenden und beim Lesenden – mit der notwendigen totalen Exaktheit zu beschreiben, zu registrieren, und das dann auch noch in seiner nationalen, kontinentalen, internationalen, religiösen oder weltanschaulichen Verschiedenheit, und dazu noch das ständig wechselnde Mischungsverhältnis von beiden, bei beiden, dem Schreibenden und dem Lesenden, und die plötzliche Umkehrung, wo das eine zum anderen wird, und in diesem plötzlichen Wechsel das eine vom anderen nicht mehr zu unterscheiden ist? Es wird immer ein Rest bleiben, mag man ihn Unerklärtheit nennen, Geheimnis meinetwegen, es bleibt und wird bleiben ein wenn auch winziger Bezirk, in den die Vernunft unserer Provenienz nicht eindringt, weil sie auf die bisher nicht geklärte Vernunft der Poesie und der Vorstellungskraft stößt, deren Körperlichkeit so unfaßbar bleibt wie der Körper einer Frau, eines Mannes oder auch eines Tieres. Schreiben ist – für mich jedenfalls – Bewegung nach vorn, Eroberung eines Körpers, den ich

noch gar nicht kenne, von etwas zu etwas hin, das ich noch nicht kenne; ich weiß nie, wie's ausgeht, ausgehen hier nicht als Handlungsausgang im Sinne der klassischen Dramaturgie – ausgehen hier im Sinne eines komplizierten und komplexen Experiments, das mit gegebenem, erfundenem, spirituellem, intellektuellem und sinnlich auf einander gebrachtem Material Körperlichkeit – und das auf Papier! – anstrebt. Insofern kann es gar keine gelungene Musik und Malerei geben, weil keiner den Körper, den er anstrebt, schon gesehen haben kann, und insofern ist alles, was man mit einem oberflächlichen Wort modern, was man besser lebende Kunst nennen sollte, Experiment und Entdeckung – und vorübergehend, nur in seiner historischen Relation schätzbar und meßbar, und es erscheint mir nebensächlich, von Ewigkeitswerten zu sprechen, sie zu suchen. Wo kommen wir ohne diesen Zwischenraum aus, diesen Rest, den wir Ironie, den wir Poesie, den wir Gott, Fiktion oder Widerstand nennen können?

Auch Staaten sind immer nur annähernd das, was sie zu sein vorgeben, und es kann keinen Staat geben, der nicht diesen Zwischenraum läßt zwischen der Verbalität seiner Verfassung und deren Verkörperung, einem Restraum, in dem Poesie und Widerstand wachsen – und hoffentlich gedeihen. Und es gibt keine Form der Literatur, die ohne diese Zwischenräume auskommt. Selbst die präziseste Reportage kommt nicht ohne Stimmung aus, ohne die Vorstellungskraft des Lesers, auch wenn der Schreibende sie sich selbst versagt; und selbst die präziseste Reportage muß auslassen – etwa die exakte und ausführliche Beschreibung von Gegenständen, die zur Verkörperung von Lebensumständen nun einmal gehören . . . sie muß komponieren, Elemente verschieben, und auch ihre Interpretation und ihr Arbeitsprotokoll ist nicht mitlieferbar, schon deshalb nicht, weil das Material Sprache nicht auf einen verbindlichen und allgemein verständlichen Mitteilungswert reduziert werden kann: Jedes Wort ist mit soviel Geschichte und Phantasiegeschichte, National- und Sozialgeschichte und historischer Relativität – die mitgeliefert werden müßte – belastet, wie ich an Hand meines Arbeitstisches anzudeuten versucht habe. Und die Festlegung der Mitteilungswerte ist nicht nur ein Übersetzungsproblem von einer Sprache in die andere, es ist ein viel schwerer wiegendes Problem innerhalb der Sprachen, wo Definitionen Weltanschauungen und Weltanschauungen Kriege bedeuten können – ich erinnere nur an die Kriege nach der Reformation, die, wenn auch macht- und herrschaftspolitisch erklärbar, auch Kriege um religiöse Definitionen waren. Es ist – das nebenbei gesagt – deshalb belanglos festzustellen, man spreche doch die gleiche Sprache, wenn man nicht die Fracht, die jedes Wort regional – manchmal sogar lokalgeschichtlich – haben kann, mit ausbreitet. Mir jedenfalls klingt manches Deutsch, das ich lese und höre, fremder als Schwedisch, von dem ich leider sehr wenig verstehe.

Politiker, Ideologen, Theologen und Philosophen versuchen immer und immer wieder, restlose Lösungen zu bieten, fix und fertig geklärte Probleme. Das ist ihre Pflicht – und es ist unsere, der Schriftsteller – die wir wissen, daß wir nichts rest- und widerstandslos klären können –, in die Zwischenräume einzudringen. Es gibt zu viele unerklärte und unerklärliche Reste, ganze Provinzen des Abfalls. Brückenbauer, Brötchenbäcker und Romanschreiber werden gewöhnlich mit den ihren fertig, und ihre Reste sind nicht die problematischsten. Während wir uns weiterstreiten über littérature pure und littérature engagée – eine der falschen Alternativen, ich werde darauf noch kommen –, machen wir uns immer noch nicht bewußt – oder wir werden unbewußt davon abgelenkt – Gedanken über l'argent pur und l'argent engagé. Wenn man sich erst anschaut und anhört, wie Politiker und Nationalökonomen über etwas angeblich so Rationales wie Geld sprechen, dann wird der mystische oder auch nur mysteriöse Bereich innerhalb der bisher erwähnten drei Berufe immer weniger interessant und verblüffend harmlos. Nehmen wir nur als Beispiel die kürzlich abgelaufene, höchst verwegene Dollarattacke (die man schamhaft eine Dollarkrise genannt hat). Mir tumbem Laien fiel da etwas auf, das niemand beim Namen nannte: daß zwei Staaten am heftigsten betroffen waren und am nachdrücklichsten zu etwas so Merkwürdigem – nimmt man an, daß das Wort Freiheit nicht bloß eine Fiktion ist – wie Stützungskäufen – gezwungen, das heißt doch zur Kasse gebeten wurden, die historisch etwas gemeinsam haben: sie haben den zweiten Weltkrieg verloren, und man sagt ihnen noch etwas als gemeinsam nach: ihre Tüchtigkeit und ihren Fleiß. Kann man da dem, den's angeht, der mit seinem Kleingeld in der Tasche klimpert oder mit seinen Scheinchen wedelt, die mit denkwürdigen Symbolen bedruckt sind, nicht klarmachen, warum, obwohl er keineswegs weniger dafür arbeitet, diese ihm weniger Brot, Milch, Kaffee, Taxikilometer einbringen? Wieviel Zwischenräume bieten sich der Mystik des Geldes, und in welchen Tresoren wird deren Poesie versteckt? Idealistische Eltern und Erzieher haben uns immer einreden wollen, Geld sei schmutzig. Ich habe das nie eingesehen, weil ich immer nur Geld bekam, wenn ich gearbeitet hatte – nehme ich den großen Preis aus, den ich von der schwedischen Akademie verliehen bekam –, und selbst die schmutzigste Arbeit wird für den, der keine andere Wahl hat, als zu arbeiten, rein. Sie bedeutet Lebensunterhalt für die, die ihm nahe sind, und für ihn selbst. Geld ist die Verkörperung seiner Arbeit, und die ist rein. Zwischen Arbeit und dem, was sie einbringt, bleibt freilich immer ein ungeklärter Rest, der mit vagen Formulierungen wie gut oder schlecht verdienen weit weniger annähernd gefüllt ist als der Zwischenraum, den die Interpretation in einem Roman oder Gedicht läßt.

Die ungeklärten Reste der Literatur sind verglichen mit den unerklärten Zwischenräumen der Geldmystik von verblüffender Harmlosigkeit, und da gibt es dann immer noch Leute, die in sträflichem Leichtsinn das Wort Freiheit im Munde führen, wo eindeutig Unterwerfung unter einen Mythos und seinen Herrschaftsanspruch gefordert und geleistet wird. Da appelliert man dann an politische Einsicht, wo doch gerade Einsicht und Einblick in die Probleme verhindert wird.

Auf dem unteren Rand meiner Schecks sehe ich vier verschiedene Zifferngruppen mit insgesamt 32 Zeichen, von denen zwei Hieroglyphen gleichen. Fünf dieser 32 Zeichen sind mir einsichtig: drei für meine Kontonummer, zwei für die Zweigstelle der Bank – was ist mit den übrigen 27, unter denen etliche Nullen sind? Ich bin sicher, es gibt für alle diese Zeichen eine vernünftige, sinnvolle – wie man so hübsch sagt: einleuchtende Erklärung. Nur habe ich in meinem Gehirn und meinem Bewußtsein keinen Platz für die einleuchtende Erklärung, und was bleibt, ist die Ziffernmystik einer Geheimwissenschaft, die ich weniger durchschauen kann, deren Poesie und Symbolik mir fremder bleiben wird als Marcel Prousts *Suche nach der verlorenen Zeit* oder das »Wessobrunner Gebet«. Was diese 32 Ziffern von mir verlangen, ist vertrauensvoller Glaube an die Tatsache, daß alles schon seine Richtigkeit habe, daß alles restlos klar und, wenn ich mir nur ein wenig Mühe gäbe, für mich einsichtig sei, und doch wird für mich der Rest Mystik bleiben – oder auch Angst, viel mehr Angst, als jede Erscheinungsform von Poesie mir einflößen könnte. Fast kein währungspolitischer Vorgang ist für die, um deren Geld es geht, einsichtig.

Dreizehn Ziffern auch auf meiner Telefonrechnung, einige auf jeder meiner soundsovielen Policen, dazu noch meine Steuer-, meine Auto- und Telefonnummer – ich nehme mir gar nicht die Mühe, alle diese Ziffern zu zählen, die ich im Kopf oder wenigstens notiert haben müßte, um meinen Platz in der Gesellschaft jederzeit exakt nachweisen zu können. Multiplizieren wir die 32 Ziffern und die Chiffren auf meinem Scheck getrost mit sechs, oder geben wir Rabatt und multiplizieren wir mit vier, fügen wir noch die Geburtsdaten hinzu, ein paar Abkürzungen für Konfession, Familienstand – haben wir dann endlich das Abendland in der Addition und Integration seiner Vernunft? Ist diese Vernunft, wie wir sie verstehen und hinnehmen – und es wird uns nicht nur einleuchtend gemacht, sondern leuchtet uns sogar ein –, nicht vielleicht nur eine abendländische Arroganz, die wir dann noch via Kolonialismus oder Mission, oder in einer Mischung von beidem als Unterwerfungsinstrument in die ganze Welt exportiert haben, und werden oder würden für die Betroffenen die Unterschiede zwischen christlich, sozialistisch, kommunistisch, kapitalistisch nicht gering, mag ihnen auch die Poesie dieser Vernunft stellenweise einleuchten, bleibt nicht doch die Vernunft ihrer Poesie siegreich? Worin bestand das größte Verbrechen der Indianer, als sie mit der nach Amerika exportierten europäischen Vernunft konfrontiert wurden? Sie kannten den Wert des Goldes, des Geldes nicht! Und sie kämpften gegen etwas, gegen das wir heute als das allerletzte Produkt unserer Vernunft kämpfen, gegen die Zerstörung ihrer Welt und Umwelt, gegen die totale Unterwerfung ihrer Erde unter den Profit, der ihnen fremder war als uns ihre Götter und Geister. Und was hätte ihnen daran wohl als christlich, als die neue, die frohe Botschaft einleuchten sollen, an dieser wahnwitzigen heuchlerischen Selbstgefälligkeit, mit der man sonntags Gott diente und ihn als Erlöser pries und am Montag pünktlich die Banken wieder öffnete, wo die für einzig wahr gehaltene Vorstellung von Geld, Besitz undProfit verwaltet wurde? Für die Poesie des Wassers und des Windes, des Büffels und des Grases, in der sich ihr Leben verkörperte, gab es nur Hohn – und nun beginnen wir westlich Zivilisierten in unseren Städten, den Endprodukten unserer totalen Vernunft – denn gerechterweise muß man sagen: wir haben uns nicht geschont –, wir beginnen etwas davon zu spüren, wie wirklich die Poesie des Wassers und des Windes ist und was sich in ihr verkörpert. Bestand oder besteht die Tragödie der Kirchen vielleicht gar nicht in dem, was man im Sinne der Aufklärung als unvernünftig an ihnen bezeichnen konnte, sondern in dem verzweifelten und auf verzweifelte Weise gescheiterten Versuch, einer Vernunft hinterherzurennen oder sie zu übernehmen, die niemals mit etwas so unvernünftigem wie dem verkörperten Gott zu vereinbaren gewesen war und wäre? Vorschriften, Paragraphen, Einverständnis der Fachleute, ein Ziffernwald von numerierten Vorschriften und die Produktion von Vorurteilen, die man uns eingehämmert und auf die Laufbänder der Geschichtsunterweisung gesetzt hat, um die Menschen einander immer fremder zu machen. Schon im extremen Westen Europas steht unsere Vernunft einer ganz anderen gegenüber, die wir einfach Unvernunft nennen. Die entsetzliche Problematik Nordirlands besteht doch darin, daß hier zwei Arten Vernunft seit Jahrhunderten aufeinander und hoffnungslos aneinander geraten sind.

Wieviel Provinzen der Abfälligkeit und der Verächtlichkeit hat uns die Geschichte hinterlassen. Kontinente werden versteckt unter dem Siegeszeichen unserer Vernunft. Bevölkerungsgruppen blieben einander fremd, angeblich sprachen sie die gleiche Sprache. Wo man die Ehe abendländischer Provenienz als ordnendes Element verschrieb, unterschlug man die Tatsache, daß sie ein Privileg war: unerreichbar, unerschwinglich für die Landarbeiter etwa, die man Knechte und Mägde nannte, die einfach das Geld nicht hatten, sich auch nur ein paar Bettlaken zu kaufen, und, hätten sie das Geld dazu gespart oder geklaut, kein Bett gehabt hätten, die Laken darüber zu breiten. So ließ man sie ungerührt in ihrer Illegitimität, Kinder erbrachten sie ja! Nach oben und nach außen schien immer alles restlos geklärt. Klare Antworten, klare Fragen, klare Vorschriften. Katechismustäuschung. Nur keine Wunder, und Poesie immer nur als Zeichen des Überirdischen, nie des Irdischen. Und dann wundert man sich, sehnt sich gar zurück nach alten Ordnungen, wenn die verachteten und versteckten Provinzen Zeichen von Aufruhr zeigen, und natürlich muß dann die eine Partei oder deren Gegenpartei aus diesem Aufruhr materiellen und politischen Profit ziehen. Den noch unerforschten Kontinent, den man geschlechtliche Liebe nennt, hat man mit Vorschriften zu ordnen versucht, die denen gleichen, wie man sie Anfängern in Philatelie beim Anlegen ihres ersten Albums anbietet. Bis ins peinlichste Detail wurden erlaubte und unerlaubte Zärtlichkeiten definiert, und plötzlich stellen Theo- und Ideologen in gemeinsamem Entsetzen fest, daß auf diesem Kontinent, den man für ausgemessen, erkaltet und geordnet hielt, noch ein paar Vulkane nicht erloschen sind – und Vulkane kann man mit der erprobten Feuerwehr nun einmal nicht löschen. Und was hat man alles auf Gott, diese mißbrauchte und bemitleidenswerte Instanz, abgeladen, auf sie abgeschoben: alles, alles, was da an Problemen blieb: alle Wegweiser für auswegloses Elend sozialer, ökonomischer, sexueller Art wiesen auf ihn, alles Abfällige, Verächtliche wurde auf Gott geschoben, alle unerledigten »Reste« und doch hat man ihn gleichzeitig als den Verkörperten gepredigt, ohne zu bedenken, daß man den Menschen nicht Gott und Gott nicht dem Menschen aufbürden kann, wenn er als verkörpert zu gelten hat. Und wer mag sich da wundern, wenn er da überlebt hat, wo man Gottlosigkeit verordnete und das Elend der Welt und der eigenen Gesellschaft auf einen unerfüllten Katechismus ebenso dogmatischer Art und auf eine immer weiter und immer wieder verschobene Zukunft schob, die sich als triste Gegenwart erwies? Und wiederum können wir auch darauf nur mit unerträglicher Arroganz reagieren, indem wir von hier aus uns anmaßen, diesen Vorgang als reaktionär zu denunzieren; und es ist Arroganz gleicher Sorte, wenn ebenfalls von hier aus die amtlichen Verwalter Gottes diesen Gott, der in der Sowjetunion überlebt zu haben scheint, als ihren reklamieren, ohne die Müllhalden, unter denen er hier versteckt ist, wegzuräumen, und das Erscheinen Gottes dort für die Rechtfertigung eines Gesellschaftssystems hier reklamierten. Immer wieder wollen wir, ob wir uns nun als Christen oder Atheisten unserer Überzeugung brüsten, profitieren für das eine oder andere rechthaberisch vertretene Gedankensystem. Dieser unser Wahnwitz, dieser Hochmut *an sich,* verschüttet immer wieder beides: den verkörperten Gott, den man den Menschgewordenen nennt, und die an seine Stelle gesetzte Zukunftsvision totaler Menschlichkeit. Uns, die wir so leicht demütigen, fehlt etwas: Demut, die nicht zu verwechseln ist mit Unterordnung, Gehorsam oder gar Unterwerfung. Das haben wir mit den kolonisierten Völkern gemacht: ihre Demut, die Poesie dieser Demut in Demütigung für sie verwandelt. Wir wollen immer unterwerfen und erobern, kein Wunder in einer Zivilisation, deren erste fremdsprachige Lektüre lange Zeit der *Bellum Gallicum* des Julius Caesar und deren erste Einübung in Selbstgefälligkeit, in klipp und klare Antworten und Fragen der Katechismus war, irgendein Katechismus, eine Fibel der Unfehlbarkeit und der restlos, fix und fertig geklärten Probleme.

Ich habe mich ein wenig vom Brückenbauen, Brötchenbacken und Romaneschreiben entfernt, die Zwischenräume, Ironien, fiktiven Bezirke, Reste, Göttlichkeiten, Mystifikationen und Widerstände anderer Bereiche angedeutet – mir erscheinen sie schlimmer, aufklärungsbedürftiger als die geringfügigen, ungeklärten Ecken, in denen nicht die uns überkommene Vernunft, sondern die Vernunft der Poesie sich – etwa in einem Roman – verbirgt. Die ungefähr zweihundert Ziffern, die ich, in genauester Reihenfolge, Gruppe für Gruppe, mit ein paar Chiffren untermischt, im Kopf oder wenigstens auf einem Zettel als Beweis meiner Existenz haben müßte, ohne genau zu wissen, was sie bedeuten, verkörpern nicht viel mehr, als ein paar abstrakte Ansprüche und Existenzbeweise innerhalb einer Bürokratie, die sich nicht nur vernünftig gibt, sogar vernünftig ist. Ich bin darauf angewiesen und dazu angeleitet, ihr blind zu vertrauen. Darf ich nicht erwarten, daß man der Vernunft der Poesie nicht nur vertraut, sondern sie bestärkt, nicht daß man sie in Ruhe lasse, sondern ein wenig von ihrer Ruhe annehme und von dem Stolz ihrer Demut, die immer nur Demut nach unten, nie Demut nach oben sein kann. Respekt verbergen sich in ihr, Höflichkeit und Gerechtigkeit und der Wunsch, zu erkennen und erkannt zu werden.

Ich will hier keine neuen Missionseinstiege und -vehikel liefern, aber ich glaube, im Sinne der poetischen Demut, Höflichkeit und Gerechtigkeit sagen zu müssen, daß ich viel Ähnlichkeit, daß ich Annäherungsmöglichkeiten sehe zwischen dem Fremden im Camusschen Sinne, der Fremdheit des Kafkaschen Personals und dem verkörperten Gott, der ja auch ein Fremder geblieben ist und – sieht man von ein paar Temperamentsentgleisungen ab – auf eine bemerkenswerte Weise höflich und wörtlich. Warum denn wohl hat die katholische Kirche lange – ich weiß nicht genau wie lange – den direkten Zugang zu den Wörtlichkeiten der für heilig erklärten Texte versperrt oder ihn in Latein und Griechisch versteckt gehalten, nur Eingeweihten zugänglich? Ich denke mir, um die Gefahren auszuschließen, die sie in der Poesie des verkörperten Wortes witterte, und um die Vernunft ihrer Macht vor der gefährlichen Vernunft der Poesie zu schützen. Und nicht zufällig ist doch die wichtigste Folge der Reformationen die Entdeckung von Sprachen und ihrer Körperlichkeit gewesen. Und welches Imperium ist je ohne Sprachimperialismus ausgekommen, das heißt, der Verbreitung der eigenen, Unterdrückung der Sprache der Beherrschten? In diesem, in keinem anderen Zusammenhang sehe ich die diesmal nicht imperialistischen, sondern scheinbar anti-imperialistischen Versuche, die Poesie, die Sinnlichkeit der Sprache, ihre Verkörperung und die Vorstellungskraft – denn Sprache und Vorstellungskraft sind eins – zu denunzieren und die falsche Alternative Information oder Poesie als eine neue Erscheinungsform des *divide et impera* einzuführen. Es ist die nagelneue, fast schon wieder internationale Arroganz einer Neu-Vernunft, die Poesie der Indianer als gegenherrschaftliche Kraft möglicherweise zuzulassen, den Klassen im eigenen Land, die man befreien möchte, die eigene aber vorzuenthalten. Poesie ist kein Klassenprivileg, sie ist nie eins gewesen. Immer wieder haben sich etablierte feudalistische und bürgerliche Literaturen regeneriert aus dem, was sie herablassend Volkssprache nannten, moderner ausgedrückt Jargon oder Slang. Man mag diesen Vorgang getrost sprachliche Ausbeutung nennen, aber man ändert an dieser Ausbeutung nichts, wenn man die falsche Alternative Information oder Poesie/Literatur propagiert. Die mit Nostalgie gemischte Abfälligkeit, die in den Ausdrücken Volkssprache, Slang, Jargon liegen mag, berechtigt nicht dazu, nun auch die Poesie auf den Abfallhaufen zu verweisen und alle Formen und Ausdrucksarten der Kunst dazu. Darin liegt viel Pfäffisches: anderen Verkörperung und Sinnlichkeit vorzuenthalten, indem man neue Katechismen ausarbeitet, wo von einzig richtigen und wahrhaft falschen Ausdrucksmöglichkeiten gesprochen wird. Man kann nicht die Kraft der Mitteilung von der Kraft des Ausdrucks, den diese Mitteilung findet, trennen; es bahnt sich da etwas an, das mich an die theologisch ziemlich langweiligen, als Beispiel von verweigerter Verkörperung aber wichtigen Streitereien um die Kommunion in beiderlei Gestalten erinnert, der dann, was den katholischen Teil der Welt betraf, auf die Blässe der Hostien reduziert wurde, die man ja nicht einmal Brot nennen konnte. Schweigen wir von den Millionen Hektolitern vorenthaltenem Wein! Es lag eine arrogante Verkennung nicht nur der Materie darin, mehr noch dessen, was diese Materie verkörpern sollte.

Man kann keine Klasse befreien, indem man ihr zunächst etwas vorenthält, und mag sich diese neue Schule des Manichäismus auch a- oder antireligiös geben, sie übernimmt damit ein kirchenherrschaftliches Modell, das mit der Verbrennung von Hus enden könnte und mit der Exkommunikation Luthers. Man mag getrost über den Begriff der Schönheit streiten, neue Ästhetiken entwickeln, sie sind überfällig, aber sie dürfen nicht mit Vorenthaltungen beginnen, und sie dürfen eins nicht ausschließen: die Möglichkeit der Versetzung, die die Literatur bietet: sie versetzt nach Süd- oder Nordamerika, nach Schweden, Indien, Afrika. Sie kann versetzen, *auch* in eine andere Klasse, andere Zeit, andere Religion und andere Rasse. Es ist – sogar in ihrer bürgerlichen Form – niemals ihr Ziel gewesen, Fremdheit zu schaffen, sondern diese aufzuheben. Und mag man die Klasse, aus der sie bisher zum größten Teil gekommen ist, für überfällig halten, als Produkt dieser Klasse war sie in den meisten Fällen auch ein Versteck des Widerstandes gegen sie. Und es muß die Internationalität des Widerstandes bewahrt bleiben, die den einen – Alexander Solschenizyn – gläubig erhalten oder gemacht hat – und den anderen – Arrabal – zum erbitterten und bitteren Gegner der Religion und der Kirche. Und dieser Widerstand ist nicht als bloßer Mechanismus oder Reflex zu verstehen, der dort Gottglauben, da Gottlosigkeit hervorbringt, sondern als Verkörperung geistesgeschichtlicher Zusammenhänge, die sich zwischen verschiedenen Müllhalden und Provinzen der Abfälligkeit ergeben ... und auch als Anerkennung der Zusammengehörigkeit ohne Arroganz und ohne Unfehlbarkeitsanspruch. Es mag für einen politischen Häftling oder auch nur isolierten Oppositionellen etwa in der Sowjetunion falsch oder gar wahnsinnig erscheinen, wenn man in der westlichen Welt gegen den Vietnamkrieg protestiert – man mag das psychologisch verstehen für ihn da in seiner Zelle oder seiner gesellschaftlichen Isolation – und doch müßte er erkennen, daß die Schuld der einen nicht aufgerechnet werden kann gegen die anderen, daß, wenn für Vietnam demonstriert wird, für ihn mitdemonstriert wird! Ich weiß, das klingt utopisch, und doch erscheint es mir als die einzige Möglichkeit einer neuen Internationalität, nicht Neutralität. Kein Autor kann vorgegebene oder vorgeschobene Teilungen und Urteile übernehmen, und es erscheint mir als beinahe selbstmörderisch, wenn wir immer noch und immer wieder die Teilung in engagierte Literatur und die andere überhaupt diskutieren. Nicht nur, daß man, gerade, wenn man das eine zu sein glaubt, für das andere eintreten muß bis zum äußersten, nein wir übernehmen gerade mit dieser gefälschten Alternative ein bürgerliches Teilungsprinzip, das uns entfremdet. Es ist nicht nur die Teilung unserer möglichen Stärke, auch die unserer möglichen – ich riskiere es ohne zu erröten – verkörperten Schönheit, denn sie kann ebenso befreien wie der mitgeteilte Gedanke, sie kann als sie selbst befreien oder als Provokation, die sie darstellen mag. Die Stärke der ungeteilten Literatur ist nicht die Neutralisierung der Richtungen, sondern die Internationalität des Widerstands, und zu diesem Widerstand gehört die Poesie, die Verkörperung, die Sinnlichkeit, die Vorstellungskraft und die Schönheit. Die neue manichäische Bilderstürmerei, die sie uns nehmen will, die uns die ganze Kunst nehmen will, würde nicht nur uns berauben, auch die, für die sie tut, was sie glaubt, tun zu müssen. Kein Fluch, keine Bitterkeit, nicht einmal die Information über den verzweifelten Zustand einer Klasse ist ohne Poesie möglich, und selbst, um sie zu verdammen, muß man sie erst zur Erkenntnis bringen. Man lese da doch einmal Rosa Luxemburg genau und schaue sich an, welche Denkmäler Lenin als erste verordnet hat: das erste für den Grafen Tolstoi, von dem er gesagt hat, bevor dieser Graf zu schreiben anfing, habe es in der russischen Literatur keine Bauern gegeben, das zweite für den »Reaktionär« Dostojewskij. Man mag für sich selbst – um einen asketischen Weg der Veränderung zu wählen – auf Kunst und Literatur verzichten. Man kann das nicht für andere, bevor man ihnen nicht zur Kenntnis oder Erkenntnis gebracht hat, auf was sie verzichten sollen. Dieser Verzicht muß freiwillig sein, sonst wird er pfäffische Vorschrift wie ein neuer Katechismus, und wieder einmal würde ein ganzer Kontinent, wie der Kontinent Liebe, zur Dürre verurteilt. Nicht aus bloßer Spielerei und nicht nur, um zu schockieren, haben Kunst und Literatur immer wieder ihre *Formen* gewandelt, im Experiment neue entdeckt. Sie haben auch in diesen Formen etwas verkörpert, und es war fast nie die Bestätigung des Vorhandenen und Vorgefundenen; und wenn man sie ausmerzt, begibt man sich einer weiteren Möglichkeit: der List. Immer noch ist die Kunst ein gutes Versteck: nicht für Dynamit, sondern für geistigen Explosivstoff und gesellschaftliche Spätzünder. Warum wohl sonst hätte es die verschiedenen Indices gegeben? Und gerade in ihrer verachteten und manchmal sogar verächtlichen Schönheit und Undurchsichtigkeit ist sie das beste Versteck für den Widerhaken, der den plötzlichen Ruck oder die plötzliche Erkenntnis bringt.

Hier muß ich, bevor ich zum Schluß komme, eine notwendige Einschränkung machen. Die Schwäche meiner Andeutungen und Ausführungen liegt unvermeidlicherweise darin, daß ich die Tradition der Vernunft, in der ich – hoffentlich nicht mit ganzem Erfolg – erzogen bin – mit den Mitteln eben dieser Vernunft anzweifle, und es wäre wohl mehr als ungerecht, diese Vernunft in allen ihren Dimensionen zu denunzieren. Offenbar ist es ihr – dieser Vernunft – immerhin gelungen, den Zweifel an ihrem Totalanspruch, an dem, was ich ihre Arroganz genannt habe, mitzuliefern und auch die Erfahrung mit und die Erinnerung an das zu erhalten, was ich die Vernunft der Poesie genannt habe, die ich nicht für eine privilegierte, nicht für eine bürgerliche Instanz halte. Sie ist mitteilbar, und gerade, weil sie in ihrer Wörtlichkeit und Verkörperung manchmal befremdend wirkt, kann sie Fremdheit oder Entfremdung verhindern oder aufheben. Befremdet zu sein hat ja auch die Bedeutung erstaunt zu sein, überrascht oder auch nur berührt. Und was ich über die Demut – natürlich nur andeutungsweise – gesagt habe, verdanke ich nicht einer religiösen Erziehung oder Erinnerung, die immer Demütigung meinte, wenn sie Demut sagte, sondern der frühen und späteren Lektüre von Dostojewskij. Und gerade weil ich die internationale Bewegung nach einer klassenlosen, oder nicht mehr klassenbedingten Literatur, die Entdeckung ganzer Provinzen von Gedemütigten, für menschlichen Abfall Erklärten, für die wichtigste literarische Wendung halte, warne ich vor der Zerstörung der Poesie, vor der Dürre des Manichäismus, vor der Bilderstürmerei eines, wie mir scheint, blinden Eiferertums, das nicht einmal Badewasser einlaufen läßt, bevor es das Kind ausschüttet. Es erscheint mir sinnlos, die Jungen oder die Alten zu denunzieren oder zu glorifizieren. Es erscheint mir sinnlos, von alten Ordnungen zu träumen, die nur noch in Museen rekonstruierbar sind; es erscheint mir sinnlos, Alternativen wie konservativ/fortschrittlich aufzubauen. Die neue Welle der Nostalgie, die sich an Möbel, Kleider, Ausdrucksformen und Gefühlsskalen klammert, beweist doch nur, daß uns die neue Welt immer fremder wird. Daß die Vernunft, auf die wir gebaut und vertraut haben, die Welt nicht vertrauter gemacht hat, daß die Alternative rational/irrational auch eine falsche war. Ich mußte hier vieles um- oder übergehen, weil ein Gedanke immer zum anderen und es zu weit führen würde, jeden einzelnen dieser Kontinente ganz auszumessen. Übergehen mußte ich den Humor, der auch kein Klassenprivileg ist und doch ignoriert wird in seiner Poesie und als Versteck des Widerstands.

Am Anfang

Reminiszenzen dieser Art geraten fast unvermeidlicherweise heroisch, veteranenhaft, und ich will wieder einmal versuchen, auf jener »Haaresbreite« einherzubalancieren, die verschiedene Abgründe der Peinlichkeit voneinander trennt.
Zunächst muß man, glaube ich, zwischen den Begriffen »Erstlingswerke« und »Erstpublikationen« unterscheiden. Meine Erstlingswerke schrieb ich zwischen 1936 und 1938, Kurzgeschichten, Gedichte, einen Roman. Erstpublikationen kamen nach 1945, zunächst Kurzgeschichten. Meinen ersten Nachkriegsroman schrieb ich 1946; er ist nie erschienen, ich habe ihn auch später nie wieder zur Publikation angeboten. Ich schrieb ihn, angeregt durch ein Preisausschreiben, und ich erinnere mich der Schwierigkeiten bei der Beschaffung von Schreibmaschinen- und Kohlepapier für ein Original und vier Durchschläge. Diese vier Durchschläge zwangen mich an die Schreibmaschine, eine alte Büromaschine meines Vaters, die merkwürdigerweise den Krieg überdauert hatte. Der Roman war ziemlich umfangreich, so an die vier-, fünfhundert Manuskriptseiten, ich schrieb, glaube ich, direkt ins reine, und da ich bis auf den heutigen Tag zwar viel Schreibmaschine geschrieben, aber nie Maschinenschreiben gelernt habe, bestand auch damals die Hauptarbeit im Kollationieren; am Orginal und den vier Abschriften mußte jeder Tippfehler korrigiert, jede Stilkorrektur auf jedes einzelne Blatt übertragen, mußten am Ende dann die ganzen vier- oder fünfhundert Seiten miteinander verglichen werden, es mußte viel durchgestrichen, einiges ergänzt und die Paginierung kontrolliert werden. Ein heilloses Papierdurcheinander in unserem Wohnschlafzimmer, wo auf dem Bett, auf Kommoden und Stühlen, in Bücherregalen zusammengeheftete Romankapitel, streng nach Abschrift eins, zwei usw. getrennt, umherlagen. Die ganze Wohnung stand unter dem Zeichen des bläulichen, sehr holzreichen Papiers, und überall auch lag bis aufs letzte ausgesaugtes Kohlepapier, von dem ich mich, da es so kostbar, nicht trennen konnte. Der Roman kam von der Jury für das Preisausschreiben kommentarlos zurück, ich legte ihn in eine Schublade und vergaß ihn. Ich wüßte nichts mehr über sein Personal, seine Problematik, über seinen Aufbau, seinen Anfang und sein Ende

zu sagen. Er hatte – wenn ich von der Preisjury absehe, von der ich hoffe, daß sie ihn tatsächlich gelesen hat – vier Leserinnen: meine Frau, meine Schwester, eine Schwägerin und deren Freundin. Die beiden letzteren Damen haben mir später erzählt, sie hätten ihn regelrecht verschlungen, so spannend sei er gewesen. Ich kann dazu nichts sagen, weil ich nie mehr in den Roman hineingeschaut habe. Ich schrieb damals sehr viel, und das meiste wurde und ist nicht veröffentlicht worden. Für Schriftsteller gilt auch, was man etwa bei Malern viel besser versteht: es gibt eben Arbeiten, die nur einen Atelierwert haben, für die Öffentlichkeit weder bestimmt noch interessant sind. Erst dreiundzwanzig Jahre später, anläßlich eines Umzuges, der es notwendig machte, in Kisten und Kasten, Kartons und grob zusammengeschnürte Pakete wirklich nun einmal hineinzuschauen, fand ich viel Unpubliziertes und Unpublizierbares, das ich schleunigst wieder versteckte. Wahrscheinlich ekelte ich mich vor dem häßlichen Papier und dem unvermeidlichen Trümmerstaub, nach dem auch dreiundzwanzig Jahre später die Manuskripte noch rochen und der zwischen den Blättern herausrieselte. Als ich das alles schrieb, wohnten wir in einem fast total zerstörten Haus, das wir langsam renovierten. Die Qualität des Verputzes war miserabel, er bröckelte nicht nur, er segelte manchmal in großen Placken, oft quadratmetergroß, von der Decke herunter und setzte sich als Staub in Kleider, Wäsche, Möbel, Speisen, Bücher, Manuskripte. Wir mußten später die Betten unserer Kinder mit Spanplatten abdecken, um sie vor diesen lebensgefährlichen Lawinen zu schützen.

Schon im Winter von 1946 auf 1947 schrieb ich, nachdem ich viele Kurzgeschichten geschrieben und auch einige davon veröffentlicht hatte, mein drittes Buchmanuskript, eine längere Erzählung. Ich schrieb sie unter den gleichen Umständen, teils auf der Bettkante sitzend, die Schreibmaschine auf einem Stuhl oder einer Kommode vor mir, manchmal auch in der Küche, abends oder nachts, um meine Frau und das Kind nicht zu stören, später in einer Mansarde, die wir hinzumieten konnten. Die Erzählung hatte den Arbeitstitel »Zwischen Lemberg und Czernowitz« und erschien später als Buch unter dem Titel *Der Zug war pünktlich.* Der Winter 1946/47 war sehr hart, er zog sich, glaube ich, bis zum April oder Mai 1947 hin. An die Schwierigkeiten beim Schreiben erinnere ich mich nicht, wohl aber an die Schwierigkeiten, einen solchen Winter in einer zerstörten Großstadt zu überleben, und diese Schwierigkeiten waren für alle Bewohner gleich. Ich arbeitete in diesem Jahr tagsüber, nicht allzu intensiv, an der Renovierung des Hauses – ein Dach dicht zu bekommen und auch dicht zu halten, war ein fast unlösbares Problem – war gleichzeitig, ohne die geringste Intensität, Student an der Universität Köln; ich ging fast nie in eine Vorlesung, mußte mich aber, wie man das so nennt, hin und wieder dort blicken lassen, um meine Testate zu bekommen, von denen meine Berufsbezeichnung in meinem Personalausweis und damit meine Lebensmittelkarte abhing. Meine Frau war als Mittelschullehrerin berufstätig. Das schwierigste Problem in diesem Winter war die Beschaffung von Lebensmitteln und Brennmaterial. Im Februar, als unser Sohn Raimund geboren wurde, waren die Temperaturen auf ungefähr zwanzig Grad unter Null (Celsius) gesunken. Expeditionen in die benachbarten Trümmer brachten zwar Brennholz, aber mit Holz allein war gegen diese Kälte nicht anzukommen, da außerdem die Fenster und Türen undicht waren. Schon die Besorgung etwa eines halben Zentners oder auch nur von zehn Kilo Kartoffeln machte langwierige Hamsterfahrten notwendig, komplizierte Tauschgeschäfte; wenn wir Geld hatten, gingen wir auf den Schwarzmarkt. Das Monatseinkommen meiner Frau hatte einen Schwarzmarkteffektivwert von etwa 15 Kilo Brot oder 10 bis 15 – je nach Außentemperatur – Zentnern Briketts. Ich bekam für eine Kurzgeschichte – je nach Umfang zwischen 100 und 400 Mark, das entsprach ungefähr 2 bis 10 Zentnern Briketts. Kohlen oder Briketts auf dem schwarzen Markt zu erwerben, war schwierig, weil man außerdem den Transport organisieren und bezahlen mußte. Und mit den fallenden Temperaturen stiegen natürlich die Kohlenpreise. Das Thermometer war der zuverlässigste Börsenspiegel. Es gab drei Möglichkeiten, an Hausbrand zu kommen: direkten, d. h. mit eigener Hand ausgeführten Diebstahl an einer der Eisenbahnstrecken, auf denen die Kohlenzüge durch Köln oder um Köln herumfuhren. Meine moralischen Bedenken waren weitaus geringer als 20 Grad minus; ich fand diese Methode, die ich nur einmal praktizierte, zu mühselig, war ihr auch gesundheitlich nicht gewachsen. Die zweite Methode war, den Dieben die Kohlen abzukaufen, und schließlich gab es eine dritte: von einem der Braunkohlenarbeiter im Revier westlich von Köln seine Deputatkohle zu erwerben. Wir – mein Vater, mein Bruder und ich, die sogenannten Haushaltsvorstände – entschlossen uns zur letzteren Methode. Diese Methode erforderte umständliche Fahrten, Verhandlungen, Abmachungen. Ich erwähne nur dieses eine Beispiel – die Beschaffung von Hausbrand –, um halbwegs zu erklären, wie schwierig es war, aufrechtzuerhalten, was man das nackte Leben zu nennen beliebt.

Mit meiner Erzählung jedenfalls wurde ich erst im Spätsommer fertig. Ich bot sie dem Verlag an, in dessen Literaturzeitschrift ich hin und wieder Kurzgeschichten veröffentlichte. Das Manuskript wurde zu meiner Überraschung sofort angenommen, die Publikation aber aufs Frühjahr 1948 verschoben. Ich vergaß das Manuskript, schrieb wieder Kurzgeschichten, und im April oder Mai 1948 schrieb mir der Verlag, er könne zu seinem Bedauern eine Publikation nicht garantieren. Inzwischen geschah etwas Merkwürdiges: ich bekam in den ersten Juniwochen 1948 einige Honorare für Kurzgeschichten, die noch gar nicht erschienen waren. Zum Glück gaben wir das Geld – natürlich hauptsächlich auf dem schwarzen Markt – rasch aus, denn im Juni 1948 kam die Währungsreform, die das noch umlaufende Geld, die Reichsmark, wertlos machte, und jetzt erst begriff ich die Vorschußfreudigkeit einiger Verlage und Redaktionen; sie hatten das Abdrucksrecht erworben, ohne daß sie mich in jetzt harter Währung honorieren mußten.

Mein Buchmanuskript lag inzwischen bei einem neugegründeten Salzburger Verlag, der später wieder verschwand, mir aber vorher wenigstens mein Manuskript zurückschickte. Ein paar Monate nach der Währungsreform schrieb mir Paul Schaaf, Lektor beim Verlag Friedrich Middelhauve, Opladen, er habe einiges von mir gelesen, ob ich nicht Manuskripte für ihn habe. Ich schickte ihm das inzwischen sehr strapazierte Manuskript, wenige Wochen später unterschrieb ich meinen ersten Verlagsvertrag, und mein erstes Buch, im Winter 46/47 geschrieben, erschien dann im Winter 1949.

Gefahren von falschen Brüdern

Unter der Bezeichnung »Mühsal ohne Zahl« zählt der Apostel Paulus im 2. Korintherbrief (Kap. 11,23–33) die Gefahren auf, denen er sich um des Evangeliums willen ausgesetzt hat (Man lese das gelegentlich einmal nach! Es ist eine Meisterleistung im Bramarbasieren). Hier soll nur von einer Sorte Gefahren die Rede sein, die Paulus erwähnt: »Gefahren von falschen Brüdern«.

Die Abgrenzung gegen die falschen Brüder kann in dieser Situation, in der es um eine *ernsthafte* Verbesserung kultureller und intellektueller Kontakte mit der Sowjetunion und damit zu allen sozialistischen Ländern geht, nicht deutlich, nicht oft, nicht früh- und nicht scharf genug erfolgen. Wer sich hierzulande für Solschenizyn, Bukowskij, Amalrik, Grigorenko, Maximow und Galitsch verwenden zu müssen glaubt, muß sich erst einmal legitimieren. Diese Legitimation besteht darin, sich im eigenen Land für Minderheiten, gegen Pressedemagogie, gegen Hexenjagd artikuliert zu haben. Einmischung ist nur dann legitimiert, wenn sie national *und* international erfolgt.

Bisher haben weder CDU noch CSU und die ihnen am nächsten stehenden Blätter, am wenigsten die, die das Wort »christlich« im und am Kopf tragen, sich legitimiert. Man lese noch einmal alles nach, was Herr Dr. Strauß so im Laufe der Jahre über kritische und oppositionelle Jugendliche und Intellektuelle von sich gegeben hat. Man lese noch einmal das Protokoll der 188. Bundestagssitzung vom 7. Juni 1972 nach. Der VS und der westdeutsche PEN sollten, um Intellektuelle vor Illusionen zu bewahren, die markantesten Passagen daraus in Fotokopien an ihre Mitglieder schicken.

Es war eine Debatte um die innere Sicherheit, die sich zu einer Intellektuellenhetze auswuchs, um keinen Deut besser als das Rotbuch des »Komitees Rettet die Freiheit«. Auf der Seite der CDU/CSU wurde die Debatte hauptsächlich von den Herren Vogel und Dr. Schneider bestritten. Falls irgendeiner ein Hörspiel über Verhöre mit Intellektuellen schreiben möchte, könnte er das Vokabularium der beiden Herren unverändert als Kollage benutzen.

Was da in der gesetzgebenden Versammlung der Bundesrepublik

alles gesagt wurde, einschließlich der unbezahlbaren Zwischenrufe des Herrn Dr. Marx, erinnerte mich verblüffend an Streitgespräche, die ich mit Law-and-order-Leuten in der Sowjetunion geführt habe. Man erlaube sich doch einmal für einige Minuten das Spiel, die Herren Vogel, Dr. Schneider, Dr. Marx, Dr. Lenz (Bergstraße) in die Sowjetunion zu *versetzen,* ihnen Amalrik zu überantworten: wahrscheinlich käme er nicht unter 6 Jahren Straflager weg. Man täusche sich doch nicht über deren Engagement, stelle sich einmal vor, sie säßen hier nicht nur in der Legislative, sondern hätten die Exekutive in der Hand. Immer und immer wieder wird im Protokoll der Sitzung vermerkt: »Beifall bei der CDU/CSU«, und der einzige Kommentar des Kulturexperten der CDU, Dr. Martin, war ein mattes: »So ist es.« Da gibt es den hübschen CDU-Zwischenruf: »Sie werden sich noch zu Tode differenzieren« – offenbar, da Herr Dr. Ehmke, diesem repliziert, von einem gewissen Herrn Wohlrabe. Im *Bayernkurier* vom 14. Juli 1973 wird von Herrn Alex Peter (das wird doch wohl kein Pseudonym für Peter Alexander sein?) das Problem der griechischen Intellektuellen bagatellisiert, nur weil er seinen Ärger über Günter Grass loswerden möchte.
Ich will der neuen Führung der CDU gern glauben, daß ihr an einem besseren Verhältnis zu den Intellektuellen in diesem Land gelegen ist. Zu fragen wäre nur, wissen Dr. Kohl und Prof. Dr. Biedenkopf, welche Erbschaft sie da antreten und welcher publizistischen Oberschleimer sie sich entledigen müßten, um eine Chance zu haben? Wissen sie, was da alles in einer zwanzigjährigen Diffamierungs- und Denunzierungskampagne, die von der Wiederaufrüstungsdebatte über die Antiatomtod-Bewegung, vom Komitee »Rettet die Freiheit« bis zu der ominösen Bundestagsdebatte vom 7. Juni 1972 angerichtet worden ist? Wer erinnert sich noch an den hämischen Spießer-Anti-Spiritualismus der Adenauer-Ära, der im deutschen Katholizismus guten Nährboden fand und bis heute dort gedeiht? Wenn CDU-Politiker sich heute empört von der anscheinend ungewollten und Gott sei Dank erfolglosen Wahlhilfe der Großindustrie distanzieren, wann werden sie sich von der Helferschaft der Springer-, Bauer- und Burdapresse distanzieren? Ist vielleicht auch die CDU in ständiger Gefahr vor falschen Brüdern?
Natürlich gelten Disqualifikationen – wie bei Fußballspielern – nicht lebenslänglich, und es gäbe da für die CDU, sogar für die CSU, Bewährungsmöglichkeiten.

Man könnte zum Beispiel Herrn Dr. Richard Jaeger zu Franco schicken, um bei ihm für die katalanischen Intellektuellen zu intervenieren, denen man 10 000 DM Strafe auferlegt hat, weil sie an einer literarischen Jurysitzung im Ausland teilgenommen haben. Trotz zahlreicher internationaler Proteste hat der spanische Innenminister die Strafe kürzlich bestätigt.

Man könnte Herrn Dr. Strauß nach Griechenland schicken, um dort die Flagge der Humanität zu hissen, Herrn von Hassel nach Südafrika, um dort das gleiche zu tun. Vielleicht führe Herr Dr. Schneider von der CSU gern nach Portugal, um sich des intellektuellen Lebens dort anzunehmen, und Herr Dr. Marx wäre vielleicht bereit, gemeinsam mit dem Rechtsexperten Vogel in die Türkei und von dort weiter nach Indonesien zu fliegen. Amnesty International wäre gewiß in der Lage, die Herren vor ihrer Abreise genauestens zu informieren, welche Foltermethoden in einigen dieser Länder üblich sind.

Und wenn sie dann alle zurückgekehrt sind aus diesen westverbündeten Ländern, mit deren Regierung sie ja teilweise auf freundschaftlichem Fuß stehen, und wenn sie Kunde bringen von der verbreiteten Freiheit, dann werden Amnesty International, wird die Vereinigung »Writers and Scholars«, wird auch der PEN-Club es gewiß nicht an Dankbarkeit fehlen lassen. Und wenn dann erst beide, CDU und CSU, sich ihrer publizistischen Helfershelfer in Sachen Diffamierung und Denunzierung entledigt haben, könnte ein ganz neues Demokratiegefühl die Versöhnung mit den Intellektuellen hierzulande wesentlich fördern. Und dann erst dürften sie gelegentlich auch ein Wort für Amalrik, Bukowskij, Solschenizyn, Grigorenko, Maximow und Galitsch verwenden, ohne intellektuelle Unzucht zu betreiben.

Eine Brücke, die ich nicht betrete

Lieber Peter Schütt,
ich muß Sie leider enttäuschen: Meine Äußerungen zum Fall unseres Kollegen Amalrik sind nicht einmal andeutungsweise so spontan, wie Sie glauben und noch weniger »gesteuert«. Eine gewisse Spontaneität mag in der »Mündlichkeit« der Interviews liegen, es wäre da möglicherweise das eine oder andere Wort zu streichen gewesen. Ich halte es für unerheblich. Ich setze voraus, daß Sie nicht nur die beiden Funk-Interviews, auch das im *Spiegel* und den Artikel in der FR vom 25. 7. 73 gelesen haben, der *Gefahren von falschen Brüdern* hieß. Das erspart mir wohl umständliche Erklärungen, was die notwendige Distanzierung betrifft.
Im übrigen lebe ich nicht von, in und mit Anti-Springer-Reflexen, ich habe Besseres vor und zu tun, meine Lebens- und Arbeitszeit ist mir zu schade, als daß ich sie damit vertun möchte.
Mich belustigen die Purzelbäume des Springer-Inlanddienstes eher. Da meldet z. B. die *Welt* am 27. oder 28. 7., meine Bücher seien in der DDR zur Zeit nicht lieferbar und bringt das in einem Zusammenhang mit meinen Äußerungen über Amalrik und andere. Das ist natürlich Unsinn: So rasch reagiert man auch in der DDR nicht, und meine Bücher waren eben nicht, wie in der gleichen Meldung zu lesen war, dort »jederzeit erhältlich«. So, wie die Meldung abgefaßt ist, ist sie eine typische Springer-»Wahrheit«, zu rasch falsch gedacht, mit allerlei »denkste«, und man erreicht beides: die Denunziation, die im »jederzeit erhältlich« versteckt ist (denn was kann das schon für ein Autor sein, der in der DDR jederzeit erhältlich ist) und die sanfte Hochstilisierung zum Märtyrer, die mir noch widerwärtiger ist. Ich bin keiner.
Ich las diese aufschlußreiche Meldung zufällig in einem überfüllten Bahnhofswartesaal, wo auch der Teufel in der Not Fliegen fressen würde.
Was mich an Ihrem Brief beunruhigt: muß denn immer der CIA dahinterstecken? Und müssen Sie der spätkapitalistischen Gesellschaft hinterherlaufen, die Spontaneität zum Verbrechen erklärt, und das in einem Fall, wo solche nicht einmal vorlag?
Was möglicherweise vorlag, ist, was ich einen Fall von Hoffnung nennen möchte. Hoffnung auf eine tatsächliche Verbesserung

der Kontakte, die ich nicht immer und ewig auf ein gewisses, uns allen bekanntes so langweiliges wie demütigendes Modell beschränkt sehen möchte. Demütigend, weil man hochqualifizierte Intellektuelle, die zu Konferenzen delegiert werden, zwingt, öffentlich sich von Autoren wie Solschenizyn, Amalrik, Bukowskij und anderen zu distanzieren, die sie gar nicht gelesen haben *können* und *dürfen*? Ist das nicht eine Schande und ein Armutszeugnis? Mein kleinbürgerliches Gemüt, mein ebenso kleinbürgerlicher Verstand und meine Sensibilität gleichen Kalibers empfindet diesen international praktizierten Mechanismus einfach als *beschämend* für die Sowjetunion. Ja. Es ist eines Staates mit so hoher Kultur und mit einer solchen Tradition unwürdig. Mit der Politik gegen Maximow, Galitsch, Amalrik und andere zementiert man diesen unwürdigen Zustand, und es ist leider so, daß die DKP auch nicht viel Besseres zu tun hat, als dieses peinliche Ritual nachzuministrieren.

Sie, lieber Peter Schütt, sind leider in dieser Frage, wie so viele Ihrer Genossen, auch nicht mehr als ein Ministrant: Es tut mir leid, ich äußere mich sehr ungern öffentlich unfreundlich über die Angehörigen einer politischen Minderheit. Sie und Ihre Genossen sollten sich für Amalrik verwenden, so wie sich Kommunisten in anderen Ländern gegen die Besetzung der ČSSR gewendet haben. *Das* wäre ein Grund zu hoffen, nicht das Nachbeten einer Tass-Verlautbarung.

In den USA haben Intellektuelle, die sich seit Jahren gegen den Vietnam-Krieg und Nixon engagiert haben, Herrn Breschnew einen offenen Brief geschrieben, in dem sie sich für die eingesperrten und verfolgten sowjetischen Intellektuellen verwenden. Begreifen Sie nicht, daß das nicht unbedingt vom CIA gelenkt sein muß?

Es will mir nicht einleuchten, daß hiesige DKP-Kulturfunktionäre päpstlicher sind als die hohen Funktionäre in der UdSSR. Ich verstehe sehr wohl, was die Tass-Meldung u. a. bewirken wollte: Man wollte mir wohl, indem man ausdrückte, ich sei falsch informiert und einer international gelenkten Kampagne erlegen, eine Brücke bauen. *Diese Brücke betrete ich nicht.* Ich fühle mich weder gelenkt noch meiner Spontaneität erlegen. Ich wußte genau, was ich tat. Und was die Presse, die Sie in Ihrem Brief an mich zitieren, *nicht* verstehen kann, sollten Sie verstehen: der Artikel, der im vorigen Jahr eine Kontroverse auslöste, in der so viele aus ihren Löchern krochen, er entsprang dem gleichen Geist, dem gleichen Engagement, wie die Interviews in Sachen Amalrik und andere.

Ich grüße Sie herzlich
Ihr Heinrich Böll

Prag – ja oder nein?

1. Ich kann mit dem Terminus »Konterrevolution« nicht viel anfangen. Das gesamte entsprechende Vokabularium müßte angesichts der fortschreitenden Zersplitterung sozialistischer Gruppen neu definiert werden. Setze ich die Definition von Konterrevolution voraus, mit der der Einmarsch begründet wurde, so lautet meine Antwort: nein.

2. Inzwischen ist ja diese Frage zu einer Art Schibboleth geworden, die in verschiedenen sozialistischen und kommunistischen Gruppen zur Spaltung geführt hat. Die offizielle KP in Italien und Frankreich haben sich bisher mehr oder weniger »gewunden«. Immer noch und immer wieder wird die Rechtfertigung des Einmarsches und seiner verheerenden innen- und kulturpolitischen Folgen weitere Spaltungen verursachen, und obwohl die Sowjetunion die Folgen als innere Angelegenheit der ČSSR bezeichnet, wird sie dafür verantwortlich gemacht. Diejenigen westlichen KP-Mitglieder, die den Einmarsch uneingeschränkt befürworten, dürfen und können ja nicht einmal die Meinung Kossygins teilen. Das ist alles sehr demütigend und peinlich.

3. Ich antworte, indem ich die Frage umkehre: Kann der Warschauer Pakt bei praktizierter Entspannung stabil bleiben? Diese Frage könnte ich nur beantworten, wenn es den Einmarsch nicht gegeben hatte.

4. Meine Meinung hat sich nicht geändert. Nicht in einem einzigen Prozeß, nicht in einem einzigen Verfahren ist irgendeinem Angeklagten auch nur andeutungsweise etwas wie »konterrevolutionäre Tätigkeit« oder »Zusammenarbeit mit Imperialisten« nachgewiesen worden. Die Ergebnisse der Prozesse waren kläglich; vergleicht man sie mit dem militärischen Aufwand beim Einmarsch und mit dem propagandistischen Aufwand, waren sie erbärmlich.

Zum Tode Ingeborg Bachmanns

Niemand sollte, denke ich, Ingeborg Bachmanns fürchterliche Todesart allzu hurtig mit ihrem geplanten Romanzyklus *Todesarten* in Verbindung bringen und in ihrem Werk Anspielungen auf und Ahnungen über einen Feuertod suchen.

Man hat, wie es zur Grausamkeit der literarischen Szene zu gehören scheint, ohnehin den Schmerz und die ebenso hohe Abstraktheit wie Sinnlichkeit ihrer Poesie zu sehr literarisiert. Man hat aus der Anrufung den Ruf, der zum Schrei wurde, nicht hören wollen, man hat Ingeborg Bachmann selbst zu Literatur gemacht, zu einem Bild, einem Mythos, verloren in und an Rom, diese österreichische Protestantin, die als Mädchen auszog, die höchsten intellektuellen Abenteuer zu suchen, sie bestand und dann anfing, den Großen Bären und die Heiligen Leonhard, Antonius, Vitus, Rochus anzurufen (»weil du gelitten hast«).

Daß in der Ikonisierung einer lebenden Person eine schrittweise Tötung versteckt sein kann, müßte gerade an ihr deutlich werden. Ich mag die Art ihres Todes nicht symbolisieren, mythologisieren oder gar eine metaphysische Schleife draus winden. War Ingeborg Bachmann nicht gefangen in dem Bild, das andere sich und andere aus ihr gemacht haben? Ich weiß nur, daß sie immer beides war: immer da und immer abwesend; da, wenn einer sie brauchte, und dann war der großen Dichterin ihre Zeit keineswegs zu kostbar, etwa ein Zimmer zu besorgen oder in halb Italien nach einem geeigneten Hotel zu telefonieren; mancher Versprengte und polizeilich Gesuchte aus der Berliner Studentenbewegung wird sich hoffentlich ihrer Hilfsbereitschaft und Gastfreundschaft erinnern.

Denn sie war eine Dichterin und damit beides: engagiert – und das andere. Und sie war beides ganz: mit leiser Stimme und doch voller Energie, wie wenn sie Gedichte vorlas. Hinter ihrer habituellen Nervosität, einer Art ständiger Gebrochenheit, die immer den Zustand »kurz vor dem Zusammenbruch« signalisierte, verbargen sich Zähigkeit, Kraft, auch Direktheit, die spontan zu Freundschaft und Hilfsbereitschaft wurde, und sie selbst hat am wenigsten irgend etwas »literarisiert«, wenn ihr auch manches unglückselig geriet oder ausging. Wie jeder andere Mensch war auch sie auf Glück und Heil aus, nicht auf Unglück und Unheil, wie es ihr reichlich zuteil wurde.

Und sie war noch etwas, das nicht selbstverständlich ist: mutig. Es gehörte Mut dazu, 1953, nachdem im Jahr davor Paul Celan auf die peinlichste Weise mißverstanden worden war, vor der Gruppe 47 aus der *Gestundeten Zeit* zu lesen; indem sie ihr ihren Preis verlieh, widerlegte die Gruppe 47 zum dritten Male (nach Eich und Ilse Aichinger) den Ruf, der ihr fälschlicherweise anhaftete, einer banalisierten Vorstellung von Wirklichkeit anzuhängen. Es gehörte Mut dazu, 1958 dem Komitee gegen Atomrüstung beizutreten, sich 1963 der Klage gegen Dufhues anzuschließen und 1965 die Erklärung zum Vietnamkrieg zu unterschreiben. Man sollte nicht versuchen, diese Art Mut und Engagiertheit aus der großen Dichterin herauszudividieren, denn das eine gehört zum anderen. »Ich mit der deutschen Sprache, dieser Wolke um mich, die ich halte als Haus, treibe durch alle Sprachen.« Und hat sich weder in dem einen noch dem anderen Deutschland je auch nur andeutungsweise wohl gefühlt: »Sieben Jahre später in einem Totenhaus trinken die Henker von gestern ihre goldenen Becher aus.«

Natürlich gibt es da auch genug Klatsch, und gewiß wird der eine oder andere bemerken, sie sei wohl gelegentlich unter ihr Niveau gegangen; ich möchte nur feststellen, daß man Niveau haben muß, um darunter oder darüber zu gehen. Ja, sie war Gott sei Dank nicht »gleichbleibend«, sie hatte Blößen, gab sie sich und zeigte sie. Gottes Segen über alle Gleichbleibenden, die ihres Niveaus so sicher sind, daß sie nie drunter und nie drüber geraten.

Das Erstaunlichste an Ingeborg Bachmann war ja, daß diese brillante Intellektuelle in ihrer Poesie weder Sinnlichkeit einbüßte noch Abstraktion vernachlässigte und daß sie jenen immer mehr zum Aussatzmerkmal denunzierten großen Komplex, den man Emotion zu nennen pflegt, wieder in den höchsten Rang erhob. Wenn Emotion ungefähr mit Bewegung oder Bewegtheit, Emotionslosigkeit mit Unbewegtheit oder Bewegungslosigkeit übersetzt werden kann, darf ich feststellen: unbewegt war Ingeborg Bachmann nie. In manchen ihrer Gedichte verbirgt sich ein Element, das volksliedhaft hätte werden können, wäre das Volk beider Deutschland und Österreichs bereit gewesen, die liedhafte Bitterkeit anzunehmen.

Hoffentlich werden sich nicht zu viele Lesebuchautoren, Eltern, Erzieher und Nikotingegner dieser schrecklichen Begebenheit mit mahnendem Zeigefinger bedienen: Ingeborg Bachmann, die über einer glühenden Zigarette einschlief. Wir, die wir sie gekannt haben, wissen, daß es nicht Zufall und nicht bloß eine Unart war, und daß es doch nicht »ins Bild gesetzt« werden und noch weniger symbolhaft mit ihrem Leben und ihrem Werk verknüpft werden sollte. Sie war es, die den berüchtigten Spruch »Tapferkeit vor dem Feind« in »Tapferkeit vor dem Freund« umgeprägt hat.

Ich denke mit Schmerz an sie, mit Zärtlichkeit und in Freundschaft, und ich denke an die siebenundvierzigjährige Frau wie an ein Mädchen, und ich wehre mich gegen etwas, das leicht gesagt ist: der Tod habe sie erlöst. Nein, diese Art der Erlösung suchte sie nicht; ich würde sie gern selber fragen, ob ich mich täusche.

»Ich glaube, meine Erinnerung liebt mich«

Über Max Fürst, »Gefilte Fisch«

Obwohl dieser Erstling eines 68jährigen Autors gewiß in die Kategorie »kleine Wunder« gehört, möchte ich das Buch nicht »wunderbar« nennen; zu ernst ist der Hintergrund, und wenn auf diesem ernsten Hintergrund so scheinbar »leicht« dahinerzählt wird, zögere ich, diese Art des Erzählens allzurasch mit mündlichem Erzählen in Zusammenhang zu bringen. Dieses Buch ist *geschrieben*, und nicht von einem Tonband *abgeschrieben*. Wie wenig Mündlichkeit beim Schreiben nützt, sollte doch jeder wissen, der einmal vom Tonband Abgeschriebenes lesen muß, und sich kaum wiedererkennt: Es fehlen ja Tonfall und Stimme, beim Sprechen übliche Floskeln schwimmen tot im Abgeschriebenen herum.

In diesem Buch ist nichts von der tödlichen und getöteten Abschreibe. Da ist zunächst der Schmerz eines Jungen, der – so nennt man es leider immer noch – die »Hoffnungen der Eltern nicht erfüllt«, Hoffnungen, die sich auf Schul- und Universitätsbildung, Laufbahn und »Besseres« richten, durchaus keine verwerflichen und doch konfliktgeladene Hoffnungen. Daß diese Eltern Bürger sind, ist gravierender als die Tatsache, daß sie Juden sind. Da schreibt der 68jährige Autor: »Alles, was ich erzähle, ist nur sehr beschränkt wahr, es ist nur so wahr wie meine Erinnerung, aber ich glaube, meine Erinnerung liebt mich und gibt mir deshalb recht.« Ob alle Memoirenschreiber von ihrer Erinnerung so geliebt werden wie Max Fürst, wage ich zu bezweifeln. Wenige Sätze später – immer noch auf Seite 1 –: »Die Angst aber vor dem nächsten Tag ist nie gewichen.« Solche Sätze, die wie Notenschlüssel vor der Gesamtkomposition stehen, sollte man nicht vergessen, wenn da mit jener erstaunlichen Unbefangenheit über weitere 340 Seiten etwas erzählt wird, das ja nicht so schrecklich lustig und nicht einmal andeutungsweise leicht war, wohl auch nicht leichtgenommen wurde. Das Gymnasium zu verlassen, um Tischler zu werden, war fast eine Art Selbstvertreibung aus dem Milieu, fortgesetzt in der Jugendbewegung im Auszug aus Königsberg nach Berlin. Es trieb Max Fürst fort, aus einem Milieu, dessen Bürgerlichkeit (die Meriten dieser Bürgerlichkeit werden nicht verkannt!) gravierender war als seine jüdi-

sche Selbstbestimmung. Ob es je nach Lokalität in Preußen und auch im kantischen Königsberg nicht ebenso demütigend war, katholisch zu sein, und ob die Verachtung gegenüber den Polen nicht zum größeren Teil die Verachtung des Katholischen war, müßte noch untersucht werden. Man erinnere sich für einen Augenblick an die »kathollsche« Hausgehilfin der Effie Briest, die, wenn nicht gerade Kupplerin, so doch verschwiegene Mitwisserin war, was ihr, wie mir scheint, bei Fontane zur Sympathie gereichte.
Für Max Fürst jedenfalls war diese erste Vertreibung nicht »rassisch« bedingt. Es war die Flucht aus den aufflackernden Resten eines peinlichen Wilhelminismus in eine »neue Zeit«, eine Flucht, die Katholiken, Protestanten, Atheisten und Juden gleichermaßen und mit vergleichbaren Motiven in die Jugendbewegung, in die Sozialarbeit, nach Berlin trieb, die Stadt der großen Hoffnung und der größeren Freiheit.
Ist da etwa einer Kommunist geworden oder »Kommunist« oder vielleicht sogar Kommunist-»Kommunist«? Um Gottes willen! Vielleicht müßte man sich rasch bekreuzigen, wenn Max Fürst mit soviel Ernst wie Charme von einer zumindest sozialrevolutionären jüdischen Jugendbewegung schreibt. Aber was machen wir mit den armen antikommunistischen Atheisten, Protestanten usw., denen die Erleichterung durch Bekreuzigen schwerfallen dürfte? Und gar zionistisch-sozialrevolutionär-kommunistisch? Da müßten sich ja die Araber bekreuzigen, die feudalistischen wie die sozialistischen. Denn das klingt ja, als hätte es gegeben und gäbe noch Möglichkeiten der Gemeinsamkeit.
Wie Max Fürst über die heiklen bis allerheikelsten familiären, erotisch-sexuellen, politischen Wege und Werdegänge schreibt und sie beschreibt, das macht sein Buch zu einem klassischen Jugendbuch, oder sagen wir lieber: zu einem Buch für die Jugend, die es schwer hat, mit der Geschichte ihrer Väter und schwer mit ihren und deren Begriffen. »Damals«, schreibt Max Fürst auf Seite 27, »lag mir nichts ferner als Ahnenforschung zu betreiben. Lieber wäre es mir gewesen, durch Urzeugung entstanden zu sein. Aber in einer jüdischen Familie ist mehr als anderswo Verwandtschaft unvermeidlich, und unfreiwillig hat sich mir nach und nach doch einiges eingeprägt.« Klingt das nicht erstaunlich gegenwärtig für eine Jugend, die, wenn auch manchmal nur scheinbar oder anscheinend, vaterlos aufgewachsen ist? Bleibt

nur Widerspruch anzumelden: Freuden und Leiden der »Mischpoke« sind, so scheint mir, keine so spezifisch jüdischen Freuden und Leiden.

Das Buch von Max Fürst ist voll von einer jugendlichen Weisheit, die man nicht erst beim 68jährigen Autor in diesem seinem Erstling spürt, schon der Junge, den später seine Erinnerung so lieben wird, strahlt diese Weisheit aus, die ja kein Privileg des Alters oder des Alterns ist. Und da ist noch eine durchs Buch gehende Eigenschaft zu erwähnen, die ich nicht Hartnäckigkeit, lieber Ausdauer nennen möchte. Ich brauche hier nicht zu erklären, welchen Unterschied es spätestens ab 30. Januar 1933 machte, ob einer Protestant, Katholik, Atheist ... oder ob er Jude war, was immer er außerdem war. Diese Tragödie ist ja mehr noch als die Tragödie der »Vaterlandslosen« aller Kategorien die Tragödie der Vaterländischen, zu der die weitaus größere Mehrheit der Deutschen jüdischer Herkunft gehörte. Und an diesem Merkmal wird – auch in Max Fürsts Buch – deutlich, daß die Deutschen sich selbst, und daß Konservative Konservative vertrieben haben. Das Wort Heimatvertreibung bekommt einen anderen, besseren Sinn, wenn man deren Beginn auf 1933 festsetzt, dieses Auslösungsjahr, das auf die Endlösung zuführte.

In diesem Sinn ist das Buch von Max Fürst auch ein Heimatbuch, eine weise Hommage an Königsberg, aus der Erinnerung geschrieben.

Es ist nicht möglich, über alle Stationen und Entwicklungen, über alle Personen zu referieren, über die das Buch selbst ausführlich und besser referiert. Schließlich ist die kürzeste Inhaltsangabe für ein Buch immer noch das Buch selbst. Personen, Stationen, Entwicklungen, Ausführungen über den soziologischen Hintergrund einer bürgerlichen Familie in Königsberg – sie sind zahlreich, sind kompliziert und komplex. Ihre Dramatik und Dramaturgie ergibt sich nach den angedeuteten Voraussetzungen aus den gewaltig-gewaltsamen Daten, die die Geschichte über und in Leben gestreut hat, das 1905 in Königsberg begann; 1914, 1917, 1918, 1933.

Gerade weil Max Fürst in seiner jugendlichen Weisheit fast alles rein Begriffliche meidet, sind in seinem Buch viele inzwischen verkommene Begriffe gut aufgehoben: Sozialismus, Kommunismus, Jugendbewegung, Heimat, Heimatvertreibung, und nicht zuletzt, denn dieses Buch ist von einem Deutschen deutsch geschrieben, auch das Wort deutsch. Es ist ein Buch, aus dem man lernen kann, ohne belehrt zu werden.

Alltag einer zerfetzten Welt

Über Herbert Achternbusch, »Der Tag wird kommen«

Was da, nach Fassbinder und Kroetz, wieder einmal aus Bayern in die literarische Landschaft geworfen wird, in ein mehr oder weniger geordnetes literarisches Leben, das sich in seinen Lagern, in seinen wohlgepflegten Gegnerschaften ganz wohl fühlt, ist geeignet, der säuberlich organisierten Szene einiges Kopfzerbrechen zu verursachen.

Mit sechs Buchpublikationen innerhalb von vier Jahren ist Herbert Achternbusch, wie jeder Autor auf seine Weise, in dem Versuch begriffen, mit Worten und auf Papier totale Wirklichkeit zu erstellen. Das fängt – etwa in der Erzählung vom *Zigarettenverkäufer* (aus *Hülle,* 1969) – relativ traditionell an: wie einer da auf der Wies'n mit einem Bauchladen sein Geld verdient und was er so an Welt und Umwelt aufnimmt, erfährt, hört, riecht. Auch in *Die Macht des Löwengebrülls* ist es noch relativ traditionell-experimentell. Dann aber kommen die Großexplosionen *Die Alexanderschlacht* und nun *Der Tag wird kommen.*

Daß mir das offenbar Autobiographische in diesen Büchern als solches gar nicht auf-, schon gar nicht mißfiel, machte mich stutzig: Die Mitteilung von Problemen aus dem Schriftstellermilieu finde ich ziemlich uninteressant, und es blieb die Frage, drückt hier einer eben jene sattsam bekannten Probleme aus (mein Gott, man weiß doch, wie das zu- und ausgeht: drei Kinder, beide Eltern berufstätig und daneben die »Kunst«) oder, eben weil er Autor ist, Probleme einer neuen Generation, Jugend, Lebensweise?

Ich habe es aufgegeben, alles verstehen, begreifen, analysieren zu wollen, und mir erscheinen die Explosionen von Achternbusch weniger privat als exemplarisch für eine uns Älteren unbegreifliche Lebens- und Umwelterfahrung.

Da fallen einem für diesen Autor natürlich schöne Worte ein: Urwuchs, Chaos, Wort-, Syntax-, Sprachexplosionen. Aber ich denke, hier wird mehr vermittelt als das: Stimme, Gebrochenheit, auch Verzweiflung, die sich bisher nur in Musiken, Filmen, Zeichnungen, Malerei mitgeteilt hat, und diese Mitteilung lautet: Heil ist diese Welt nicht, und wahrscheinlich ist sie's nie gewesen.

Wir Älteren leben doch immer noch und immer wieder in Reflexionen über und Reflexen auf Ordnungen und Mischordnungen und beziehen daraus unsere Ordnungen, Hoffnungen, Utopien; auch unsere politischen Gegnerschaften sind in diesem Sinne wohlgepflegt.

Ich bekenne mich geschlagen, vielleicht mit Blindheit oder Taubheit, denn längst nicht alles, was da in der *Alexanderschlacht* und in *Der Tag wird kommen* niedergeschrieben ist, habe ich »verstanden«, manches wahrscheinlich nicht einmal »mitgekriegt«. Diese ganz und gar lückenlose Folge von Sätzen, Bildern, Rhythmen, Eindrücken – das gehört wohl nicht mehr in die Kategorie »experimenteller Erzähler«; hier wird das Dasein selbst, privat und als Exempel, zum Experiment.

Achternbusch findet in dieser Welt, und mit Recht nimmt er seine Umwelt als diese Welt, keine Kontinuität, auch keine Form; sie teilt sich ihm zerstückelt mit, und er gibt sie zerstückelt weiter, formlos oder ungeformt. Kein Unterschied mehr zwischen Prosa und Poesie, Gott sei Dank nicht; Sprache ist es, Ausdruck hat es, es drückt eine zerfetzte Welt aus, und das kann auch nicht mehr mit dem Wort assoziativ bezeichnet werden, nicht einmal anarchistisch, denn im klassischen Anarchismus steckt ja eine Ordnungsvorstellung.

Gelegentlich tauchen bei Achternbusch Ansätze zu »Erzählungen« auf, so in *Der Tag wird kommen* die Geschichte vom Neger Erwin aus Mozambique, verwoben in die finster großartige Saga einer, während sie erzählt, permanent »Bohnenkaffee« anbietenden Frau (»Wie ich auf die Welt kommen bin, hat mich mein Vater schon verflucht«), die da früh verkuppelt, verkauft, in Anstalten gesteckt, mit Syphilis angesteckt wird. Oder: Ein Mensch steigt auf ein kaputtes Fahrrad, um einen entflogenen Zeisig zu suchen, gerät ins Gespräch, in Konflikt und Freundschaft mit einem Polizisten, gerät auf die Autobahn, gerät in Vergangenheiten und Gegenwarten, grausame zumeist.

Doch diese Andeutung von »Inhalt« ist schon irreführend. Hier gibt's keine »story«, deren Hunderte gibt's, und die sind nicht fein säuberlich ineinander konstruiert oder verschachtelt, weil's keine Schachtel gäbe, in die man etwas hineinpacken könnte.

Es gab, als wir in Achternbuschs Alter waren und ältere Autoren über uns schrieben, so hübsche Schulterklopfereien wie »Den Namen wird man sich merken müssen« oder »Man wird noch von ihm hören«. Natürlich braucht jeder Autor Aufmerksamkeit, die sich vielleicht für ihn in Bestätigung verwandelt; aber wohin es ihn führt oder wohin er die anderen, seine Leser, bringt, das wird wohl kein Autor vorher wissen, und wohl keiner weiß, was er letzten Endes irgendwo anrichtet. Das ist seine Sache, da hilft kein Schulterklopfen, kein Rat, keine Ideologie, nichts hilft, weil er das alles aus sich, in sich, mit seinem Material selbst entscheiden muß.

Der existentielle Sog von Achternbuschs Prosa ist enorm, man wird wie durch einen Strudel hineingezogen in einen von Erinnerungen und Anspielungen wimmelnden Alltag, dessen Probleme, soweit erkennbar, alltäglich genug sind: Beruf, Kinder, Küche, Chaos. Da spuken reichlich »Katholika« hinein, hin und wieder dröhnt ein Bibelzitat auf, und ob da nun einer aus der Kirche austreten soll oder nicht, bleibt ein ungelöstes Problem.

Bei Achternbusch wird, so scheint mir, Zusammenhang gesucht und nicht gefunden. »Die Jugend der eigenen Großmutter fortsetzen – eine schöne Aufgabe. Immer wieder baute meine Großmutter an jenem Abend unterm Lampenschirm mit ihren Talern ein Goldsäulchen auf, bis es umstürzte, lauter kleine Sonnen. Wie oft mochte sie gezweifelt und gehofft haben: der Tag wird kommen.«

Welcher Tag wird da kommen? Bricht da Nostalgie ein, diese mit Geschick verbreitete Mode, die es einem möglich macht, mal rasch mit dem Jet in Großmütterchens Jugend zu fliegen (die Großmütterchen selbst gar nicht als so angenehm empfand, denn sie träumte von der Zukunft, in der ihre Enkel leben)?

Ein Mensch mit Phantasie und Sensibilität, mit einem unerbittlichen Ausdruckswillen, der einem gar nicht so ungewöhnlichen und doch schwer erträglichen Alltag ausgeliefert ist, mag gelegentlich träumen. Schlimm wird's für die, die da jahrelang ein heiteres Familienleben führen und dann plötzlich – »aus heiterem Himmel« und »für die Nachbarschaft unerklärlich« – zu blutigem Ausdruck greifen. Man liest da schlimme Dinge in der Zeitung.

Damit kein Mißverständnis aufkommt: Nichts ist bei Achternbusch »überhöht« oder »sublimiert«, und natürlich hat auch ein Autor seine privaten, seine autobiographischen Probleme, und er hat ein Recht darauf. Und doch ist an Achternbuschs Publika-

tionen nicht das Private interessant, erregend und sensationell. Das wäre ja nur eine Variante des bis zum Überdruß abgehandelten Themas »Boheme«.
Es mag sein, daß Achternbusch gelegentlich des Chaotischen zuviel tut, tun muß, um sich selbst auf die Sprünge zu kommen. Was in seinen Büchern an Radikalismus und Extremismus sichtbar wird, sollte für den Rechts-, Kultur-, Wirtschafts- und Sozialpolitiker wichtiger sein als die politisch eindeutig artikulierten Radikalen und Extremisten. Wie extrem, wie radikal mag es da hinter mancher durch äußerste Ordnungen und Ordentlichkeiten mühsam zusammengehaltenen Fassade zugehen? Da helfen keine Erlasse.

Radikalität und Hoffnung

Es waren nicht Radikale, es waren Polizeibeamte – es war am 2. November 1973 in der Wochenzeitung *Die Zeit* zu lesen –, die zu 83 Prozent die Meinung äußerten, daß – ich zitiere wörtlich – »reiche Leute vor Gericht in der Regel besser davonkommen«. Hätten nicht Polizeibeamte das geäußert, sondern Linksradikale, und hätten diese es – in ihrer Terminologie mit Recht – »Klassenjustiz« genannt, so wäre das Geschrei wahrscheinlich mal wieder groß gewesen. Oder sollte man die Polizeibeamten Radikale im öffentlichen Dienst nennen? Versagt man sich die Ironie, so ist es weit mehr als schmerzlich, es ist tragisch, daß es zwischen diesen Polizeibeamten, die einfach sagen, daß reiche Leute vor Gericht besser wegkommen, und denen, die das Klassenjustiz nennen, so wenig Verständigungsmöglichkeiten gibt und daß sich diese beiden Gruppen, die zu vergleichbaren, vielleicht zu den gleichen Erkenntnissen kommen, nur per Steinwurf, Wasserwerfer und via Beschimpfung kennen, nur als Gegner oder gar als Feinde. Was die Polizeibeamten da geäußert haben, klingt ziemlich radikal, man könnte es als geradezu vernichtendes Urteil bezeichnen, von denen ausgesprochen, die die Einhaltung von Gesetzen zu beobachten, deren Verletzung zu verfolgen haben. Möglicherweise würden von 100 befragten Linksradikalen nicht einmal 83 so weit gehen wie diese Beamten, die nicht theoretisch, sondern aus Erfahrung zu diesem Urteil gekommen sind.

Politiker, die sich zu Radikalen äußern, haben immer sofort die freiheitlich-demokratische Grundordnung im Mund, die in Gefahr sei, und mir scheint, dieses Wort geht den meisten von ihnen allzu flüssig, fast süffig aus dem Mund. Könnte es sein, daß diese freiheitlich-demokratische Grundordnung, die sie in Gefahr sehen, noch nicht ganz verwirklicht ist? Laut Artikel 3 des Grundgesetzes für die Bundesrepublik Deutschland sind alle Menschen vor dem Gesetz gleich, und es ist gewiß nicht Schuld der Gerichte und Richter, daß diese Gleichheit – laut Aussage der Polizeibeamten – nur zu einem Bruchteil existiert. Die meisten Menschen – auch das geht aus dem zitierten Artikel hervor – kennen sich mit dem Rechtsinstrumentarium nicht aus, sie haben Artikulationsschwierigkeiten, es kommt zu Mißverständnissen, Resignation, und hier kommt ein zweites, weiteres Recht, ebenfalls aus Artikel 3, auf die Szene: »Niemand darf wegen seines Geschlechts, wegen seiner Abstammung, seiner Rasse, seiner Sprache, seiner Heimat und Herkunft, seines Glaubens, seiner religiösen oder politischen Anschauungen benachteiligt oder bevorzugt werden.«

Ist die freiheitlich-demokratische Grundordnung, die immer als gefährdet dargestellt wird, also hergestellt, oder bestehen da möglicherweise noch erhebliche Lücken zwischen der Verbalität des Gesetzes und seiner Verwirklichung? Und könnte es sein, daß die freiheitlich-demokratische Grundordnung von vielen dieser Radikalen nicht gefährdet, sondern gewünscht und angestrebt wird? Wo hätte es je einen Staat gegeben, ganz gleich, wie er sich verfaßt, der es sich nicht gefallen lassen muß, daß man die Buchstaben seiner Verfassung beim Wort nimmt? Wenn laut Grundgesetz alle vor dem Gesetz gleich sind und ein erheblicher Teil der Hüter des Gesetzes diese Gleichheit bestreitet, dann muß man den Radikalen das Wort Klassenjustiz genehmigen, ohne sie zu denunzieren; und wenn die Gleichheit in einem so erheblichen Ausmaß nicht erfüllt ist, kann man die Radikalität, mit der sie verlangt wird, weder verwerflich noch kriminell nennen, nicht einmal idealistisch. In diesem Zusammenhang fällt mir auch weniger eine so deprimierende Erscheinung wie der ehemalige Abgeordnete Steiner ein, der wieder einmal bestätigt hat, daß Menschen nun mal bestechlich sind, als vielmehr die für mich viel provozierendere Erscheinung eines Abgeordneten wie Dr. Mende, der ungeschoren weiterhin im Parlament sitzt, während die, die mitzuscheren er beigetragen hat, ohnmächtig ihren Ersparnissen nachtrauern. Mir scheint, Herr Dr. Mende ist eine ziemlich radikale und extreme Erscheinung; und wenn da in einer unverantwortlich undifferenzierten Weise von politisch Radikalen und Extremisten gesprochen wird, so sollte es auch erlaubt sein, einmal auf die Radikalität und den Extremismus von politischen Persönlichkeiten wie etwa Nixon und Agnew hinzuweisen, die der Jugend der Welt vor Augen geführt haben, wohin »law and order« führen können. Was wäre aus der Bundesrepublik geworden, hätte es nicht Radikale und Extremisten gegeben, die nicht auf persönliche Bereicherung, sondern auf Veränderung der bestehenden Verhältnisse aus waren? Man denke sich doch einmal die Studentenbewegung aus unserer Geschichte fort, stelle sich vor, sie habe nicht stattgefunden – wie gelähmt wäre unser Bildungswesen denn heute? Wer hat es denn riskiert, das praktizierte Bodenrecht, das Eigentum als erster in Frage zu stellen? Und man versuche doch einmal, sich die Äußerungen, die auf dem letzten Bundesparteitag der CDU gefallen, und die Beschlüsse, die über Bodenrecht, Mitbestimmung, Bildungspolitik gefaßt worden sind – als auf einem Bundesparteitag der CDU, sagen wir 1963, gefallen vorzustellen! Waren diese Wandlungen in den Programmen der CDU und CSU, mag man sie noch so bescheiden finden, denn überhaupt denkbar ohne die Anstöße der Radikalen und Extremisten? Man wird dagegenhalten: Die Zeit war noch nicht reif, jetzt ist sie es. Ich halte dagegen: Die Zeit wird nie reif, sie kommt nie, wenn nicht Radikale sie in Bewegung setzen und zur Reife bringen. Und wer ohne sich der Wörtlichkeit der Worte »radikal« und »extrem« zu besinnen, undifferenziert Radikale und Extremisten aus der Mitarbeit im öffentlichen Dienst ausschließt, schafft, nachdem er deren Anstöße und Anregungen moderiert und formalisiert in seine Programme aufgenommen hat, lähmende Entmutigung und verhindert Leben.

Wo ist denn die freiheitlich-demokratische Grundordnung verwirklicht, wenn kein einziger Politiker sich angesichts der Grundgesetzformulierung »Eigentum verpflichtet« fähig weiß oder den Mut findet, exakt zu definieren, wozu denn eigentlich Eigentum verpflichten könnte? Wenn man sich auf öffentliche Diskussionen zwischen Vertretern der Großindustrie und Sozialtheoretikern verließe, dann müßte man zu der Einsicht kommen, daß Großindustrien einzig und allein aus dem Grund betrieben werden, Arbeitsplätze zu schaffen und zu erhalten. Darf man darüber lächeln?

Diese merkwürdige Verordnung oder Absprache zwischen den Ministerpräsidenten, die man den Radikalenerlaß genannt hat, ein Gesetz, das keins ist und doch gelegentlich wie ein solches angewandt wird, ist der Bundesrepublik Deutschland unwürdig. In keinem anderen freiheitlich-demokratischen westeuropäischen Land wäre ein solches Gesetz möglich, und es gibt in Großbritannien, Italien und Frankreich weitaus mehr Radikale und Extremisten als hierzulande – und viele davon im öffentlichen Dienst. Der Radikalenerlaß verhindert radikale politische und geistige, theoretische und praktische Auseinandersetzung mit Problemen; er entmutigt Jugendliche und junge Leute, die im öffentlichen Dienst arbeiten wollen, er zwingt sie zu demütigender Anpassung oder zur Heuchelei. Es ist ein Erlaß gegen die Hoffnung, er verordnet Hoffnungslosigkeit und Lähmung, denn er trifft ja nicht die radikale und extreme Prominenz, die der verständnisvollen Schlagzeilen sicher sein kann, er trifft die Unbekannten, junge Lehrer und Lehrlinge, Juristen und Ärzte, die keine Chance haben, öffentliches Aufsehen zu erregen. Wer solche Erlasse verfaßt und praktiziert, müßte konsequenterweise einen Gesetzentwurf einbringen, der lauten könnte: »Jede Erscheinungsform von Hoffnung wird mit Freiheitsentzug nicht unter fünf Jahren bestraft.« Es ist nun einmal so – und wer wissen möchte, warum es so ist, der lese aus der Geistesgeschichte und Sozialgeschichte Europas und seiner ehemaligen Kolonien ab –, daß sich ein großer Teil der aktiven und engagierten Jugend mehr für die Modelle Kuba und Chile interessiert und interessiert hat als für das Modell USA. Und wer hämisch und triumphierend die gewaltsame Beendigung des Experiments Chile begrüßt und präventiv Illegalität befürwortet, tötet Hoffnung; außerdem könnte aus der Tatsache, daß hier der Versuch eines gewaltlosen Sozialismus gewaltsam beendet wurde, der fürchterlich logische Schluß gezogen werden: Also geht es doch nur mit Gewalt.

Es ist bestenfalls naiv, schlimmstenfalls zynisch, wenn konservative Zeitgenossen sich darüber beklagen, daß Kinder, auch ihre eigenen natürlich, in der Schule ideologisiert und – das ist die naivere Version – politisiert würden. Das Grundgesetz für die Bundesrepublik Deutschland ist eine einzige Aufforderung zur Politisierung, es erfordert den aufmerksamen, wachsamen Staatsbürger, der ja mindestens oder spätestens bei Wahlen eine politische Entscheidung zu fällen hat. Und verbirgt sich etwa hinter der These von der freien oder sozialen Marktwirtschaft keine Ideologie? Gibt es nicht die Ideologie des Profits um jeden Preis, innerhalb derer annonciert werden kann: Gold ist Liebe, ohne daß Kirchen oder säkulare Sittenwächter hier öffentlich Unzucht und Verführung Minderjähriger am Werk sehen? Da den Kindern in der Schule wohl gleichzeitig beigebracht wird, daß Gott die Liebe sei, werden sie den einzig möglichen Schluß ziehen, daß Gold Gott sei, und da dieser Gott in den meisten Fällen von Banken verwaltet und gehandelt wird, wird man wohl bald wissen, wo die Gotteshäuser stehen. Wenn man dann gleichzeitig politische Motive von Kriminalität leugnet und politische Häftlinge über das gesetzlich zugelassene Maß hinaus, durch Isolation etwa, bestraft, Gesetzesbrecher also mit gebrochenem Gesetz behandelt, so weiß ja dann die Jugend, ob radikal oder nicht, wohin Radikalität führt. Und wenn bei jedem großzügig-humanen Projekt, selbst wenn alle psychologischen, soziologischen, religiösen und ästhetischen Erkenntnisse dafür sprechen, letzten Endes Profitinteressen dagegen entscheiden, dann ist wieder jener Zustand der Resignation erreicht, den alle beklagt haben, bevor die Studentenbewegung begann.

In einer Gesellschaft, die Radikalität und Extremismus pauschal denunziert, ohne sich auf eine Skala von Differenzierungen einzulassen, muß natürlich ein Wort aufkommen, das, auf Funk- und Fernsehsendungen, Zeitungen und Zeitschriften angewendet, immer mehr zur Mode wird: ausgewogen. Wird da die Waage der blinden Justitia zum Symbol einer blinden Öffentlichkeitsarbeit? Ausgewogenheit in einer Gesellschaft, die sich ausdrücklich als eine Gesellschaft von Interessenvertretern definiert? Das kann nur bedeuten: nichtssagend, tot, leer, langweilig. Es bedeutet das Ende der Kritik. Man stelle sich das einmal vor: eine ausgewogene Literatur, eine ausgewogene Schule, eine ausgewogene Malerei und eine ausgewogene Lohnpolitik, ausgewogene Ehe und dann ausgewogene Programme in allen Funk- und Fernsehanstalten. Dann sollte man doch besser gleich ein Gesetz vorbereiten, das allen Staatsbürgern ein Recht auf das tägliche Schlafmittel sichert. Man sollte endlich Automaten erfinden, die entweder das eine oder das andere je nach Wunsch auswerfen: Gold oder Liebe oder beides. Eine ausgewogene Gesellschaft wäre eine problemlose Gesellschaft, in der es keine Konflikte mehr gibt, in der jeder recht hat und logischerweise jeder unrecht. Eine Gesellschaft ohne Konflikte, ohne Schuld, ohne Polemik – man kann wählen, ob man das als Himmel oder Hölle empfinden würde. Und um auf die Aussage der Polizeibeamten zurückzukommen, die ich am Anfang zitiert habe: da unsere Gesellschaft eben nicht ausgewogen ist, schafft ihre ausgewogene Darstellung immer mehr Unausgewogenheit. Die Aussage der Polizeibeamten spricht – und hätten nur 25 statt 83 von Hundert so ausgesagt – der ausgewogenen Darstellung der Gesellschaft hohn.

Nachwort zu O. Henry, »Nebel in Santone und andere Stories«

Die meisten Kurzgeschichten von O. Henry gleichen umgestülpten Märchen, die zwar happy, aber nicht auf konventionelle Weise happy enden. Aschenputtel wird zwar vom Prinzen erkannt und erwählt, erkennt aber seinerseits den Prinzen nicht, und man bleibt am Ende nachdenklich und fragt sich, ob es besser gewesen wäre, wenn es den Prinzen erkannt hätte, oder besser ist, daß es ihn nicht erkannt hat. Die besten dieser Geschichten, die im Milieu der New Yorker Verkäuferinnen plaziert sind (z. B. *Die klügere Jungfrau, Ein knickriger Freier* oder *Ziegelstaubgasse*), lassen tatsächlich die Frage offen, ob es immer Glück bedeutet, den Prinzen, der amerikanischen Verhältnissen entsprechend ein Millionär ist, zu bekommen. Natürlich erstreben sich diese so nüchternen wie herzlichen jungen Damen etwas Besseres als den Konfektionsjüngling, der hierzulande früher »Ladenschwengel« hieß, aber was die meisten von ihnen, die den Millionär-Prinzen, ohne es zu wissen, geangelt haben, stutzig macht, ist, daß diese wie Ladenschwengel reden. Sie sagen zum Beispiel alle – und an dieser uralten Formulierung ist ja nichts zu rütteln – »Ich liebe dich«, aber die jungen Damen antworten dann (und das wiederholt sich ebenso stereotyp wie das Bekenntnis): »Das sagen sie alle«, und es trifft ja auch zu: alle sagen es, und wenn Prinzen dann Reisen in ferne Länder beschreiben – Gondeln, Venedig, Adria – und von Hochzeitsreisen in südliche Gefilde schwärmen, dann sagen die jungen Damen später: »Er wollte mit mir nach Coney Island fahren.« Dort gibt es das nämlich – Gondeln, Adria und Venedig. In dieser Art »Verkennung«, wo Ladenschwengel und Millionäre mit gleicher Zunge Liebeserklärungen machen und von fernen Gefilden schwärmen, liegt der Witz und auch die Dialektik Amerikas, speziell New Yorks, und es entsteht eine so demokratische wie liebenswerte Schnippischkeit, die wohl das typisch Amerikanische an O. Henrys Geschichten ausmacht, denn – wir wollen uns nichts vormachen – auf dem europäischen Kontinent, auch auf den Britischen Inseln, würde die junge Dame zunächst einmal bereitwilligst *glauben,* daß der Prinz ein Prinz, der Millionär wirklich einer ist. In dem Amerika, wie es sich seit O. Henrys Tagen entwickelt hat, mag das inzwischen ebenfalls anders geworden sein, weil es im Polit-, Pop-, Film- und Business-Star den europäischen Feudalitäten entsprechende Muster entwickelt hat. Ich könnte mir vorstellen, daß die Maisies und Florences aus O. Henrys Geschichten heutzutage zwar nicht weniger nüchtern sind, aber auch nüchtern genug, um die Möglichkeit, einen Prinzen erwischt zu haben, wenigstens zu erwägen, und ihn nicht ungeprüft in die »Ladenschwengel«-Kategorie abschieben würden. Vielleicht beschreibt O. Henry in diesem Sinne ein schon historisches Amerika, das Amerika um 1900, und er beschreibt es nicht ohne Romantik und keineswegs ohne Moral, denn alle seine Betrüger und Gauner kommen nie so recht zum Zuge, oder sie begaunern einander, so daß von den ergatterten oder erträumten Dollars nicht viel übrigbleibt. Und viele Blütenträume von Bohème enden zwar alltäglich, aber nicht im Elend.

Man lernt einen Autor wohl kaum besser kennen, als wenn man ihn übersetzt, und ich muß gestehen, daß ein gewisser Ermüdungseffekt eintrat, weil wir die Geschichten hintereinander übersetzten, redigierten, korrigierten. Wahrscheinlich sollte man Kurzgeschichten nicht hintereinander lesen, Sammlungen, auch wenn sie von einem einzigen Autor stammen, eher wie eine Anthologie. Wenn man bedenkt, daß O. Henry zwischen 1901 und 1910 etwa 600 Kurzgeschichten geschrieben hat, also jede Woche mindestens eine, so wird man nicht nur die unvermeidlichen Qualitätsunterschiede feststellen, sondern noch mehr erstaunt darüber sein, wie viele von den Geschichten nicht nur gut, sondern nicht im geringsten verstaubt sind. Ihre Frische ist die Frische Amerikas (die natürlich auch inzwischen nicht mehr die alte ist) und auch die Frische einer unbekümmerten Professionalität, in der es Routine, Handwerk, Meisterschaft gibt und alle diese Elemente oder Möglichkeiten eines Autors in ständig wechselnder Mischung. Nun ist der Ausdruck »gute Geschichte« eben etwas anderes als eine »good story«; gute Storys sind in Amerika solche mit einer Pointe, und Zwang zur Pointe macht viele der Geschichten von O. Henry für unser Empfinden schwach. Aber Theater ist ja auch etwas anderes als Showbusiness, zu dem in Amerika auch das Theater zählt. Manche amerikanischen Dramatiker blicken inzwischen mit Sehnsucht auf die europäische Theatertradition – und manche europäischen schwärmen vom Showbusiness. Der Einfluß der amerikanischen

»short story« auf die deutsche Kurzgeschichte ist unverkennbar und unbestritten, sie stieß in ihrer nüchternen und kurzatmigen Frische auf eine gewisse deutsche Begabung und Tradition der kurzen Prosa, Anekdote, Kalendergeschichte, Novelle, die bei Hebel, Kleist und Brecht, Storm und anderen ihre Dauer erwiesen hat. Die amerikanische »short story« in allen ihren bemerkenswerten Sensibilitäts-Variationen, wie sie Hemingway, Sherwood Anderson und Faulkner entwickelt haben, ist in O. Henrys und Jack Londons Geschichten vor- und ausgebildet worden und ist, völlig von Europa emanzipiert, zu etwas sehr Amerikanischem geworden, immer noch variationsreich in ihrer unterschiedlichen Sensibilität, wenn man an Autoren wie Capote, Salinger, Vonnegut, Updike und Malamud denkt.

Nun sind Ausdrücke wie »gute«, »schlechte« oder »mittelmäßige Geschichte« für jeden Leser wohl etwas anderes als für einen Autor und auch für den Übersetzer, der auf die Schliche kommt, der Pointe mißtraut, das Muster und gelegentlich das Klappern der Stricknadeln oder das sanfte Rauschen der Strickmaschine erkennt. Ein Leser sollte sich solche Gedanken nicht machen müssen, sich auch nicht – was möglicherweise als abstoßend empfunden werden könnte – davon abstoßen lassen, daß O. Henry wahrscheinlich die meisten seiner Geschichten ums Geld geschrieben hat. Es sind unsterbliche Werke – etwa die *Brüder Karamasow* und die *Dämonen* von Dostojewskij – ums Geld geschrieben worden, wahrscheinlich besäßen wir sie nicht, wenn Dostojewskij nicht permanent Schulden gehabt hätte. Mir scheint, O. Henry hat in *Bekenntnisse eines Humoristen* einen Einblick in die Gewissensqualen eines professionellen Unterhalters gegeben, der unbefangen als Dilettant anfängt, als Lokalwitzbold, der von einer humoristischen Zeitschrift »eingekauft« wird, dann feststellt, daß er, der so viel Humor produziert, seinen eigenen immer mehr verliert; daß er in fast schon bösartiger Kommerzialität seine Kinder, seine Frau, seine Freunde belauscht, um Pointen zu ergattern, und daß nicht nur seine Moral, auch seine Routine, sein Handwerk und seine Meisterschaft, schließlich sein Familienleben zerstört wird. Dieser muntere junge Witzbold, der als Angestellter in einer Eisenwarenhandlung ein beliebter Festredner war, ist der Professionalisierung seines Witzes und seines Charmes nicht gewachsen, und als er schließlich am Ende ist und sein Vertrag mit der humoristischen

Zeitschrift gekündigt wird, da läßt ihn O. Henry in seinem unverwüstlichen Optimismus keineswegs verzweifeln oder als gescheiterte Existenz dahinvegetieren, sondern hat den Absprung schon vorbereitet: Der Humorist wird Teilhaber in einem Beerdigungsinstitut. Natürlich ist diese Pointe – literarisch gesehen – schwach; ausgerechnet ein humoristischer Schriftsteller endet in einem Beerdigungsinstitut und empfindet das auch noch als fröhlichen Ausgang, aber gerade das *ist* nicht mehr, sondern *war* zu O. Henrys Zeit »amerikanisch«.

Inzwischen hat Amerika diesen Optimismus verloren.

Zum Problem der Kleinschreibung

Eine sprache verliert weder an informationswert noch poesie, wenn sie – wie die englische und die dänische – von der groß- zur kleinschreibung übergeht. Ich habe außerdem noch einen subjektiven, oder besser gesagt, familienegoistischen grund, für die kleinschreibung zu plädieren: die entlastung meiner frau, die ich in fragen der groß- und kleinschreibung immer noch und immer wieder um rat fragen und in ihrer arbeit unterbrechen muß, und das seit nunmehr fast dreißig jahren! Multipliziere ich dieses familieninterne problem in die küchen, wohnzimmer, schlafzimmer von millionen familien hinein, so spricht alles für kleinschreibung, bedenke ich – siehe oben – noch einmal die tatsache, daß eine sprache weder informationswert noch poesie verliert, wenn sie einige dutzend majuskeln ablegt.

Man muß immer weitergehen

Alexander Solschenizyn und sein Lagerbuch »Archipel Gulag«

Gewiß werden einige kluge Leute – in allen politischen Lagern – nun, nach der Veröffentlichung von *Archipel Gulag,* feststellen wollen, Alexander Solschenizyn sei nun doch zu weit gegangen, und was nun kommen mag, habe er sich selbst zuzuschreiben. Andere, noch klügere, werden sich die Hände reiben, politisch und finanziell Profit wittern.

Das Kopfschütteln der Klugen und das Händereiben der Klügeren ist in diesem Fall unwichtig. Solschenizyn weiß, was er riskiert. Er hat dieses Risiko auf sich genommen, und er mag auch an Verleumdungen und Belästigungen widerlichster Art gewöhnt sein (wenn da zum Beispiel mitten in der Nacht ein »Betrunkener zufällig« an seiner Wohnungstür klingelt, von der man wohl annehmen darf, daß sie ständig überwacht wird, so nenne ich das eine widerliche Belästigung).

Archipel Gulag ist eine Chronik, von Solschenizyn ausdrücklich als solche avisiert, und sein Motiv für die Publikation ist eindeutig: Er will internationale Aufmerksamkeit, die möglicherweise Schutz bedeutet, für diejenigen bewirken, die im *Archipel Gulag* erwähnt werden, die seine Zeugen waren und noch leben; und außerdem ist dieses Buch »unser gemeinsames Denkmal für diejenigen, die gefoltert und getötet wurden«. *Archipel Gulag* ist der dokumentarische Beweis für die Vorgänge, die in zahlreichen Publikationen der Weltöffentlichkeit schon bekanntgeworden sind: Jahrzehnte des Terrors, den Solschenizyn im *Archipel Gulag* so beschreibt: »Du wirst verhaftet von dem ›frommen Pilgersmann‹, den du ›Um Christi willen‹ für die Nacht bei dir aufgenommen hast. Du wirst verhaftet von dem Mann vom E-Werk, der gekommen ist, deinen Stromverbrauch abzulesen. Du wirst verhaftet von einem Radfahrer, der dich zufällig auf der Straße angefahren hat; verhaftet durch den Straßenbahnschaffner, Taxifahrer, Sparkassenangestellten oder den Geschäftsführer eines Kinos.«

Selbst Solschenizyns härteste Gegner müßten wenigstens seine Tapferkeit bewundern oder Respekt bezeugen vor der unfehlbaren Sicherheit, mit der er arbeitet und publiziert. Beides ist nicht zu erwarten. Nicht einmal andeutungsweise ist etwas der Art zu erwarten.

Eins der blamabelsten Fakten in der Geschichte des sowjetischen Schriftstellerverbandes bleibt die Tatsache, daß er Mitglieder ausschließt, immer dann, wenn sie gefährdet sind oder mißliebig werden: Achmatowa, Sostschenko, Pasternak, Solschenizyn. Und doch war *Iwan Denissowitsch* noch mit Chruschtschows ausdrücklicher Billigung erschienen, unter der Chefredaktion eines Mannes, mit dem Solschenizyn befreundet war und dem er am Grab seinen Respekt bezeugte: Alexander Twardowskij, von dem wohl keiner wird behaupten wollen, er sei ein Knecht des Imperialismus gewesen. Er fiel mit Solschenizyn. Und bedenkt man den Anlaß von Solschenizyns Ausschluß, seinen Roman *Die Krebsstation,* der schon gesetzt war; bedenkt man außerdem, daß bis heute nicht geklärt ist und wohl nie geklärt werden wird, wer seinen Ausschluß wirklich betrieb und mit welchen Motiven, so darf man getrost neben möglichen politischen Motiven Neid und Eifersucht in jeglicher provinziellen Machart dahinter vermuten.
Daß ein Autor, auf diese perfide Weise vogelfrei gesetzt, jeder Solidarität beraubt, nicht auf- und nicht nachgeben, daß er nicht einen Millimeter zurückstecken kann, müßte Autoren eigentlich klar sein, und es mag der Tag kommen – ich will diese Hoffnung nicht aufgeben –, da Haß, Verblendung, Verleumdung, Verfolgung und widerliche Belästigung von Einsicht abgelöst werden; von der Einsicht, daß hier einer nicht für sich leidet und kämpft: daß es um ein »Mehr« geht, viel mehr, das letzten Endes nur dem Ansehen und der Geltung der Sowjetunion zugute kommen kann.
Schließlich hat jener Prozeß, den man Entstalinisierung nennt, im Jahre 1956 in der Sowjetunion selbst begonnen, und das »literarische Signal« war die Veröffentlichung von *Iwan Denissowitsch,* von Twardowskij betrieben, von Chruschtschow gebilligt, wohl sogar gefördert. Es ist eine Schleuse geöffnet worden, die man bald wieder schloß, weil das hinter ihr gestaute Geschichtsmaterial Überschwemmung herbeizuführen drohte, und in einer Art Rückstau ist dieses Material in den »Samisdat« geflossen. Es wäre wohl besser gewesen, die Schleuse geöffnet zu lassen, ich sage das nicht in Anmaßung oder Herablassung, sondern weil ich sicher bin, daß der Prozeß, der 1956 eingeleitet wurde, nicht mehr aufzuhalten ist. Es ist sinnlos, jeden, der sich mit den unbestrittenen und unbestreitbaren Greueln der Stalin-

zeit befaßt, in die simple, die billige, die kleinbürgerliche Kategorie »Nestbeschmutzer« zu verdammen. Daß diejenigen, die angeblich das Nest beschmutzen, es in Wahrheit reinigen, sollte internationale Voraussetzung sein, denn natürlich ist das Problem nicht nur ein sowjetisches.

Es war befürchtet worden (und diese Befürchtung ist vom Internationalen PEN am 24. Mai 1973 formuliert worden), daß der Beitritt der Sowjetunion zum Welturheberrechtsabkommen weder Befreiung noch Freiheiten für sowjetische Autoren bringen würde. Die Befürchtung hat sich als wahr erwiesen, und es sieht so aus, als würde nun das erste Exempel an Alexander Solschenizyn statuiert.

Das westliche Copyright-Verständnis, wie es in dem Welturheberrechtsabkommen vorausgesetzt ist, überläßt dem Autor die Wahl des Agenten oder Verlegers. Es könnte zum Beispiel ein deutscher Autor sein deutsches Manuskript einem japanischen Agenten übergeben, der dessen Rechte international vertritt. Außerdem ist nach westlichem Copyright-Verständnis die Auslandpublikation unabhängig von der Inlandpublikation. Bücher südamerikanischer Autoren, die aus politischen Gründen in ihren Heimatländern nicht publiziert werden konnten, sind etwa in den USA oder in Spanien erschienen.

Für die sozialistischen Länder gilt dieses westliche Copyright-Verständnis nicht. Ausnahmen sind, wenn auch unter Bedrohung, Beschimpfung, Verhören und räuberischer Beschneidung des Autorenanteils (die besonders kraß in der ČSSR geübt wird) hingenommen worden. Wenn nun der Leiter der kürzlich gegründeten sowjetischen Agentur für Autorenrechte, Boris Pankin, erklärt, er wolle gegen die Verbreitung von Solschenizyns Werk im Ausland »vorgehen«, so ist das eine merkwürdige – und soweit es ausländische Verleger betrifft – wohl leere Drohung, die nur end- und sinnlose Prozesse – vor welchem Gericht? – zur Folge haben könnte. Ernst werden kann die Drohung, wenn im Ausland bekannte und begehrte sowjetische Autoren, die keine »Nestbeschmutzer« sind, als Tauschobjekt interessant werden.

Wenn der Leiter der sowjetischen Staatsagentur, Boris Pankin, diesen Fall zur sowjetischen Angelegenheit erklärt, bleibt nur die internationale Einmischung. Nun wird uns diese Einmischung permanent vorgeworfen. Ich möchte hier einmal feststellen, daß sich sowjetische Delegierte auf internationalen Treffen ständig – und mit Recht, denn das sollte eben internationaler Brauch werden – in unsere Angelegenheiten einmischen. Was speziell wir bundesrepublikanischen Autoren da zu hören bekommen – etwa über Landserheftchen –, ist Einmischung, und – ich möchte das betonen – gar keine unwillkommene; denn man übersieht als literarischer Insider manches verheerende Phänomen der Publikationspolitik.

Nun wird sich also alles wiederholen: Verleumdung, Beschimpfung, Belästigung, der Nervenkrieg gegen Solschenizyn. Die üblichen Artikel werden erscheinen in den einschlägigen Zeitungen und Zeitschriften. Wieder einmal werden wir zu kalten Kriegern erklärt werden. Kollegen werden sich von Solschenizyn distanzieren, an der Beschimpfung teilnehmen.

Ich frage mich und die Sekretäre und Mitglieder des sowjetischen Schriftstellerverbandes: soll das nun ewig, ewig so weitergehen? Wird man nicht nachgeben, bis man Solschenizyn und seine Familie hinausgeekelt oder -geworfen hat? Einen Autor, der innerhalb seines Landes vogelfrei, völlig schutzlos ist? Für Solschenizyn, der in der Sowjetunion keine publizierte Öffentlichkeit hat, bleibt nur die Weltöffentlichkeit, und an sie wendet er sich mit *Archipel Gulag*.

Es gäbe einen Ausweg, ich nenne ihn hier, obwohl es verrückt sein mag, ihn zu nennen: Solchenizyns Werk in der Sowjetunion zu veröffentlichen.

Mag man auch vorher wissen, wie die Kritiken – offiziell und offiziös – ausfallen, so hätten doch die sowjetischen Leser die Möglichkeit, an eigenen oder den Erfahrungen von Familienmitgliedern zu überprüfen, wie Solschenizyn diese fürchterliche Periode der sowjetischen Geschichte in Sprache verkörpert; denn wie Solschenizyn es im *Archipel Gulag* ausdrückt, war diese Inselwelt von Straflagern übers ganze Land ausgebreitet, sie schnitt aus Städten Enklaven heraus, schwebte drohend über Straßen – sie war also präsent und ist es noch. Man könnte es auch die ständige Gegenwart der vergangenen Angst nennen.

Ich weiß sehr wohl, wie verrückt der Vorschlag, Solschenizyn in der Sowjetunion zu publizieren, klingt, doch das Verrückte ist manchmal der einzig realistische Ausweg. Ein so großes Land wie die Sowjetunion, das offenbar tatsächlich auf internationale Entspannung aus ist, kann sich auf die Dauer diese innere Span-

nung der vergangenen und noch nicht vergessenen Angst nicht leisten, die zu artikulieren Solschenizyn am Werk ist.
Ich muß hier wohl ein paar Sätze schreiben zum Problem des Beifalls von der falschen Seite. Ich habe mich zu wiederholten Malen ausgiebig und endgültig von den Denunzianten in der Springer-Presse distanziert. Herr Löwenthal vom ZDF, ein gewisser und bestimmter Teil der katholischen Milieupresse wissen, daß mir ihr Lob widerwärtiger ist als ihr Tadel. Genug. Nicht einmal die Kritik von der falschen Seite stört mich.
Ich wiederhole noch einmal: Ich weiß genau, was ich tue, bin von keiner Seite gedrängt oder geschoben. Wenn ich »irregeleitet« bin, dann bin ich's durch mich selbst.
Ich bleibe dabei: Alexander Solschenizyn mußte so weit gehen, wie ein Autor gehen *muß*. Ob er noch weiter gehen muß, unterliegt einzig und allein seiner Entscheidung.
Wie weit seine Gegner gehen wollen, im Schriftstellerverband, in den Redaktionen der einschlägigen Zeitungen und Zeitschriften, in den Kulturbehörden, ist keine Frage der persönlichen und moralischen Entscheidung, sondern lediglich eine Frage der mißbräuchlich angewandten Macht. Das Spiel selbst haben seine Gegner längst verloren. Sie sollten das einsehen und den einzig möglichen, den verrückten Weg gehen.
Wir sollten nicht allzu selbstbewußt uns in die Brust werfen. Es ist zwar lange, aber noch keine Ewigkeit her, daß die deutsche Botschaft in Paris gegen Jean Cayrols Film *Nacht und Nebel,* der in Cannes uraufgeführt werden sollte, protestierte; und was man so, als gelegentlich im Ausland sich produzierender deutscher Autor – oh, nein, nicht von allen, aber gelegentlich von deutschen Diplomaten zu hören bekommt, ist das uralte Nestbeschmutzer-Argument. Und es sollte auch vermerkt werden, daß die, wenn nicht *de jure,* so doch *de facto* Haftentlassung von Amalrik bei weitem nicht die Schlagzeilen-Publicity gehabt hat wie seine Verhaftung.

Gutachten zum Prozeß gegen Erich Fried

Das Wort Vorbeugemord ist nicht gebräuchlich. Es ist eine Wortbildung neueren Datums. Erich Fried stellt in seiner »Erklärung zur Sache«, die dem Gericht vorliegt, fest, das Wort Vorbeugemord sei ihm zum ersten Mal im Jahre 1968 im Zusammenhang mit den Demonstrationen gegen die Notstandsgesetze begegnet; er habe auf einem Plakat gelesen »Vorbeugehaft ist gut, Vorbeugemord ist besser«. Zum zweiten Mal begegnete er dem Wort innerhalb einer Druckschrift, in der die Erschießung Georg von Rauchs rekonstruiert wurde; dieser Bericht stützte sich auf Informationen, die von einem Ermittlungsausschuß und Rechtsanwaltkollektiv in West-Berlin gesammelt wurden. Ich verweise, was diese von mir angeführten Angaben betrifft, auf die Seiten 16 und 17 von Erich Frieds »Erklärung zur Sache«. Erich Fried ist also nicht der Urheber des Wortes Vorbeugemord. Im Zusammenhang mit der hier gegen ihn vorgebrachten Klage halte ich die Frage der Urheberschaft für unwichtig, halte es aber für angebracht, festzustellen, daß gegen die Urheber des Wortes keine Klage erhoben wurde, auch nicht gegen die Verwendung des Wortes innerhalb eines Berichts über die Erschießung von Rauchs. Als Erich Fried in seinem Leserbrief an Minister Dr. Posser diesen Vorgang benennen mußte, fiel ihm das Wort Vorbeugemord ein, erst später besann er sich der Quellen.

Nun ein paar Überlegungen zum Wort Vorbeugen. Das Wort hat nicht den geringsten anrüchigen oder beleidigenden Charakter. Falls erwünscht, kann ich hier den Paragraphen Vorbeugen aus Trübners Deutschem Wörterbuch verlesen, in dem die verschiedenen Verwendungen des Wortes Vorbeugen gedeutet und mit Zitaten belegt werden. Anrüchig geworden ist das Wort Vorbeugen in der Wortverbindung Vorbeugehaft. Im übrigen besteht ein Sinn- und damit Handlungszusammenhang zwischen Vorbeugen und Notwehr. Wenn jemand Notwehr anwendet, dann doch immer nur, um einer Handlung vorzubeugen, die er durch seine Notwehr verhindern möchte, einem Einbruch, einer Vergewaltigung, einer Erpressung etc. Es muß außerdem bedacht werden, ob nicht jede Notwehrsituation eine Konfliktsituation und zudem relativ und subjektiv sei. Nervlich und psychisch überlastete, oder auch nur im herkömmlichen Sinn übersensible Menschen werden möglicherweise rascher Notwehr anwenden als nervlich und psychisch stabile. Es bedarf keiner psychologischen, lediglich einer zeitgeschichtlichen Einsicht, wenn man feststellt, daß zur fraglichen Zeit – Anfang Dezember 1971, als Georg von Rauch erschossen wurde – alle beteiligten Parteien, die Polizeibeamten, die polizeilich Gesuchten, die publizistischen Beobachter und Analytiker der Szene nach und während einer beispiellosen Demagogisierung der verschiedenen Fälle durch einen Teil der Presse nervlich und psychisch überlastet waren. Um die Situation des Polizeibeamten Herrn Schultz beurteilen zu können, müßte man alle Weisungen und Anweisungen, alle Vorschriften kennen, mündliche und schriftliche, die generellen und die für diese Aktion um Georg von Rauch speziellen; man müßte auch voraussetzen können, daß alle nicht polizeilichen Behörden, die an der Aktion beteiligt waren, die abgeordneten Personen benennen und ihre Anweisungen offenlegen würden. Immerhin war der Verlauf der Aktion so undurchsichtig, daß das Deutsche Fernsehen sechs Wochen nach der Aktion am 10. 1. 72 zur Hauptsendezeit eine Rekonstruktion brachte, um die Ermittlungen voranzutreiben. Die von Erich Fried zitierte Äußerung des Herrn Polizeipräsidenten von Berlin, Georg von Rauch sei »tödlich verletzt« worden, ist ein peinlicher Euphemismus, der weder Herrn Schultz noch der Berliner Polizeibehörde nützlich ist. Tödlich verletzt, das klingt nach einem Unfall; und selbst bei einem harmlosen Verkehrsunfall wird ja der Schuldige ermittelt. Es gehört nun einmal zu den wichtigsten Voraussetzungen der Demokratie, daß sich die Exekutive einer Kontrolle unterwerfen muß; daß sie auskunftspflichtig ist; jeder ungeklärte Fall erhöht das Mißtrauen ins Funktionieren dieser Kontrolle. Die Tötung eines Menschen – erlauben Sie mir bitte, es so banal auszudrücken – ist ein sehr ernster Vorgang, ja ein fürchterlicher, und selbst wenn ein Polizeibeamter in Ausübung seiner Pflicht keinen anderen Ausweg gewußt und gesehen hat, bleibt es ein ernster, ein fürchterlicher Vorfall. Staat und Gesellschaft haben in Zeiten, in denen die Exekutive halbwegs unter Kontrolle stand, die Tötung eines Menschen – und wenn es die legale Hinrichtung eines geständigen Massenmörders war – immer als ernsten Vorgang behandelt und betrachtet. Das drückte sich schon in einer gewissen, wenn

auch manchmal makabren Feierlichkeit aus, mit der eine Hinrichtung vollzogen wurde.
In diesem Zusammenhang nun ein paar Überlegungen zu der Verwendung des Wortes Vorbeuge*mord* durch Erich Fried. Es ist doch wohl erwiesen, daß der Polizeibeamte Herr Schultz Georg von Rauch erschossen, getötet hat. Ich bin sicher, daß kein Polizeibeamter das leichten Herzens tut, und ich maße mir nicht an, Herrn Schultz abzusprechen, er habe vorbeugend oder in Notwehr gehandelt. Wenn man zu der Einsicht käme, daß zwischen Vorbeugen und Notwehr kein erheblicher Unterschied besteht, Herr Schultz also vorbeugend oder in Notwehr gehandelt hat, wie sollte jemand wie Erich Fried, der sich in einer öffentlichen Auseinandersetzung zu Wort meldet, diesen Vorgang nennen? Notwehrtötung? Notwehrerschießung? Notwehrmord? Fahrlässige Tötung? Vorbeugeerschießung? Vorbeugetötung? Die Worte Tötung und Erschießung haben ja ebenfalls Nebenbedeutungen, die als beleidigend empfunden werden können. Das Wort Tötung ist durch die Euthanasiemaßnahmen der Nazis belastet, das Wort Erschießung hat die Nebenbedeutung von Hinrichtung. Welche Bezeichnung wäre nicht beleidigend, und welche wäre zutreffender als die peinlichen Verlautbarungen der Dienstherren von Herrn Schultz? Erfordert nicht der Tod eines Menschen, und wäre er ohne jede rechtliche Einschränkung erschossen worden, eine Erklärung, die weder lässig, noch nach- oder fahrlässig gewesen wäre wie die des Berliner Polizeipräsidiums? Erklärungen zu glauben und wären sie auch noch so lässig oder nachlässig, ist außerdem eine Frage des Vertrauens, dieses Vertrauen existiert eben nicht, und es wird immer geringer, wenn Fälle wie der Tod von Georg von Rauch nicht durchsichtig werden. Schließlich handelt es sich nicht um Bagatellen. Selbst wenn auch nur andeutungsweise Fahrlässigkeit bei der Erschießung von Rauchs vermutet werden könnte, müßte der Fall, und zwar öffentlich, geklärt werden. Wird nicht außerdem, wenn jemand in Notwehr oder während einer Verfolgung auf jemand schießt, vorausgesetzt, daß er Tötungsabsichten hat? Das ist eine Frage, keine Feststellung. Dem Werner Hoppe, gegen den hier in Hamburg verhandelt wurde, wurden drei Schüsse, die er abgegeben haben soll, als drei Mordversuche angelastet, und er bekam zehn Jahre Haft. Nun verteidigt ein Polizeibeamter nicht nur sich selbst, sondern die Ordnung, die zu

schützen er im Dienst ist. Muß man auch bei ihm voraussetzen, daß er, wenn er in Notwehr oder vorbeugend schießt, mit der Absicht schießt, zu töten? Das ist eine Frage. Und wie soll man diesen möglichen Tod, den sein Schießen zur Folge hat, nennen? Tötung? Erschießung? Hinrichtung etwa? Welchen Ausdruck, wenn man nicht die nebulosen Erklärungen der vorgesetzten Behörde akzeptiert, kann man dafür verwenden? Ich halte im Zusammenhang mit dieser Beleidigungsklage die Tatsache für wichtig, daß Erich Fried nicht den Polizeibeamten beim Namen nennt, schon gar nicht den Vorgang personalisiert und von Vorbeugemörder spricht. Das Wort Vorbeugemord ist weniger auf den Beamten bezogen als auf die undurchsichtigen Erklärungen und Anweisungen seiner vorgesetzten Behörde.

Bei seinem Informationsstand konnte Erich Fried nichts anderes annehmen, als daß hier beabsichtigte Tötung vorlag.

Herr Schultz und seine Vorgesetzten und Dienstherren könnten doch einsehen, daß die Möglichkeit, Polizeibeamte könnten sich *schuldig* gemacht haben bei der Erschießung Georg von Rauchs, in einem so unklaren Fall nicht ausgeschlossen werden konnte. Und wenn Polizeibeamte in Konfliktsituationen geraten können, muß der Konflikt öffentlich sichtbar werden, und es muß einem Publizisten erlaubt sein, die Erklärungen hoher Polizeidienststellen anzuzweifeln. Es gehört zu den Pflichten eines Journalisten, Publizisten und Schriftstellers wie Erich Fried, der sich selbst als egangiert definiert, auf Klärung zu bestehen, die öffentliche Kontrolle in Gang zu setzen, notfalls zu provozieren. Besonders zu erwähnen ist noch einmal der Informationsstand und der Stimmungshintergrund von Erich Fried. Vom Ausland aus, von jemand beobachtet wie Erich Fried, dessen Lebenslauf dem Gericht vorliegt, mußte die Erschießung Georg von Rauchs düstere Assoziationen erwecken, besonders nach der Erschießung Benno Ohnesorgs, in der ein milde ausgedrückt peinlicher Kollege von Herrn Schultz tätig gewesen war. Vorausgesetzt werden muß aber auch, daß die Stimmungsmache, die in einem Teil der bundesdeutschen Presse lief, dazu angetan war, die Polizeibeamten nervlich, physisch und psychisch zu überlasten und sie unter einen Erfolgszwang zu stellen, der möglicherweise für vieles eine Erklärung wäre.

Ich plädiere hier nicht für Ausnahmegesetze, Privilegien für Autoren und Intellektuelle, nicht für Freibriefe für eine ungehemmte, unkontrollierbare Verbalität, die außerhalb des Gesetzes stünde. Wenn Herr Schultz, oder wie es scheint, mehr noch der Herr Polizeipräsident von Berlin sich durch Erich Fried beleidigt glauben, so muß über diese Beleidigung verhandelt und befunden werden. Und doch muß ich darauf aufmerksam machen, daß die Wörtlichkeit eines Autors eine andere ist als die der Legislative oder Exekutive. Ein Autor mag etwas Raub, Diebstahl, Mord, Erpressung nennen, was innerhalb des juristischen Vokabulariums nicht so genannt werden darf. Raub nennen würde er etwa erhöhte Mieten und Preise, die innerhalb der Usancen durchaus legal sein können. Diebstahl nennen könnte er durch manipulierte, aber legale Zwangsversteigerungen erworbenen Besitz mobiler oder immobiler Güter, Mord nennen würde er die Tötung eines Menschen, der während einer ungeklärten Polizeiaktion ums Leben kam, Erpressung nennen würde er jegliche Art von Zwang oder Druck, der auf ihn oder andere ausgeübt würde, mögen auch andere solche Zwänge und solchen Druck als durchaus normal oder gar alltäglich empfinden.

Wenn hier festgestellt werden soll, ob Erich Fried beleidigende Absichten gehabt hat, so kann ich nach Kenntnis seiner Person und vor allem seines Werkes sagen: nein. Festzustellen, ob das Wort Vorbeugemord objektiv oder subjektiv als Beleidigung empfunden werden kann, würde bedeuten, festzustellen, ob während der Aktion gegen Georg von Rauch alles zweifelsfrei legal verlief.

Die himmlische Bitterkeit des Alexander Solschenizyn

»Der Archipel Gulag«: Versuch einer künstlerischen Bewältigung der stalinistischen und leninistischen Vergangenheit der Sowjetunion

Schon auf der zweiten Seite des Buches vergißt man (vergaß ich) alles, was mir aus zweiter, dritter oder vierter Hand über das Buch bekannt geworden war; aus Vorankündigungen, Kommentaren, die dem *Fall*, nicht dem Buch galten; vergaß die linken, die rechten Kommentare, die Kommentare aus sämtlichen verfügbaren Mitten. Nun endlich das Buch, von dem ich hoffe, daß es alle lesen, die sich verantwortlich darüber äußern und an ihm über den Fall und den Vorfall hinaus interessiert sind; ich hoffe auch, daß es alle gelesen haben, die sich in der Sowjetunion darüber öffentlich geäußert haben: die Herren Schukow, Tschakowski und Simonow. Hat der Staatssicherheitsdienst ihnen Fotokopien ins Haus gebracht, auf daß sie ihre vernichtenden Urteile nicht nur fällen, auch begründen können?
Alles ist vergessen, Vorschußlorbeeren, Vorschußgift, sobald man ins Buch selbst hineingerät, die Stimme durch die erstaunliche Übersetzung hindurchhört, langsam Instrumentierung und Aufbau erkennt. Wenn Solschenizyn dem *Archipel Gulag* den Untertitel gegeben hat *Versuch einer künstlerischen Bewältigung* und man fragt sich am Ende: Ist sie gelungen? – so kann die Antwort nur heißen: Ja, ja und nochmals ja.
Und diese künstlerische Bewältigung verdanken wir nicht nur dem Zornigen, dem Moralisten, wir verdanken sie dem Autor Solschenizyn, der – als Nebenprodukt sozusagen – hier ein Meisterbeispiel für das geschaffen hat, was man Dokumentarliteratur zu nennen beliebt. In diesem Buch ist nichts erfunden. Der Stoff – der fürchterliche – ist ja gegeben. Und er war gegeben für Hunderttausende, für Millionen andere. Von den schätzungsweise dreißig Millionen europäischer Kriegsteilnehmer haben ja auch nur höchstens drei bis vier Dutzend diskutable Kriegsbücher zustande gebracht, dokumentarische und fiktive, obwohl doch der Stoff für dreißig Millionen bereitlag – und welch einer! – auf der Hand, vor der Tür.
Es besagt also gar nichts, wenn da Stoffe auf der Hand und vor

der Tür liegen, und es besagt auch wenig, wenn da jemand fleißig Dokumente sammelt und recherchiert. Mögen auch die Dokumente »für sich sprechen«, so müssen sie doch noch »zur und zu Sprache gebracht werden«, und das ist im *Archipel Gulag* geschehen. Es ist immer noch der Autor, der den Stoff, und nicht der Stoff, der den Autor macht.

In Solschenizyns Buch ist nichts erfunden, und doch ist es eine Findung. Wo Solschenizyn auf Vermutungen oder Annäherungswerte angewiesen ist, werden sie eindeutig als solche deklariert, und manche nur vermutbaren statistischen Details werden mit einer Präzision dargeboten, die ihn immer noch und immer wieder als Naturwissenschaftler ausweist. Und doch ist auch das nicht die Erklärung, denn Naturwissenschaftler gibt's viele, aber eben nur wenige, die Sprache haben, Stimme und sich aufs Instrumentieren verstehen.

Diese Vorbemerkung erscheint mir wichtig, denn es könnte ja jemand sagen: Kunststück bei dem Gegenstand. Es macht eben der Gegenstand das Stück nicht zum Kunststück. Es gab Vorboten des *Archipels Gulag*, nicht nur Solschenizyns eigene Romane und Erzählungen; es gab Jewgenija Ginsburgs *Marschroute eines Lebens* (eben jene, die peinlicher- und entsetzlicherweise – entsetzlich für die Autorin, peinlich für Verlag und Propagandafanatiker – per Bundeswehrluftballons in einer Kleinstausgabe in die DDR hinübergewedelt wurde). Es gab Lydia Tschukowskajas *Leeres Haus*, es gab W. Schalamows Lagererzählung über den berüchtigten Paragraphen 58, es gab Susanne Leonhards *Gestohlenes Leben*, zahlreiche andere Publikationen.

Solschenizyns *Archipel Gulag* nimmt keiner anderen Publikation ihren Rang und ihre Wichtigkeit. Was ihm vorschwebte und gelungen ist: ein Monument zu schaffen für die namenlose Masse derer, die eben die Sprache nicht haben – oder zum Verstummen gebracht wurden, bevor sie ihre Stimme erheben konnten. Schonung gegenüber den sowjetischen Behörden oder Schonungslosigkeit ihnen gegenüber – beide Attitüden, auch die zahlreichen Variationen beider Attitüden, werden diesem Buch gegenüber sekundär. Hier wird nicht die sowjetische Gegenwart angeklagt, sondern die in ihr schwelende Vergangenheit.

Den Grundton des Buches zu bestimmen fehlen mir die Kategorien. Satire, Sarkasmus, Ironie – sie sind, so scheint mir, dem Gegenstand nicht angemessen. Würde das Wort himmlisch hierzulande nicht als Sybaritenvokabel mißverstanden (himmlisches Essen, himmlische Frauen, himmlische Partys, Kleider und Drinks), so würde ich versuchsweise von himmlischer Bitterkeit sprechen, versuchsweise und vorläufig. Humor? Ja, soweit er die Dimension Hoffnung und Menschlichkeit hat und nicht mit der perniziösen Häme eines Wilhelm Busch verwechselt wird, der fast immer entwürdigt.

In Solschenizyns Buch wird Würde wiederhergestellt, die Würde der fast Unzähligen, die unter entwürdigenden Umständen von Wachmannschaften, Untersuchungsrichtern zu »Ungeziefer« (Lenin) erklärt und gemacht werden sollten, politische Häftlinge, die man letzten Endes dann auch gnaden- und schutzlos den Kriminellen überließ. Humor auch, weil der Autor hier nicht einmal andeutungsweise Selbstgerechtigkeit zeigt, ich wiederhole: nicht einmal andeutungsweise, und – das allein ist Meisterschaft und ist mit dem herkömmlichen Wort Meisterschaft auch wiederum nur andeutungsweise bezeichnet – in diesem Nichtvorhandensein der Selbstgerechtigkeit nicht ein Gran Heuchelei zu entdecken wäre. Man lese zum Beweis sorgfältig die Seiten 160 bis 170 und andere Passagen, etwa die Meditation über den »Bösewicht«.

Es fehlt auch nicht der Hinweis auf die mörderischen Konsequenzen *jeglicher* ideologischer Rechtfertigung. Ich zitiere: »So stärkten sich die Inquisitoren am Christentum, die Eroberer an der Erhöhung der Heimat, die Kolonisatoren an der Zivilisation, die Nationalsozialisten an der Rasse, die Jakobiner (die früheren und die späteren) an der Gleichheit, an der Brüderlichkeit und am Glück der künftigen Generationen.« Solches – das Fehlen von Selbstgerechtigkeit, der Hinweis auf die mörderischen Konsequenzen anderer Ideologien – wird natürlich in Moskau nicht bekanntgegeben. Oder wird der famose Herr Alexander Tschakowski diesem Thema eines Tages einen Leitartikel in seiner *Literaturnaja Gazeta* widmen?

So – weil ein Autor eben nicht nur verpflichtet ist, auch verrückt genug sein muß, sich mit möglichen Konflikten zu beschäftigen –, so ist die Ausführlichkeit zu verstehen, mit der Solschenizyn sich mit dem Problem Wlassow-Armee beschäftigt. Der Konflikt eines Generals, dessen Armee man schändlich zugrunde richtete, der sich und andere natürlich über die Natur der Nazis täuschte und täuschen ließ; und da wird man ganz gewiß in Moskau die entscheidende Passage übersehen haben oder übersehen wollen, die da lautet: »Das Schicksal aber spielte ihnen noch bitterer mit, zu noch jämmerlicheren Schachfiguren waren sie geworden. In ihrer ganzen überheblichen Sturheit erlaubten ihnen die Deutschen nichts anderes, als für ihr *Reich* zu sterben; an ein unabhängiges russisches Geschick zu denken, war bereits verboten.«

Natürlich gibt es das alles nicht: Konflikte, Schicksal, Geschick, und darin, daß er diese Begriffe wieder einführt, mag man Solschenizyns Hauptvergehen entdecken. Und da gibt's natürlich den heiklen Vergleich MGB–Gestapo, den ich hier auf einen einzigen Fall, den des Emigranten und orthodoxen Predigers A. I. Diwnitsch, angewandt sehe. Ich zitiere die fragliche Stelle: »Diwnitschs Schlußfolgerungen fielen zuungunsten des MGB aus: Gefoltert wurde da wie dort, doch die Gestapo versuchte trotz allem, die Wahrheit zu finden, und ließ ihn, als die Anklage platzte, frei. Dem MGB war die Wahrheit egal, und es hatte nicht die Absicht, einen einmal Verhafteten wieder aus den Klauen zu entlassen.«

Mir scheint, daß Solschenizyn nicht *die* Gestapo hier meint, sondern nur im Fall Diwnitsch, der ja immerhin Emigrant und russischer orthodoxer Prediger war und daher für die ihn verhörende Gestapo wahrscheinlich kein ganzer, sondern nur ein halber Untermensch. Mag sein, daß Solschenizyn hier im Zorn etwas zu sehr verallgemeinert, doch es liegt mir wenig daran, hier zwei nationale Konten zu eröffnen – und aus- oder anzugleichen.

Ich las gerade vor einigen Wochen H. G. Adlers *Der verwaltete Mensch, Studien über die Deportation der Juden aus Deutschland.* Diese Lektion reicht für eine Weile als Information über die Gestapo. Es mag den einen oder anderen oder gar einige mehr Gestapo-Beamte gegeben haben, die nicht ganz so schlimm waren.

Die Gestapo war schlimm genug, und daran zweifelt gewiß auch Solschenizyn nicht. Solche Vergleiche sind nicht etwa nur heikel, sie sind undurchführbar, weil die Bilanz nicht zu ziehen wäre, nicht der Vergleich aller historischen Unterschiede: und dann auch noch der Unterschied zwischen Foltern aus ideologischen Gründen und Morden aus weltanschaulich-rassistischen. Da gäb's außerdem eine fürchterliche Rivalität – besonders, wenn sie sich zwischen Russen und Deutschen abspielte –, sie bestände darin, daß der eine sagt: »Bei uns war's schlimmer« und der andere: »Nein, nein bei uns.« Ich halte nicht viel davon, auf diese Art Konten ausgleichen zu wollen.

Gewiß ist, und keiner kann nach der Lektüre des *Archipels Gulag* daran zweifeln, daß Solschenizyn nicht einen einzigen Greuel der Nazis bagatellisiert. »Gemeinsame und sichere Erinnerung unser aller«, schreibt Solschenizyn, »ein fauliger Tümpel war's, ein durch und durch von Fäulnis befallener Ort. Heute noch und ohne jede Aufwallung von Zorn und Mißmut bewahren wir in unseren durch die Jahrzehnte besänftigten Herzen diesen sicheren Eindruck: von niedrigen, boshaften, ehrlosen und – vielleicht – verirrten Menschen.«

Lassen wir's bei dieser Feststellung und dem menschlich-versöhnlichen, in zwei Bindestriche verpackten »vielleicht« und verzichten in diesem Fall auf eine nationale Rivalität zwischen Russen und Deutschen, die darin bestehen würde, festzustellen, wo's schlimmer war. Es ist sinnlos, eine Grausamkeit gegen eine andere auszuspielen, und für den Chilenen, Spanier, Griechen oder Brasilianer, der heutzutage gefoltert wird, birgt die Masse der vergangenen deutschen oder sowjetischen Grausamkeiten nicht einmal den Ansatz zu einem Trost.

Sehe ich von dieser winzigen mißverständlichen Ungenauigkeit ab, die darin bestehen könnte, daß Solschenizyn anstatt *die* Gestapo *der* Gestapo-Beamte hätte schreiben sollen, so entdecke ich in den insgesamt fast 25 000 Zeilen des Buches keinen falschen Ton. Das Einmalige des Buches liegt denn auch in der Komposition, der Intonation und der Instrumentierung. In der Auswahl von allgemeiner Darstellung der Entwicklung sowjetischer Gesetzgebung, Rechtsprechung und Strafvollzug und den zu jedem Stadium dieser Entwicklung ausgewählten, dokumentierten Details, die, da sie zum größten Teil *wiedergegeben,* nicht in falscher Mündlichkeit zitiert werden, stilistische Meisterwerke sind, auch in ihrer Kürze.

Sicher gesetzt, sparsam verwendet sind kleine »nur« literarische Passagen: »Zu sehen gab's (auf dem Dach der Lubjanka, wo die Häftlinge ihren Spaziergang machten) nur diesen Schornstein, den Wachsoldaten auf dem Turm des siebenten Stockwerks und schließlich das unglückselige Fleckchen von Gottes Himmel, dem es beschieden war, über der Lubjanka sich zu erstrecken.«

Und über Stalin: »Wollte er sein Seelenheil retten? Dazu war's zu früh.« Oder: »Der Tag entzweit die Häftlinge, die Nacht bringt sie einander näher.« Auf seinen Häftlingskoffer bezogen, an dem er die alten Spuren ertastet: »Die Dinge sind uns im Niemals-vergessen-Können voraus.« Es muß nur eben einer das, was die Dinge niemals vergessen können, entdecken und zu Wort bringen! Und mitten in diese mit jener himmlischen Bitterkeit dargebotene Aufzählung und Erklärung entsetzlicher Ereignisse hinein wird ein Majakowski-Vers zitiert: Wer heute nicht mit uns singt / der ist / gegen / uns.

Während der Lektüre des Buches wird einem immer mehr verständlich, warum die Sowjetunion das Land ist, in dem am wenigsten über den Watergate-Skandal publiziert wird. Watergate wird zur Wassersuppe, und doch ist Watergate für die Betreffenden und Betroffenen keineswegs so harmlos; Vergleiche hinken immer. Wenn Herr Schukow, der Kommentator im sowjetischen Fernsehen, Solschenizyn vorgeworfen hat, er wühle da immer noch in der Vergangenheit, so möchte ich Herrn Schukow auf einen gewissen Grafen Lew Tolstoi verweisen, der fünfzig Jahre nach Borodino »in der Vergangenheit wühlte«, und was dabei herauskam, hieß *Krieg und Frieden.* Und wenn der unbezahlbare Herr Tschakowski sagt und schreibt: »Die Zeit arbeitet für uns« – so kann ich nur hoffen, daß dieser zynische Witz sich als unzutreffend erweist und Solschenizyn recht behält, der schreibt: »Sie bahnt sich dereinst den Weg, die Wahrheit. Wer vermöchte sie aufzuhalten.«

Kein Zweifel: im *Archipel Gulag* wird nicht etwa nur entstalinisiert, es wird auch entleninisiert; beiden Väterchen wird auf die Finger geklopft und ins Stammbuch geschaut. Es wird, nachdem in den ersten Kapiteln das Generalthema angestimmt worden ist, systematisch die Entwicklung der sowjetischen Gesetzgebung, der Rechtsprechung und des Strafvollzugs im generellen und speziellen, Kapitel um Kapitel, nachgewiesen – und an Beispielen und in Fußnoten expliziert. Alles wird belegt, zitiert, die Quellen – hauptsächlich Lenin und Krylenko, weitaus weniger Stalin – werden angegeben.

Da wird die Todesstrafe abgeschafft, wieder eingeführt, wieder abgeschafft und wieder eingeführt, und selbst während sie abgeschafft ist, wird sie angewendet. Eine Auswahl der Kategorien von Straffälligkeit: da gibt es die Burjat-Mongolen, die Kasachen, Tataren, Balten, aber es gibt auch die Andersparteiler, die »Ährenabschneider« (nein, nicht Ehrabschneider!), da gibt es die »Frauen, die sich nicht von ihren Männern lossagen«, es gibt die »Radioverheimlicher«, die »Afrikaner« (Hiwis aus der Rommel-Armee), es gibt den »Generalsstrom«, den Strom der »schuldigen Moskauer«, es gibt die Nichtdenunzianten, die Wiederholer, die »rächenden Kinder«, »Grenzwertler«, Kulaken, die Heimkehrverweigerer, die »Nichtvorgreifenwollenden«, die Industriepartei, die Handwerker.

Es gibt eine Abhandlung über die Kunst der Verhaftung: »Verhaftung am Tag und in der Nacht; zu Hause, im Dienst und unterwegs; erstmalige und wiederholte; Einzel- und Gruppenverhaftungen. Die Verhaftungen werden nach dem Grad der erforderlichen Überrumpelung eingestuft und nach der Stärke des zu erwartenden Widerstandes (doch in Dutzenden Millionen von Fällen wurde kein Widerstand geleistet und auch keiner erwartet). Die Verhaftungen unterscheiden sich nach der Gewichtigkeit der geplanten Haussuchung, nach der Notwendigkeit, bei der Beschlagnahme Protokolle zu führen, das Zimmer oder die Wohnung zu versiegeln, welche Notwendigkeit nicht immer gegeben ist; je nach Bedarf im weiteren Verlauf auch die Frau des Abgeführten zu verhaften, die Kinder aber ins Kinderheim zu bringen bzw. den Rest der Familie in die Verbannung bzw. auch noch die greisen Eltern ins Lager.«

Natürlich fehlt es da nicht an Absurditäten, die manchmal ins Komische führen und vielleicht tatsächlich eine sowjetische Spezialität sind: »Nach der Verhaftung des Orientalisten Newski wurden tanguistische Handschriften beschlagnahmt, für deren Entschlüsselung der Verstorbene fünfundzwanzig Jahre später posthum den Leninpreis bekam!« Nach einer Bezirksparteikonferenz des Moskauer Gebietes braust im Saal »stürmischer, in Ovationen übergehender Applaus« für Stalin auf. Man klatscht, drei, vier, fünf Minuten – keiner wagt, mit dem Händeklatschen aufzuhören, es wird also elf (!!) Minuten lang geklatscht, bis der anwesende Direktor einer Papierfabrik endlich in eben jener elften Minute zur Erleichterung aller Anwesenden zu klatschen aufhört. Doch in der darauffolgenden Nacht wird der Direktor verhaftet, bekommt seine zehn Jahre und die Mahnung des Untersuchungsrichters: »Und hören Sie in Zukunft nie als erster mit dem Klatschen auf.«

Da gibt es den berühmten Biologen Timofejew-Ressowski (Vergehen: Heimkehrverweigerung), den nichts so zu schockieren scheint wie der auf den Boden der Lubjanka verschüttete Tee. »Er wird darin ein frappantes Merkmal beruflicher Desinteressiertheit des Gefängnispersonals erblicken (wie unser aller auch, bei welcher Arbeit immer). Er wird die siebenundzwanzig Jahre der Lubjanka-Existenz mit 730 pro Jahr multiplizieren und dann mit einhundertelf Zellen und wird sich noch lange Zeit darüber echauffieren, daß es bequemer war, in zweimillioneneinhundertundachtzigtausend Fällen das kochende Wasser auf den Boden zu schütten und die Stelle genauso oft trocken zu wischen, als an den Eimern Schnäbel zum Eingießen anzubringen.«

Und es gibt den grausamen und wohl treffenden Witz, in dem der Chef des Konvois den Häftling fragt, wofür er denn seine fünfundzwanzig Jahre bekommen habe, und jener sagt: »Für nichts«, woraufhin der Chef sagt: »Lüg nicht. *Für nichts kriegt man zehn.«* Nicht zu vergessen die junge Sozialrevolutionärin Jekaterina Olizkaja, die im Jahre 1924 glaubte, des Gefängnisses *nicht würdig* zu sein – was hatte sie schon Großes für Rußland getan?

Die bittersten Abschnitte widmet Solschenizyn den heimkehrenden oder an die Sowjetunion ausgelieferten Kriegsgefangenen, und wahrlich: das ist ein besonders verfluchtes Kapitel west-östlicher Beziehungen. Solschenizyn: »Den Krieg gibt's und den Tod gibt's, und die Gefangenschaft soll's nicht geben! – eine umwerfende Entdeckung. Das bedeutet: Geh hin und stirb, wir aber bleiben am Leben. Doch wenn du auch auf Krücken aus der Gefangenschaft heimgehumpelt kommst, zwar beinamputiert, aber lebend (der Leningrader Iwanow, Kommandeur eines MG-Zuges im Finnischen Krieg, saß später im Ustwymlag) – wir werden zu Gericht sitzen über dich.« Und an anderer Stelle: »Weil der Soldat an der deutschen Kugel nicht sterben wollte, soll er nach der Gefangenschaft einer sowjetischen das Genick hinhalten. Anderen – die fremde, unseren – die heimische. (Es ist übrigens naiv zu glauben: *deswegen.* Die Regierungen aller Zeiten bestehen keineswegs aus Moralisten. Niemals werden Menschen *wegen* etwas eingesperrt und hingerichtet. Einsperren und hinrichten ließ man sie, *damit nicht.* All diese Gefangenen wurden natürlich nicht *wegen* Hochverrats eingesperrt, denn selbst dem größten Trottel war klar, daß nur die Wlassow-Leute des

Verrates hätten angeklagt werden können. Diese da wurden allesamt eingesperrt, *damit* sie sich *nicht* unter Dorfgenossen lauten Erinnerungen an Europa hingeben. Was man nicht weiß, macht einen nicht heiß . . .)«

Und weiterhin: »Die überlebenden Buchenwald-Häftlinge wurden *gerade darum* (weil sie überlebt hatten) in unsere Lager gesperrt: Wieso hast du in einem Vernichtungslager am Leben bleiben können: da ist was faul!« Da werden auch Churchill und Roosevelt der »notorischen Kurzsichtigkeit, ja sogar Dummheit« geziehen, mit Recht.

Ich erinnere mich, aus einem Innen-Cage eines amerikanischen Kriegsgefangenenlagers heraus beobachtet zu haben, wie man die ehemaligen russischen Kriegsgefangenen in Eisenbahnwaggons und Lastautos geradezu zwingen mußte, manche schrien und wehrten sich vergebens. Damals war uns das Entsetzliche des Vorgangs nicht klar, erst später haben wir ihn entziffert. Sie fuhren ins *Archipel Gulag*.

O nein, hier in diesem Buch wird nicht Haß auf das Sowjetvolk ausgespien, das Buch ist ein Angebot und eine Aufforderung, sich endlich von der tiefsitzenden inneren Angst zu befreien. Obwohl einem unmenschlichen Stoff gewidmet, ist es ein menschliches Buch von einem einzigartigen Stil, von jemandem übersetzt, der beide Sprachen wie seine Muttersprache sprechen und kennen muß.

Damit der Leser nicht allzu rasch in mitleidvoll-gemütvolle Meditation versinkt, werden derb-direkte Zitate aus dem Häftlingsjargon eingestreut – etwa die »entkorkten Frauen«, die »neun Gramm ins Genick« und das »Viertelmaß« (was bedeutet fünfundzwanzig Jahre, ein Vierteljahrhundert eben).

Und es wird nicht nur der Konflikt des Generals Wlassow von seinem Tabu befreit, auch der Konflikt Bucharins, der es einfach nicht glauben wollte und doch dran glauben muß. Welch ein Drama, Stalin und Bucharin, und die unbeantworteten Briefe. »Lieber Koba«! Düsterkeit genug, Absurdes genug. »Der ehemalige Tschekist Alexander Kalganow erinnert sich, in Taschkent ein Telegramm erhalten zu haben: ›Schickt zweihundert!‹ Im Augenblick aber waren sie gerade mit einer Partie fertig, und es gab scheinbar niemanden mehr zum ›Nehmen‹. Gut, sie brachten fünfzig Mann Nachschub aus den Bezirken herbei. Da, ein Einfall! Die von der Miliz festgenommenen *Bytowki* (Kriminelle) in Achtundfünfziger (Politische) aufzuwerten! Gesagt, getan. Doch die Sollziffer ist immer noch nicht ganz erreicht! Eine Anfrage von der Miliz: Was tun? Zigeuner haben mitten in der Stadt ungeniert ihre Zelte aufgeschlagen. Das ist's. Der Tabor wird umzingelt und alle Männer von siebzehn bis sechzig nach § 58 eingezogen! Planerfüllung zu vermelden.«

Und es gibt natürlich auch das »Menschliche« und das Menschliche. Solschenizyns Kommandeur etwa, der sich völlig unvorschriftsmäßig von seinem verhafteten Hauptmann verabschiedet und ihm Gutes wünscht. Dazu Zitat von Solschenizyn: »Merkwürdig indes: Man kann *doch* ein Mensch bleiben – Trawkin geschah gar nichts. Vor kurzem kamen wir freundschaftlich zusammen und lernten einander erst richtig kennen. Er ist General im Ruhestand und außerdem Revisor eines Jagdvereins.«

Es konnte jeden treffen und jeden *nicht,* die Willkür war total. Die Rehabilitierung etwa von M. P. J. wurde abgelehnt, »aber es wurde ihm als Pflästerchen eine *Ehrenpension* für revolutionäre Verdienste ausgesetzt! Was es doch bei uns nicht alles an Verkorkstem gibt!«

Es ist verheerend, wenn verantwortliche Intellektuelle wie Schukow, Tschakowski und Simonow das Angebot, das in diesem Buch liegt, nicht erkennen, sondern kräftig die düsterste aller Potenzen zu schüren versuchen: den Volkszorn. Wo jeder erfaßt und jeder *nicht* erfaßt werden konnte, müßte es doch eine Basis geben, wenn schon nicht einem Autor beizustehen, so doch allerallerwenigstens nicht auch noch gegen ihn mitzuhetzen.

Das für mich Erstaunlichste an diesem Buch ist, daß es, obwohl sein Gegenstand grauslicher kaum sein könnte, doch weder hoffnungslos noch pessimistisch ist. Man sollte nicht einen einzigen Augenblick vergessen, daß es mit dem Jahr 1956 endet; daß inzwischen achtzehn Jahre vergangen sind. Und wenn es je *Archipel Gulag* Teil III geben wird, so darf man gespannt sein auf die Unterschiede zwischen ihm und den Teilen I und II, die jetzt hier vorliegen.

Keinem vernünftigen Menschen auf dieser Welt kann an einem Umsturz in der Sowjetunion liegen, jedem aber an einer Wandlung, und wo es immerhin Begnadigungen gegeben hat, sollte es auch Gnade geben können. Gnade gegen sich selbst.

Da Solschenizyn so großen Wert darauf gelegt hat, sollte auch der Preis des Buches nicht vergessen werden: 19,80 Mark für ein Buch dieses Formats und Umfangs, das jeder Verlag hier gut und gerne und ohne mit der Wimper zu zucken auf 32–34 Mark kalkulieren würde. Auch *das* ist ein Einbruch in unser verfluchtes Kalkulationssystem. Es ist also möglich, und möglich gemacht hat's kein westlicher, sondern ein sowjetischer Autor.

Da der Autor auch nicht die geringste Andeutung von Selbstgerechtigkeit zeigt, ist dieses Buch auch für keinen, der es liest, ein Anlaß dazu. Das sollte man nicht vergessen, sowenig wie die Tatsache, daß es 1956 endet. Und ich zitiere noch einen kleinen Abschnitt von der letzten Seite des Buches: »Die Jugend, die mit politischen Strafparagraphen in der Kerkerzelle sitzt, ist niemals der Durchschnitt des Landes, sie ist der übrigen Jugend allemal um vieles voraus.« – Ob das nur für die Sowjetunion gilt?

Ich belehre niemanden in der Sowjetunion

Antwort an Volker v. Törne

Sehr geehrter Herr von Törne,
zunächst möchte ich Ihnen für Ihren Brief danken, weil er mir Gelegenheit gibt, andeutungsweise einige höchst komplizierte Probleme zu klären. Was ich keinesfalls kann und keinesfalls möchte: von hier aus in der Sowjetunion lebende Autoren und Intellektuelle belehren, gegen die man dort jetzt den Volkszorn schürt. Wo ich diese Autoren gern zu belehren bzw. zu korrigieren versuchen würde: hier, an Ort und Stelle, in ausgiebigen Gesprächen, die man nicht unter der Bedingung führen müßte, daß der Partner freiwillig oder unfreiwillig zum Emigranten wird. Ich habe den Titel »christlicher Schriftsteller« immer abgelehnt und was »christliche Politik« bedeutet und bedeutet hat, wissen wir zur Genüge.

Wenn W. Maximow mich nun als christlichen Schriftsteller bezeichnet und mich damit in eine Tradition stellt, die ich ablehne, so müßte ich – hier, hier – ausgiebig Gelegenheit haben, ihn möglicherweise zu korrigieren, und dann sollte er nach Moskau zurückfahren können und als orthodoxer Christ, wie er sich selbst bezeichnet, über »das christliche Europa« nachdenken.

Das permanente und immer weiter sich vergrößernde Dilemma ist doch die nicht nur geringe, sondern fast gar nicht vorhandene Information über politische, geistesgeschichtliche und auch theologische Entwicklungen. Es müßte hinzukommen eine Klärung der Begriffe. Zahlreiche Intellektuelle, die sich ohne jede Einschränkung als »christlich« definieren – Walter Dirks zum Beispiel, die Professoren der katholischen Theologie Lengsfeld und Herrmann und andere –, haben ja Willy Brandt unterstützt, weil sie sich christlich definieren.

Es wird Ihnen gewiß nicht entgangen sein, daß ich W. Maximows offenen Brief an mich nicht beantwortet habe; eben deshalb, weil die gegenseitige Information und eine Klärung der Begriffe nicht zu leisten ist. So sind für mich lediglich die Zeitungen interessant, die den Brief publiziert haben, obwohl sie wissen müßten, daß ein Autor wie Maximow unter »christlich« ganz etwas anderes versteht als etwa *Die Welt.* Gerade deshalb trete ich für das ein, was man mit »freiem Meinungsaustausch« nur blaß bürokratisch und unzureichend bezeichnet. Soll man doch die Dissidenten reisen lassen, nicht per Delegation, nicht unter dem psychischen Druck, evtl. nicht mehr in die Sowjetunion hineingelassen zu werden, soll man sie doch durch diese christliche westliche Welt fahren lassen – und dann bin ich bereit, mich mit ihnen zusammenzusetzen und die »Weltbilder« zu korrigieren.

Sie wissen so gut wie ich, lieber Herr von Törne, daß es fast sinnlos ist, gegenseitig Delegationen auszutauschen, solange der sowjetische Schriftstellerverband sich anmaßt, zu bestimmen, wer aus- und wer einreisen darf. Ich hoffe, ich werde Gelegenheit haben, mit W. Maximow, mit Alexander Solschenizyn und Sacharow und anderen in Moskau ausgiebig zu sprechen, lieber noch wäre mir: hier. Dann können wir ja zu klären versuchen, was hier und was dort unter christlich verstanden wird, und W. Maximow wird sich hier davon überzeugen können, daß, was Chile betrifft, sich sogar die Christdemokraten dort mehr und mehr von der Junta distanzieren. Nein, von hier aus belehre ich niemanden in der Sowjetunion, niemanden, der machtlos ist, gegen den der Volkszorn mobilisiert wird.

Ich teile Ihre Ansicht, daß es schrecklich ist, irgendeinen Terror, Mord, Tortur zu relativieren. Das ist leider internationaler Brauch, leider auch unter Intellektuellen und es gehört zu meinen peinlichsten Erfahrungen nach vielen Sitzungen des PEN Clubs, die ich zu leiten hatte, daß immer sofort, wenn irgendeine Gewaltmaßnahme zur Sprache kommt, ob in Spanien oder in der ČSSR, sofort einer ein »Gegenkonto« aufmacht: eins im sozialistischen oder im kapitalistischen Lager; eine unwürdige Art der Buchhaltung, wie ich finde.

Besonders heikel und überaus peinlich wird diese verfluchte Buchhalterei natürlich, wenn Deutsche und Sowjetbürger aufeinander treffen, die einen die Greuel des Faschismus, die anderen die des Stalinismus beklagen, und beide Parteien in typisch deutsch-russischer Rivalität behaupten, es sei nicht da, es sei dort schlimmer gewesen. Die historisch exakte Analyse der Ursachen des einen Greuels mögen für den anderen andere Ursachen ergeben: für die Opfer, für die Betroffenen – wenn sie nicht gerade Bucharin heißen – ist das auf eine verfluchte Weise gleichgültig.

Versuchen wir also nicht, von hier aus jemanden öffentlich zu belehren, der in der Sowjetunion isoliert ist. Eine Meinungskorrektur kann nur erfolgen, wenn auch die Dissidenten reisen dürfen, wenn man sie nicht immer mehr und mehr isoliert, diffamiert und das in einer Quantität und Qualität, die beispiellos ist. Jede Art von »Schützenhilfe« für diese beispiellose Quantität der Denunziation, an der leider auch sowjetische Autoren wie Simonow teilnehmen, trägt nicht im geringsten zur intellektuellen Entspannung bei. Ich bin sicher, daß mancher Dissident hier belehrbar wäre, oder daß er seine Meinung korrigieren würde. Von hier aus – und auch noch auf die Gefahr hin, daß ein Zyniker wie der Chef der *Literaturnaja Gazeta*, Alexander Tschakowski, auch nur eine Zeile von mir mißbrauchen könnte: Nein!

Mit freundlichen Grüßen
Ihr Heinrich Böll

Zum Beispiel Schuhe

Bevor ich mich in die heikleren Details verliere, möchte ich J. B. Priestley im heikelsten der in seinem Buch *The English* behandelten Punkte beruhigen: Die »idea of the charmless, flatchested, mannish or absurdidly prudish Englishwoman, either contemptuous or terrified by sex« (Die Vorstellung der charmlosen, flachbrüstigen, maskulinen oder lächerlich prüden Engländerin, entweder verzweifelt oder verängstigt durch den Sex) existiert in kontinentalen Hirnen – jedenfalls in meinem – schon lange nicht mehr; dafür haben nicht erst Beatles und Popwelle, dafür haben schon lange vorher Literatur, Film, Theater und die ansonsten so verachtete Reisewelle gesorgt; auch das via Schullektüre durch einen gewissen Julius Cäsar verbreitete Vorurteil über englische Frauen ist längst vergessen.

Außerdem haben ja auch wir zwar keine Königin Victoria, aber doch unsere verschiedenen Variationen des »Viktorianismus« gehabt, in jeglicher konfessionellen und regionalen Version. Prüderie jedenfalls war nie ein englisches Privileg. Und vielleicht ist da jetzt eher ein gegenteiliges Vorurteil im Entstehen, in dem die Engländerinnen als zu delikat, sensibel, sensuell und sensitiv erscheinen und ihre derberen Variationen zu kurz kommen.

Meine Schwierigkeiten, nicht nur bei der Beurteilung einer englischen Definition von Englishness, auch bei der Definition nationaler oder *innerhalb* von Nationalitäten definierter Eigenarten, sind ganz anderer Art. Als uns neulich in einem kleinen Restaurant in Sizilien der Kellner prompt die deutsche Version der Speisekarte brachte, fragten wir ihn, woran er uns als Deutsche erkannt habe, und er sagte es uns so freimütig wie liebenswürdig und in fließendem Deutsch mit rheinischem Akzent: Ich war der Sündenbock, nicht meine Frau, die in Moskau, Prag, Köln oder Rom gewöhnlich von Einheimischen nach dem Weg gefragt wird; an der Art, wie ich mich hinsetzte, Zigaretten und Zündhölzer auf den Tisch legte, an meinen Kopf- und Handbewegungen hatte er meine Nationalität erkannt.

Da wir einer nicht so sonderlich beliebten Nation angehören, uns dieser Angehörigkeit aber nicht schämen, analysieren wir unsere Erfahrungen gelegentlich. Wenn z. B. ein Franzose nicht ganz sicher ist, ob ich ein Deutscher bin, wird er vorsichtig fra-

gen, ob ich Holländer, Däne oder Belgier sei, aber er wird niemals einen Holländer oder Dänen, über dessen Nationalität er im unklaren ist, fragen, ob er Deutscher, er wird ihn fragen, ob er vielleicht Schwede oder Norweger sei. Ich denke, damit ist einiges gesagt, und ich hoffe, man wird eines Tages verstehen, wie kränkend es ist, wenn so ausgeprägte und stolze Nationen wie Polen, die Tschechoslowakei oder Ungarn pauschal als »Slavonic people« (Slawische Völker) bezeichnet werden, wo doch auch sie feine und feinste Unterschiede *innerhalb* ihrer Nationalität machen, die den subtilen Differenzierungen entsprechen, mit denen J. B. Priestley sich der Englishness annähert.
Das Thema ist unerschöpflich, es erfordert die Analyse zahlreicher, meist von West nach Ost weitergereichter demütigender Klischees. Man könnte – und sollte vielleicht eines Tages – ein ganzes Buch darüber schreiben, welche Bedeutung beim Erkennen der Nationalität ein so scheinbar nebensächliches Detail wie Schuhe haben kann; oder Gesten, Gang und Kleidung. Wie würde es einem Franzosen ergehen, der mit italienischen Schuhen und in einem englischen Anzug in Moskau spazierengeht? Wahrscheinlich würde man ihn an der Art, wie er die Zigarette im Mund hält – hoffen wir, daß er Raucher ist – dennoch als Franzosen erkennen.
Ob Priestley die Englishness richtig definiert und damit gegen Britishness abgrenzt, wird wohl sogar für einen Engländer, Schotten, Waliser und Iren schwer zu beurteilen sein. Für mich als Ausländer ist es nicht leichter, wohl aber lehrreich und wichtig durch die Verbesserung meines Instrumentariums, Unterschiede innerhalb meiner eigenen Nationalität zu beurteilen. Wenn ich etwa lese, daß Priestley die gesamte Royality aus der Englishness ausschließt, so bin ich verloren, denn mir erscheint die gesamte Königsfamilie als sehr englisch, und doch lasse ich mich, nachdem wir gemeinsam den Film über die Hochzeit von Prinzessin Anne und Mark Phillips angesehen haben, von meiner Frau belehren, die feststellt, daß Priestley recht hat, denn Mrs. Phillips, die Schwiegermutter von Prinzessin Anne, sei wirklich »englischer« als Königin Elizabeth. Solche weiblichen Beobachtungen, die zu allerfeinsten Differenzierungen führen, gelten wahrscheinlich der Kleidung und der Haltung und dem in solchen scheinbar äußerlichen Attributen sichtbaren »state of mind«, der für J. B. Priestley die einzig wahre Definition der

Englishness zu sein scheint. Ich begreife zum Beispiel nicht, was für eingeweihte Kenner der Englishness wahrscheinlich ein wahres Bonbon ist, wieso William Pitt, der »Ältere« »not essentially an English type« gewesen sein soll, während in Nelson »Englishness afloat and in action« war, und wenn ich lese, daß die Engländer eine Mixtur aus »Celts, Saxons and Danes« sind, so kann ich nur klagend meine Stimme erheben und feststellen: Eine germanisch-keltische Mischung mit einigen Wikinger- und Römer- und dazu noch einigen undefinierbaren Spurenelementen, das sind wir Rheinländer auch, aber – man mag es beklagen oder nicht – Engländer sind aus dieser Mischung nicht entstanden; auch die wunderbare, für einen Kontinentalen tröstliche Feststellung, daß »the barrier between consciousness and the unconsciousness is not rigidly fixed in the English psyche« (die Schranke zwischen dem Bewußten und dem Unbewußten in der englischen Psyche nicht eindeutig fixiert ist), die trifft ja wohl auch auf uns zu, und doch – noch einmal – Engländer sind wir nicht geworden.

Nach halber Zusage gab ich seinerzeit den Auftrag, die Rheinländer und das Rheinische zu definieren, zurück, ich hielt es für unmöglich, Eigenschaften ausdrücklich zu benennen, die Friedrich Engels, Konrad Adenauer, Heinrich Heine, Carl Schurz und Walter Scheel (und bei großzügiger Interpretation des Rheinischen auch noch Karl Marx) decken könnten.

Nach der Lektüre von Priestleys *The English* werde ich es vielleicht eines Tages doch riskieren. Dieser Versuch, das Englische vom Britischen abzugrenzen, ist nicht nur interessant, auch amüsant und schärft den Blick für Differenzen innerhalb der eigenen Nationalität. Manches bittere Mißverständnis in der Bundesrepublik Deutschland hat ja regionale Wurzeln, weil Bayer, Rheinländer oder Niedersachse zu sein ja mehr ein »state of mind« ist als etwa eine Temperamentsfrage.

Ich verstehe wohl, daß J. B. Priestley die Englishness in Gefahr sieht, es wäre schade, wenn sie verwässert oder von Admass (Gleichschaltung) verschlungen würde, oder ist nicht auch die Admass englisch? Ich als Ausländer sehe die Gefahr in England noch nicht, und ich sehe sie am wenigsten in der englischen Jugend, doch da mag mir Priestley mit mehr Information und Autorität widersprechen. Was *international* sichtbar ist, ist auch in England festzustellen: Es ist die Jugend, die das Alte verteidigt, gegen Admass protestiert.

Schließlich hat nicht die Jugend die Philosophie des Profits erfunden: Es gibt da etwas, das sich in London – und das gehört doch wohl zu Anglia – sehr konzentriert zeigt und ausdrückt, etwas, das neu und noch – vielleicht nur fürs Ausländerauge – sehr englisch ist: Farben und Farbigkeit, gewisse Variationen von und Kompositionen mit gewissem Gelb, Braun, Rosa, in Kleidung, Verpackung, Häuserfronten, Dekorationen; keine Spur mehr von Prüderie, und es gibt immer noch das so unverkennbare und doch so undefinierbare englische Frauenbein, das selbst bei den delikatesten Gesichtern immer noch überraschend zwischen sportlich und rustikal zu plazieren wäre; und einiges mehr, das wohl zu selbstverständlich, als daß es einem englischen Auge noch auffiele: In kaum einem Land Europas sind Frühling und Herbst so schön und so englisch; all das von den vielen – mir manchmal zu vielen – Daffodils bis zu der uralten Buche in einem Park. Wer kämpft – überall in der Welt – um jeden Baum? Die Jugend. Gehören nicht auch – jedenfalls für einen Ausländer – Frühling und Herbst, Daffodils, Parks, Bäume und Rasen zur Englishness?

Was macht Virginia Woolf, was macht Osborne, Sillitoe, Pinter – ihre persönliche Eigenart als undefinierbar vorausgesetzt – so gleichermaßen englisch wie die verwehenden und doch so spürbaren Lavendeldüfte von Bloomsbury und der Fish- und Chipsbuden im East End?

Das Thema ist unerschöpflich, viele materielle Details sind manchmal wichtiger als die Erklärung ihrer historischen Hintergründe. Schuhe, Kleidung, Handbewegungen, Gang oder etwas so scheinbar völlig Nebensächliches: Wie jemand – er oder sie – den Zucker im Tee umrührt, und dann überhaupt: der Tee.

Die Raubtiere laufen frei herum

Rede vor der sozialdemokratischen Bundestagsfraktion am 13. 3. 1974

Meine Damen und Herren,
zunächst möchte ich Ihnen danken für die Gelegenheit, hier mehr *mit* als *zu* Ihnen zu sprechen. Versuchen wir zunächst, uns von dem dummen Klischee zu befreien, wir, Intellektuelle und Schriftsteller, wären die Moralisten oder das Gewissen der Nation. Wir sind nichts weiter als in diesem Land arbeitende und Steuer zahlende Staatsbürger, die sich möglicherweise – ich betone: möglicherweise – gelegentlich besser artikulieren als irgendein Staatsbürger, der ebenso das Gewissen der Nation verkörpert, sei er Arbeiter, Bankdirektor, Lehrer, Abgeordneter. Der Beichtspiegel der Nation, falls Sie Ihr Gewissen prüfen möchten, ist das Grundgesetz; und da Gesetze, Politik, Rechtsprechung zunächst aus Worten bestehen, kommt uns Autoren, die wir mit Worten einen gewissen Umgang pflegen, vielleicht die Rolle der Interpreten zwischen den verschiedenen Wortbereichen zu, die immer wieder aneinandergeraten, wodurch Reibung und auch Gewalt entstehen.

Wenn etwa Politikern aller Parteien das Wort von der freiheitlich-demokratischen Grundordnung, die in Gefahr sei, etwas zu flüssig aus dem Mund geht, so gestatte ich mir den ersten Zweifel, indem ich frage: Ist diese freiheitlich-demokratische Grundordnung, die im Grundgesetz versprochen ist, schon erreicht? Weder Rechts- noch Linksradikale, sondern Polizeibeamte waren es, wie ich kürzlich (am 2. 11. 1973) in der *Zeit* las, die zu 83 Prozent die Meinung äußerten, reiche Leute kämen vor Gericht besser weg – ich ergänze hier: als Arme. Doch da steht in eben jenem Grundgesetz in Artikel 3: »Niemand darf wegen seines Geschlechts, wegen seiner Sprache, seiner Heimat und Herkunft, seines Glaubens, seiner reiligiösen oder politischen Anschauungen wegen benachteiligt oder bevorzugt werden.« Ist die freiheitlich-demokratische Grundordnung, die da immer als von Radikalen gefährdet hingestellt wird, also hergestellt – oder bestehen da möglicherweise noch erhebliche Lücken zwischen dem ausdrücklichen Versprechen des Grundgesetzes und seiner Verwirklichung? Und wieviel Gewalt – latente und virulente – verbirgt sich in diesen Lücken?

Ich will hier nicht wieder über meinen Lieblingsartikel (14,2) meditieren, der da anfängt: »Eigentum verpflichtet«. Vielleicht können wir uns darauf einigen, daß es nach den verschiedenen Heimatvertreibungen, die, was uns Deutsche betrifft, ja keineswegs 1945, sondern 1933 begonnen haben – wir leben ja fast in einem Jahrhundert der Heimatvertreibung –, nun eine neue Heimatvertreibung gibt, die man Profitvertreibung nennen könnte? Nun, wir wissen doch, Vertriebene neigen zur Radikalität. Ein erheblicher Teil der Radikalität, die etwa in Irland sichtbar wird, ist immer noch die zum Teil erlebte, zum Teil vererbte Radikalität von Vertriebenen, denen man buchstäblich – und ebenfalls aus Profitgründen – mit Spezialinstrumenten, die von Spezialtruppen der britischen Armee angewendet wurden, das Dach über dem Kopf wegriß und sie auf die Straße oder nach Amerika verfrachtete: Es waren diese Vertriebenen und ihre Nachkommen, die etwa um 1850 herum radikale Organisationen gründeten, die Vorläufer der heutigen IRA.
Wenn man hierzulande von Verstaatlichung oder Vergesellschaftung spricht, so nützt das wenig. Immer noch und immer wieder zittern vor diesen Worten nicht die, denen sie gelten, sondern genau die Falschen, nämlich die, die sich da ihr Dach oder Dächelchen erspart oder gebastelt haben. *Sie* haben Angst, nicht die anderen, die Raubtiere, die frei herumlaufen.
Ich erwähne diese beiden Dinge – das noch nicht erfüllte Versprechen von der freiheitlich-demokratischen Grundordnung in puncto Rechtsprechung – die Verachtung der Raubtiere für den Artikel 14,2 und die permanent geschürte Angst der Nichtraubtiere, weil ich den Eindruck habe, daß das schwindende Selbstverständnis und Selbstbewußtsein Ihrer Partei an diesen beiden Punkten mit Erfolg zerstört wird.
Wenn Herr Erhard jetzt – und wo schon? Natürlich in einer Springer-Zeitung! – sein Schweigen bricht, brechen Sie auch Ihr Schweigen und erklären Sie einmal mir und anderen, was vom Tage der Währungsreform an aus den ersparten 100 Mark eines Arbeiters geworden ist, die auf sieben Mark schrumpften, und was aus der 100-Mark-Aktie eines Aktionärs geworden ist, die keiner Schrumpfung unterlag. Blicken Sie zurück, aber fliehen Sie nach vorne. Erklären Sie den verängstigten Nicht-Raubtieren, welche Privilegien 1949 verteilt wurden, was draus geworden ist. Ich habe bei den Verhandlungen und Diskussionen über

Löhne und Streiks viel über kleine und mittlere Einkommen gehört und über Opfer, die gebracht werden müssen. Kein Wort habe ich über Gewinne – und das müßten die Gewinne *seit* 1949 sein – gehört und über die unsäglichen Opfer derer, die – wenn man sie so reden hört – ihre Unternehmen *nur* betreiben, um Arbeitsplätze zu schaffen. Opfer – das ist ohnehin ein merkwürdiges, düsteres Wort in einer Gesellschaft, die sich aus Interessenvertretungen zusammensetzt. Wer opfert da wem oder wen?

Nach den Wahlen von 1972 sah es so aus, als käme die Opposition, die es immer noch nicht fassen kann, daß nicht mehr sie regiert, auf eine konstruktiv-patriotische Bahn. Nach der – von wenigen Ausnahmen abgesehen – seitens der CDU/CSU schändlichen, ich wiederhole: schändlichen Verfassungsdebatte und nach den Versuchen, die offensichtlichen Fortschritte der Unterhändler Bahr und Gaus nicht nur zu stören, sondern zu zerstören, scheint die Opposition nur noch darauf aus, unheilvolle Angst zu schüren. Sie begehrt den Staat, und sie begehrt ihn – ich zitiere, was Ihr verstorbener Kollege Arndt einmal gesagt hat – als Beute. Während ich dies hier ausspreche, bedaure ich es schon, denn ich bin sicher, daß es in der Opposition Kräfte gibt, die nicht auf Angst und nicht auf Beute setzen. Man hört nur so wenig von ihnen.

Kürzlich fand hier im Fernsehen eine Diskussion statt mit dem Titel: »Ist der Staat noch handlungsfähig?« Ich habe mir das nicht ganz angesehen, ich habe da nur mal reingeschaut und abgeschaltet, weil da Herr Dr. Strauß wieder einmal einen zaghaften Moderator und drei zaghafte Journalisten überwalzte. Um dem Moderator und den Journalisten gerecht zu werden, möchte ich hinzufügen: Wie soll man gegen eine Walze andiskutieren? Abgeschaltet habe ich nicht aus Ärger, sondern aus Langeweile. Wenn da einer keine einzige Frage konkret beantwortet, auf kein Problem eingeht, immer recht gehabt hat, recht hat und logischerweise immer recht haben und recht gehabt haben wird und niemals, niemals ernsthaften Widerspruch aus seiner Partei bekommt – so ist das – wenn man das so einige Jahrzehnte lang verfolgt – doch nur noch langweilig.

Das nebenbei. Ich erwähne die Sendung nur, weil ich kurz vor oder nach der Diskussion einen Artikel in der amerikanischen Zeitschrift *Newsweek* las. Der Artikel hatte die Überschrift: »Europa von Bonn aus gesehen«, und ich zitiere ein paar Sätze

draus, die mir auffielen (als Kontrast zum Titel der Sendung: »Ist der Staat noch handlungsfähig?«): »Es gibt einige, die sagen, daß Deutschland – gemeint ist die Bundesrepublik Deutschland – schon offen die Führungsrolle in Europa übernommen hat. Da die Deutsche Mark die einzig relevante Währung in der europäischen Floatinggruppe ist, stellt Deutschland den Kern einer Währungsgruppe dar, die Belgien, die Niederlande und die skandinavischen Länder umfaßt. Auf politischem Gebiet ist Kanzler Willy Brandt heute der einzige Staatsmann, der in allen westeuropäischen Ländern starken Anklang findet, und sein Land ist das einzige, in dem alle größeren Parteien wirklich an die europäische Einheit glauben. Denkt man an die Skandale im Weißen Haus, an die Gesundheitsprobleme im Elysee, die Verwirrung in Whitehall – der Artikel war vor den englischen Wahlen geschrieben –, so trifft unbestreitbar zu, was die ›Washington Post‹ vergangene Woche feststellte, daß ›von allen westlichen Demokratien die einzige, die weiterhin unter starker und sicherer Führung steht, Deutschland ist.‹«
Das ist eine schmeichelhafte Feststellung, gewiß zu schmeichelhaft, ich zitiere sie nur, um Ihnen zu zeigen, wie, während hier mal wieder die Angst vor dem Untergang geschürt wird, andere Demokratien mit Neid auf die Bundesrepublik blicken. Vielleicht sollten wir uns darüber unterhalten, wie weit wir diese Schmeichelei akzeptieren.

Raubtier, nicht Raubtier oder Karnickel?

Eine Antwort an den Verleger der ZEIT

Lieber Herr Dr. Bucerius,
endlich einmal ein offener Brief, in dem ich informiert werde, einige Details erfahre, die mir bisher entgangen sind. Tatsächlich ist mir entgangen, daß die Renten und Pensionen nach der Währungsreform stabil geblieben sind. Wenn ich dann aber die beiden Tabellen anschaue, die zu Ihrer »Beschwerde« mitgeliefert werden, dann sehe ich oben, wo es um die Aktien geht, so etwas wie das nackte Elend, und unten, wo es um Löhne und Gehälter geht, den unaufhaltsamen Aufstieg. Kann man denn – ich nehme Sie beim Wort – »die äußerst komplizierten wirtschaftspolitischen Fakten« so einleuchtend simpel darstellen und in Augenschein nehmen?
Diese Tabellen sind zu einleuchtend, als daß sie mein Mißtrauen beschwichtigen könnten. Denn man möchte doch immer auch gern wissen, wieviel Prozent von wieviel. Wenn – etwa in Portugal – eine Lohnsteigerung von 200 Prozent verordnet würde, wieviel würde das »real« ausmachen? Ein Tagelohn von zwei Mark, um 100 Prozent gesteigert, macht einen Tagelohn von vier Mark. Und 500 Prozent von 5 Pfennig sind 25 Pfennig. Nur klingt 500 Prozent immens, und 25 Pfennig sind sehr wenig.
Tauschen wir uns nicht beide und gegenseitig? Ich, indem ich möglicherweise vergröbere, Sie, indem Sie etwas einleuchtend, zu einleuchtend machen, was eben doch »äußerst kompliziert« ist? So kompliziert, daß weder Sie noch ich es ganz durchschauen oder durchsichtig machen können? Wenn da Mitte 1949 eine Aktie der Deutschen Bank für 5,50 Mark zu haben war, so möchte ich immer noch gern wissen, was sie dem, der sie um so geringen Preis erwarb, heute wert ist und was sie ihm seitdem eingebracht haben könnte, mag er nun ein Raubtier sein oder ein Karnickel.
In die größte Verlegenheit setzen Sie mich, weil ich hier etwas verteidigen müßte, was ich gar nicht gesagt und in den anschließenden Diskussionen eindeutig zurückgewiesen habe: daß nämlich die Unternehmer, oder die »reichen Leute«, die Raubtiere wären – und eben die anderen die Nicht-Raubtiere. Ich habe es nicht nur nicht so gesagt, auch: nicht so »gemeint«. Ich habe

auch nicht die »Aktionäre« schlichtweg unter die Raubtiere gezählt, weil ich sehr wohl weiß, daß die Altersversorgung der freien Berufe und des gesamten gewerbetreibenden Mittelstandes aus Hausbesitz, Aktien, Sparguthaben besteht, und ich bin gern bereit, Ihnen zuzugestehen, daß mancher Aktionär schon im Jahre 1951 reif für die Wohlfahrt gewesen sein mag.

In dem Milieu, aus dem ich stamme, bestand die Altersversorgung in Miethäusern, die man baute oder erwarb. Ich erinnere mich, daß von den Häusern nach Inflation und Wirtschaftskrise schließlich »Das Haus« geblieben war: ein müdes, altes Vehikel, auf das immer neue Hypotheken geladen wurden, ein mythischer Besitz, der – scheinbar – nur Last und Sorge war, ständig – etwa seit 1930 – unter der Drohung der Zwangsversteigerung, fast immer in Zwangsverwaltung, und was dabei herauskam, war das »Existenzminimum«, weniger mythisch ausgedrückt: der Wohlfahrtssatz.

Und als mein Vater starb (mit 90, und er hatte von seinem 14. bis zu seinem 75. Lebensjahr gearbeitet), da hatte er kaum mehr, eher weniger Einnahmen als einer, der »geklebt« hatte, aber hätte er geklebt, so wäre seine Rente mit seinem Tod verfallen, das müde alte Vehikel aber, diese total ausgequetschte Hypothekenburg – sie brachte immerhin noch 120 000 Mark, und hatte jahrzehntelang, wenn auch wenig, eingebracht und wahrscheinlich – so um 1900 herum – vielleicht 25 000 Mark gekostet.

Besitz lohnt sich, Rente selten, denn – auch dessen erinnere ich mich – die Arbeiter meines Vaters starben gewöhnlich sehr bald, nachdem sie »invalid« geschrieben waren, und immer noch, lieber Herr Dr. Bucerius, ist das Pensionierungsalter – und das trifft Beamte, Arbeiter, Angestellte und Freiberufliche gleich – das Durchschnittsalter.

Ob da nicht doch – und mag's noch so wenig sein – das Ersparte das ist, was die »Lebensqualität« ein wenig steigert? Wie viele Menschen erleben tatsächlich ihre Rente oder Pension und wie viele »haben etwas davon«? Sollte man solche Überlegungen nicht in die »äußerst komplizierten wirtschaftspolitischen Überlegungen« einbeziehen müssen? Und nicht auch überlegen, daß jede Form von Besitz – für die Überlebenden – wertbeständiger ist als eine Pension oder Rente?

In einem Punkt muß ich Ihnen (leider) widersprechen. In einigen meiner Romane, sogar im letzten, sind einige wirtschaftspolitische Fakten verarbeitet, die exakt recherchiert sind. Und noch in einem weiteren Punkt muß ich Widerspruch anmelden: Mich bestürzt die Tatsache, daß Sie sich durch das Wort »Raubtier« angesprochen fühlen. Ich hätte es nie und nimmer riskiert, diesen zoologischen Terminus irgend jemand persönlich aufzuerlegen.

Mit freundlichen Grüßen und Dank

Ihr Heinrich Böll

Von der Natur nicht vorgesehen

Hilde Domins autobiographische Prosa

Das schwierigste Problem bei dieser Rezension: wie schreibe ich über ein Buch, an dem ich einige Kleinigkeiten als sehr ärgerlich empfinde, den weitaus größten Teil (genau gesagt: 14/15) erstaunlich gut?

Schreibe ich über das, was mir ärgerlich vorkommt, am Anfang oder am Schluß und in welcher Proportion? Da viele Schwierigkeiten, denen Hilde Domin innerhalb der literarischen Szene zu begegnen scheint, mit diesem Fünfzehntel (Kapitel 3: »Was einem mit seinen Gedichten passieren kann«) zusammenhängen, entschließe ich mich, damit anzufangen.

Wo mit so viel wohltuender Kürze, Klugheit, Sensibilität, auch mit Ironie und in Distanz so viele heikle und bittere Stationen und Situationen, ein wahrlich abenteuerliches Emigrantenschicksal dargeboten ist, fällt das (nicht persönlich, sondern eben intellektuell) Ärgerliche zu sehr auf; es steht auch zu nah am Anfang und hat leider eine einstimmende Wirkung, die sich rasch verliert, aber als Bangigkeit (in der Frage: Wird sie's wieder tun?) während der weiteren Lektüre hängen bleibt. Um es vorwegzunehmen: Es kommt nur in diesem Kapitel vor, sie tut's nicht wieder (es tut mir leid, ich muß es so ausdrücken, wie bei einem unartigen Kind). Nicht, daß es nicht interessant wäre, zu erfahren, was einer Dichterin mit ihren Gedichten passieren kann: daß sie eine beschwörende Wirkung haben können, vorweg- und wegnehmen; nein, nicht, daß sie darüber schreibt, ist peinlich, sondern daß ihr, die Heikles und Bitteres mit erstaunlicher Präzision erfaßt, dieses eine so sehr mißlingt. Denn man sollte doch, so scheint mir, dem Leser, auch dem Leser von Gedichten, auch wenn fast totale Identifikation erfolgt, wenigstens die eigene Haut lassen, nicht in seine Haut schlüpfen wollen, sonst ist man ihm und sich selbst im Weg, und es mag da einer leicht aus der Haut fahren, und was möglicherweise liebenswürdig gemeint war, gerät dann neckisch.

Vergessen wir's sofort wieder, vielleicht bin ich zu empfindlich: schlimmer ist die Bangigkeit vor dem Rückfall, der dann das ganze Buch über – und hoffentlich auch in den weiteren Büchern, auf die ich hoffe – nicht mehr erfolgt.

Vergißt man die kurze Verstimmung und die Bangigkeit, dann merkt man bald, daß dieses kleine Buch schwerwiegend und erstaunlich ist: klug, präzis, allen Situationen und Stationen »gewachsen« ist diese Prosa, und es herrscht in ihr ein Humor, der, wäre er in dem erwähnten Kapitel spürbar, jenes retten würde. In diesem Buch wird »en miniature« eine der verrücktesten und abenteuerlichsten Emigrationen, und – das ist eben das Erstaunliche an Hilde Domin, ihrem Buch und ihrer Existenz – auch die Heimkehr beschrieben. So viele, und schon gar nicht aus Hilde Domins Generation, haben ja nicht überlebt, sind nicht zurückgekehrt, die vor und während der Emigration schon Erfahrungen machten, die uns als mühsame Umwege nicht erspart blieben. Insofern ist Hilde Domin keine Heimkehrerin; sie ist es nur im physischen Sinn, alles andere – Sprache und die Fähigkeit, sich in ihr auszudrücken – hat sie draußen erhalten und erworben und in der Begegnung mit fremden Sprachen eine wohltuende Prägnanz gebildet.

Was da auf ganzen eineinhalb Seiten (47/48), mit einem winzigen, keineswegs verwerflichen Seitenhieb auf Kollegen, übers Verlegen und über Verleger, und auf ganzen viereinhalb (»Bücher-Grillen«) über das so merkwürdig zärtliche, gelegentlich auch grobe, hochintellektuelle und doch auch animalische und erotische Verhältnis einer Autorin (die ständig zur Wanderung und Auswanderung gezwungen ist) gesagt wird, ist »lesebuchreif« und etwas mehr – ebenso wie das, was übers Wohnen und über Wohnungen geschrieben wird, über Italien, Spanien, England, Santo Domingo, die dortige, sehr gemischte Emigrantenkolonie und deren ambivalentes Verhältnis zu Herrn Trujillo. Geschrieben außerdem von einer sehr praktischen Frau, an deren Intellektualität niemand zweifeln wird, auch übers Kochen, Putzen, Backen, über den Kampf mit sehr unterschiedlichen Klimata. Und schließlich ist da eine wohltuend offene Auskunft auf Seite 71: »Dieser Bericht über die Wohnungen könnte sonst leicht zu einer regelrechten Biographie, einem eigenen Buch ausufern. Und darf er nicht, zumindest nicht heute, denn dieses MS muß am 2. Januar im Verlag sein.«

Siehe da: wie praktisch, wie vernünftig und – wo in jenem besonderen Kapitel Illusionen gezüchtet werden – glücklicherweise desillusionierend. Bleibt zu hoffen, daß wir eines Tages mehr über Hilde Domins Wohnungen und Katzen, Blumen und

Küche erfahren, denn ob sie über erzwungene Reisen, über Bücher, Wohnungen, Katzen, Dominikaner (nicht die Hunde des Herrn, sondern die Einwohner von Santo Domingo sind hier gemeint!) schreibt – sie beschäftigt sich auf eine sehr handfeste Weise mit allem, auch mit Emanzipation, und nicht nur mit der jeweiligen physikalischen oder physischen Gegebenheit, auch – ob sie's selbst nun bemerkt oder nicht – auch immer mit dem Meta der Physik.

Tatsächlich – und das wird in Hilde Domins Buch so nebenher demonstriert – ist das emanzipatorische Potential im Vergleich zu den 20er und frühen 30er Jahren heutzutage eher rückläufig, bedenkt man den Vorsprung, den Frauen und Mädchen zu der Zeit hatten, als Hilde Domin auswandern mußte. Ich erinnere mich jedenfalls, daß meine älteste Schwester, eine Generation älter als Hilde Domin, schon studierte, was man heute Soziologie nennen würde, und ungerührt in reinem Sackleinen einherging, zum Schrecken meiner Mutter und der Nachbarschaft, die sie und ihre Gefährten und Gefährtinnen für Bettler hielten.

Am Ende hatte ich den Eindruck, ein ziemlich umfangreiches Buch gelesen zu haben. Es ist schon erstaunlich, was in diesen kleinen, manchmal fast winzigen Kapiteln alles zugleich mitgeteilt und analysiert oder interpretiert wird. Mich selbst lassen Orte und Häuser, an und in denen für mich Wichtiges passierte, fast vollständig kalt, wahrscheinlich aus übertriebener Angst vor Sentimentalität, und außerdem fällt mir nichts schwerer als autobiographische Prosa. Hilde Domin nähert sich unbefangen den Orten ihrer Lebensgeschichte und Erinnerungen, und es geraten ihr die Assoziationen nie zur Sentimentalität, obwohl solche nicht nur naheläge, sondern auch verzeihlich wäre, wenn sie etwa nach mehr als zwanzig Jahren und nach einer Odyssee einzigartiger Natur die Wohnung ihrer Kindheit wieder betritt. Und wenn sie Heinrich Heine interviewt oder von R. A. Bauer interviewt wird, so sagt sie nicht nur Kluges genau, sie trifft auch immer sicher in diesen so schwer ausdrückbaren und in der deutschen literarischen Tradition (und Gegenwart) noch nicht so ganz entdeckten Bereich, wo die so uralte wie törichte Frage, ob einer nun engagiert sei oder das andere, aufgehoben wird, denn sie »schreibt, weil sie schreibt«, akzeptiert die Teilung ins eine oder andere nicht.

Wie das Gesetz es befahl

Über H. G. Adler, »Der verwaltete Mensch«

Diese Publikation mit dem Untertitel *Studien zur Deportation der Juden aus Deutschland* hat den Umfang von insgesamt fast 1100 Seiten, die dem eineinhalbfachen einer normalen, handelsüblichen Publikation entsprechen; sie könnte ebensogut den sechsfachen Umfang haben und wäre immer noch nicht erschöpfend. Im Teil V, den H. G. Adler »Schicksale aus den Akten« nennt, werden die aktenkundigen Schicksale von 47 Personen in gekürzter Form dargelegt; dieser Teil V umfaßt 220 Seiten. Würde man jedem einzelnen von der Endlösung Erfaßten diese knapp 5 Seiten zubilligen, so käme man auf mehr als 30 Millionen Seiten; dann erst wäre die Chronik andeutungsweise vollständig.

Was Adler die »ordentliche Regelung des Außerordentlichen« nennt, wie sie sich in »barbarisch ziviler Ordnung« vollzogen hat, ist schon in der Übersicht, dem Inhaltsverzeichnis, ablesbar; in der Organisation der Kapitel wird die Organisation des »Außerordentlichen« sichtbar. Im Teil I, mit 8 Kapiteln, »Geschichtlicher Abriß« genannt, wird die Vorgeschichte gegliedert; in den Kapitelüberschriften zeigt sich die Entwicklung, sie heißen: Auswanderung. Entrechtung und Absonderung der Juden. Der Weg zur Endlösung der Judenfrage. Die Vertreibung polnischer Juden im Herbst 1938. »Umsiedlung« aus den eingegliederten Ostgebieten seit 1939. Deportationen nach Polen vom Herbst 1939 bis Frühjahr 1941. Deportationen nach Frankreich im Oktober 1940. Die systematischen Deportationen Oktober 41 bis April 45.

Die sechs Teile des Werkes mit ihren Hauptüberschriften sind in 39 Kapitel gegliedert, von denen jedes einzelne wiederum exakt unterteilt ist. Zum Beispiel in Teil II, »Deportation besonderer Gruppen« überschrieben, findet man im Kapitel 12 »Mischlinge und Mischehen«, jeden einzelnen der fraglichen Begriffe schon in der Übersicht über das Kapitel, oder in Teil III »Die Technik der Deportation« in Kapitel 15 mit der Überschrift »Von der Transportliste bis zur Abmeldung der Deportierten« ebenfalls in der Inhaltsangabe für das Kapitel jeden einzelnen der verwendeten Begriffe oder Vorgänge. Und da dies für alle sechs Teile mit allen 39 Kapiteln zutrifft, wird dieses umfangreiche Werk zu einem Nachschlagewerk, zu einem Lexikon der Deportation, nicht nur wegen der Fülle des ausgewerteten und ausgesuchten Materials, sondern weil es *umfassend* ist. Und doch ist es Nachschlagewerk nur unter anderem, es enthält zahlreiche kleinere Essays, Analysen, Kommentare, vor allem etymologischer Art, etwa über Verwaltung, die außerdem noch mit allen ihren rechtlichen und philosophischen Hintergründen erfaßt und kommentiert werden.

Was in dieser Publikation an Formularen und Verordnungen, an Briefwechsel zwischen den einzelnen Ämtern zitiert wird, spricht seine eigene Sprache, sagt damit genug, aber man muß wissen, daß sie angelegt war, um, wie Adler es nennt, »für die Verheimlichung der Wahrheit zu sorgen, verbunden mit Täuschung und Verlockung zur Selbsttäuschung. Wir lassen es bei diesem Hinweis bewenden, der nur erklären soll, warum über die grundlegenden Befehle zur ›Endlösung‹ so wenig bekannt ist und warum die erhaltenen Dokumente ihren substantiellen Inhalt nicht klar mitteilen, sondern nur euphemistisch andeuten.«

Euphemismus muß also vorausgesetzt werden. Und es widerstrebt mir, diesen zynischen Euphemismus in eine uns halbwegs erkennbare Sprache umzumünzen, die wiederum euphemistisch wäre. Wenn da zum Beispiel statt ermordet oder umgebracht, wie es »realistisch« wäre, gesagt wird »sonderbehandelt«, statt Deportation »Umsiedlung« oder gar »Wohnsitzverlegung« oder das zivile Wort »Umzug«, so weigere ich mich, für »sonderbehandelt« ermordet zu sagen, denn diesen Vorgang, der mehr als sechs Millionen Menschen betroffen hat, nur Mord zu nennen, wäre Euphemismus. Es besteht die Gefahr, daß man die mitgeteilten Details und die Sprache der Formulare und Verordnungen als komisch empfindet und die wenigen beschriebenen Schicksale als anekdotisch; gerade das – anekdotisch – sind die Schicksale oder komisch sind die Worte nicht. Sie sind der notwendige Beweis für eine exakt funktionierende Verwaltung, die auch Rechtlosigkeit noch korrekt abwickelte und erledigte, weil es nun einmal den Gesetzen und Vorschriften entsprach. Der Teufel offenbart sich nicht nur im Detail, er verbirgt sich gern hinter großen Ziffern. Wenn etwa in der Gesamtaufstellung des Einsatzkommandos 3 (datiert Kowno 1. 12. 41) über die Tötung von 133 346 Menschen, davon 131 291 Juden und 2055 Nichtjuden, berichtet wird (und die Addition stimmt, man hat sich nicht um einen einzigen verzählt), so ist das unfaßbar, unvorstellbar, es wird leichter vorstellbar, wenn man voraussetzt, daß es schon Todesstrafe bedeutet hätte, auch nur einem von diesen Opfern ein Stück Brot oder eine Zigarette vor der »Sonderbehandlung« zuzustecken; und wenn man sich vorstellt, daß die Anzahl der »Sonderbehandelten« der Einwohnerzahl von Regensburg entspricht. Gewiß waren auch für die Endlösung, für die geplante und weitgehend vollzogene Vernichtung der europäischen Judenheit Personen verantwortlich und haftbar, und doch sind Himmler, Eichmann, Hitler, Goebbels, Göring nicht mit Worten wie Mörder und Verbrecher allein definierbar. Sie so zu nennen, erschiene mir zu menschlich und wie eine Beleidigung von Mördern und Kriminellen. Was in Adlers Publikation sichtbar wird, ist die Rolle der Verwaltung als Zulieferer für die Endlösung. Es erscheint mir als zutreffend, wenn Adler in diesem Zusammenhang von einer Widertheologie spricht, deren »Gegensakrament« der Befehl gewesen und geworden sei. Befehl, Gesetz, euphemistische Formulare und Verordnungen und die Zuverlässigkeit einer reibungslos funktionierenden Verwaltung und Bürokratie. So wurden denn, weil das Außerordentliche ordentlich geregelt werden mußte, nachdem die totale Beraubung der Juden gesetzlich festgelegt war, nicht etwa nur Grundbesitz, Barvermögen, Devisen beschlagnahmt, es wurden auch in sorgfältig ausgearbeiteten Formularen, die man seitenlang zitieren könnte, Bettlaken, Spiegel, Taschentücher, Briefmarken, Zukkerzangen und Fieberthermometer erfaßt.

Die ordentliche Erfassung des Außerordentlichen geht so weit, daß auch die sieben Rollen Nähgarn einer Frau aus Steinach aktenkundig geworden sind; Frau B., des Hamsterns verdächtigt, darf von ihren 7 Rollen 3 (2 weiße, 1 schwarze) behalten, während ihr vier (3 weiße, 1 schwarze) abgenommen werden. Es geht noch weiter, nämlich bis zu einem Sparkonto in Höhe von 32,80 RM, das ein jüdischer Mitbürger namens Jakob Strauss im Jahre 1890 angelegt hatte; im Oktober 1942 ergibt sich ein umfangreicher, im Zusammenhang mit der Beschlagnahme jüdischer Vermögen durchaus »ordnungsgemäßer« Briefwechsel zwischen dem Amt Eichmann und der Hauptstelle der Sparkasse in Hassfurt, bis sich schließlich herausstellt, daß der fragliche Jakob

Strauss am 30. 7. 1916 im Ersten Weltkrieg gefallen war. Korrekterweise hätte es ja nun noch einen Briefwechsel darüber geben müssen, ob dieser seit 26 Jahren verstorbene Jakob Strauss nun rechtmäßig oder unrechtmäßig posthum mit Jakob Israel Strauss hätte bezeichnet werden dürfen.

Von Hitler ist ja inzwischen wohl nachweislich festgestellt, daß er zu regelmäßiger und ordentlicher Arbeit, wie sie zu jeder Verwaltung und auch zur Schreibtischarbeit eines Reichskanzlers gehörte, unfähig war, daß er als Chef seines ersten Kabinetts nur eine Zeitlang scheinbar ordentlich und regelmäßig arbeitete. Im Hintergrund und in den Hinterhöfen seines Bewußtseins verachtete er, ja haßte er wahrscheinlich Verwaltung und Bürokratie, Ordnung und Gesetz. Daß ausgerechnet er und seine Kampfgefährten sich eines perfekt funktionierenden Verwaltungsapparats und einer zuverlässigen Bürokratie bedienen konnten, um das Außerordentliche ordentlich durchzuführen, gehört wohl zu den fürchterlichsten Unglücksfällen der Geschichte, nicht zu deren Zufälligkeiten. Zufällig war wohl auch nicht, daß der deutsche Beamte zur Verfügung stand, der – Ausnahmen aller Art, sogar innerhalb der SS, vorausgesetzt – Gesetze, und waren es manchmal auch nur Vorschriften, durchführen würde, bis zu jener oben nur in Andeutungen zitierten Pedanterie, wenn ihm Korrektheit vorgespielt wurde. Dazu dienten die zahllosen, die fast unzähligen umfangreichen Formulare, Verordnungen, Vorschriften, die alles, alles regelten, bis zum Begehen der Wohnung, nachdem sie zwangsgeräumt war, und bis zum Verkauf der beschlagnahmten Gegenstände und Werte.

Daß man Hitlers Drohungen wohl ernst, aber nie *wörtlich* nahm, so wörtlich, wie sie ausgeführt wurden, nachdem die machtpolitischen Voraussetzungen geschaffen waren und das Recht abgeschafft war, gehört wohl zu den schrecklichen Irrtümern, die mit dem Gegensatz rational und irrational nicht ausreichend benannt sind. Hier kommt eine fürchterliche Aktualität in Adlers Dokumentation. Die Wörtlichkeit der arabischen Drohungen gegenüber Israel und den Juden. Wer hat schon damals – auch auf jüdischer Seite – Hitlers Drohungen wörtlich genommen?

Man kann aus Adlers Publikation drei Abschnitte oder Phasen herauslesen

1. Die Äußerungen Hitlers und seiner Publikationsorgane und Mitwisser bis zum Januar 1933.

2. Hetze, und falls sie sich nicht von selbst zeigte, »gelenkte« Spontaneität bis zur Kristallnacht, jetzt schon, von 33–38, auf staatliche Organe, SA und SS gestützt.

3. Nach der Kristallnacht fängt dann die »ordentliche« Abwicklung des Außerordentlichen an. Es folgte die systematische Entrechtung der Juden, ihre Aussonderung aus dem Staatsvolk.

Im Zusammenhang mit dieser Entwicklung steht der schon zitierte Euphemismus, der sich in Worten wie »Judenvermögensabgabe«, »Reichsfluchtsteuer« ausdrückt; daß die Euthanasie (an 120 000 Menschen vollzogen) in »Heilerziehungsanstalten« stattfand und durch die »Gemeinnützige Stiftung für Anstaltspflege« und die ebenfalls »Gemeinnützige Kranken Transport AG« ausgeführt und kontrolliert wurde. Um die Aufteilung des Vermögens jüdischer Ausländer oder im (inzwischen besetzten) Ausland lebender Deutschen jüdischer Herkunft zu regeln, erfand man das »Territorialprinzip«. Und da gibt es denn auch eine »Vugesta« oder »Vugestap« (Abkürzung für: Verkauf jüdischen Umzugguts Gestapo) in Wien. Noch einmal: Euphemismus ist vorauszusetzen. Das uns überkommene Vokabularium reicht nicht. Bedenkt man, daß all dies – und nicht nur die Endlösung, auch die Vernichtung und Verfolgung anderer Völker und Kulturen – durch ein Amt lief, das sich »Reichssicherheitshauptamt« nannte, dann werden Worte wie Reich, Sicherheit, Haupt, Amt, zu schwer aussprechbaren Worten.

Außerdem war das alles natürlich auch eine enorme Verwaltungsleistung. Was da geleistet und sich geleistet wurde, wie das alles funktioniert hat in vielfach verzahnten, ineinander wirkenden Formen von Ordnung, Ordentlichkeit, Pflichterfüllung, Befehlssüchtigkeit, und all das wiederum vielfach und vielfältig gemischt mit jeder Art von »Idealismus«, die – als Nebenprodukt – die krasseste materielle Ausbeutung einer Minderheit zur Folge hatte, die es wohl je gegeben hat. Alle diese Formulare, Vorschriften, Verordnungen, Anweisungen, der gesamte Briefwechsel über mitzunehmende Geldmittel, Gepäckkilogramm waren auf eine einmalige Weise abstrakt und konkret zugleich. Ihr abstrakter Zweck war es, die Verwaltung bürokratisch zu befriedigen und eine Korrektheit vorzutäuschen, die einen »ordnungsgemäßen Ablauf« zu garantieren schien. Ihr konkreter Zweck war, auch nicht eine Nagelschere unausgewertet zu lassen, und wie es am »Endziel« ablief, wissen wir. Bevor man den

Deportierten das nackte Leben nahm, nahm man ihnen auch noch ihr Haar und ihre Goldzähne.

Sollte aus der Hitlerwelle auch nur andeutungsweise eine Hitlernostalgie werden, so wäre *Der verwaltete Mensch. Studien zur Deportation der Juden aus Deutschland* das wahre Gegenmittel. Auszüge daraus gehören in die Lesebücher. Vertrauen in die Verwaltung kann erst entstehen, wenn man gelernt hat, wie Verwaltung mißbraucht werden kann, sobald nicht nur die Kontrolle wegfällt, auch das Recht abgeschafft wird, wenn die Verwaltung »aus dem instinktiven Erfühlen des Führerwillens heraus« handelt, wenn Gehorsam blind wird.

Gerade weil er in seiner Publikation keinerlei billige Verwaltungsverächtlichkeit proklamiert, hat Adlers Buch eine hohe erzieherische Bedeutung, er spricht von der Verwaltung als einer »gebannten, einer getilgten Gewalt, die nicht hervorbrechen darf, wenn sie Verwaltung bleiben soll; darum sprechen wir auch von einer geregelten, in Grenzen gebrachten Gewalt, und das ist eine Macht, die nicht herrscht und nicht regiert, sondern ausschließlich selbst beherrscht und regiert wird.«

A propos Freude

Die Bezeichnung der Freude als einer kommenden (»*Jetzt* habt ihr Trauer, aber ihr *werdet* euch freuen«), nicht gegenwärtigen und nicht für die Gegenwart zu erwartenden erscheint mir immer mehr als eine Falschmünzerei, bei der das Gold der Hoffnung im Inneren der Münze durch Gips ersetzt wird; es ist eine permanente, über Jahrhunderte, Jahrtausende hinweggeschleppte Inflation, Verdünnung, Längung der Hoffnung, die aus dem Trost Vertröstung macht. Vertröstung, ausgesprochen – was die Sache besonders peinlich macht – von denen, die auf dieser Erde durchaus ihren Trost und ihre Freuden schon erlangt hatten. Das »Ihr *werdet* euch freuen« wurde in die Zukunft oder in ein ewiges Leben verlagert, und doch hätte man daran denken oder drauf kommen können, daß auch jeder Tag seine Zukunft hat, sogar jede Stunde. Wenn man in den ersten christlichen Jahrzehnten und Jahrhunderten die leibliche Wiederkunft Christi als kurz bevorstehend erwartet hat, hätte doch die Verkörperung, Vergegenwärtigung des Menschgewordenen im Abendmahl (einer gemeinsamen Mahlzeit, die man im Laufe der Jahrhunderte zu einer abstrakten Abfütterung deformiert hat), die *gegenwärtige* Freude nicht ausschließen müssen. Der tödliche Ernst, die Freudlosigkeit dieser rituellen Mahlzeit hat ja bis in die fürchterliche Stummheit und den Todernst bürgerlicher Mahlzeiten hineingewirkt, deren Komposition fast ausschließlich auf den Geschmack des Herrn, des Hausherrn, abgestimmt war. Man erinnere sich der magenkranken, neurotischen Kinder, die alles essen und alles aufessen *mußten,* auch wenn es ihnen beim allerbesten Willen nicht *schmeckte.* Essen war eine Pflicht, keine Freude – die Folge davon: Übelkeit bis zum Erbrechen. Da wäre zu fragen: Wem hat die Hostie je geschmeckt? Dieser Reduzierung eines potentiell fröhlichen Familienessens auf eine Pflicht entsprach eine andere: die Reduzierung des Geschlechtlichen auf eine Pflicht; es wurde für die Frauen eine Pflichtübung fürchterlicher Art, zu einem bloß erduldeten »Akt«, bei dem Freude zu empfinden als geradezu schamlos galt, fast als »hurenhaft«, unlogischerweise, denn die meisten Dirnen müssen sich diese Freude versagen. Diese schreckliche Deformation des Geschlechtlichen zur »ehelichen Pflicht« beruht wohl auf dem

Mißverständnis, das Geschlechtliche diene lediglich der Fortpflanzung, und wiederum unlogischerweise, wo doch biologisch unmißverständlich feststeht, daß Fortpflanzung ohne geschlechtliche Erregung und Befriedigung des Mannes gar nicht möglich ist. Über dem »Inhalt« des Geschlechtlichen – Fortpflanzung mit den zwar notwendigen, aber doch peinlich übergangenen Details, vergaß man seine Form, und es müßte nicht erst jetzt, müßte immer schon nachdenklich gestimmt haben, daß die Gesellschaft so seltsam benannter Personen und Institutionen wie »Freudenmädchen« und »Freudenhäuser« bedurfte, bei und in denen eben nur geschlechtliche Form und keine Inhalte getauscht wurden. Es ist genug darüber gesagt, viel ge- und beklagt worden, und doch scheint immer noch über der Freude des Geschlechtlichen wie ein Bann heuchlerische Verkennung zu liegen. Daß es – unabhängig vom Inhalt, der ja – wie bei der Kunst – immer geschenkt ist – als Spiel Freude, als Form Spiel und Freude zugleich sein kann, wird geleugnet. Inzwischen ist dieses Thema wohl so kirchenintern, daß es kaum noch jemand interessiert, und doch muß ich in einer Diskussion über Freude dazu etwas sagen. Das »Jetzt habt ihr Trauer, aber ihr werdet euch freuen« muß auch auf die Geschlechtlichkeit *beider* Geschlechter bezogen werden. Das Beispiel des Kindes, das sich nach einer diktierten, stumm eingenommenen Pflichtmahlzeit, die ihm nicht *geschmeckt* hat, erbricht, läßt sich beliebig variieren: warum denn sehen manche der »sexuellen Befreier« und »Befreiten« so »ausgekotzt« aus? Was der bis dato christlichen Verkündigung aller Provenienz gefehlt hat, ist Zärtlichkeit, verbale, erotische, und – ja – theologische Zärtlichkeit (Nebengedanke: man denke sich einmal so etwas wie »politische Zärtlichkeit« aus!).

Die hoffentlich mögliche Verzärtlichung der Theologie und ihrer Sprache schließt den großen Gegenspieler aus, der Freude, Witz, Ironie, Phantasie, wenn nicht direkt verhindert, aber gewiß höchst verdächtig findet: die innerkirchliche Verrechtlichung. Es gibt gewiß ein Recht auf Intimität und Zärtlichkeit, aber verrechtlichen lassen sich beide nicht, und es ist und war so sinnlos wie kriminell, Fortpflanzung nicht nur zu wünschen, sondern geradezu vorzuschreiben, und gleichzeitig auf der Trennung von Form und Inhalt der menschlichen Geschlechtlichkeit zu bestehen, die Freude augenzwinkernd auf gesellschaftliche Außenbezirke zu verlagern, in denen gegen Bezahlung Barmherzigkeit am Geschlecht der Menschen geübt wird. Gewiß gibt es auch den Bezirk der geschlechtlichen Barmherzigkeit, aber auch in ihm ist Verrechtlichung unmöglich, Pflicht tödlich und Bezahlung mörderisch, wenn die »Gegenleistung« Freude sein soll. Ich mag mir nicht vorstellen, wieviel freudlose Ehen und wieviel Milliarden freudloser ehelicher Pflichtübungen es gegeben haben könnte: ganze Kontinente voller formloser bzw. ungeformter Inhalte. Das Peinliche an Humanae Vitae war ja nicht der Versuch, den Menschen Ratschläge zu erteilen in einer Sache, in der sie wirklich des Rates und des Trostes bedürfen; Ratschläge zu geben hat jeder Bischof, also auch der Bischof von Rom, ein Recht, peinlich war in diesem Text die weitere und immer weiter betriebene Verkennung des Geschlechtlichen als nur der Fortpflanzung dienend. In dieser Verkennung verbirgt sich außerdem ein grober Materialismus; gerade weil der Mensch keine bloß materielle oder materialistisch bestimmte Existenz ist, bedarf er ja des Spiels, der Formen, der Phantasie, des Witzes, auch der Ironie, und die Beziehung der Geschlechter auf den bloßen Austausch jener »Materialien« zu beschränken, die zur Fortpflanzung führen, ist Materialismus und eine Aufforderung zum bloßen Schlagabtausch, die weder Heil, Heilung noch Freude bringt.

Es bedarf keiner großen psychologischen oder psychiatrischen Erfahrung, es bedarf nur eines Ansatzes von Phantasie, um zu ahnen, für wie viele Menschen die Freudlosigkeit ihrer Geschlechtlichkeit zur Krankheit gereicht hat – und wieviel durch die Freude daran geheilt worden sind, so wie gewiß viele Menschen an der Freudlosigkeit ihrer Mahlzeiten erkranken oder durch ein fröhliches Essen geheilt werden. »Jetzt habt ihr Trauer, aber ihr werdet euch freuen.« An einem Mann, an einer Frau, an eurem Mann, an eurer Frau und *mit* ihm oder ihr. Die Herstellung des Materials Freude ist nicht gesetzlich zu regeln, weder durch weltliche noch durch kirchliche Gesetze.

Ignazio Silone – für die Seelsorge zu radikal

Die Neufassung des einst prophetischen und heute aktuellen Romans »Wein und Brot«

Rückblickend kann man die infame Manipulation erkennen, die darin lag, Ignazio Silone auf den »Antikommunisten« zu reduzieren, der er nur unter anderem ist. Daß irgendein »Anti« nie ausreicht zur Rechtfertigung einer intellektuellen Existenz, ist vorausgesetzt; daß diese Einschränkung auf Silone nie zutraf, wird hoffentlich nicht zu spät erkennbar. Wer die sozialen Verhältnisse Italiens auch nur andeutungsweise kennt und als Italiener in den zwanziger, dreißiger Jahren, bevor der Stalinismus sichtbar wurde, nicht Kommunist gewesen wäre, der müßte ja fast als anomal gelten. Was bei Silone nach meiner Meinung viel, viel tiefer sitzt, was schon in »Wein und Brot« deutlicher ist als der bloße Antikommunismus, ist nicht nur Traum oder Utopie, sondern die Vorstellung von einer »Urchristlichkeit«, die im *Abenteuer eines armen Christen* (1969), der Geschichte Papst Cölestins V. und seiner Anhänger, in vergleichbaren Figuren wie in *Wein und Brot* wieder sichtbar wurde.

Im Mittelpunkt des Romans stehen zwei Priestergestalten, ein echter, Don Benedetto, ein falscher, Don Paolo Pietro Spina; außerdem zwei Märtyrer, Luigi Murica und Cristina Colamartini. Der echte Priester ist ein alter Herr; schon als junger Priester war er für die Seelsorge zu radikal, wurde als Lehrer in ein Internat gesteckt; in dieser Maßnahme kann man Unlogik, Naivität, aber auch eine »höhere Dialektik« entdecken, denn wo wäre ein solcher Mann gefährlicher als in einem Internat, und es sind ja auch nicht die braven, netten, angepaßten Schüler, die sich als von seinem Geist erweisen, sondern es ist eben jener Pietro Spina, der Kommunist wurde, emigrierte, heimkehrt, sich wegen seiner Kritik am Stalinismus, die nicht Abkehr vom Sozialismus bedeutet, zwischen sämtliche Stühle setzt: er paßt nicht in den organisierten Untergrund, nicht in die Kleinmütigkeit der halbangepaßten Kleinbürger und natürlich noch weniger in irgendeine Variante des Faschismus.

Er wird von der faschistischen Polizei gesucht, von Freunden und Sympathisierenden versteckt, letzten Endes, als Priester verkleidet, in ein armes Abruzzendorf geschickt, wo er unter

dem Namen Don Paolo lebt. Als er kurz vor seiner erneuten Flucht endlich seinen alten Lehrer besucht und diesem gesteht: »Ich habe schon seit Jahren meinen Glauben verloren«, antwortet ihm der alte Herr: »Bei dir und vielen anderen ist das ein Mißverständnis. Es wäre nicht das erste Mal, daß der himmlische Vater genötigt wird, sich zu verbergen und andere Namen anzunehmen.« Und er fügt hinzu, was man, finde ich, allen christlich nominierten Parteien ins Stammbuch schreiben sollte: »Gleich im ersten seiner Gebote hat er uns ja gesagt, daß wir seinen Namen nicht unnötig führen sollen.« (In anderen Versionen der Bibelübersetzung steht für »unnötig« eitel, was mir – in seiner zweifachen Bedeutung – zutreffender erscheint.)
Weitere Überraschungen: Der echte Priester übt keine Seelsorge mehr aus, seine Besucher werden überwacht, seine Post kontrolliert, und außerdem spielt noch ein eigens angeheuerter Episkopalspitzel den Zuträger. Der falsche Priester wird aber von der Bevölkerung geradezu gezwungen, sich seelsorgerisch zu betätigen, wobei ihm Komisches wie Tragisches begegnet. Bei den ungläubigen Marxisten ist dabei der Takt größer als die Taktik; er weigert sich direkt, Sakramente zu spenden, übt Takt wohl auch aus Scheu vor dem Betrug, der darin läge. Und doch wirkt er wie ein Wundertäter, er heilt, hört nicht Beichten, nimmt aber Lebensbeichten entgegen, gelegentlich mit recht heiklem Inhalt, und natürlich wahrt er auch das »Beichtgeheimnis«, das man auch einfach Diskretion nennen kann.
Es geschieht das Unvermeidliche: eine mehr als seelsorgerische und doch nicht bloß erotische, wenn auch platonische Bindung an die fromme Cristina Colamartini, die den Eintritt ins Kloster aus Familiengründen hinausgeschoben hat. Im Dorf lebend, auch als »Beichtvater« erfährt Pietro Spina mehr vom Elend der kleinen und kleinsten Bauern, auch der kleinen und mittleren Grundbesitzer, als er aus den marxistischen Theorien erfahren hat. Als er entdeckt wird, flieht er, rechtzeitig gewarnt, in die verschneiten Berge, und es ist Cristina, die fromme, die inzwischen um seine Identität weiß, die ihm nacheilt, um ihn vor Schnee und Wölfen zu retten, und selbst ein Opfer der Wölfe wird. Die echte Cristina opfert sich dem falschen Priester.
Doch auch »Judas« ist da. Luigi Murica hat als bettelarmer Bauernjunge in Rom studiert, sich mit Mitgliedern einer kommunistischen Widerstandsgruppe angefreundet, wird unter Torturen

verhört, von der Polizei um ein paar Silberlinge als Informant gekauft, flieht später, da er nur »Spielmaterial« liefert, unter Druck gesetzt und Zeuge von Vergewaltigung seiner Freundin Annina durch die Polizei wird, zu seinen Eltern ins Dorf. Es ist der echte Priester, der Luigi ausgerechnet zu dem falschen Priester schickt, sozusagen als »Beichtkind«, und ausgerechnet diesem »Verräter« offenbart Pietro Spina seine Identität.

Luigi wird bald darauf verhaftet, nicht gerade gekreuzigt, sondern »nur« von den nägelbeschlagenen Stiefeln der Soldateska zertreten, nachdem man mit ihm eine passionsähnliche Verhöhnung vorgenommen hat. Er wird mit einem Nachttopf gekrönt, und man sagt dazu: »Das ist die Wahrheit.« Er bekommt einen Besen als Zepter in die Hand gedrückt mit dem Kommentar: »Das ist Brüderlichkeit.« Er wird in einen Teppich eingeschnürt, mit Fußtritten und Faustschlägen traktiert, und dabei wird ein Segen über ihn gesprochen, der da lautet: »Das ist das Reich der Arbeit.« Das geschieht keineswegs in der stalinistischen Sowjetunion, sondern im faschistischen Italien. Während der Trauerfeier in Luigis Elternhaus nimmt sein Vater Brot und Wein, und nachdem er auf Luigis Hilfe bei Saat, Ernte, Pflege hingewiesen hat, gibt er es den Gästen mit den Worten: »Nehmt und eßt: es ist sein Brot.« Und: »Trinkt: es ist sein Wein.«

Nun wird das alles den einen möglicherweise blasphemisch erscheinen, den anderen allzu symbolisch und legendenhaft. Ich finde, es ist das erstere nicht, und das zweite nur in Cristinas Tod, der melodramatisch in die Märtyrerlegende zurückführt. Es ist ein riskanter Versuch, Symbol und Wirklichkeit ineinander und übereinander zu bringen, nur in einigen Details mißglückt, im übrigen durch Ironie und Komik gerettet, und es ist aufgehoben in dem, was Don Benedetto zu Pietro Spina sagt: daß Gott sich unter den merkwürdigsten Namen und Verkleidungen verbergen kann.

Ich sehe in und hinter diesem Buch viel mehr, als irgendein mit einem »Anti« versehenes Etikett ausdrücken könnte. Der kirchlich etablierten Sakramentalität wird hier eine andere, irdische, menschliche Sakramentalität entgegengesetzt; der falsche Priester, der nicht einmal rituelle Amtsanmaßung betreiben muß, wirkt – im doppelten Sinn – wie ein echter; die Einsetzung und Austeilung von Brot und Wein als eine Speise, die mehr als Sättigung, eben außerdem jene verhöhnte Brüderlichkeit bedeutet, und schließlich das weltliche Martyrium des innerlich und äußerlich geschundenen Luigi Murica.

Bedenkt man, daß das Buch in den dreißiger Jahren geschrieben ist, so kann man jetzt feststellen, daß es damals prophetisch war, heute aktuell ist, aktueller, als jene ahnen können, die die geistige Herkunft Silones nicht kennen oder erkennen wollen. Silone ist wohl weitgehend ein Fall bitterer, fast tragischer Verkanntheit; wahrscheinlich war er den Katholiken zu links oder nicht links genug, und außerdem war er nicht einmal in irgendeiner Mitte unterzubringen, und den bloßen nackten Antikommunisten säkularer Provenienz lag nicht viel daran, oder ihre Sensibilität war unzureichend oder zu korrupt, um zu erkennen, daß sich weit mehr in ihm verbirgt als nur der desillusionierte Mitbegründer der KPI und der enttäuschte Sozialist.

Für viele Katholiken in Spanien, Südamerika und in den USA ist Silones riskanter literarischer Versuch, Symbol und Wirklichkeit übereinander zu bringen, inzwischen zum Lebensmodell geworden, in dem weder eine christliche noch eine sozialistische Hoffnung verraten werden muß.

Es muß hinzugefügt werden, daß sich der Roman *Wein und Brot* nicht auf die vier interpretierten Personen reduzieren läßt; daß er eingepflanzt ist in die Realität Italiens, in Dörfer und Städtchen, wo der Faschismus seine Lächerlichkeit und auch seine Schrekken verbreitet; wo die Menschlichkeit und Unmenschlichkeit des Mitläufertums sich erweist, wo Brot gebacken und Wein geerntet wird, der Krieg gegen Abessinien gerade ausbricht und eine bedenkliche Euphorie hervorruft, der Pietro Spina mit nächtlich an die Wände gemalten Antikriegsparolen entgegenwirkt – nicht vergeblich, wie der angerichtete Schrecken beweist. Es gibt Begegnungen mit ehemaligen Sozialisten, mit einer halbresistenten Jugendgruppe, es gibt Glauben und viel Aberglauben.

In einem Nachwort zu der Neufassung von 1955, die der vorliegenden Übersetzung zugrunde liegt, schreibt Silone: »Mit den Jahren hat in mir die Abneigung gegen jede Art der Propaganda zugenommen. Das bleibt am Ende übrig von dem vielen Geschwätz über das Engagement eines Schriftstellers. Das einzige Engagement, das Achtung verdient, entspricht einer persönlichen Berufung.« Und schließlich: »Was den Stil betrifft, so erscheint es mir als die höchste Weisheit, beim Erzählen einfach zu sein.« Es ist nur eben leider die Einfachheit im Land des heiligen Franz eine andere als im Lande des heiligen Heinrich.

Herrliche Zeiten

Es bedarf keiner prophetischen Begabung oder Ambition, um eines ganz sicher vorauszusagen: Wir gehen herrlichen Zeiten entgegen. Falls die CDU in Hessen und Niedersachsen gewinnt, werden Preise und Steuern sofort sinken, die Löhne steigen und dennoch werden Reformen wirklich durchgeführt werden. Die deutschen Arbeitnehmer werden endgültig einsehen, daß sie die wahren Messiasse – Dregger, Schleyer, Strauß – bei der letzten Bundestagswahl übersehen haben und daß seitdem ein neuer Messias sichtbar geworden ist: Biedenkopf. Diese vier Heilande sind stark genug, nicht nur die Inflation in der Bundesrepublik, auch in den USA, Frankreich und Großbritannien zu bekämpfen. Die Amerikaner werden einsehen, daß nur die Deutschen den Dollarkurs retten können. Die Franzosen werden den Franc, die Engländer das Pfund durch die Deutschen stählen lassen.

Nicht nur die materiellen Werte werden wiederhergestellt, auch die sittlichen. Die gesamtsittliche Ausstrahlung der alten und neuen Herren ist so enorm, daß man sich um Strahlenschutz wird bemühen müssen. Oder möchte da jemand von jenem Engelsglanz geblendet werden, der im Alten und Neuen Testament verschiedentlich wirksam wurde? Jedes Paradies birgt auch Gefahren: Zuviel Licht ist nicht gut. Kaufen wir uns erst einmal Sonnenbrillen. Die Tage des strahlenden Lichts brechen an, das kann ins Auge gehen.

Daß Fähigkeit zum Mitleid nicht unbedingt eine christliche Eigenschaft ist, sollte nun aber auch ex cathedra festgestellt werden. Eine entsprechende Enzyklika könnte beginnen: »Misericordia Teutonica ...« In einer solchen Enzyklika müßte deutlich ausgesprochen werden, daß Mitleid mit der CDU erlaubt, Mitleid mit der SPD sündhaft, Mitleid mit den Deutschen nur dann erlaubt ist, wenn sie CDU-Wähler sind. Mitleid mit Panorama-Redakteuren: unerlaubt; Mitleid mit Redakteuren der *Welt:* erlaubt usw. Es müssen endlich klare Fronten geschaffen werden. SPD-Wähler dürfen natürlich Mitleid mit Herrn Strauß haben, aber keinesfalls – etwa mit Herrn Bahr. Man sollte bei der Abfassung der Enzyklika vorsichtig sein, denn es könnte ja sein, daß die Herren Dregger, Strauß, Schleyer und Biedenkopf eines

Tages Mitleid brauchen. Personifizierte Monstranzen haben es schwer, das dauernde Leuchten zehrt an den Kräften. Um die biologische und sittliche Leuchtkraft der betreffenden Herren zu erhalten, gibt es nur ein Mittel: einen Gebetsfeldzug, notfalls ökumenisch. EKD, Bischofskonferenz, Zentralkomitee (der deutschen Katholiken) sollten sich rasch einigen. Kardinal Döpfner sollte verkünden: »Ich kenne keine Konfessionen mehr, ich kenne nur noch deutsche Christen.« Es ist natürlich bedauerlich, daß Seligsprechungsprozesse erst nach dem Tode des potentiell Seligen eingeleitet werden können.

Ein paar administrative Vorschläge: Bundesnachrichtendienst, Bundesverfassungsschutz und Sicherungsgruppe Bonn sollten endgültig der CDU/CSU zu treuen Händen übergeben werden. Ein Triumvirat, bestehend aus den Herren Heubl, Huber, Zimmermann, sollte die Geschäfte führen; Präsident aller drei Ämter sollte Herr Strauß werden. Treue Hände, saubere Hände, saubere Finger, saubere Schwurfinger. Klare Verhältnisse.

Biedenkopf sollte als theologischer Berater der Bischofskonferenz auch offiziell installiert werden. Eine Art Laienpurpur sollte eingeführt werden. Er würde manchen schon sehr kleiden.

Ich wiederhole: Wir gehen herrlichen Zeiten entgegen, aber »ich begehre, nicht schuld daran zu sein«. Das Wichtigste aber ist, daß die deutschen Arbeitnehmer endlich und endgültig begreifen, wer ihr Herr ist und wer ihre Interessen am besten vertritt.

Merke: Grenze dich immer nach links ab, damit man dir von rechts das Messer in die Brust stechen kann.

Ein gutes Modell

Die Abschiedsrede vor dem Internationalen PEN-Club in Jugoslawien, gehalten am 19. 5. 1974 in Ohrid

Wenn ich hier bei der Übergabe des Vorsitzes zu meinem Nachfolger und zu Ihnen französisch spreche, so ist das weder Zufall noch einfach nur Höflichkeit. Ich tue es in dankbarer Erinnerung als deutscher Autor, der wie viele andere seines Schicksals und seiner Generation den Anschluß an die Welt außerhalb des Deutschland von 1945 ohne französische Intellektuelle, Verlage, Journalisten wohl nicht so leicht gefunden hätte, wenn überhaupt. Ich will Sie nicht damit belästigen, Ihnen ausführlich zu erklären, was es 1945 bedeutete, ein Deutscher zu sein, ob schuldig oder unschuldig oder – was schlimmer war und ist – beides nicht. Mögen die Politiker mehr oder weniger wohltönend gewisse und bestimmte geschichtlich und politisch bedingte »Erbfeindschaften« für beendet erklären, im Falle der deutsch-französischen besonders schmerzliche und sinnlose. Verträge und Erklärungen nützen wenig, wenn die intellektuellen Strukturen nicht mitziehen: durch keinen politischen Vertrag kann irgendein Verlag oder eine Zeitschrift gezwungen werden, ein Buch oder einen Artikel zu publizieren, und wenn es geschieht, bleibt es meistens wirkungslos. Existentielle Neugierde – lassen Sie es mich so ausdrücken – kann nicht gelenkt oder provoziert werden, und was ich hier über die deutsch-französischen intellektuellen Beziehungen sage, trifft unter veränderten Bedingungen auch auf die sowjetisch-westeuropäischen intellektuellen Beziehungen zu. Verträge sind wichtig, sie sind notwendig – der Kulturaustausch, wie ihn Politiker und Funktionäre sich vorstellen: bitte schön; nichts dagegen einzuwenden –, und doch geschieht das Wichtigere außerhalb des vertraglich Geregelten, und ebendas ist zwischen Frankreich und Deutschland – ich spreche über das Deutschland zwischen 1945 und 1948, als es weder die DDR noch die Bundesrepublik gab – geschehen; vielleicht darf ich sogar hier ausnahmsweise und für eine halbe Minute für einige Freunde und Kollegen aus der DDR mitsprechen. Schon im Jahr 1947 fand ein deutsch-französisches Autorentreffen statt, es entstand die französisch-deutsche Zeitschrift *Documents – Dokumente,* die in den folgenden Jahren, lange bevor Politiker sich freundschaftlich umarmten, regelmäßig Treffen veranstaltete; die ersten Publikationen deutscher Nachkriegsautoren erfolgten in Frankreich, schon Ende der 40er Jahre. Und wenn ich heute zurückblicke, erscheint mir diese Geschichte deutsch-französischer Treffen, Publikationen, Beziehungen als modellhaft.

Nun ein paar Worte zum PEN-Club. Sie wissen, daß ich langatmige Erklärungen scheue – daß sie mir nicht liegen. Ich will hier auch keine Bilanz ziehen, so etwas wie einen Rechenschaftsbericht ablegen, das mögen andere versuchen. Beschränken wir uns also darauf, festzustellen, was uns nicht gelungen ist. Es ist nicht gelungen – was eigentlich Aufgabe einer internationalen Schriftstellerorganisation mit einer eindeutigen Charta wäre –, publizistisch eine auch nur halbwegs gerechte Proportion zwischen den verfolgten, zensurierten, unterdrückten Kollegen innerhalb der verschiedenen politischen Systeme herzustellen. Da wir auf die Mitarbeit der Presse angewiesen sind, sind wir auch den Interessen und Interessengruppen, politischen und ökonomischen, unterworfen, die diese oder jene Presse stützen. Wir können Nachrichten, Resolutionen, Informationen anbieten, haben aber keinen Einfluß auf deren Veröffentlichung, da der Marktwert etwa einer Information über die Situation der Intellektuellen in Brasilien für die westliche Presse sehr gering ist und etwa eine Information über unsere Kollegen in der ČSSR in der osteuropäischen Presse nicht die geringste Chance hat. Ich kann Sie also alle nur zum wiederholten Mal auffordern und bitten, daß Sie sich in Ihrer Eigenschaft als Autoren, Publizisten und Journalisten nicht auf Resolutionen verlassen, sondern unter Ihrem eigenen Namen Artikel schreiben, immer wieder, und daß Sie Informationen mit geringem Marktwert einschmuggeln.

Wenn ich über das Nichtgelungene spreche, denke ich ganz besonders an die Autoren in Südamerika, in Spanien, Portugal, Griechenland, der Türkei, Indonesien und in der ČSSR, und auch in unserem Gastland hier, in Jugoslawien. Wir stehen in den meisten Fällen einem internationalen *Einverständnis* gegenüber, das in seiner politisch-ökonomischen Verzahnung keine Lücke offenläßt, durch die wir eindringen könnten. Ich verweise deshalb mit ganz besonderem Nachdruck auf den PEN Emergency Fund, der vom holländischen PEN gegründet wurde und verwaltet wird. Über diesen Fond können wir etwas tun, direkt, praktisch – nicht, um unser strapaziertes Gewissen zu erleichtern, sondern um wenigstens Ansätze einer internationalen Solidarität zu bilden, die das dichtverfugte System des Einverständnisses durchdringt.

Meinem Nachfolger nur Glück zu wünschen oder ihn nur zu seiner Wahl zu beglückwünschen – das wäre mir zu wenig. Ich wünsche ihm mehr: daß er dieses kaum definierbare Instrument PEN-Club – das mit sehr geringen, wenn man den Aufwand anderer internationaler Organisationen bedenkt, mit fast gar keinen materiellen Mitteln arbeitet – beleben kann, nicht durch Geld und aufwendige Treffen, sondern da, wo seine Kraft, eine immer noch nicht entdeckte Kraft verborgen ist: in der Feder, Schreibmaschine, im Bleistift seiner Mitglieder.

Radikaler im öffentlichen Dienst

Zum Abschied von Gustav Heinemann

Was soll daraus werden, wie soll das ausgehen, wenn ein Präsident der Bundesrepublik Deutschland, der mit dem Etikett »unbequem« versehen ist, von einem ebenso etikettierten Autor gewürdigt wird? Da die Unbequemlichkeit des Präsidenten und die des Autors eine gewisse Verwandtschaft zeigen, müßte dieser Vorgang – nach der simplen mathematischen Erkenntnis, daß minus mal minus, doch auch plus mal plus ein Plus ergeben – eine ziemlich bequeme Sache werden. Ich will versuchen, zunächst einmal die banale Paradoxie anzugeben, die darin liegt, daß unbequeme Deutsche im Ausland so gut zu gebrauchen sind. Sie eignen sich vorzüglich zum Export, zum Vorzeigen; sie erbringen eine nicht unbedingt unfreundliche Presse, Zeitungsausschnitte, die man aufkleben und archivieren kann, und kaum etwas gilt ja als so sicheres Zeichen des Erfolgs wie Zeitungsausschnitte. (Dabei fällt mir ein, daß offenbar noch keiner auf die Idee gekommen ist, solche zu fälschen – neue Perspektiven eröffnen sich!) Erweitern wir also das Etikett und schlagen folgende Formel vor: Im Inland unbequem, im Ausland bequem. Die Idiotenbezeichnungen dafür lauten: Botschafter des guten Willens – Repräsentant des besseren Deutschland, und niemand fragt sich so recht, keiner scheint darüber nachzudenken, welche politische Schizophrenie solche Funktionen ersinnt und welche sie bei den Trägern dieser Funktionen hervorrufen kann. Verbirgt sich hinter dieser Funktionalisierung einer Person – sei es nun der Bundespräsident oder irgendein Autor, der in Griechenland oder Israel Vorträge hält – nicht der unbewußte oder gar bewußte Wunsch: am liebsten sehen wir euch draußen? Das ist eine Frage – und keine rhetorische. Es sollte doch, finde ich, was für einen selbstverständlich ist, nicht honoriert werden – auch nicht von Gesinnungsgegnern übrigens, die da am nationalen Daumen lutschen und ihn nur aus dem Mund nehmen, um zu zetern. Manches Gezeter ist ja direkt Schmeichelei. Anerkennung verdient nur das Wie, und hier nun endlich, lieber Gustav Heinemann, kann ich es mir ein bißchen bequemer machen. Die Anerkennung Ihrer Tätigkeit gilt nicht nur der Tatsache, wie unbequem Sie waren, mehr noch der Tatsache, *wie* Sie unbequem waren. Diese Kombination von Offenheit, Takt, Trockenheit, Beharrlichkeit und Humor – nichts zu verschweigen, niemanden zu verletzen und doch alles auszusprechen, niemals gerührt oder pathetisch zu werden, und doch immer bewegt, nicht nachzugeben – wäre das ohne Humor möglich? Und welchen Hintersinn hätte Humor, wenn man ihn nicht bei Gelegenheit verlieren könnte und verlieren müßte, denn auch er, der undefinierbare Humor, läßt sich nicht funktionalisieren. Wer wüßte das besser als die, die von Beruf Humoristen sind und denen die Schwermut dauernd vor der Tür steht, weil sie spüren müssen, wie Humor zu platter Lustigkeit erniedrigt, als dummes Lachen im Vordergrund alles Hintergründige zerschlägt, wie allzu rascher Applaus die Scherben auf den Kehricht fegt. Ebendas. Raschen Applaus hatten Sie nie; man spürte wohl den Humor, in ihm aber immer den Ernst, ohne den er sich unmöglich macht: Lustigkeit kam da selten auf, selten auch gute Laune, wenn Sie da in die Hintergründe unserer Geschichte stiegen, wo so viel Lustiges ja auch nicht zu entdecken ist. Das Ergebnis offener Trockenheit, in der nichts verschleiert wurde, war denn auch Befreiung, ob Sie über oder zu Polizeibeamten sprachen, über Kirchen, Weltkriege, Reichsgründung. Erlauben Sie mir, es so unfeierlich auszudrükken, wie Sie sich auszudrücken pflegten: Es war schon eher wohltuend, und es war eine Ehre für viele von uns Schriftstellern, die gleichen Feinde zu haben wie Sie: die Daumenlutscher nämlich.

Sie waren so offen, daß man machmal den Eindruck haben konnte, Sie wären ein Radikaler im öffentlichen Dienst, aber nicht nur deshalb werden wir Sie vermissen. Es ist nicht nur ein Scherz, wenn ich sage: Wieder ein Radikaler im öffentlichen Dienst weniger; denn was haben Sie anderes getan, als das deutsche Geschichtsverständnis, das deutsche Bewußtsein, deutsche Selbstgefälligkeit, wie sie gelegentlich auftritt, bis an die Wurzeln bloßzulegen, wenn auch behutsam. Und was ist ein Radikaler anderes als jemand, der bis an die Wurzel zu gehen versucht? Alle Zahnärzte sind notwendigerweise Radikale, wenn auch nicht immer im öffentlichen Dienst. Gewiß sind nicht alle Radikale behutsam und nicht jeder, der sich so nennt, per se gerechtfertigt – aber auch nicht jeder, der so genannt wird, stellt eine Gefahr dar. Die Gefahr besteht wohl eher darin, daß es zuwenig Radikale im öffentlichen Dienst geben wird, daß man

Nachdenklichkeit einschüchtert, eine Vordergrunddemokratie schafft, in der es kaum noch erlaubt sein wird, bis an die Wurzeln dieses unseres Staates, der Bundesrepublik Deutschland, zu gehen, die ja nicht zufällig entstanden ist, sondern Ursachen, unter anderem eben den Zweiten Weltkrieg als Ur-Sache hat, der ja ebenfalls nicht zufällig entstanden ist, sondern ebenfalls Ursachen hat, unter anderem die Ursache blinder Untertänigkeit – jene Obrigkeitssucht, die Sie, lieber Gustav Heinemann, selbst rangmäßig höchste Obrigkeit, oft und immer wieder als schlechte, wenn nicht schlechteste aller Tugenden-Untugenden bezeichnet haben. Wie radikal obrigkeitssüchtige, befehlssüchtige, absolut untertänige Ordnungs-, Verwaltungs-, Rechtsorgane werden können – das haben wir ja erlebt, und es sind noch keine 30 Jahre vergangen, da waren wir alle dieser Radikalität ausgeliefert oder unterworfen. Der Ausdruck Radikale im öffentlichen Dienst ist also vieldeutig, und es ist lebensgefährlich, ihn ohne geschichtlichen Hintergrund mitzuliefern, auf alle jene anwenden zu wollen, die ebendas nicht sein wollen: untertänig, unterworfen, auf die Obrigkeit blind vertrauend. Natürlich – ich wiederhole es, weil Mißverständnisse der Daumenlutscher liebster Lolli sind – ist nicht jeder oder jede, die sich radikal definiert oder gebärdet, blind anzuerkennen; es geht hier nur um das Wort Radikalität. Ohne sie ist wissenschaftliche Arbeit gar nicht möglich, weder in der Philosophie noch in der Theologie oder Chemie, ohne sie ist Literatur gar nicht möglich, auch Demokratie nicht. Und wenn man sich in Erinnerung rufen möchte, wie wir zu unserer Demokratie gekommen sind, so wollen wir nicht vergessen, daß diese kostbare Pflanze importiert worden ist.

George Bernard Shaw: an Herbert Wehner

My dear Mr. Wehner,
wenn ich Ihnen so zuhöre (setzen wir voraus, daß meine teleauditive Kommunikation hervorragend organisiert ist!), wird der ehemalige Musikkritiker in mir wieder wach, und ich fange an, angesichts der neuen Töne, die Sie in die parlamentarische Rhetorik eingebracht haben, die »Neutöner« zu begreifen, und beginne gleichzeitig zu bedauern, daß ich von der Musik zur Literatur hinübergewechselt habe; in der Literatur muß man sich ja auf Worte einlassen, die ihre Vieldeutigkeit nicht verlieren, auch wenn man die vorgesehene Bedeutung immer und immer wieder einhämmert. Was habe ich mir für eine Mühe gemacht, meinen Landsleuten und Zeitgenossen *meine* Vorstellung vom Übermenschen klarzumachen: vergebens, denn immer noch und immer wieder wird die britische Version oder Vorstellung vom Übermenschen via Eton in Oxford und Cambridge ausgebrütet, und wenn da wieder einmal ein neues politisches Genie angekündigt wird und auftaucht, denke ich immer: den kennst du doch, und dann fällt mir ein, daß ich seinen Großonkel, Großvater oder den Schwiegervater seiner Großtante tatsächlich gekannt habe und sie miteinander verwechsle, weil sie sich alle zum Verwechseln ähnlich sind. Ich setze voraus, daß Sie Patriot genug sind, gefestigter Patriot, und sich nicht insgeheim einem Nationalismuskomplex erlegen fühlen, wenn Ihnen dieses in der britischen Politik immer wiederkehrende Gesicht nicht sonderlich imponiert. Um es deutlich, fast grob zu sagen: Die Briten sind keine Neutöner. Sie, mein Bester, sind einer, und ich habe schon vor einiger Zeit angefangen, mein »Deutschlandbild« erheblich zu korrigieren, und es war nicht der philosophierende Literat in mir, es war der ehemalige Musikkritiker, der aufgrund der neuen Töne in Ihrer Rhetorik hinter neuen Tönen neue Gesichter entdeckt hat. Ehrlich – wie Sie Ihre Pianissimi, Furiosi, Moderati organisieren und instrumentieren, wie Sie es verstehen, Wohlüberlegtes als Improvisation darzubieten; wie Sie durch langes und langsames, kaum verständliches Knurren und Murren Ihre Zuhörer einlullen (man sollte den rhetorischen Begriff des Lullknurrens dafür einführen) und dann plötzlich aus dieser scheinbar introvertierten Stille heraus zu husten beginnen

und dann mit dem Hammer zuschlagen und irgendeinem christlichen Schnösel eins über den glatten Schädel geben! Ist Ihnen klar, daß Sie sowohl den Preßlufthammer wie den brodelnden Kochtopf in die Musikalität der Rhetorik eingeführt haben und daß auch das, was Ihnen mißglückt, noch wohlüberlegt wirkt, sozusagen als Ausdruck einer wohltemperierten Disharmonik? Sie sollten sich an einen kleinen Essay wagen mit dem Titel: Die dramaturgische Verwendung des Hustens in der Rhetorik. Nun knurren und murren und muffeln Sie mir nicht gleich dazwischen, weil Sie vielleicht jetzt schon feststellen möchten, daß ich, der ich nicht einmal auf meine alten, schon gar nicht auf meine ältesten Tage, ein Schmeichler geworden bin, Ihnen zu schmeicheln beginne.
Geduld, Geduld, der Tadel – und zwar erheblicher – wird bald folgen. Ich brauche doch wohl einem Solisten Ihrer bewährten formalistischen Begabung nicht zu erklären, daß es ohne Inhalt gar keine Form gibt, sondern nur jene Förmlichkeiten, über die Butler und Kellner immer schon besser Bescheid wissen als die Präsidenten und die Könige. Dieses Gerede über Form und Inhalt, über Engagement etc., das sind doch Kinkerlitzchen, mit denen man die Schul- und Universitätsjugend von den Problemen ablenkt; das ist möglicherweise noch etwas für Journalisten und Conférenciers, für die große Garde der Vorkauer oder Vorschmecker, und wenn Sie sich bitte daran erinnern wollen, daß der Vorschmecker die Funktion hatte, die Vergiftung des Königs zu verhindern, so wissen Sie, was die Vorkauer und Vorschmekker heute für eine Bedeutung haben: der Poesie das Gift zu nehmen, die gefährliche Beimischung, die wir das Ingredienz X nennen wollen, die beides enthält: Zerstörung und Ordnung. Nehmen Sie es also nicht als reine Schmeichelei, wenn ich Sie einen Poeten der Rhetorik nenne, und beklagen Sie mit mir die Tatsache, daß die Vorschmecker immun geworden sind; leider fällt keiner von ihnen je tot um.
Nun, um es kürzer zu machen: über Ihre Formen bin ich auf Ihre Inhalte gekommen, nicht umgekehrt, und um es technisch auszudrücken: hinter Ihrem Husten entdeckte ich mehr »Aussage« als während einer einstündigen Rede eines im konventionellen Sinn »rhetorischen Stars«, der jene Förmlichkeiten des Nichtssagenden beherrscht.
Nun aber, nachdem ich Ihnen hoffentlich halbwegs einleuchtend

die Art meines Einstiegs in Ihre politische Rolle erklärt habe, komme ich zu dem, was mich an Ihnen bekümmert. Bitte, wie ertragen Sie dieses Gerede von der neuen Mitte, das jetzt in Ihrer Partei so geläufig – ich möchte fast sagen – schon läufig geworden ist? Was liegt denn, wenn man den Begriff Mitte topographisch interpretiert, etwa in der Mitte der Städte, der alten und der neuen? Die Banken, die Kathedralen, die Versicherungsgebäude. Will Ihre Partei etwa dorthin? Außerdem ist Mitte doch nur dann ein verständlicher Begriff, wenn man an regelmäßige geometrische Figuren denkt: Kreis, Viereck, Rhombus etc. Aber – ich bitte Sie! – haben denn Staat, Gesellschaft, Wirtschaft und Kultur eine übersichtliche geometrische Figur? Sie sind nicht einmal rund, schon gar nicht kreisrund. Wie wollen Sie denn da irgendeine Mitte feststellen? Nehmen wir einmal an, die Gesellschaft, deren Mitte Sie suchen müßten, erwiese sich als unregelmäßiges Dreiundachtzigeck oder gar Einhunderteinunddreißigeck? Da läge die Mitte keineswegs in der Mitte, sondern möglicherweise links oder rechts unten. Ich nehme doch an, die Mitte – oder was die meisten Deutschen dafür hielten – war im Jahr 1933 dieser Hindenburg: Muß ich Ihnen erklären, was aus dieser Mitte geworden ist? Was in der Mitte Ihres Parlaments los ist, das wissen Sie doch. Und wenn Sie nun auf die Idee kommen sollten, diese ominöse Mitte als den Ort der Vernunft gegen mich auszuspielen, so müßte ich erst einmal fragen: *wessen* Vernunft oder *welche* Vernunft, denn ich fürchte, daß Sie dann die römische Version von Vernunft meinen, die die Vernunft von Krämern, Juristen und Obristen war, eine durchaus nützliche Vernunft, die aber ergänzt werden muß. – Und nun erlaube ich mir, mich selbst zu zitieren: »Der vernünftige Mensch paßt sich der Welt an; der unvernünftige Mensch versucht hartnäckig, die Welt sich anzupassen. Darum hängt jeder Fortschritt vom unvernünftigen Menschen ab.« Schauen Sie sich doch nur die mörderische Unvernunft an, mit der die Ölkonzerne sich die Welt passend machen, das ist der wahre Fortschritt – für den Kapitalismus, versteht sich. Diese Unvernunft ist alles gleichzeitig: logisch, amoralisch, unvernünftig bis zum Exzeß, und wenn ich mir erlauben darf, Sie daran zu erinnern, wieviel offene und verkappte Ölkriege es schon gegeben hat, so warne ich Sie vor jeder Art von Vernunft, mit der Sie diese Vernunft möglicherweise bekämpfen möchten. Dagegen hilft nur die Unvernunft derer aus Ihrer Partei, die Sie tadeln lassen. Hören Sie sich doch nur die durchaus vernünftigen Kommentare Ihrer Wirtschaftsfachleute und -journalisten an, die alle, aus ihrer idealistischen Vorschmeckermitte heraus, an die Vernunft appellieren und diesen Leuten mit Geldstrafen drohen! Das ist ungefähr so, als wenn Sie bei einer Sturmflut einen Stein ins Meer werfen und dann drohend die Faust erheben und sagen: »Du böses, böses Meer, jetzt hast du's ja zu spüren bekommen!«

Und vergessen Sie mir nicht: »Die Liebe zum Fairplay ist die Tugend des Zuschauers, nicht des Kämpfers!« Sie aber, mein Bester, sind kein Zuschauer, sondern ein Kämpfer, und ich prophezeie Ihnen, der Kampf – und nicht nur der Kampf gegen die Ölkonzerne – wird härter, als sogar Sie ahnen. Dieser auf eine so merkwürdige Weise banale wie absonderliche Vorgang, den Sie zutreffend die »Steinerei« nannten und ebenso zutreffend als den Auswuchs einer umfangreichen Verschwörung diagnostiziert haben, war nur ein Anfang, und doch haben auch Sie nicht auf die unklaren und ungeklärten Affären des Mr. Strauß verwiesen und nicht einmal hin und wieder Ihren gestrengen Zeigefinger dorthin ausgestreckt, wo – ziemlich genau in der Mitte übrigens – ein gewisser Mr. Mende sitzt. Wissen Sie nicht, daß Fairplay diesen Leuten gegenüber Selbstmord ist? Sind Sie etwa immer noch nicht entlenzt, entglobket und wissen immer noch nicht, daß die mit allen Mitteln arbeiten, nur nicht mit fairen?

Damit komme ich zu einem weiteren Punkt, der mir erhebliche Sorgen macht. Immer wieder versuchen Sie, parlamentarisch-parteipolitisch als solche definierte Christen beim Wort zu nehmen, und ärgern sich dann, wenn Ihnen der blanke Zynismus entgegenschlägt. Nun bin ich ziemlich sicher, daß in solchen Augenblicken weniger der Moralist als der Formalist in Ihnen explodiert, denn natürlich drückt sich in den Worten »christlich«, »sozial«, »demokratisch« ein moralischer Anspruch aus, und Sie hätten eben diesen Anspruch gern einmal genau definiert. Sie sind also, wenn Sie sich ärgern – und Sie sollten doch wissen, daß man auch mit seinem Ärger ökonomisch umgehen muß, ich hasse nun einmal, wie Sie wissen, Verschwendung – formal durchaus im Recht. Dann aber muß ich Sie an Ihre fünfundzwanzigjährige Erfahrung in diesem Parlament erinnern und Sie fragen: Ist Ihnen inzwischen nicht klargeworden, daß diese moralisch so anspruchsvollen Namensgebungen nicht den geringsten moralischen, sondern lediglich einen technischen Wert haben? Sie haben die Funktion etwa – sagen wir – von Schleifsteinen, auf denen die Messer gewetzt werden, das gesamte Instrumentarium, das man während der »Steinerei« verwendet hat. Sie sollten doch bemerkt haben, daß diese Mitte fast immer geschlossen aufheult – man hört es bis hierhin! –, wenn Worte wie »sozial«, »Frieden« oder »Moral« fallen. So heulte in den Erzählungen früherer Zeiten nur der Teufel auf, wenn man ihn mit Weihwasser besprengte oder das Kreuz über ihm schlug. Und wissen Sie immer noch nicht, daß ein Begriff wie Moral immer nur gegen Ihre Partei, nie gegen die verwendet werden darf? Das war doch der Hintergrund der »Steinerei«. Muß ich Sie an Heinrich den Vierten von Frankreich erinnern, der den Giftmischern, Kardinälen, Spitzeln, Huren, Messerwetzern und Messerstechern von der Liga erklären wollte, daß es ihm wirklich um Frieden ging, und um Macht nur, um Frieden zu schaffen und zu erhalten? Die Leute von der Liga wußten einfach nicht, was er meinte. Sie hielten ihn entweder für total unvernünftig oder für einen Heuchler, und weil er auch noch Weibergeschichten hatte, konnten sie ihn sogar noch als »unmoralisch« von ihren Kanzeln herab denunzieren lassen, denn sie, die ganze Regimenter von weiblichen und männlichen Huren in Marsch setzten, waren ja aufgrund des römischen Segens in jedem Fall moralisch. Sie wetzten die Messer an christlichen Schleifsteinen, und Europa bekam, was Heinrich der Vierte möglicherweise hätte verhindern können: seinen Dreißigjährigen Krieg, und Krieg war die Vernunft der Epoche.

Sie, der Sie gewisse geschichtliche Vorgänge überschauen, wissen doch, daß gegenwärtig in Ihrem Land ein Vorgang eingeleitet wird, den man nur mit der Gegenreformation vergleichen kann. Und fällt Ihnen nicht auf, daß die drei Hauptablaßprediger – man hat ja während der Gegenreformation kilometerweise Beichtstühle produziert und Ablässe wiedereingeführt –, daß diese drei nicht nur allesamt »barocke Züge« haben, sondern sich auch noch was darauf zugute halten; und sie stammen ja auch alle drei aus den südlichen Gefilden Ihres so merkwürdigen Vaterlandes, wo der Feudalismus sich am längsten gehalten hat und Beichten und Barock immer beliebt waren. Und eins wissen wir doch, diese merkwürdige Variante des Christentums, die sich Katholizismus nennt, hat ja durchs Beichten, durch ihre Ablässe

und Absolutionen die Moral nicht verbessert, sondern geradezu zerstört.
Mein lieber Herr Wehner, die Zeiten, die da kommen sollen, sind härter, als Sie ahnen, denn Ihre puritanische Redlichkeit verbietet Ihnen oder hindert Sie, das Ausmaß der Tücke zu erkennen. Wenn diese Leute Ihnen Ihre kommunistische Vergangenheit vorwerfen, dann fürchten sie ja nicht den Kommunismus als solchen (was immer das inzwischen sein mag), sondern sie fürchten in ihm und in Ihnen die protestantisch-puritanische sittliche Rigorosität, die er enthält.
Einer von den drei Neubarocken, ein besonders glattgebügelter Nachfahre des Petrus Canisius, geniert sich tatsächlich nicht, von »christlicher Verantwortung« zu sprechen. Er definiert sie natürlich nicht, aber vielleicht fragen Sie ihn einmal gelegentlich – öffentlich, versteht sich –, welche geschichtliche Manifestation von christlicher Verantwortung er anzubieten hat? Die südamerikanische, die portugiesische, spanische, griechische? Es herrscht nämlich viel christliche Verantworung in der Welt, und auch die Liga war eine der angebotenen Varianten. Zur Zeit der Gegenreformation hat man die Angst vor der Hölle gezüchtet, jetzt schürt man die Angst vor dem Verlust der Stabilität, die nicht von den Ölkonzernen, sondern durch Lohnerhöhungen gefährdet wird.
Versuchen Sie Ihren arbeitenden Landsleuten einmal klarzumachen, was aus ihnen ohne die Arbeiterbewegung geworden wäre, deren letzten, wenn auch schwächlichen Ausläufer ja Ihre Partei in diesem Parlament darstellt. Wahrscheinlich würden sie noch heute mit der Mütze in der Hand in der Tür ihres Feudal- oder Fabrikherrn stehen und sich demütig dafür bedanken, daß der Herr tatsächlich über das Kind, das er ihrer Tochter oder ihrer Frau gemacht hat, die Patenschaft übernimmt und dafür einen silbernen Tauftaler springen läßt. Und was das am meisten Beunruhigende an dieser neuen Gegenreformation ist: diesmal sind die Protestanten auf ihrer Seite! Der Erfolg der konfessionellen Mischung in dieser Partei bestand ja letzten Endes darin, daß die ligistischen Korruptionselemente die »Anständigkeit« der Protestanten, wie bläßlich und heuchlerisch sie immer gewesen sein mag, mit großem Erfolg infiziert haben. Ob man wieder kilometerweise Beichtstühle aufstellen wird? Ich nehme an, die Gitter, hinter denen die Angst versteckt und gleichzeitig gezüchtet wer-

den kann, werden diesmal die Gitter von Bank- und Sparkassenschaltern sein. Gitter aber in jedem Fall. Natürlich kann man es als Fortschritt definieren, wenn an die Stelle von Beichtstuhlgittern Bank- oder Sparkassengitter getreten sind.
Ich bedaure es sehr, daß ich Ihnen noch weiterhin mit dem einen oder anderen Wort lästig fallen muß. Was soll zum Beispiel dieses Gerede von den Radikalen? Ich setze natürlich voraus, daß es modische Formen der Radikalität gibt; diese Radikalen stammen immer aus bürgerlichen Kreisen, Radikalität ist für sie eine Form der Unterhaltung, aus der sie jederzeit aussteigen können, und es gibt natürlich überall Elemente, die sich poetisch gerieren, definieren und aufführen, aber nicht wahrhaben wollen oder zu dumm sind, um zu wissen, daß Poesie Ordnung *und* Zerstörung enthält. Über diese beiden Gruppen brauche ich mich mit Ihnen wohl nicht zu streiten, aber Radikalität als solche zu diskriminieren oder gar Radikalenerlasse zu planen – das ist nichts Geringeres als geistiger Selbstmord mit den Mitteln der politischen Heuchelei. Ist etwa Mr. Strauß nicht radikal? Sind die Ölkonzerne nicht radikal? Und ist denn nicht einer in Ihrem Parlament, der einmal die Radikalität der Banken definiert und entlarvt? Und da wollen Sie jungen Menschen verbieten, radikal zu sein? Ein Gesetz gegen Radikalität müßte konsequenterweise die Ausübung aller Künste verbieten und gleichzeitig jede Art der legalen Vollstreckung: jede Verhaftung ist ein radikaler Vorgang und jeder Gerichtsvollzieher, der in der Ausübung seines Berufes hin und wieder einen gepfändeten Gegenstand tatsächlich abholen lassen muß, ist ein Radikaler im öffentlichen Dienst. Ein Priester, der das Evangelium vorliest, ein Lehrer, der ein Drama von Kleist oder ein Gedicht von Hölderlin lesen und interpretieren läßt, ein städtischer Gärtner, der die Rosen im Garten des Oberbürgermeisters beschneidet – lauter Radikale im öffentlichen Dienst. – Schaffen Sie also die Theater ab, die Verlage, Zeitungen und Zeitschriften, lassen Sie staatlicherseits jedem Staatsbürger morgens durch einen Spezialservice drei Beruhigungstabletten verabreichen, verbrennen Sie sämtliche Bücher und Bilder, lassen Sie alle Plastiken zerhacken: dann haben Sie den Friedhof, der mit Radikalenerlassen offenbar angestrebt wird.
Verzeihen Sie mir, wenn ich eine dumme Frage stelle: Seid Ihr Deutschen etwa wahnsinnig geworden, und kann man diese

Form des Wahnsinns vielleicht mit Normenwahn bezeichnen? Wo ist je geistiges Leben ohne Radikalität entstanden, und wo ist das menschliche Leben in seinem biologischen Ursprung je ohne Radikalität möglich gewesen? Schaffen Sie also bitte gefälligst auch die Zeugung ab, die ja ein ziemlich radikaler Vorgang ist. Zerstören Sie alle Schallplatten, Noten, Tonbänder mit der Musik eines gewissen Ludwig van Beethoven und züchten Sie sich eine Rasse von Demokratierekruten, die nichts von Demokratie wissen, sondern nur »an sich« Demokraten sind. Welche politischen Zukunftsvisionen haben Politiker, die so etwas wie Radikalenerlasse erwägen? Ich nehme doch an, daß Ihr Staat Gesetze hat und daß sich halbwegs genau feststellen läßt, wer sie übertritt – jedenfalls innerhalb der Grenzen, die die Klassenjustiz seit eh und je geschaffen hat und innerhalb der Lücken, die sie für die Wohlhabenden ließ. Genügt Ihnen das nicht? Muß da noch ein jeder, jeder junge Mensch, der sich ein paar Gedanken macht, bedroht, bestraft, entmutigt werden? Der Ausdruck »*Bürgerliches* Gesetzbuch« spricht ja schon für sich. Was wollen Sie mehr? Wir wissen doch, daß das Bürgerliche Gesetzbuch keine andere Funktion hat als den Privatbesitz zu schützen, und wir wissen auch, daß Proudhon gesagt hat, Privateigentum sei Diebstahl, und daß das der Wahrheit ziemlich nahekommt. Wollen Sie Proudhon verbieten oder die künftigen Proudhons im Keim ersticken? Und haben Sie nicht gesehen, wohin law and order führen – zu Agnew und Nixon!
Und noch ein Wort, das da neuerdings fast in aller Mund ist: Europa. Wollen Sie wirklich zulassen, daß die neueste Definition Europas von Krämern und Waffenhändlern vorgenommen wird? Sie wissen doch so gut wie ich, daß die europäische Tradition in Leningrad und Prag und Warschau glaubwürdiger gepflegt wird als in diesem Brüssel, wo man Scheingefechte um Eierpreise und Milchsubventionen führt. Im Augenblick scheint Westeuropa jedenfalls lediglich an Feilschereien interessiert: Um Flugzeuge, Kopfsalat, Kartoffeln und Käse, um Maschinengewehre und Erdgas wird gefeilscht, um Aufträge, Prozente, Spesen, um und aus Ehrgeiz – wollen Sie mir bitte einmal erklären, wo da die *geistigen* Werte verborgen sind, die man ja neuerdings nicht einmal mehr heuchelt? Oder wollen Sie mir einzureden versuchen, es ginge doch ums Christentum, wozu ich Ihnen doch eingangs meine Meinung angedeutet habe? Da sich sogar

der Protestantismus an der Gegenreformation beteiligt und der Sozialismus immer mehr verkommt? Woher kommt denn die *geistige Erneuerung?* Diese Frage kann ich Ihnen nur negativ beantworten: *aus Westeuropa ganz sicher nicht,* und damit überlasse ich Ihnen alle anderen Kontinente und den übrigen Teil Europas zur Lokalisierung Ihrer Hoffnung.

Viel Gutes kann ich Ihrer Partei nicht voraussagen. Es sei denn, es geschehe ein Wunder: daß die Deutschen *sehend* würden, diesmal nicht, um die Attraktion zu sehen, die Ihre Partei darstellt, sondern den Schrecken, der von den Neobarocken ausgeht. Wenn die regieren, würden natürlich die Preise und Steuern sofort sinken und man würde den Deutschen erlauben, international so stabil zu sein, wie sie sein könnten, wären sie nicht – nun ja, Deutsche. Die Welt, mein bester Mr. Wehner, hat nun einmal Angst, und wenn Sie sich für einen Augenblick bitte aller Zimperlichkeit entkleiden wollen, die gewisse Vergleiche nun einmal hervorrufen, und sechzig Jahre zurückdenken, als die Welt den Wilhelminismus fürchtete, so werden Sie mir vielleicht zugeben, daß dieses Deutschland, sechzig Jahre später, in seinen beiden Teilen immer noch oder schon wieder beängstigend tüchtig ist, auf eine beängstigende Weise arbeitsam (und nichts als arbeitsam) – und daß man ihm, diesem Deutschland (schließen Sie die Augen oder halten Sie sich die Ohren zu, denn es kommt etwas vergleichsweise Schreckliches), natürlich niemals die Führungsrolle erlauben wird, die ihm gerechterweise zukäme; und offen gesagt: es ist auch besser so, denn unheimlich bleibt Ihr, und im Augenblick seid Ihr auch unheimliche Demokraten. Vielleicht liegt es daran, daß Ihr in Eurer Geschichte so wenig Demokratie gehabt habt, weniger als zum Beispiel Chile.

Ich hoffe, ich habe ein klein wenig zu Ihrer Erheiterung beitragen können.

Besorgt, aber nicht verzagt
Ihr
G.B.S.

PS. Sollten Sie je den Ehrgeiz verspüren, auch einmal eine internationale Organisation gründen zu wollen, so schlage ich Ihnen vor: gründen Sie ein »Weltinstitut zur Lenkung wirtschaftlicher Absurdität« und regen Sie als erste Maßnahme an, daß man die

Autos, die man nicht mehr los wird, in die Hungergebiete exportiert unter dem Slogan »Im Auto stirbt sich's leichter«.

Ihr
G.B.S.

Ansprache zum 25. Jubiläum des Verlages Kiepenheuer & Witsch

am 20. September 1974

Meine Damen und Herren,
erwarten Sie von mir keinen Beitrag zur Mythologie der deutschen Nachkriegsverleger. Die Mythen entstehen von selbst, durch Mündlichkeit, sie werden ein bißchen korrigiert, negativ – positiv; ich fühle mich nicht fähig, Verleger- oder Autorenmythen zu bilden. Am widerwärtigsten fand ich immer, als Junge schon, Veteranengeschwätz, und wenn es Kriegsveteranen waren, fand ich's am schlimmsten. Inzwischen finde ich Literaturveteranen fast noch schrecklicher. Ich werde also nicht dazu beitragen, obwohl wir ja alle, soweit wir halbwegs klassische Bildung gehabt haben, auch in der Volksschule vielleicht davon geformt worden sind, mit großen Angebern konfrontiert worden sind, von Odysseus über Cäsar, dann der olle Augustinus – im Grunde waren es ja alles, zum Teil geniale Angeber, ich möchte dazu nicht beitragen, vielleicht ist der geniale Nichtangeber noch nicht erfunden, oder es könnte sein, daß es dieser sowohl positiv wie negativ verkannte Thomas von Aquin ist, der glücklicherweise nie über sich selbst geschrieben hat.
Anläßlich eines solchen Jubiläums sollten Sie alle, ob Sie nun im Gewerbe oder außerhalb des Gewerbes stehen, in den Verlagskatalog sehen, das ist der einzige Ausweis, den ein Verlag vorzeigen kann, und dabei nicht vergessen, was selbstverständlich ist, aber gesagt werden muß, daß nicht nur Bestseller Bücher sind, und nicht nur Erfolgsautoren Autoren, und sollten vielleicht daran denken, daß so ein Verlagskatalog einen phantasievollen Blick auf das ermöglicht, phantasievoll, was man die Infrastruktur eines Verlages nennen könnte. Einen Verleger lernt man gelegentlich kennen, es wird auch schon 'mal über ihn geschrieben, einen Erfolgsautor auch, aber was da alles an Übersetzerarbeit, an Buchmacherarbeit dahintersteckt – und ich erwähne die Übersetzer besonders, obwohl ich selbst zu ihnen zähle, weil diese Arbeit bis auf den heutigen Tag, in diesem Land auf eine schnöde Weise verkannt wird, besonders schnöde in der Öffentlichkeit, ich rede jetzt sozusagen für die Presse; die Eingeweihten wissen ja was das bedeutet, ein Buch übersetzen und es korrigie-

ren und nochmal korrigieren und noch mal mit dem Lektor und noch mal drüber – bis auf den heutigen Tag verkannt wird, dieses Gewerbe des Übersetzers, eines der wichtigsten, denn es gäbe überhaupt kein internationales Einverständnis und auch kein internationales Mißverständnis, wenn es nicht Übersetzer gäbe. Aber ich meine nicht nur Übersetzer, ich meine auch Leute, die Bücher verpacken, Leute, die Rechnungen schreiben, usw.
Dieser Verlag ist so alt wie die Bundesrepublik, das ist sehr interessant, und vielleicht spiegelt sich in ihm wirklich so etwas wie die Entwicklung der Bundesrepublik, politisch, literarisch, ich kann das nicht beurteilen, weil ich selbst zu den literarischen Mitmachern gehöre. Interessant wäre vielleicht auch eine Überlegung, nicht nur über die Infrastruktur, wie ich's nur angedeutet habe, es gehören ja auch die dazu, die die Bücher auspacken, über die weitverbreitete, fälschliche Identifikation von Erfolg und Leistung, die, glaube ich, nicht nur die Literatur betrifft, sondern alle Lebensbereiche. Wenn Sie sich vorstellen, wie wenig etwa von Bernard Malamud oder Nathalie Sarraute in diesem Land verkäuflich ist, obwohl viele Leute sich darum bemühen, solche Autoren bekannt zu machen. Und in diesem Zusammenhang vielleicht nur eine Andeutung, einen Vorschlag zur weiteren Meditation über die Ungerechtigkeit des Lesens. Je älter ich werde – und Sie mögen mir diese gelinde Koketterie verzeihen –, stelle ich fest, wieviel Bücher ich einfach übersehen habe, und ich greife plötzlich zu einem Buch, das ich vielleicht vor 20 Jahren geschenkt bekommen habe oder mir gekauft habe, nie gelesen habe und entdecke einen Autor, nach 20 Jahren; und wenn Sie sich vorstellen, daß die selbst großen und sehr seriösen Zeitungen, ungeheuer seriösen Zeitungen es ablehnen, ein Buch zu besprechen, das 1973 erschienen ist, dann merken Sie, welch ein merkwürdiges und irrsinniges Gewerbe wir betreiben.
Ein paar Worte möchte ich sagen, zu Joseph Caspar Witsch. Ich war fast nie einer Meinung mit ihm und doch haben wir uns gut verstanden, wir mochten uns sogar, und vielleicht wäre das auch bedenkenswert, daß man einander verstehen und einander mögen kann, ohne einer Meinung zu sein.
Nun komme ich in Verlegenheit, denn ich möchte meine kurze Rede beenden und da fällt mir etwas sehr Komisches ein bzw. auf, daß die amerikanischen Präsidenten, der jetzt regierende und der vergangene, so gern und viel gebetet haben. Und ich

schließe also mit dem Wort: God bless you all and the Federal Republic of Germany!

Wo verbirgt der Weise sein Blatt?

Über Carl Amery, »Das Königsprojekt«

Hoffen wir, daß dieser reichgeschmückte, mit allen Düften und Farben des Abendlands ausgestattete Köder begierig geschluckt wird. Oh, wie das eingeht – und ausgeht: amüsant und in seiner Phantastik präzis wie ein Krimi. Ich dachte an Chesterton, nicht den abgeflachten Fernsehkrimiautor, sondern an den Autor des *Fliegenden Wirtshauses,* des *Helden von Notting Hill* und des *Mannes, der Donnerstag war.* Doch natürlich ist dieser Roman hier ein Amery: bösartiger als Chesterton, bösartiger vielleicht als der Autor ahnt, der gewiß seinen Spaß gehabt hat und welchen machen wollte in der ernsten, düsteren Untergangsszene. Spannend? Ja. Unterhaltend? Ja. Ja, und wer je die Verbreitung von Langeweile für literarische Pflicht gehalten hat, der mag sich geärgert fühlen.

Bevor ich erwartungs- und pflichtgemäß zu moralisieren fortfahre, gebe ich zunächst die Zeitspannen bekannt, innerhalb derer *Das Königsprojekt* spielt: zwischen 34 517 vor und 1956 nach Christi Geburt. Im Jahr 34 517 vor Christus wird (oder wurde? hinter diesem Fragezeichen verbirgt sich die Frage nach den Verrücktheiten solcher Zeitverschachtelungen) bei Ahrensburg ein unschuldiger, ziemlich törichter Schweizergardist namens Deferunderoll von einer Schar vorzeitlicher Rentierjäger unter der Führung eines gewissen Grgur (schon der Name ist einen Orden wert) aus einer kostbaren, komplizierten, abgestürzten Raum-Zeit-Maschine gepflückt und, wie es den Zeitläuften und ihren rohen Sitten entspricht, verspeist. Wie es der Heuchelei auch ältester Religion entspricht, wird die Verspeisung nicht durch Hunger, sondern rituell begründet. Das kostbare Material der Maschine dient den Jägern zu extravagantem Schmuck. Die Krimi-Frage lautet also: Wie kommt der ahnungslose Deferunderoll in solche Zeiten und solches Elend? Die Antwort ist simpel, und ich verrate wenig von diesem Krimi, wenn ich sage, er ist das Opfer falscher Justierung und innerklerikaler Intrigen.
Der Sprung in die allerallergraueste Vorzeit geschieht nur einmal, im übrigen spielt der Roman nur zwischen 1296 und 1956. Das Schicksal des Deferunderoll sei unvergessen: So schnöde

kann man umkommen, wenn man sich kirchlichen Führungskräften anvertraut und Opfer ihrer Intrigen wird! Man sollte deshalb auch falsch justierte Katholikentage nicht unterschätzen. Vorsicht also, Ihr vertrauensseligen Pfadfinder der kirchlichen Rückwärts-Vorwärts-Dialektik. Es könnte euch ergehen, wenn nicht wie Deferunderoll, so doch wie dem höchst ehrenwerten und hochgebildeten amerikanischen Katholiken Dwight Enigmatinger, Mitglied der »Knights of Vespucci«, der sich aus Pflichterfüllung, Gehorsam und Glauben in ein nicht nur sündhaftes, sondern auch noch freudloses Verhältnis mit einer Italienerin einläßt; und nicht etwa dieser dienstlich bedingte Seitensprung zerstört seine Ehe, nein, es ist diese obskure Adresse in der Via Garibaldi, wo das Geheimbüro der klerikalen Geheimorganisation, für die Dwight arbeitet, sich hinter den Empfangsräumen eines Call-Girl-Vermittlungsbüros versteckt hat. Wie soll die gutgläubige amerikanische Katholikin, Dwights Ehefrau, auch ahnen, daß es in Rom kirchliche Geheimorganisationen gibt, von denen nicht einmal der Papst etwas ahnt. Und so unterschreibt sie denn den Abschiedsbrief an ihren Dwight mit »hardly yours«, was soviel bedeutet wie: »wohl kaum noch die Deine«.

Und doch sind Deferunderoll und Enigmatinger nur Bagatellfälle. Das Ziel der Geheimorganisation CSAPF (congregatio secreta ad purificandos fontes) ist nichts Geringeres als die Eroberung der Stuart-Krone für das Haus Wittelsbach, das, wie der Autor schlüssig nachweist, Anspruch darauf hat. Die CSAPF hat seinerzeit schon vergebens versucht, unseren Doktor Martin Luther zu ermorden, dem allerdings der in die Wartburg geschleuderte Papstneffe als Teufel erschien – und auf Tintenfässer war man in Rom nicht gefaßt, so wenig, wie man im Jahre 1955 darauf gefaßt ist, daß aus dem Glen Turnock ein Lake Turnock geworden ist, ein Stausee, und das, obwohl das Stichwort GENESIS SIEBEN immer wieder auftaucht, und in Genesis sieben wird von der Sintflut berichtet. Liest man in dieser Kongregation etwa nicht mehr die Bibel?

Man glaubt, das wohl nicht nötig zu haben, weil einem die MYST zur Verfügung steht. Diese Abkürzung hat nichts mit Mystik zu tun, es sei denn, man empfinde hochkomplizierte Maschinen ohnehin als mystisch. MYST ist die Abkürzung für »ma-

china ingeniosa spacio-temporale«, eine Raum-Zeit-Überwindungsmaschine, die auf Plänen Leonardo da Vincis beruht, der wiederum von dem allerdings mythisch-mystischen Schwan inspiriert wurde, mit dem Lohengrin Elsa davonfuhr, als sie zu fragen anfing. Fragen oder nachdenken soll man eben nicht, nur gehorchen. Das Y statt des I in der Abkürzung hat man den deutschsprachigen Schweizergardisten zuliebe eingefügt, denen man ja wohl kaum zutrauen kann, sich MIST anzuvertrauen.
Nähme man an, daß der Vatikan aus einem Chaos widerstrebender Kräfte bestünde, die eben durch dieses Widerstreben zusammengehalten werden, so wäre die CSAPF ein getreues Abbild des Vatikans: Wie soll das gutgehen, wenn ein Neapolitaner wie Sbiffio Trulli, ausgestattet mit dem bösen Blick, ein nüchterner Flame wie Doensmaker und ein beschäftigungsloser Erzbischof namens Brendan Kilmaine (muß die Nationalität dieses Herrn beäugt werden, wo es in Dublin doch das berühmte Kilmainham-Gefängnis gibt?) – miteinander das »Königsprojekt« planen und im permanenten Spannungsfeld zwischen Theorie und Exekutive ausführen sollen? (In diesem Spannungsfeld geht der menschlich und technisch falsch justierte Deferunderoll vor die Hunde!) Außerdem ist Kilmaine nicht nur Kelte, sondern auch noch keltoman. Er schlägt bei der Verwirklichung des »Königsprojekts« die Wahrnehmung einer »absolut modernen Tendenz vor«, jener »zur Befreiung unterdrückter Kolonialvölker vom kapitalistischen Imperialismus«. (Als hätte er den Stimmenverlust der Labour Party zugunsten der schottischen Nationalisten bei den Wahlen im Jahre 1974 vorausgeahnt – und wenn er erst von dem Ölboom vor Schottlands Küsten gewußt hätte!) Energisch zur Ordnung gerufen, läßt Kilmaine sich nicht einschüchtern, sondern fügt hinzu, die Kelten seien nicht nur immer die treuesten Söhne Roms gewesen, sie seien immer, auch hier in Rom, verschaukelt worden. Und er sagt auch noch: »Wenn ich wählen soll zwischen der englischen Heuchelei, die Gott sagt und Kattun meint (heutzutage würde er sagen: Öl), und den tapferen schottischen Arbeiterführern, dann weiß ich, wo meine Sympathien liegen.«
Aber nein, die Kilmainsche Konzeption hat keine Chance, obwohl doch Rupprecht von Bayern als Führer einer schottisch-nationalistischen KP durchaus Chancen auf die Stuart-Krone gehabt hätte. Ein Triumvirat wird gebildet, bestehend aus

Erzbischof Kilmaine, dem schottischen Dichter McDiarmid und Rupprecht; wahrscheinlich wäre sogar das schottische Öl gerettet gewesen – aber trösten wir uns, der *Rheinische Merkur* hätte auch diese Chance zunichte gemacht; und so bleiben eben die keltischen Träume Träume, mag sich in ihrer scheinbaren Unvernunft auch noch so viel Vernunft verbergen. Dem nüchternen Doensmaker, dem intriganten Sbiffio Trulli ist die schottische Geschichte mit Culloden, den »Clearings«, der Verarmung Schottlands gleichgültig; für sie ist Politik gleich Machtpolitik, und sie verlassen sich auf ihre MYST – und auf obskure Hilfsorganisationen. Da bietet ein cleverer McLaubhraigh aus Minnesota deutschen Menschen, die viel Geld, aber keinen rechten Hintergrund haben, Ehrenmitgliedschaften in seinem Clan an, da werden Clanfeiern veranstaltet, auf denen es rauchig-rauhkeltisch zugeht, und es werden unter der Leitung der Fürstin Araktschejewa und des edlen Bodhelm von Prusskowitz bayerische Schützengilden auf die Invasion in Schottland vorbereitet. Hin und her und her und hin fliegt Hauptmann Füssli von der Schweizergarde, unter vielen Namen, in vielen Kostümen, in vielen Missionen. Er ist der eigentliche Chefpilot des MYST, und er wechselt seine Identität so oft, daß er schließlich in einer steckenbleibt, die er durch Mord erlangt hat, denn die CSAPF braucht natürlich auch Geld, und da es ja auch Gangster und eine Mafia auf dieser unseligen Erde gibt, und da plötzlich 40 000 Golddukaten gefunden werden, mischt sich unvermeidlicherweise auch Chikago mit seinen Chikago-Klavieren ein. Und natürlich haben all diese guten Sachen auch ihre Musen: die Blume des Hochlands, eine bei französischen Nonnen erzogene Gangstertochter, die Fürstin Araktschejewa, eine gewisse Heike Vulpius, Freundin eines gewissen Jimmy Krauthobler, bayerischer Jungunternehmer, Ehrenmitglied des McLaubhraigh-Clans, wo aus dem Jimmy ein Seamus wird, auf gut bayerisch »Säumaß«.
Die Invasion findet tatsächlich statt, die AJF (Allied Jacobite Forces) landen bei Osan und marschieren unter blauweißen Bayern-Rauten; nur ahnen sie nicht, daß die Filmrechte für die Invasion längst von jenem McLaubhraigh aus Minnesota verkauft worden sind, und schließlich enden sie alle in jenem zum Lake gewordenen Glen Turnock, der sie in seine Tiefen gurgelt, wo unten auch der wahre, der einzig echte Krönungsstein ruht. Nicht angenommen vom See, man könnte fast sagen, ausge-

spuckt, wird der redliche Stratege und Generalstabsoffizier Bodhelm von Prusskowitz; ob's daran liegt, daß er weder Kelte noch Katholik ist? Ist er deshalb unverdaulich?

Es ist ein verrücktes Buch. Die Neo-Puritaner mögen es für unrealistisch erklären und verdammen. Die Verteidiger der römischen Doppelmoral mögen es genießen und sich den Magen daran verderben. Bedenkt man, daß die Rationalisten, die Pächter der Vernunft, die Problem-Manager einer gewissen machtpolitischen Supervernunft sich komplizierten, historisch gewachsenen Problemen (Ulster, Zypern, Nahost, Vietnam, Chile) gegenüber dumm und hilflos verhalten, daß ihr Rationalismus als eine Art höherer Dummheit immer mehr Irrationalismus provoziert, so mag das *Königsprojekt,* dieser schottisch-römisch-bayerische Superkrimi, nicht mehr als so unrealistisch erscheinen. Schließlich beginnt allenthalben in der Welt die Unvernunft, die Aussichtslosigkeit der Befreiungsbewegungen politische Realität zu werden – und in Großbritannien erwägt man immerhin Parlamente für Schottland und Wales. Nicht einmal die MYST, diese mit der Raum-Zeit-Maschine gegebene Möglichkeit, Zeiten und Räume zu durch- und zu überspringen, ist so ganz unrealistisch; ich sehe sie nicht nur als spielerisches Vehikel für die Phantasie des Autors und nicht nur symbolisch; sie entspricht einer Wirklichkeit des Ausweichenkönnens in die Zeiten, die der katholischen Kirche eigen ist; die ist nicht nur vielseitig, sie ist immer beides: progressiv und reaktionär. Mittelalter und zwanzigstes Jahrhundert. Sie hat das alles zur Verfügung, um immer wieder das eine gegen das andere auszuspielen oder das eine oder das andere hochkommen und wieder versinken zu lassen. Und wen's trifft, wer da glaubt, es wäre die Zeit, in der er lebt, seine Zeit, geht drauf. In den Händen eines Autors ist die MYST ein wunderbares Vehikel, die Reise von den Agilolfingern bis zur CSU anzutreten: In den Händen eines riesigen Machtapparates ist die MYST mörderisch. Es gibt da ganze Passagen im *Königsprojekt* – und sie kommen immer genau dann, wenn man denkt: nun purzelt es doch zu sehr übereinander – in denen es ernst wird. Denn wenn man Zeiten durch- und überspringen kann, wenn man nicht zeitlos, sondern vielzeitig ist, kann man ja auch die richtigen Spekulationen plazieren. Letzten Endes ist Fürst Araktschejew, ein klassischer Vertreter des »einfachen Lebens«,

vierzehn Milliarden schwer, und es heißt da auf Seite 270 im *Königsprojekt*: »Mit dem schwarzen Freitag war gerechnet worden; und die neu einsetzende Rüstungsindustrie fand den Fürsten Araktschejew, in dessen Hände der größte Teil des Whyte Fooling-Vermögens gelangt war (genau jener, der Füssli im Auftrag der CSAPF über Bord geworfen hatte!), im Besitz stattlicher Pakete von Stahl, Tungsten, Wolfram; die Namen der Firmen, die solche verwalteten, waren von musterhafter Bedeutungslosigkeit. Öl in Texas, Radio-Industrie, Wintersport-Ressorts: Wo immer der Hase des wirtschaftlichen Fortschritts hinlief, stand schon ein Araktschejew-Igel in der Furche. Kein Hauch davon drang in die eitlen, ignoranten Wirtschaftsseiten der Presse, keine der ruhmreichen Quellen der Geschichte wurde mit diesem Namen gefärbt.«
Passagen dieser Art, und es gibt deren einige (hoffen wir, daß sie nicht überlesen werden), geben diesem lustigen, amüsanten, exakt gebauten, mit Phantasie und Bravour entworfenen und ausgeführten *Königsprojekt* den wahren Hintergrund. Wohl bekomm's, ihr Hasen und ihr Igel. Was las ich doch vor knapp vierzig Jahren bei Chesterton und fand es im *Königsprojekt* als Zitat wieder? »Wo verbirgt der Weise ein Blatt? Im Walde.«

Ab nach rechts

Für westliche Ausländer (möglicherweise auch für östliche) mag Franz Josef Strauß gewisse Reize haben: seine »Vitalität«, seine Originalität, sein unermüdlicher Kampfgeist; die Tatsache, daß er nicht aufgibt und von seiner Partei nicht aufgegeben wird, ein Politiker mit starkem und zuverlässigem Hinterland! Ich finde zwar, daß diese Reize allmählich verblassen, daß sie auf eine ermüdende Weise überstrapaziert und langweilig werden, aber immerhin, da Temperamente in der deutschen Politik nicht so übermäßig dicht gesät sind, mag Strauß für Ausländer gewisse exotische Reize haben. Die hätte er auch für uns, wäre er eine Erscheinung aus dem Feuilleton, ein Gegenstand für literarische Glossen und Spalten. Gewiß hat er Eigenschaften, die einem Oppositionspolitiker gut anstehen, diesen vielleicht gar ausmachen: Er ist Einpeitscher von einem gewissen Format.
Für uns Deutsche – leider nicht für alle – bleibt er eine beängstigende Erscheinung. Hört man ihn und seine Adlaten Löwenthal und Dregger reden, so muß man meinen, die Bundesrepublik stünde kurz vor Untergang und Zusammenbruch, und doch wird es kaum einen westlichen Regierungschef geben (möglicherweise sogar einige östliche), die nicht neidvoll-bewundernd auf die Bundesrepublik blicken und denken: deren Sorgen möchte ich haben.
Wäre ich ein deutscher Großindustrieller, ich würde die sozialliberale Regierungskoalition stützen und unterstützen. Die politisch so verteufelten Ostverträge waren ja unter anderem das Schleppnetz fürs große Geschäft. Und wenn außerdem noch ein keineswegs des Sozialismus verdächtiger Herrscher wie der Schah Milliarden bei Krupp investiert und die großen Ölherren am Persischen Golf geradezu gierig auf deutsche Aktien sind, kann es mit der Gefahr des Sozialismus ja nicht so weit her sein. Immer noch ist die Bundesrepublik das streikbravste Land mit den bravsten Gewerkschaften. Das lockt Investoren.
Und doch, während allenthalben das Kommando »Rechts schwenkt marsch« ertönt, wird die Gefahr von links beschworen. Das ist verständlich: da die Opposition so gut wie keine Konzeption hat, jedenfalls keine, die irgendeinem Arbeitslosen einleuchtend klarmachen würde, daß sie ihm sofort wieder Ar-

beit beschaffen würden, »wittert« sie Unheil an jedem Lehrer, der links von der SPD oder innerhalb der SPD links steht. Sie wittert und wittert, und es ist leider so, daß viele Deutsche immer noch Witterung der Information vorziehen.
Es ist ganz eindeutig, daß Herr Strauß mit seinem »Bund Freies Deutschland« Konfrontation wünscht und sucht, und er wird sie leider finden. Seine Motive sind verständlich: wer keine überzeugende Konzeption hat, muß Feinde haben, und wenn er deren auf Anhieb nicht genügend findet, muß er sich welche machen. Unverständlich ist die Haltung der CDU, der zweitgrößten Partei in der Bundesrepublik. Sie läßt sich von ihrer radikalen Schwester offen verhöhnen, läßt sich vom »Bund Freies Deutschland« unterlaufen, den man ohne jede Einschränkung als rechtsradikal bezeichnen kann. Will die CDU Stimmen um jeden Preis, auch von ganz rechts? Ahnen die besonnenen Kräfte in der CDU, von Norbert Blüm über von Weizsäcker bis Kohl und Biedenkopf, nicht, daß ihre Fraktionsgemeinschaft zur Zwangsgemeinschaft zu werden droht und daß sie in jede Konfrontation mit hineingezogen werden?
Natürlich ist eine Partei in einer üblen Lage, wenn sie ohne die radikalere Schwester 1976 kaum mehr als 35 Prozent der Stimmen erwarten darf. Die Frage wäre: ist diese Schwester in ihrer Gesamtheit so radikal oder ist sie es nur mit ihrem Vorsitzenden, der sich allerdings Nachwuchs gezüchtet hat: à la Waigel, à la Tandler. Und es ist schon mehr als beängstigend, wenn fast alle liberalen und konservativen Zeitungen – und es gibt kaum andere in der Bundesrepublik – immer noch und immer wieder die Herren Strauß, Dregger, Löwenthal bagatellisieren. Tatsächlich wird im politischen Teil dieser Zeitungen manchmal über sie geschrieben, als gehörten die Herren ins Feuilleton. Ahnt man nicht, welche Konfrontation da heraufbeschworen wird, oder will man sie gar? Zwei Jahre vor der Bundestagswahl kann sich die Opposition nicht entschließen, einen Kanzlerkandidaten zu benennen, und man hört da gelegentlich das Argument, der könne ja bis zur Wahl verschlissen sein. Würde er dann als Kanzler nicht verschlissen, und von wem? Offenbar ist kein CDU-Politiker bereit, die Gefahr einer Wahlniederlage auf sich zu nehmen, und die zusätzliche Gefahr, nach der Niederlage sein geliebtes Hinterland zu verlieren.
Da bleibt also tatsächlich die atemberaubende Möglichkeit – und

angedeutet wird da genug –, daß der Kanzlerkandidat Franz Josef Strauß heißen könnte. Die außenpolitischen Freunde von Strauß sind bekannt: Das Griechenland der Junta, Portugal vor Spinola, Spanien, so wie es ist. Gewiß, offene Sympathien für das Chile der Junta sind in beiden Parteien, der CDU und der CSU, unverkennbar, außerdem eine Affinität zur Südafrikanischen Union. Man kann sich die Außenpolitik einer CDU/CSU-Regierung also vorstellen.
Die CDU konnte bis Kiesinger noch von Adenauers Kredit leben. Die jetzige CDU/CSU hat international kaum Freunde aufzuweisen: nicht einmal unter den italienischen Christdemokraten; wenig Konservative in Großbritannien, Frankreich, Norwegen und den Niederlanden fühlen sich zur gegenwärtigen CDU/CSU hingezogen. Für das westliche und östliche Ausland gab es bisher nur zwei deutsche Kanzler von Rang: Adenauer und Brandt, und daß der letztere Sozialdemokrat ist, hat sich wohl herumgesprochen. Und Adenauer war viel mehr als Person und Persönlichkeit bekannt und geachtet denn als Parteimann. Die CDU würde es schwer haben, außenpolitisch Figur und Profil zu zeigen, und käme sie an die Macht, bestünde die Gefahr einer außenpolitischen Isolation der Bundesrepublik.
Inzwischen bewegt sich der organisierte Katholizismus, der immerhin statistisch fast die Hälfte der Bevölkerung repräsentiert, in seinen Verbänden, in der Amtlichkeit der Bischofskonferenzen, des Zentralkomitees eindeutig ebenfalls nach rechts: in eine Art Trotzghetto, in dem man die Folklore ein bißchen modernistisch aufgemöbelt hat und glaubt, wenn tausend Jugendliche zu Veranstaltungen und Diskussionen auftauchen und sich friedfertig verhalten, man habe *die Jugend* wieder auf seiner Seite. Noch ist kein katholischer Prälat beim »Bund Freies Deutschland« aufgetreten, aber das kann ja noch werden. Der vergangene Katholikentag jedenfalls, der 84. seines Zeichens, war fast eine reine CDU-Veranstaltung. Man konnte sich erlauben, die beiden höchsten Repräsentanten unseres Staates, den Bundespräsidenten und die Präsidentin des Parlaments, auszupfeifen.
Inzwischen polarisiert sich auch die literarisch-intellektuelle Szene: wie es nicht anders sein kann, im umgekehrten Verhältnis zur politischen Szene. Schon formiert sich im PEN-Club eine Opposition aus Linksliberalen und Linken. Presse-Konzentration, Programmeinschränkung beim Rundfunk und Fernsehen,

ein harter Kampf der CDU gegen jeden, jeden Redakteur, der im Verdacht steht, »links« oder links zu sein, eine kleinbürgerliche, ängstliche Medienpolitik der SPD. Polarisation und Konfrontation auf der intellektuellen Szene sind unvermeidlich, es fragt sich nur, ob es noch Organe geben wird, in denen Proteste, Analysen, Meinungen laut werden können.

Vielerorts wird man resignieren. Schaut man sich die Spielpläne der deutschen Theater an, so könnte man glauben, in einem sozialistischen Land zu leben: in der Freiheit, die sich darin ausdrückt, liegt eine gefährliche Täuschung; man läßt sie sich auf den Bühnen und in den Feuilletons austoben, im politischen und im Wirtschaftsteil der Zeitungen werden die wirklich entscheidenden Meinungen formuliert und verbreitet, und schaut man sich des Volkes Meinung an, so wie sie in Leserbriefen laut wird, was da an Biederkeit der schweigenden Mehrheit (die ja meistens ungeheuer laut ist), an tiefsitzenden reaktionären bis faschistischen Vorurteilen sich ausdrückt, da kann einem bange werden. Nein, in Deutschland geht es in Krisenzeiten immer nach rechts ab, und ich meine in diesem Fall beide Deutschland. Das Schicksal Wolf Biermanns ist bezeichnend: in der DDR verfemt und verpönt, in der Bundesrepublik von der äußersten Linken, wenn überhaupt, nur schamhaft zur Kenntnis genommen. Man ist eben – so oder so – obrigkeitstreu.

Anlaß, als Intellektueller und Autor in der Bundesrepublik optimistisch in die nähere Zukunft zu blicken, gibt es kaum. Wie viele Autoren, Intellektuelle, werden zu den roten Ratten zählen, die Herr Strauß gern in ihre Löcher scheuchen möchte? Was die SPD einmal begriffen hatte (ob sie es heute noch wahrhaben will, müßte erkundet werden): daß ein großer Teil der Intellektuellen bereit war, als Wähler, Staatsbürger, Steuerzahler meinungsbildend auf der politischen Szene mitzuwirken und einzugreifen, das zu begreifen, fällt der CDU schwer: sie hat den Künstler lieber im Gewand des liebenswürdigen Anarchisten, dem man sein bißchen Freiheit schon lassen muß, weil's sonst noch allzu langweilig wird. Unter einer CDU-Regierung würde es Anarchisten genug geben, genau jene, die Strauß, Löwenthal und Dregger auf ihren Veranstaltungen geradezu heraufbeschwören; ob sie alle so liebenswürdig sein werden, wage ich zu bezweifeln.

Fast die gesamte Infrastruktur des bundesdeutschen Kulturlebens, in Verlagen, an Theatern, sogar in den Feuilleton-Redaktionen der konservativen und konservativ-liberalen Zeitungen aller Schattierungen, ist, milde ausgedrückt, nicht sehr CDU-freundlich. Die Handvoll wirklich »freier«, d. h. im Augenblick auch finanziell unabhängiger Autoren und Intellektueller können auf die Dauer die Freiheit nicht repräsentieren: die doppelte Rolle des Freiheitsträgers und Sündenbocks kann von einer so kleinen Minderheit nicht getragen werden, wenn sie nicht Organe zur Verfügung hat, die ihnen Deckung geben, die kritisch *und* loyal zugleich sind.

Es wird da im Parlament und bei politischen Reden außerhalb des Parlaments immer wieder die »Solidarität der Demokraten« beschworen. Ich fände es gut, wenn sie einmal praktiziert würde. Daß eine Opposition, die an die Macht und nichts als an die Macht will, jede, jede Schwäche der regierenden Koalition bis zum Exzeß auskosten und ausschlachten will, gehört wohl zum politischen Geschäft. Wieviel mühsam gewachsenes Demokratieverständnis aber mitzerstört wird, wenn man die Affären Guillaume, Wienand und Steiner nun partout zum Zerstörungsvehikel machen will, das sollte auch Oppositionspolitikern einleuchten und mehr noch den Leitartiklern und Kommentatoren der liberalen und konservativen Zeitungen: Zynismus und Lust am Untergang sind Luxusgefühle einer Elite, die an Übersättigung zu ersticken droht und aus Langeweile mit Selbstmordgedanken spielt. Literaten könnte man solche Spielchen zubilligen, verantwortlichen politischen Meinungsmachern nicht, ob links, rechts, links- oder rechts-liberal.

Die Radikalenangst – und radikal ist da immer nur linksradikal – wird geschürt, gleichzeitig in großen Tönen von Europa und europäischer Einigung gesprochen. Wie soll sie denn aussehen, mit einer großen KP in Frankreich, mit einer noch größeren in Italien, mit einer KP in Griechenland und in Portugal, soll es überall *europäische* Kommunisten geben, nur nicht in der Bundesrepublik? Wie stellt man sich das vor? Was stellt sich der Vorsitzende der CDU vor, wenn er in der Volksrepublik China u. a. Marx und Engels mit einem patriotischen gewissen Stolz als deutsche Denker reklamiert und den jungen Deutschen in seinem eigenen Land ans Fell will, die den großen Vorteil haben, diese beiden Denker nicht in englischer, französischer, chinesischer oder russischer Übersetzung lesen zu müssen, sondern in der Sprache, in der sie geschrieben haben: deutsch.

Spurensicherung

Über Uwe Johnson, »Eine Reise nach Klagenfurt«

Besser, als es in diesem kleinen Buch geschieht, kann man Spurensicherung wohl nicht betreiben. Die Person, deren Spur hier gesucht (und gefunden) wird, heißt Ingeborg Bachmann. Uwe Johnson läßt diese Person, von der er ein Zitat an den Anfang setzt, fast ganz aus. Das Zitat lautet: »Außerdem ist sowieso jeder Nachruf zwangsläufig eine Indiskretion.« Das ist ein gutes Motto für Bio-, mehr noch für *Auto*biographien.

Die wenigen Stellen, wo Ingeborg Bachmann direkt zu Wort kommt, werden um so gewichtiger angesichts der allenthalben waltenden Diskretion; sie werden vielsagend und durch Wiederholung fast schlagend: »Man müßte überhaupt ein Fremder sein, um einen Ort wie Kl(agenfurt) länger als eine Stunde erträglich zu finden, oder immer hier leben.« Das wird zweimal zitiert, zweimal auch: »Vor allem dürfte man nicht hier aufgewachsen sein und ich sein und dann auch noch wiederkommen.«

Diese Zitate, eingefaßt, fast möchte ich sagen eingelullt, in exakte, minuziöse Beschreibungen von Klagenfurts Topographie, Geschichte, umkleidet von Auszügen aus Zeitungsberichten, Fremdenführern, Fahrplänen, wirken fast wie das berüchtigte Augsburg-Zitat aus Thomas Bernhards letztem Theaterstück, und doch sind sie weit mehr, sitzt die Ursache für ihre Bitterkeit tiefer, viel tiefer, als irgendein städtisches Fremdenverkehrsamt durch irgendwelche Gegenerklärung oder gar durch Gegenpropaganda »wiedergutzumachen« versuchen könnte.

Es ist natürlich nicht Zufall, wo einer herkommt, aber diese Art der Spurensicherung, herauszufinden, wo einer herkommt, ist richtig, wichtig, und doch wird dabei Klagenfurt so unwichtig wie Augsburg, Koblenz oder Köln. Städte, die sich durch derartige Äußerungen beleidigt fühlen, bilden sich einfach zuviel ein. Sie sind wichtig, aber nicht auf diese Weise, in der sie sich wichtig nehmen. Es gibt da ein weiteres Zitat, an dem die Stadt Klagenfurt so schuldig-unschuldig ist wie Wetzlar oder Allenstein: »Es hat einen bestimmten Moment gegeben, der hat meine Kindheit zertrümmert: der Einmarsch von Hitlers Truppen in Klagenfurt. Es war etwas so Entsetzliches, daß mit diesem Tag meine Erinnerung anfängt: durch einen zu frühen Schmerz, wie ich ihn in dieser Stärke vielleicht später überhaupt nie mehr hatte ... diese ungeheure Brutalität, die spürbar war, dieses Brüllen, Singen und Marschieren ... das Aufkommen meiner ersten Todesangst.«

Hat hier vielleicht an einem zwölfjährigen Mädchen, das Inge genannt wird, Heimatvertreibung stattgefunden? Und hat Uwe Johnson sich aufgemacht, diese verlorene Heimat auszumessen? Ich denke, beide Fragen können mit Ja beantwortet werden. Die Ausmessung ist gelungen, diese scheinbar trockene Landmesserei erweist sich als das einzig mögliche Epitaph für Ingeborg Bachmann. Und wenn Johnson dann nach glücklichen Recherchen schreibt: »In den Geschäften für Fahnen und Wimpel wurde so gedrängt, daß von Zeit zu Zeit die Sachen mit dem Hakenkreuz ausgingen«, so sehe ich darin keine Blamage für Klagenfurt allein, auch eine für Konstanz und jede andere Stadt.

Ich habe diese Zitate jetzt herausgeholt und somit herausgestellt, obwohl sie nur einen Bruchteil des Buches ausmachen, nicht gerade versteckt sind, aber doch mit äußerster Diskretion an- und untergebracht. Der größere Teil des Buches besteht aus Material über Klagenfurt und Kommentierung dieses Materials. Was daran und darin ironisch oder satirisch erscheint, ist nicht von Uwe Johnson, es ist das Material selbst, das sich nach fast vierzig Jahren so darstellt; es ist schon gespenstisch, es ist ein Geisterbuch – die Zwölfjährige, die da Singen hört, »bis alles in Scherben fällt«, und die als Siebzehn-, Achtzehnjährige die Scherben fallen sieht, die von Folterungen hört, von Liquidierungen.

O nein, die Heimat ist nicht wiederhergestellt, und nicht nur die physisch Vertriebenen sind aus ihr vertrieben. Dieses Problem hat gewiß für Österreicher andere Dimensionen als für Deutsche. Johnson verletzt auch innerhalb dieser Dimensionen die heiklen Gefühle nicht. Er referiert, er fügt Material zusammen, er zitiert (nicht nur Ingeborg Bachmann), er hat Stadt- und Fahrpläne studiert, einen Friedhof besucht. Er hat die Spuren einer Heimatvertriebenen gesichert. Die Adjektive »diskret«, »delikat« charakterisieren dieses Buch nicht ausreichend, es ist mehr: von einer unbeschreiblichen Höflichkeit, ein hochgradig geglückter Annäherungsversuch, es könnte ein Modell sein für Biographien – besser noch: auch für Autobiographien.

Ich habe die Nase voll!

Dankrede anläßlich der Verleihung der Carl-von-Ossietzky-Medaille durch die Internationale Liga für Menschenrechte im Jüdischen Gemeindehaus in Berlin am 8. Dezember 1974

Lieber Helmut Gollwitzer, meine Damen und Herren, bevor ich auf das eine oder andere eingehe, was Helmut Gollwitzer und Herr Schütz gesagt haben, möchte ich mich hier einer Pflicht entledigen. Ich möchte mich bei Herrn Bischof Scharf öffentlich entschuldigen und ihn um Verzeihung bitten. Ich habe ihn einmal angegriffen, böse, fast bösartig in einem Fernsehfilm. Und als jetzt diese ganze Kampagne hier losging, tat's mir einfach leid. Ich werde versuchen, soweit das autorenrechtlich möglich ist, den Film aus dem Verkehr zu ziehen. Und ich bitte Sie herzlich, meine Bitte um Verzeihung anzunehmen.
(*Zwischenruf Scharf:* Ich habe aus Ihrer Kritik gelernt!)
Was hier vor sich gegangen ist in Berlin im Zusammenhang mit Bischof Scharf, Frau Zühlke und Herrn Burghardt, war eigentlich auf den ersten Blick als Christenverfolgung zu erkennen. Daß Christen in diesem Falle Christen verfolgen, ist nicht das Neue an der Situation. Aber für mich war das ganz deutlich so. Und wenn ich mir vorstelle, was von der Verdächtigung von Frau Zühlke – soweit ich als einfacher zeitungslesender Zeitgenosse mir ein Bild machen kann – übrigbleibt, ist es ein äußerst mysteriöser Zettel, den niemand gesehen hat, von dem jeder aber wußte, was drauf stand. Das sind merkwürdige Ermittlungsführungen. Und wenn ich mir vorstelle, was Herrn Burghardts Schuld ausmachen könnte – außer der, für die er bestraft ist –, dann hat er möglicherweise zur falschen Zeit bei jemand Kaffee getrunken, soweit ich das verstanden habe. Und ich bitte Sie herzlich, meine Damen und Herren, alle, die Sie hier anwesend sind, hier nicht mal eine Andeutung von rheinischem Humor zu entdecken, wenn ich jetzt sage, daß wir alle werden achtgeben müssen, bei wem wir Kaffee trinken und wer bei uns Kaffee trinkt. Ich werde jetzt ganz schlicht sagen: Ich habe die Nase voll! Und nicht nur, was mich betrifft. Ich kann mich schützen. Ich habe Freunde im Ausland, die mir helfen können – nicht materiell, auch spirituell – und mir beistehen werden. Was hier vor sich geht in diesem Lande ist ja Wahnsinn. Wenn das so weiter-

geht, wird die Baader-Meinhof-Gruppe in einem halben Jahr ihr Ziel erreicht haben, nicht durch uns, die wir möglicherweise die kriminelle Sünde der Differenzierung begehen, sondern durch die Scharfmacher auf der Rechten, denen an der Konfrontation so viel liegt wie der Baader-Meinhof-Gruppe.

Es wird so kommen. Es ist doch ganz einfach zu sehen, welches Modell da angewendet wird, meine Damen und Herren. Zuerst hat man die Linken abgeschossen: in allen Parteien, in allen Differenzierungen – es gibt ja viele. Jetzt sind die Links-Liberalen dran, zu denen ich Gollwitzer und mich zähle; bei aller Fragwürdigkeit der Begriffe. Die nächsten werden die Liberalen sein; sie fangen ja schon an zu schwanken. Schauen Sie sich doch die Leitartikel an, nicht nur in der Springer-Presse – vergessen wir die –, sehen wir auf die anderen. Dann kommen die Konservativen dran. Und ich appelliere hier an die Konservativen und an die Liberalen, achtzugeben, das geht Schritt für Schritt und systematisch weiter. Und in alledem, was ich hier sagen werde – noch einiges – nicht sehr viel –, bitte ich Sie herzlich, keinen Funken rheinischen Humors zu entdecken.

Nun ein paar Worte zu dem, was Sie gesagt haben, Herr Schütz. Ich weiß nicht, ob Ihnen bewußt war, daß Sie mich zitiert haben. Es war ein Zitat, dem inzwischen so viel Ehre erwiesen worden ist, daß ich darauf eingehen muß. Es ist als Halali für eine Kampagne gegen mich zum ersten Mal erwähnt worden im ZDF, sagen wir im Januar 72. Dann hat Herr Walden, dem eine Anstalt Öffentlichen Rechts für seine Denunziation zur Verfügung steht, sich bemüßigt gefühlt, das Zitat zu bringen. Und dann hat Herr Lummer es noch gebracht. Ich bin erstaunt, Herr Schütz, nicht nur erstaunt, sondern erschrocken, daß Sie es auch gebracht haben, ohne es, was man bei einem Zitat zu tun hat, zu datieren und zu plazieren.

Ich habe 1966 in Wuppertal eine Rede gehalten zur Eröffnung des Theaters. Die ganze bürgerliche Gesellschaft hat mich dazu aufgefordert, angefleht, die Rede zu halten. Ich habe die Rede gehalten; ich habe sie noch einmal gelesen vor ein paar Tagen – notgedrungen –, und ich muß sagen, es ist eine der besten Reden, die ich je gehalten habe. In dieser Rede kommt der Satz vor, der jetzt heute hier zum vierten Mal die Ehre hat, aus sämtlichen Zusammenhängen gerissen zu werden. Es ist der Satz: »Dort, wo der Staat gewesen sein könnte oder sein sollte, erblicke ich nur einige verfaulende Reste von Macht.«

Das habe ich gesagt, das kann man nachlesen. Man kann aber auch außer diesen anderthalb Zeilen die ganze Rede lesen, die aus hundertfünfzig Zeilen besteht, und dann wird man feststellen – das ist ja nicht zuviel verlangt von jemandem, der das Zitat bringt –, dann wird man feststellen, daß diese Rede eine Verteidigung des Staates ist. Da braucht man noch nicht mal besonders tief zu gehen; das kann man feststellen. Ich habe den Leuten in dem Wuppertaler Theater nämlich gesagt – jetzt vergröbert –, laßt euch nicht mit Kunst abfüttern – die machen wir schon, wir Künstler und Schriftsteller –, guckt auf den Staat, der euch gehört, macht Politik! Das war der Sinn dieser Rede. Und im übrigen enthält sie einige meditative Äußerungen über die Fäulnis im Werk von Beckett und dem Werk der Else Lasker-Schüler, die eine Wuppertalerin war. Und in diesem Zusammenhang habe ich dieses Zitat nicht zu verteidigen, nur zu erklären. Das dazu.

Jetzt zu dem, was Sie gesagt haben, Helmut Gollwitzer: Ob ich ein Christ bin? Ich zweifle daran. Und ich bitte jetzt alle kirchlichen Herren, nicht gekränkt zu sein, sondern mir eine Erklärung zu erlauben. Ich habe 1973, ebenfalls öffentlich, schriftlich, gedruckt, den Titel »Christ« abgelegt. Nicht den Titel Katholik: das ist ja etwas anderes, ein anderes Wort. Und wenn die Katholiken dann sagen: christ-katholisch, dann klingt das für mich doch schon sehr protestantisch. Ich habe den Titel abgelegt im Zusammenhang mit Überlegungen zur Politik, die die Christen in diesem Lande machen. Aber jetzt, nach dem, was man die kirchlichen Berliner Ereignisse nennen kann, überlegte ich mir, ob ich ihn nicht wieder akzeptieren könnte.

Als ich ein Kind war – in einer extrem katholisch-konfessionell bestimmten Stadt aufgewachsen, eine komplette katholische Erziehung bis zum Abitur –, wenn man damals zu jemand sagte: Du bist verrückt, sagte der: Nein, ich bin katholisch. Wenn man das zu einem Evangelischen sagte, sagte der: Nein, ich bin evangelisch. Und die Erwachsenen pflegten zu sagen, wenn man bei anderer Gelegenheit sagen würde: Es ist zum Verrücktwerden – Es ist zum Evangelischwerden. Und ich überlege mir, ob das, was in Berlin passiert ist mit Ihnen, Herr Bischof Scharf, und Ihren Mitarbeitern – mit den Leuten, die da an der falschen Stelle Kaffee getrunken haben – ich komme nicht darüber weg – ob das nicht auch zum Evangelischwerden sein könnte.

Mir fällt da nämlich etwas sehr Katholisches ein, und das sind die

»Sieben Werke der Barmherzigkeit«. Ich konnte nie gut auswendiglernen, habe sie nicht behalten. Und ich mußte neulich ausgerechnet eine evangelische Theologin, nämlich die Dorothee Sölle, bitten, sie mir aufzuzählen. Meine Frau war gerade nicht da, die hätte es auch gekonnt. Diese »Sieben Werke der Barmherzigkeit« empfehle ich auch evangelischen Pfarrern, Bischöfen einmal zur Meditation und zur Predigt. Sie heißen: Die Hungernden sättigen, die Durstigen tränken, die Kranken trösten, die Toten beerdigen, die Nackten bekleiden, die Gefangenen besuchen, Fremde beherbergen. Ich finde das sehr schön. Vielleicht sollte man eine Art Litanei-Anhang machen und sagen: Die Hungernden sättigen undsoweiter, auch wenn es chilenische Kommunisten sind, auch wenn es sowjetische Dissidenten sind, auch undsoweiter ...

Ich stelle mir vor, daß man eine Art Poem daraus machen könnte; ich bin bereit, daran mitzuarbeiten.

Ein weiteres Wort noch zu dem Anarchisten, lieber Helmut Gollwitzer. Natürlich glaube ich, daß überhaupt keine Kunst auf dieser Welt möglich ist, daß weder Kunst noch Schriftstellerei – das sollte jeder wissen, der sie öffentlich verteidigt – ohne mindestens eine Beimischung von Anarchie denkbar sind. Diese Beimischung habe ich natürlich. Und es war diese Beimischung von Anarchie in mir, die mich eigentlich die Ablehnung der Berliner CDU, an diesem Empfang teilzunehmen, zunächst leichtnehmen ließ. Ich dachte mir: Geschenkt! Ja, dann bleibt er eben zu Hause und ... Götz von Berlichingen. Aber, ich bin eben nicht nur Anarchist, ich bin auch Staatsbürger. Ich bin bewußter und überzeugter Bürger der Bundesrepublik Deutschland. Ich schreibe Deutsch, ich sage das laut und deutlich, weil ich bei drei Wahlveranstaltungen in CDU-Wahlkreisen öffentlich aufgefordert wurde, auszuwandern. Ich sage das also noch mal: Ich schreibe wirklich Deutsch, ich denke, das läßt sich feststellen. Als Staatsbürger und Steuerzahler kann ich diese Maßnahme, die Herr Lummer hier angewendet hat, nicht einfach als Scherz nehmen und auch nicht als Ehre. Man muß nämlich da auch die Begründung sehen. Und deshalb, lieber Herr Schütz, hat es mich sehr getroffen, daß Sie dieses Zitat in diesem Zusammenhang, an dieser Stelle ebenfalls bringen, das ihr Kollege Lummer gebracht hat, das Herr Woller in die Welt gesetzt hat, Herr Walden vor – was weiß ich – zehn Tagen wiederholt hat.

Wir wollen uns doch mal einen Augenblick lang die Augen reiben und feststellen, ob wir schlafen oder wachen, meine Damen und Herren. Wenn man Gollwitzer und mich zu geistigen Urhebern der Gewalt machen kann, dann überlegen Sie doch einmal bitte, was man aus anderen machen kann. Ich bitte Sie, ich habe einhundertfünfzigtausend Zeilen – Gott sei's geklagt – geschrieben, publiziert, weitere einhundertfünfzigtausend unpubliziert, ich habe gemeinsam mit meiner Frau zweihundertfünfzigtausend Zeilen übersetzt, macht zusammen: fünfhundertfünfzigtausend Zeilen, sagen wir rund fünf Millionen Wörter, die wir im Deutschen produziert haben. Und wenn man sich darauf beschränkt, anderthalb Zeilen von mir zu zitieren, selbst wenn das Zitat stimmt, aber aus dem Zusammenhang gerissen wird, dann ist das eine Denunziation.

Nun habe ich heute morgen die *Berliner Morgenpost* von gestern gelesen. Da steht also eine Überschrift: »Abfuhr für Böll.« Nun bitte ich Sie, meine Damen und Herren, so sollte man eigentlich nicht über die Tätigkeit eines ordentlichen Gerichts in Berlin sprechen. Deutsche Gerichte erteilen keine Abfuhren, die erteilt eine Dame, die man auf der Straße anspricht, oder auch ein Herr, der angesprochen wird, der erteilt eine Abfuhr. Ein deutscher Richter handelt nach den Vorschriften, Gesetzen – Artikel, nach denen er handeln muß. Das hat in diesem Fall der verantwortliche Richter korrekt getan. Es gibt keine Möglichkeit für mich, eine einstweilige Verfügung gegen Herrn Lummer zu erwirken, und zwar aus einem sehr einfachen Grund. Ich bitte Sie alle, einen Augenblick zuzuhören, ich muß nämlich zitieren: Der Artikel 46.1 des Grundgesetzes der Bundesrepublik Deutschland lautet: »Ein Abgeordneter darf zu keiner Zeit wegen seiner Abstimmung oder wegen einer Äußerung, die er im Bundestag oder in einem seiner Ausschüsse getan hat, gerichtlich oder dienstlich verfolgt oder sonst außerhalb des Bundestages zur Verantwortung gezogen werden. Dies gilt *nicht*« – die Betonung ist von mir – »gilt *nicht* für verleumderische Beleidigung.« Der entsprechende Artikel in der Verfassung Berlins lautet (Artikel 35.1): »Kein Abgeordneter darf zu irgendeiner Zeit wegen seiner Abstimmung oder wegen Äußerungen in Ausübung seines Mandats gerichtlich oder dienstlich oder sonst außerhalb des Abgeordnetenhauses zur Verantwortung gezogen werden.« Der letzte Satz im Artikel 46.1 der Bundesrepublik fehlt. Und auf diesem Satz, meine Damen und Herren, auf diesem Satz, den ich Ihnen, Herr Schütz, Ihren Kollegen im Abgeordnetenhaus, dem Berliner Senat und auch einigen Zeitungen hier – es gibt ja noch ein paar – empfehle, auf diesem Satz ruht sich Herr Lummer aus. Und der Richter war natürlich verpflichtet, die einstweilige Verfügung abzulehnen. Nun frage ich Sie, was ist das für ein erbärmliches Niveau? Es hätte mich nicht gekränkt, wenn die CDU hier abgesagt hätte mit der Begründung, daß ich einiges Unfreundliche über sie gesagt habe. Im Gegenteil, es wäre logisch gewesen. Aber die Begründung, die hier vorliegt, daß ich einer der Großväter der Gewalt bin, ist Verleumdung. Und wenn Herr Lummer und die ganze Fraktion der CDU wirklich auf diesem Niveau polemisieren will und wenn sie den Ausnahmezustand Berlins, den sie ja sonst beklagt, zum Vehikel macht für unbestraft verbreitete Verleumdung, dann bitte ich Sie, doch mal als Berliner die Provinzialität einer solchen Attitüde zu bedenken. Und bedenken Sie bitte auch, was diese Absage der CDU international bedeutet. Man mag darüber streiten, ob ich diesen sehr großen Preis, den die Schwedische Akademie mir verliehen hat, verdient habe – man kann bei jedem darüber streiten. Man mag darüber streiten, wie ein deutscher Schriftsteller im Ausland bekannt wird, wieviel Glück, wieviel Zufall, wieviel Verdienst daran ist.

Aber ich bitte Sie, meine Damen und Herren, ich appelliere an Ihre Berliner Nüchternheit, wenn ich nicht in einigen Tagen nach Israel fahren müßte zu einem Kongreß, wäre ich in zwei Tagen in Stockholm bei der Verleihung des Nobelpreises als Gast dabei; ich war eingeladen vom Botschafter des Königreichs Schweden und hätte die unvermeidliche Pressekonferenz gegeben, ich wäre vom schwedischen König empfangen worden. Nun müssen Sie das alles in Relation nehmen zu dieser kleinkarierten, beschissenen, feigen Denunzianten-Attitüde, die in diesem Fall praktiziert wird. Man hätte sich ja mit mir auseinandersetzen können, hätte reden können über dieses Zitat, über das ich Ihnen einiges gesagt habe.

(*Zwischenruf:* Dazu ist man zu feige!)

Ja, ich wollte gerade sagen: Früher nannte man das Feigheit vor dem Feind. Aber der Terminus ist ja auch verkorkst durch die Leute, die ihn gebraucht haben.

Schließen möchte ich mit dem, was Helmut Gollwitzer gesagt hat: Nicht aufgeben, nur nicht aufgeben! Ich danke Ihnen.

Ich bin ein Deutscher

Rede auf dem Internationalen PEN-Kongreß Jerusalem

Wenn man für unser Jahrhundert einmal einen Namen suchen wird, wird man es wahrscheinlich das Jahrhundert der Vertriebenen und der Gefangenen nennen, und wenn man dann anfangen wird, die Vertriebenen und Gefangenen – weltweit versteht sich – in ihrer Zahl zu erfassen, wird man auf eine Anzahl von Menschen kommen, mit denen man ganze Kontinente hätte bevölkern können. Wahrlich ein Jahrhundert der Rekorde. In vergangenen Jahrhunderten kam man, wenn man versuchte, die Menschen in ihrer Anzahl zu erfassen, die durch Schlachten, Eroberungen und auch Vertreibungen betroffen waren, auf Ziffern, die der Größe einer Stadt oder einer Region mittleren Umfangs entsprachen: ein vernichtetes Dorf, eine zerstörte Stadt ging schon in die Mythen ein und wanderte durch die Märchen. In unserem gesegneten Jahrhundert sind es immer gleich Millionen: sechzig Millionen Opfer des Zweiten Weltkriegs allein in Europa, sechs Millionen europäische Juden ermordet, auf vierzig Millionen Tote schätzt man die Opfer Stalins allein in der Sowjetunion, und wenn ich solche Zahlen ausspreche, muß ich schon zittern vor dem, der es besser weiß oder zu wissen glaubt und mir widerspricht, indem er feststellt: Nein, es waren *nur* vier, *nur* fünfzig, *nur* fünfunddreißig Millionen – oder es kommt ein anderer, der mir vorrechnet, daß es *mehr* waren: siebzig, sieben, fünfundvierzig Millionen. So drückt sich der Geist unseres Jahrhunderts in fürchterlichen Auseinandersetzungen um *runde* Zahlen aus; hinter all diesen abgerundeten Zahlen verschwindet der einzelne immer mehr, bis er unsichtbar wird im Dickicht rivalisierender Statistiken. Wenn ich lese, daß zum Schutz des amerikanischen Präsidenten in Tokio 160 000 Polizeibeamte aufgeboten waren – und das anläßlich eines Besuches, dem man *fast* nur symbolische Bedeutung zusprach – und daß mehr als eine Million Menschen beim gleichen Anlaß demonstrierten und drei Millionen streikten; daß also anläßlich dieses symbolischen Besuchs mehr Menschen mobilisiert waren, als Israel Einwohner hat: wird da nicht jegliche Form der Fiktion, und sei es im aufwendigsten Gruselfilm, zur lächerlichen Farce angesichts der Wirklichkeit?

Können wir große Zahlen, mit denen Menschen erfaßt werden, noch begreifen? Und gibt es da nicht noch etwas fürchterlich Neues: eine internationale Rivalität, die sich ausdrückt in einer wahnsinnigen Konkurrenz, die da sagt: Nein, nein, wir haben die meisten Toten gehabt, mehr als ihr, wir haben mehr Vertriebene, mehr Gefangene als ihr. Wie werden wir mit dieser fürchterlichen Art moderner Opfer-Buchführung fertig, in der Tote zu Kapital werden? Und wenn dann noch ideologische oder weltanschauliche Interpretation hinzukommt, die sich anmaßt, die Toten, die Vertriebenen, die Gefangenen in gerechterweise und ungerechterweise Betroffene zu unterteilen, indem man von »notwendigen Maßnahmen«, »unvermeidlichen Korrekturen und Opfern« spricht, dann werden die Friedhöfe, sichtbare und unsichtbare, fast zu Börsen, an denen Tod und Vertreibung gehandelt werden.

Befreie ich die Vertriebenen und Gefangenen von der ideologischen Verkleidung, in der sie zum Spekulationsobjekt, zur demagogischen Reserve in Lagern werden, und suche ein Wort für die internationale Gleichheit ihres Zustandes, so fällt mir kein besseres Wort ein als das deutsche Wort Elend, ein Urahne des Wortes Ausland, aber nicht im touristischen Sinne zu verstehen, nicht im Sinn von im Ausland leben, ins Ausland fahren, sondern im Sinne von in der Fremde, fremd, ein Fremder sein, dessen Elend noch an irgendeiner Börse für internationale Interessen gehandelt wird.

Nun gibt es eine geistesgeschichtliche Tradition, die dieses Fremdsein metaphysisch interpretiert: sind wir nicht alle fremd auf dieser Erde? Fremd im eigenen Land, in der eigenen Familie, und gibt es da nicht Augenblicke, wo einem die eigene Hand so fremd wird wie die eigene Wohnung? Und fängt nicht überhaupt die Menschheitsgeschichte mit Vertreibung – aus dem Paradies – an, und ist nicht Vertriebenheit der uns angemessene und zugemessene Dauerzustand? Ich glaube nicht, daß nur Dichter, Denker, Gottesgelehrte so empfinden – sie sind nur glücklicher als die anderen, weil sie ihrer Fremdheit Ausdruck verleihen können. Ich will diese metaphysische und so dialektische wie poetische Dimension des Vertriebenseins weder leugnen noch verleugnen, ich frage mich nur, ob wir, die wir uns Autoren und Intellektuelle nennen, noch teilhaben sollten an diesen beiden Spielen, dem einen, dem Börsenspiel, bei dem man das Elend in poli-

tisches Kapitel zu verwandeln sucht, und dem anderen, dem metaphysisch – dialektisch – poetischen Spiel? Ich weiß keine Antwort auf diese Frage, ich stelle sie nur. Und ich setze dabei voraus, daß wir – zwischen diesen beiden Spielen stehend – nicht nur aus dem eigenen Volk vertrieben und heimatlos werden können, sondern beides auch im eigenen Volk und innerhalb seiner staatlichen Organisation. Ich zitiere den russischen Dichter Jossif Brodskij, einen Vertriebenen: »Sprache ist etwas viel Älteres und Unvermeidlicheres als der Staat. Ich gehöre zur russischen Sprache. Was den Staat betrifft, ist meiner Meinung nach das Maß der Vaterlandsliebe eines Schriftstellers nicht der Eid von einer hohen Plattform, sondern die Art und Weise, wie er in der Sprache der Menschen schreibt, unter denen er lebt.«
Wenn wir hier in Jerusalem über »Kulturelles Erbe und die schöpferische Kraft in der Literatur unserer Zeit« sprechen, so erscheint mir dieses Zitat fast wie ein Motto. Denn ich könnte mir vorstellen, daß der erste jüdische Staat, Israel, in der zweitausendjährigen Geschichte der Vertreibung des jüdischen Volkes, als neues Element im kulturellen Erbe, eine neue Dimension in die jüdische Literatur bringt, möglicherweise auch Probleme, die ich nicht beurteilen, aber ahnen kann. Es war gewiß kein Zufall, daß das israelische PEN-Zentrum auf die Idee gekommen ist, Tradition und Gegenwartsliteratur zum Thema eines Kongresses zu machen, und so ist dieser Kongreß an diesem Ort hier gut aufgehoben. Es gibt da noch ein deutsches Wort, von dem ich nicht weiß, ob es übersetzbar ist, es ist das Wort bodenlos. Das jüdische Volk ist seit seiner Vertreibung bodenlos gewesen, aber sprachlos nie, und was es zusammengehalten und seine Kultur ausgemacht hat, ist vor allem die Überlieferung der Texte gewesen, und so war es in seiner Sprache immer zu Hause.

Und es gibt da noch eine grausame Voraussetzung, daß der, der die Vertreibung und die Angst vor ihr kennt, in den grausamen Zwang gerät, andere zu vertreiben, auf der Suche nach einer neuen Heimat andere in jenen Zustand versetzt, dem er gerade entgangen ist. Völkerwanderung, das klingt so freundlich, weil Wandern und Wanderung so friedliche Wörter, Worte sind. In Wahrheit war Völkerwanderung immer auch Völkerverdrängung, das ging nie ohne Gewalt, da wurde verschleppt, mitgeschleppt, zurückgelassen; klimatisch-geologische oder politische Verschiebungen waren immer die Ursache – und dieser Traum der Völker, die aus Nacht und Nebel des Nordens in die südliche Sonne wollten. Und was brachten die Verdrängten, die andere verdrängten, mit: ihren Gott, ihre Götter, ihre Götzen – und ihre Sprache. Sprache ist das leichteste Gepäck – und eine schwere Last, wenn man in die Fremde kommt, und mitnehmen kann man fast immer nur, was man im Kopf und im Herzen hat: die Mythen und Märchen, die Erinnerungen, eigene und die Erinnerungen anderer, mit denen man die Sprache gemeinsam hat. Es ist ja kein Zufall, daß jede Unterdrückung mit der Unterdrükkung der Sprache anfängt – und damit auch der Unterdrückung der Literatur, wenn man unter Literatur nicht ausschließlich das Geschriebene versteht. Es gibt Beispiele genug: das irische Volk, das jüdische, das polnische; und arme Völker wie die genannten, die ständig Unterdrückung erleiden mußten und erleiden müssen, oder wie das jüdische Volk ständig mit dem Stab in der Hand auf der Schwelle ihres Hauses in Angst vor Pogromen und Vertreibung leben mußten, sind nur in ihrer Sprache aufgehoben.

Wir Deutsche – auch nie ein sehr reiches Volk, wohl zum ersten Mal in unserer Geschichte an der Schwelle eines gewissen Wohlstandes, das macht so vieles an uns und für uns so problematisch wie mißverständlich – wir haben unserer Sprache erst sehr spät in unserer Geschichte die volle Ehre erwiesen, und wir verdanken den endgültigen Besitz unserer großen und schönen Sprache der Bibelübersetzung des Martin Luther, und wir sind nicht das einzige europäische Volk, dem die Unermeßlichkeit der Bibel im strengsten Sinn des Wortes ihre eigene Sprache erst erschloß und sie aus der Unterdrückung durch ein vertrocknetes Latein befreite.
Die Verächtlichkeit den Deutschen gegenüber entdeckte ich neulich im Dialekt meiner Heimat an dem Wort »verdötscht«, was so viel bedeutet wie blöd, dumm oder auch, um es jiddisch auszudrücken, ungefähr die Bedeutung von meschugge hat. Spät auch, vielleicht sogar zu spät, sind wir Deutsche auch Nationalisten geworden – desto gründlicher und gräßlicher wurden wir es, und, wie ich meine, desto gründlicher auch davon kuriert.

Und wenn ich nun als Autor zum Kongreßthema etwas sage, so kann ich es natürlich nur als Person und als solche unvermeidlicherweise persönlich. Ich muß auf das Material zu sprechen kommen, in dem ich mich – und nicht nur mich als Person – auszudrücken versuche. Denken wir einen Augenblick lang an den Zustand der Welt, Europas, Deutschlands im Jahre 1945. An den geschichtlichen Augenblick, in dem die zusammengeschmierte Blut-und-Boden-Lehre der Nazis sich auf eine fürchterliche Weise in ihrer Umkehrung verwirklicht hatte: der Boden ganzer Völker zerstört, das Blut von Millionen vergossen – und fast die Hälfte Europas bestand aus displaced persons. Unsere Väter – ich muß hier gerechterweise meinen eigenen Vater ausschließen, der leidenschaftlich gern umzog – in ihrer naiven Seßhaftigkeit hatten uns den Spruch überliefert: dreimal umgezogen ist soviel wie bankrott gemacht. Und nun war dieser »Umzug« für unzählige Menschen zur permanenten Lebensform geworden, ob in Lagern, Wartesälen, Heimen, zerstörten Städten lebend – wir waren alle deplaziert – und nicht nur physisch. Ich erinnere mich ausgedehnter Gespräche über die Frage, ob man Kinder in einer zerstörten Großstadt aufwachsen lassen oder besser mit ihnen aufs Land ziehen sollte: würde der Anblick der totalen Zerstörung ihnen nicht schaden, wo die leibliche Existenz in einer zerstörten Stadt ohnehin kaum aufrechtzuerhalten war? Die Frage: zerstörte Stadt oder heil gebliebenes Dorf war eine ernste Frage, wo man doch ein wenig Boden unter den Füßen – und auch Heimat suchte. Wir entschlossen uns, in das fast total zerstörte Köln zu ziehen, in dem es noch einige Erkennungszeichen des »kulturellen Erbes« gab. Unsere Kinder wuchsen also mitten in den Trümmern auf, und – so frage ich mich heute – wurden sie, die Trümmer, ihr kulturelles Erbe? Erst viel später fiel mir ein und auf, daß die Trümmer ideale, wenn auch partiell gefährliche Spielplätze waren, weil man in ihnen beides spielen konnte: Aufbau und Zerstörung: Immerhin gab's Steine, Mauerreste, Eisenträger genug, und nach wenigen Jahren wuchsen Bäume und Blumen in den Ruinen, und war es nicht das Recht eines neuen Geschlechts, das da aufwuchs, die Überreste eines wahnsinnigen Krieges wenigstens als Spielplätze nicht nur brauchbar, sondern ideal zu finden? Es mag in meiner Überlegung ein Schuß Nihilismus gesteckt haben, aber war es noch oder schon Nihilismus, als unser ältester Sohn nach einem Besuch in einem der lieblichsten Teile Englands, in Surrey, wo er bei guten Freunden in einer Villa mit herrlichem Garten und einer klassischen Nursery gewohnt hatte – als der Dreijährige, während der Zug von Ostende in den Kölner Hauptbahnhof einfuhr, erleichtert ausrief: Endlich wieder Trümmer! Und wir begriffen: Er war wieder zu Hause, diese zerstörte Stadt war seine Heimat, und wenn wir uns aller poetisch-metaphysischen Tricks enthalten, so müssen wir zugeben: es war auch unsere. Was noch zu meiner Erinnerung gehört: der Staub und die Stille. Der Puder der Zerstörung drang durch alle Ritzen, setzte sich in Windeln, Bücher, Manuskripte, aufs Brot und in die Suppe, er war vermählt mit der Luft, sie waren ein Herz und eine Seele. Jahrelang gegen alle Vernunft als Herakles und Sisyphus diese Unermeßlichkeit des Staubes zu bekämpfen, wie ihn eine zerstörte Großstadt hervorbringt; er klebte auf Wimpern und Brauen, zwischen den Zähnen und auf Gaumen und Schleimhäuten, in Wunden – jahrelang im Kampf gegen die atomisierten unermeßlichen Mengen von Mörtel und Stein –, und ich hoffe, Sie hören heraus, daß hier keine Klage, sondern ein Hymnus angestimmt wird: ein Hymnus auf eine neue Heimat, die aus dem Staub des kulturellen Erbes bestand. Das andere war – schweigen wir von Schwarzmarkt und Diebstahl – die Stille. Sie war so unermeßlich wie der Staub, und nur die Tatsache, daß sie nicht total war, machte sie glaubwürdig und erträglich. Irgendwo bröckelten in diesen unermeßlichen stillen Nächten lose Steine ab oder stürzte ein Giebel ein; die Zerstörung vollzog sich nach dem Gesetz umgekehrter Statik, mit der Dynamik im Kern getroffener Strukturen, und manchmal auch konnte einer am hellen Tag beobachten, wie ein Giebel sich langsam, fast feierlich senkte, Mörtelfugen sich lösten, weiteten wie ein Netz – und es prasselten Steine. Die Zerstörung einer großen Stadt ist kein abgeschlossener Vorgang wie eine Operation, sie schreitet fort wie Paralyse, es bröckelt allenthalben, bricht dann zusammen. Der freiwillige, weder durch Sprengung noch sonstige akute Gewalt bewirkte Einsturz einer hohen Giebelmauer ist ein unvergeßlicher Anblick; in irgendeiner, nicht voraussehbaren, schon gar nicht berechenbaren Sekunde gibt dieses schöne, geordnete, in Zuversicht und Lust zusammengefügte Gebilde nach; es zählt, fast unhörbar tickend, knisternd, vom Datum seiner Entstehung auf Null zurück – auch beim Abschuß von Raketen wird auf Null und Nichts zurückgezählt – und gibt sich auf. Das war unsere neue Heimat, und wir nahmen sie an. Später brach uns, wenn wir unzerstörte Städte sahen, der Angstschweiß aus, noch später dann, als wir nicht ins Elend, sondern ins Ausland fahren konnten, spürte man, was man geahnt hatte. Nun, ich möchte das englisch ausdrücken: It was not very pleasant to be a German – and it still not is.

Daß wir Deutsche waren, war uns vor 33 zu selbstverständlich gewesen, als daß wir viel nachgedacht hätten: es war uns auch zu gewiß, wir waren dessen zu sicher, denn wahrscheinlich ist ja das Wort deutsch ohnehin in dem Dreieck zwischen Aachen, Mainz und Köln entstanden. Wir waren sozusagen gedankenlos deutsch, schrieben, sprachen, lasen deutsch, nahmen das nicht so ernst. Wie fürchterlich ernst es werden konnte, deutsch zu sein, bekamen wir 1933 zu spüren und 1945 und natürlich zwischen diesen beiden Daten. Hätte mich jemand vor 1933 gefragt, welche Elemente ich als bestimmend für mich und eine mögliche Existenz als Autor bezeichnen würde, so hätte ich wahrscheinlich drei Elemente in folgender Reihenfolge genannt: den Rhein, Köln und den Katholizismus, der für den Sechzehnjährigen mindestens so ambivalent war wie er für den Sechsundfünfzigjährigen ist. Das Deutsche als ein bestimmendes Element einer intellektuellen Existenz zu benennen, wäre mir nicht eingefallen: es war zu selbstverständlich.

Den Luxus, sich innerlich und wo immer möglich und notwendig auch äußerlich, sich von den Deutschen in den Jahren zwischen 1933 und 1945 zu distanzieren, wollen wir gemeinsam einem Zwanzig- bis Fünfundzwanzigjährigen in Notzeiten gestatten – diesen Luxus habe ich erst 1945 abgelegt, als es drinnen und draußen nichts mehr einbrachte, einer zu sein – abgelegt auch angesichts des Opportunismus anderer, die plötzlich taten, als wären sie keine.

Ich bin einer, als solcher wünsche ich dem Kongreß einen guten Verlauf und bedanke mich für die Gastfreundschaft der Stadt Jerusalem, die in unser aller kulturelles Erbe einbezogen ist.

Boris Birger

Ich kann mir nicht anmaßen, die gegenwärtige Malerei in der Sowjetunion umfassend zu kennen. Ich bin sicher, daß sie ebenso viele, wahrscheinlich mehr Aspekte und Variationen hat als die Malerei anderer Länder. Gewiß ist auch, daß die offizielle, die vorgezeigte Malerei der Sowjetunion nicht einmal andeutungsweise den Reichtum der sowjetischen Malerei zeigt. Unter den sowjetischen Malern, deren Werk ich kennenlernte, ist Boris Birger eine herausragende Erscheinung. Es ist absurd und beweist, wie gewaltsam Traditionen in der Sowjetunion nicht nur unterbrochen worden sind, auch, wie das Entstehen einer eigenständig sowjetischen Tradition verhindert wird, wenn man Boris Birger als »dekadent«, »modernistisch« etc. einstuft, sein gesamtes Werk regelrecht verleugnet. Denn Birger, so scheint mir, steht ganz und gar in der Tradition der europäischen Malerei. Als ich das erste seiner Bilder sah, dachte ich an Rembrandt, an die malerische Materialisation des Lichts bei Rembrandt, und es ist gewiß kein Zufall, daß Boris Birger über Rembrandt geschrieben hat. Und wer etwas genauer auf Birgers Bilder schaut, genauer als ein dogmatisches, mit Vorurteilen justiertes Auge es zuläßt, stellt fest, daß er auch in der russischen Tradition, etwa Lewitans, steht.

Am Beispiel Birgers läßt sich ablesen, wie verstellt und verkehrt das Verhältnis der sowjetischen Kunstpolitik und -theorie zu einem so vieldeutigen und mißbräuchlichen Begriff wie »Realismus« ist. Selbst wenn man diesen Begriff (den man besser eines Tages ganz aus dem Verkehr ziehen sollte!) im konventionellen Sinn der klassischen Kunstgeschichte anwendet, ist Boris Birger – das beweisen seine zahlreichen Porträts, vor allem das großartige von Frau Mandelstam – durchaus »Realist«, und das ist er ebenfalls in einem weiterentwickelten, höheren Sinn, denn was er an »Wirklichkeit« schafft, ist weitaus mehr, als was er an »Wirklichkeit« nimmt. Das beweisen auch seine Bilder aus den frühen und mittleren sechziger Jahren, ich meine die mit geringen malerischen Mitteln verwirklichten »Lichtecken«, wie ich sie nenne, die mich an Samuel Beckett erinnerten, den ich selbstverständlich auch zu den »Realisten« zähle. Und ich denke an das große und großartige Licht, das über Boris Birgers Landschaften (Don Quichote und Sancho Pansa) fällt – und aus diesen Landschaften heraus.

Für die meisten sowjetischen Maler der Gegenwart trifft wohl zu, was auch für die gegenwärtige, sowjetische Literatur und Poesie zutrifft: zuviel wird verleugnet, in eine peinliche Illegalität gezwungen, was vorzuzeigen der Sowjetunion durchaus zur Ehre gereichen und sie aus Vorurteilen befreien könnte, die sie leider immer wieder selbst durch ihre Kulturpolitik bestätigt; indem sie einen Autor wie Woinowitsch »diszipliniert« und einen Maler wie Boris Birger verleugnet.

Als ich die ersten Bilder von Boris Birger sah, vor zwölf Jahren in einem winzigen düsteren Atelier in einer Moskauer Vorstadt, fiel mir als erstes das Licht auf, das aus seinen Bildern herausstrahlt, in ihnen auf eine geheimnisvolle Weise entstanden, still, ohne Effekthascherei, aus rötlichen, gelblichbräunlichen Tönen, fiel es in die von Boris damals gemalten »Ecken« – und es kam aus ihnen heraus auf mich zu. Später sah ich seine Porträts, vor allem das großartige von Frau Mandelstam, ein Porträt, von dem ich sicher bin, daß es in die Geschichte der sowjetischen Malerei eingehen wird, ich sah Akte, die stark, aber völlig »uneffektvoll« beleuchtete Hochebene, über die Don Quichote und Sancho Pansa reiten.

In den Bildern von Boris Birger ist der widersprüchliche und mißbräuchliche Begriff »Realismus« neu gefaßt, neu – mit dem Pinsel und im Geist des Malers – definiert. Mehr als diese permanente Neu-Definition von »Wirklichkeit« können Malerei (und natürlich Poesie und Literatur) nicht schaffen. Gefundene und geschaffene Wirklichkeit vereinen, das ist, wenn dann dieser verschlissene Begriff überhaupt einen Sinn haben kann: fortschrittlich. Boris Birger leugnet die Tradition nicht, weder die russische noch die westeuropäische, und ist doch gegenwärtig.

Die 10 Gebote heute: Das 8. Gebot

Ende der zwanziger Jahre, als ich zehn oder elf Jahre alt war, stellte mein Vater einen Gehilfen ein, der eines Mordes wegen im Zuchthaus gesessen hatte und begnadigt worden war. Wir fragten meinen Vater dann manchmal beim Essen oder wenn wir abends beieinandersaßen: »Was macht denn dein Mörder? Wen hat er denn heute umgebracht?« Ich habe erst sehr viel später verstanden, warum mein Vater, der keineswegs humorlos war, dann böse wurde und sich diese Scherze verbat. Er sagte etwa: »Ja, dieser Mensch hat einen Mord begangen, aber ich finde es nicht gerecht, daß ihr ihn Mörder nennt. Er hat gebüßt, er hat ein neues Leben angefangen, und ich möchte auf keinen Fall riskieren, daß er erfährt, wie ihr hier über ihn scherzt. Weder ist ein Mord auch nur annähernd scherzhaft, noch sind es zehn Jahre Zuchthaus. Im übrigen ist er ein sehr einsamer Mensch.« War der Mörder etwa kein Mörder und durfte man ihn nicht so nennen? Kann es falsch Zeugnis sein, über jemand die Wahrheit zu sagen?

Zu den schrecklichsten Menschen zähle ich die, die immer Wahrheiten sagen, meistens unangenehme, manchmal vernichtende Wahrheiten, die fast immer unumstößliche Fakten sind; es ist dann die nackte, die ungeschminkte Wahrheit – und doch auf eine Weise verlogen, die nicht nachweisbar ist. Diese Menschen sind keine Lügner, sie sind Wahrheitenverbreiter mit richtender Funktion. Sie sagen die Wahrheit und sind doch Verleumder. Ohne erkennbaren Sinn, außerhalb jeden Zusammenhangs, aus heiterem Himmel gesagt, kann ein unumstößlicher Fakt schlimmer wirken als eine Lüge. Menschen dieser Art würden etwa auf einem Empfang zu jemanden gehen und ihm sagen: »Sie wissen doch sicher, daß Ihre Frau Sie mit dem Sowieso betrogen hat«, und eine solche Wahrheit kann eine Ehe vernichten, einen Selbstmord verursachen, eine Katastrophe bewirken.

Die Frage ist, wer ein *Recht* auf die Wahrheit hat und wer berechtigt ist, sie zu sagen. Das biblische Gebot: »Du sollst nicht falsch Zeugnis geben wider Deinen Nächsten« gilt für die Aussage vor Gericht und nicht für irgendwelche selbsternannten Sittenrichter. Es ist eine der klügsten Bestimmungen des jüdischen Gesetzes, daß derjenige, der die Anklage erhoben oder die Anzeige erstattet hatte, nach der Überführung des Angeklagten als erster mit der Vollstreckung des Todesurteils beginnen mußte, er mußte »den ersten Stein werfen«. Es spricht für die Menschlichkeit dieser Bestimmung, daß ihretwegen so wenige Todesurteile wirklich ausgeführt wurden. »Wer ohne Sünde ist, werfe den ersten Stein.« Man darf sich also jeden, der für irgendeine Form der Todesstrafe eintritt, als Henker vorstellen.

Ich denke, es gibt kaum einen schwereren Beruf als den eines Richters, mag er nun in einer mietrechtlichen, eherechtlichen oder in einer Strafsache die Wahrheit finden müssen, und ich finde, daß es kaum etwas Schrecklicheres gibt als selbsternannte Richter, die ungefragt Schwächen, Vergehen und Unreinheiten ihrer Mitmenschen offenbar machen und bereinigen wollen. Natürlich kann man außerhalb der ordentlichen Gerichtsbarkeit und nicht nur auf Schiedsämtern Konflikte zu lösen versuchen. Man kann Freunde um Rat fragen, um Hilfe bei Entscheidungen bitten, man kann sogar »Vernehmungen« vornehmen, wenn man von den beiden Parteien autorisiert und darum gebeten wird, und eine solche beratende, nie exekutive Funktion kann möglicherweise hilfreich sein. Welcher Mensch, der auch nur annähernd diese Bezeichnung verdient, wird nicht das Dilemma zwischen »Falsch Zeugnis« und Diskretion erleben? Menschen sind ja nicht nur schuldig oder unschuldig, sie sind ja nicht nur beides nie ganz, sie haben auch ihre Geheimnisse, komplizierte, heikle, die nicht immer bloß Heimlichkeiten sind. Ein Romanschriftsteller braucht einige hundert Seiten, um einen von außen gesehen manchmal nebensächlichen Konflikt halbwegs zutreffend darzustellen.

Der in jedem Fall überlastete Richter kann sich große Umwege, zeitraubende Differenzierungen in den meisten Fällen nicht leisten; für ihn gibt es, wenn es um die »Wahrheitsfindung« geht, auch keine Diskretion, und es wird die Ehebrecherin zur Ehebrecherin, der Dieb zum Dieb, der Mörder zum Mörder. Unser umfangreich-verzwicktes und verwickeltes Rechts- und Vollstreckungssystem erlaubt nicht, daß der, der die Anzeige erstattet oder die Klage eingereicht hat, »den ersten Stein« werfen muß. Wahrscheinlich wären unsere Gerichte nicht so überbelastet und unsere Gefängnisse nicht überfüllt. Erschnüffelte Wahrheiten, auch wenn sie unumstößliche Fakten sind, gehören in die Labyrinthe der Diskretion, sie sollten gegen niemand ver-

wendet werden, auch nicht gegen den politischen oder geschäftlichen Gegner.
Keins der zehn Gebote halte ich für so aktuell wie das achte. Bei der Wahrheitsfindung, die mögliche Übertretung der anderen Gebote betreffend, kommt ja das falsche oder richtige Zeugnis immer zur Geltung: wer überführt den Ehebrecher, den Dieb, den Mörder? Das Zeugnis, falsch oder richtig.
Die berühmten und berüchtigten, meist sehr unbeliebten »Moralisten«, die man im Alten Testament »Propheten« nannte, haben ja nie eine private, immer eine öffentliche Funktion. Ich erinnere an die Begegnung Jesu, der ja in der jüdischen Tradition als Prophet auftrat und wohl auch galt, mit der Ehebrecherin; wie milde, wie menschlich er mit ihr verfuhr, derselbe, der das »ehebrecherische Geschlecht« (Generation) beschimpfte. Man kann also öffentlich als Moralist gelten, ohne auch nur einen einzigen Menschen zu verdammen, oder durch Wahrheiten, die niemanden etwas angehen, zu denunzieren. Wir wollen doch nicht vergessen, daß auch Denunzianten nicht immer Lügner sind: sie brauchen in vielen Fällen gar nicht zu lügen. Wenn jemand zur Gestapo ging und von seinem Nachbarn behauptete: »Der hat im Luftschutzkeller auf unseren Führer geschimpft«, dann hat er in den meisten Fällen die Wahrheit gesagt, und es war eine Wahrheit mit mörderischen Folgen.
Es gilt wohl für das achte Gebot, was für alle Gesetze und Gebote gilt: »Der Sabbath ist um des Menschen willen da, nicht der Mensch um des Sabbaths willen.« Und schließlich gibt es nicht nur die Alternative: Wahrheit sagen oder lügen, es gibt auch Verschwiegenheit und Schweigen. Laut drei der vier Evangelien hat Jesus vor Gericht auf die meisten Fragen mit Schweigen geantwortet. Ich weiß nicht, ob dieses Schweigen vor Gericht je ausgiebig kommentiert worden ist. War es Verachtung jeglicher menschlicher Gerichtsbarkeit, war es etwas wie der Hochmut des »ersten Menschen«, des Menschgewordenen – war es Verachtung möglicherweise der Unzulänglichkeit der menschlichen Sprache oder Erkenntnis der Sprachdifferenz zwischen Angeklagtem und Gericht? Dieses Schweigen Jesu vor Gericht bleibt geheimnisvoll und aufschlußreich zugleich; es könnte gedeutet werden mit »Was wißt Ihr schon« oder »Es ist zwecklos« und es könnte gedeutet werden als ein Wissen, das über Zeit und Recht, Verrechtlichung und Gerücht erhaben ist. Und der da schwieg,

wußte, daß es um Leben und Tod ging. Ist dieser Angeklagte, der Jesus hieß, möglicherweise *der* Angeklagte und Verdächtige schlechthin, des Aufruhrs, des Umsturzes, der Verführung, des Verrats, der Häresie verdächtig?
Warum schwieg er? Könnte es sein, daß man die Poesie der überlieferten Texte, Aussprüche – weder damals verstand noch je verstanden oder gar sehr gut verstanden, aber in einem Katalog von Verrechtlichungen versteckt oder begraben hat? Es war kein falsch Zeugnis, als man ihm vorhielt, er habe gesagt, er könne den Tempel einreißen und in drei Tagen wieder aufbauen, aber konnte er ahnen, daß man das wörtlich im Sinne von »realistisch« nehmen würde? Mit Mörtel, Kelle und Stein? Ist möglicherweise falsch oder richtig Zeugnis eine Frage der Wörtlichkeitsauslegung, und ist es Zufall, daß es eine Zeitlang zur Tradition einiger Gruppen der deutschen Arbeiterbewegung gehörte, grundsätzlich vor Gericht zu schweigen?
Ich denke zurück an den Mörder, den wir auf Bitten meines Vaters nicht »Mörder« nennen sollten. Vielleicht hätte mein Vater keine Einwände erhoben, wenn wir gelegentlich gesagt hätten: »der Mann, der einmal einen Mord begangen hat«. Man mag diesen Unterschied für allzu spitzfindig halten, und doch – ich denke, daß es eine Art Verewigung bedeutet, wenn man die Tat – den Mord – personalisiert, indem man Täter nach verbüßter Strafe immer noch »Mörder« nennt, und das mag dann für alle Straftaten und Fehltritte gelten.
Offenbar gilt die Wörtlichkeit bestimmter Ausdrücke nicht für alle gleich. Bis auf den heutigen Tag z. B. ist es üblich, zwei sozialdemokratische Politiker, Willy Brandt und Herbert Wehner, mit abfälligem, gelegentlich verleumderischem Unterton »Emigranten« zu nennen. Nun waren sie wirklich Emigranten, und der eine von ihnen, Willy Brandt, kam als norwegischer Major (man sagt gern: »in norwegischer Uniform!«) nach Deutschland zurück. Nun gab es ja nicht nur »linke Emigranten«, es gab auch rechte, konservative, und ich weiß nicht, ob man etwa den verstorbenen Freiherrn von und zu Guttenberg, der auch emigriert war, jemals Emigrant oder »Emigrant« genannt hat. Und es gibt da einen politisch-literarisch-moralischen Sonntagsprediger, der mir hier nicht in seinen Predigten interessant vorkommt, sondern auf Grund der Tatsache, daß er ebenfalls Emigrant war und in amerikanischer Uniform als Befreier (keine Anführungsstri-

che, denn ich habe Respekt vor dem Schicksal, nicht vor den Sonntagspredigten!) zurückkam; sein Name: Hans Habe. Hat man ihm je vorgeworfen, daß er als Emigrant »in feindlicher Uniform« zurückkehrte? Es wird also ein und dasselbe Wort beim einen abfällig, beim anderen, wenn überhaupt, fast als Ehrentitel verwendet. Bei Willy Brandt und Herbert Wehner wird die Erwähnung eines unumstößlichen, historisch erwiesenen, niemals bestrittenen biographischen Details zum »falsch Zeugnis wider deinen Nächsten«, bei Herrn von Guttenberg und Hans Habe nicht.

Ist die Wörtlichkeit des Wortes Emigrant beim einen von geringerer, beim anderen von höherer Qualität, und ist die »Wahrheit« oder die Wahrheit Interessen unterworfen? In diesem Falle ist sie eindeutig innenpolitischen Interessen unterworfen, und es bleibt merkwürdig genug, daß die verleumderische Wirkung beim einen garantiert eintrifft, beim anderen garantiert *nicht*, und weder der eine noch der andere der *nicht* Diffamierten nimmt oder nahm Gelegenheit, sich für den einen oder anderen politischen Gegner die mißbrauchte Wörtlichkeit des Wortes Emigrant zu verbitten. Nun war Herbert Wehner Kommunist, als er emigrierte, und Willy Brandt nach den Aussagen seiner Verleumder war es *fast.* Ich halte es nicht für auch nur andeutungsweise ehrenrührig, Kommunist oder *fast* Kommunist zu sein oder Emigrant zu sein oder gewesen zu sein. Nachdem man den konservativen, liberalen und sozialdemokratischen Widerstand gegen Hitler gewürdigt hat, fängt man ja jetzt erst in der Bundesrepublik an, den kommunistischen Widerstand in schüchternen Ansätzen zu würdigen, nachdem man ihn fast dreißig Jahre lang verleugnet hat. Und immer noch und immer wieder gilt Kommunist als Verleumdung oder Schimpfwort, angewandt auf solche, die sich zum Kommunismus bekennen und andere, die weit davon entfernt sind, sich selbst so zu definieren. Was wird aus der Wahrheit, wenn ein Wort, das seiner Natur und Herkunft nach nicht schimpflich ist, mit so viel Schimpf beworfen worden ist, daß es fast nicht mehr zu reinigen ist?

Ich erinnere mich, in Einheiten der Deutschen Wehrmacht, die aus extrem nicht-katholischen Gefilden stammten, als Katholik und »Katholik« mit äußerstem Mißtrauen, gelegentlich fast als Aussätziger, betrachtet worden zu sein, und ich erinnere mich des ebenso peinlichen Gegenteils: einer gewissen Schulterklopferei, die einer totalen Vereinnahmung gleichkam; ich erinnere mich der gegenseitigen Beschimpfung per Konfession aus meiner Kindheit, und das galt für Protestanten und Katholiken wie für atheistisch definierte Sozialisten, und als die Schlimmsten galten in dem Milieu, aus dem ich stamme, die Liberalen. Eine zutreffende statistische Eigenschaft wurde zum »falsch Zeugnis wider den Nächsten«, diskriminierend wurde, was unabhängig von persönlicher Schuld oder Unschuld einem einfach so mitgegeben war. Ich habe Scheu vor Benennungen, wenn ich auch zugeben muß, daß ich manchmal gegen diese Scheu verstoße. Inzwischen sind die Worte Professor und Student schon fast diskriminierend, sie übernehmen, wie die Worte Kommunist oder Reaktionär, die Rolle, die in meiner Kindheit die Konfessionsbezeichnungen hatten. Eine Dame, die in gewissen Kreisen zugeben würde, daß sie gern kocht, würde fast schon »falsch Zeugnis« wider sich selbst ablegen, mit diesem harmlosen und unverdächtigen Bekenntnis würde sie eine ganze Kette von Schimpf und Vorurteilen in Bewegung setzen, und anderswo würde sie – was ihr ebensowenig liegen mag, denn Kochen oder Nichtkochen sind für sie so wenig wie blonde, lange oder kurze Haare eine Ideologie – mit diesem Bekenntnis ebenso peinliche Sympathien hervorrufen, möglicherweise als Frau, die »sich offen zu ihrem Frauentum bekennt« – was sie gar nicht vorhatte: sie wollte ja nur sagen, daß sie gern kocht.

Worte und Wörtlichkeiten müssen befreit werden, bevor sie als Zeugnis verwendet werden können. Man muß das Gestrüpp um sie herum weghacken, alles, was um sie herum angewachsen und in diesem Gestrüpp abgeladen worden ist. Von etwas so Plumpem und gewöhnlich schwer Nachweisbarem wie etwa einem Meineid zu sprechen oder von einer glatten Lüge, erschien mir nicht so dringlich. Sie wirken wie Überfälle, gegen die man sich nicht wehren kann. Ihre Folgen, ob sie innerhalb eines ordentlichen Gerichtsverfahrens oder privat ausgesprochen werden, sind fürchterlich: Menschen werden krank davon und können daran zugrunde gehen; in den meisten Fällen ist man dem Meineid oder der Lüge wehrlos ausgeliefert. Diese Art »Falsch Zeugnis wider Deinen Nächsten« kann höchstens Gegenstand eines Romans oder einer Erzählung sein; auch erfundene Verleumdungen gegen die man ebenso wehrlos ist, sind zu eindeutig »falsch Zeugnis«. Ich denke manchmal an den Mörder, der wirklich einen Mord begangen hatte, den wir aber nicht »Mörder« nennen sollten, und noch öfter denke ich an meinen Vater, der uns erklärte, warum wir einen Mörder nicht Mörder nennen sollten.

Über Miklós Haraszti, »Stücklohn«

Auf den ersten Blick erscheint *Stücklohn* wie eine längst fällige notwendige Ergänzung zu unserer Literatur der Arbeitswelt, eine Ergänzung aus einem sozialistischen Land, überfällig, weil die offizielle Literatur über Arbeiter und ihre Welt mit ihrer euphorisch funktionierenden Kritik (der Korrupte ist dann in den meisten Fällen ein eingeschleuster Saboteur vom CIA) wenig Einblick verschaffte. Das so wenig »Erhebende« an *Stücklohn* ist, daß diese Analysen und Berichte letzten Endes in der niederschmetternden Banalität münden: »niemand bekommt etwas geschenkt«. Und wenn man das ganze Gerede über Osteuropas Bitten um westliches »Know-how« einmal analysiert, dann steht dahinter nicht viel mehr als der dringende Wunsch zu erfahren, wie man aus den Arbeitern – durch geschicktes »Management« – mehr herausholen kann als bisher. Es ist ja schon ein offenes Geheimnis, daß einem sowjetischen Funktionär natürlich viel mehr an einem Gespräch mit einem erfahrenen Manager liegt als an einem Gespräch mit irgendeinem westlichen Sozio- oder Ideologen, sei er nun Kommunist, »Kommunist«, liberal, rechts oder links. Wenn man voraussetzen darf, daß die geringere Effektivität der Industriearbeit (und Verwaltungsarbeit) in den sozialistischen Ländern nicht nur aus möglicherweise absurden Planungsfehlern und Überbürokratisierung resultiert, auch aus der weit geringeren Arbeitsleistung, also menschlicher Faktor ist, dann kann man sich ausrechnen, daß jener Teil der Entspannung, der darin besteht, daß ein sowjetischer oder ungarischer Industriefunktionär sich mit einem westlichen Effektivisten am Datscha-Kamin bei Moskau oder am Plattensee freundschaftlich unterhält, daß dieser Teil der »Entspannungspolitik« für die Arbeiter in diesen Ländern nicht der erfreulichere Teil ist.

In Miklós Harasztis *Stücklohn* geht es um die Effektivität von Fabrikarbeit und ihre Auswirkungen auf die Arbeiter. Auch in dieser Fabrik bekommt »niemand etwas geschenkt«. Im Gegenteil: Auch dort gibt es den Leistungslohn, gibt es das absurde Dreieck Stücklohn-Stundenlohn-Ersatzlohn, und der Stücklohn wird für jedes Stück ständig herab-, also die erwartete Stückleistung heraufgesetzt. Und »zu den Verlusten ohne Ersatzlohn gehört auch die Zeit, die ich – oft ohne Erfolg – darauf verschwende, Ersatzlohn zu verlangen«. Es bleibt beim grausamen Wettlauf zwischen Hase und Igel: der Igel ist immer schon da, grinst oder schimpft, und er hat nur ein Gesicht, aber viele Namen: Chef, Werkmeister, Hallenleiter, Kalkulator. Die Arbeiter sprechen von ihnen als von »Die«, »Sie«, »Ihnen«, und das erinnert verblüffend an den Wallraff-Engelmann-Titel *Ihr da oben, wir da unten.* Und wenn die Chefs dann von »Wir« sprechen, dann wird's gefährlich, weil es dann unweigerlich heißt: »Wir müssen Opfer bringen«, womit gemeint ist »Ihr müßt Opfer bringen«, und das erinnert wiederum verblüffend an die pathetischen Opferreden westlicher Industriekapitäne.

Harasztis Buch ist weit mehr als eine Reportage (was schon genug wäre). Es setzt sich aus verschiedenen Elementen zusammen, und einige davon fehlen in der hiesigen Literatur der Arbeitswelt. Es ist zunächst eine exakte soziographisch-soziologische Analyse der Techniken und Termini der Arbeit in einer Metallfabrik und der Beziehung dieser Techniken, Termini, Kategorien zu jenem heiligen Etwas, um dessentwillen Arbeiter arbeiten müssen: den Lohn, ihr Leben. Es werden in dieser Analyse alle Details, alle Neben-, Um-, Auswege (auch der »gerade Weg« dorthin, versteht sich) auf dem mühsamen Weg zwischen Arbeit und Lohntüte ausgemessen. Einleuchtend wird die Analyse dadurch, daß es sich gleichzeitig um einen Erfahrungsbericht handelt: hier steht und stand jemand, ausgestattet mit den Mitteln soziographischer Analyse und Auswertung, an den Fräsmaschinen.

Eine dritte Ebene wird sichtbar durch eine – nicht fiktive, aber abstrakte Komponente, die desto abstrakter wird, je konkreter das Erlebte und Erfahrene ist. Wenn man bestimmte Arbeitsvorgänge exakt beschreibt, heben sie sich von selbst ins Abstrakte. Wenn man heute etwa bestimmte Partien der Heeresdienstvorschrift der Deutschen Wehrmacht *zitiert,* gerät man in Verdacht, Kafka zu kopieren (etwa die Grußvorschriften: im Gehen, im Stehen, im Liegen, auf dem Fahrrad, Pferd, im Auto etc.). Beschreibt man bestimmte bürokratische Rituale in Amtsstuben, etwa das Hinundherrücken und Spitzen von Bleistiften, das Abnehmen, Säubern, Aufsetzen von Brillen – oder die etlichen tausend Bewegungen eines Kellners, der in einem überfüllten Lokal bedient, so wird das, obwohl es doch nur exakt ist: abstrakt und komisch. So sehr, daß einer, dessen Arbeitswelt da beschrieben wird, diese Beschreibung kaum als »realistisch« anerkennen würde.

Doch bei Haraszti kommt noch etwas hinzu, glücklicherweise am Schluß des Buches, so daß es nicht verlorengehen kann: eine utopisch ästhetisch-soziale Dimension, die sich aus der »Schwarzarbeit« entwickelt und in dem verblüffenden Satz mündet: »Die meisten Freundschaften fingen mit gemeinsamer Schwarzarbeit an.« Der Anfang dieser Passage ist fast euphorisch: »Wir (die Schwarzarbeiter) gewinnen die Macht über die Maschine, die Freiheit von der Maschine zurück, die Fachkenntnis wird dem *Schönheitssinn* (Betonung von mir!) untergeordnet. Trotz der Bedeutungslosigkeit des Gegenstandes ist die Formgebung künstlerisch. Das wird dadurch gesteigert, daß der Schwarzarbeiter (um den Vorwurf des Stehlens zu entkräften) selten mit teurem, dekorativem, halbfertigem Material arbeitet; er bemüht sich, aus Abfällen, unnützen Eisenstücken, aus Überflüssigem etwas zu formen: er will möglichst viel Schönheit im Produkt seiner Arbeit verwirklichen. Wenn die Schwarzarbeit der Stücklöhner nicht nur die Arbeit von einigen herausgeschundenen Minuten wäre, zu der wir oft erst nach Wochen zurückkehren können, wenn sie also nicht von verschwindender Quantität wäre, könnten wir diese Bestrebungen sogar als Stilrichtungen bezeichnen: die erstere (die normale Stücklohnarbeit) als ›Funktionalismus‹, die letztere (die Schwarzarbeit) als ›Sezession‹.«

Hier werden also Begriffe der *Kunst*geschichte in die Arbeitswelt übertragen. Man stelle sich einmal vor, irgendwo würde irgendein Gewerkschaftsfunktionär den Slogan ausgeben: »Nur in der ›Schwarzarbeit‹ verwirklichst Du Dich selbst, Genosse!« und er würde diesen Slogan auch auf gewerkschaftseigene Betriebe anwenden! Da wären sich Regierung und Opposition (vollkommen gleichgültig, wer da gerade zufällig die Regierung oder die Opposition stellt) im Handumdrehen einig, daß solchen Parolen der Prozeß gemacht werden müßte: nicht entfremdete Arbeit, Humor, Schönheit, Spaß gibt es nur nach Feierabend; wenn das die Effektivität gefährdet, ist das »Anarchie«. Darin sind sich westliche wie östliche und fernöstliche Technokraten gewiß rasch einig. Käme man da gar mit dem ominösen Wort »Poesie«, so wären sich nicht nur Ost, West, Fernost, auch Rechts und Links rasch einig. Sollte etwa Arbeit nur in Form von »Schwarzarbeit« Freude, Spaß machen? Und was wird dann aus diesem Heiligen, dem Lohn? »Sie (meine Kollegen) würden jeden für bekloppt halten, der am Zahltag seiner Familie damit käme, daß er zwar kaum Geld, aber die technologischen Vorschriften eingehalten und die Norm erfüllt hat.« Es gibt da nämlich Sprüche, die einem verflucht bekannt vorkommen: »Die Genossen werden verstehen, daß wir nur verteilen können, was wir produziert haben, das ist klar und verständlich«. Und hier wird es wieder sichtbar und hörbar, das verdächtige »Wir« von »denen«, und die Hasen beginnen zu rennen, und die Igel spielen »Bäumchen wechsel dich«; obwohl die Hasen in der Überzahl sind, machen die Igel das Rennen.

Wenig wird über das Privatleben eines solchen Stücklöhners gesagt, für den die so erfreuliche »Schwarzarbeit« eben doch nur ein gelegentlicher Seitensprung bleibt. Immerhin: »Ein liebloser Geschlechtsverkehr, der Rhythmus leitet mich, ich *weiß*, was ich spüre und was ich spüren werde, aber ich *spüre* es nicht.« Schließlich spricht Haraszti in der Weiterentwicklung des Gedankens der »Schwarzarbeit« von der »Errichtung von Luftschlössern in dieser Wüste. Wären die Sachverständigen der Produktion nicht gleichzeitig auch die Verteiler unseres Lohnes, die Kommandanten der Disziplin und der Leistung, so würde das ›Zeitalter der Großen Schwarzarbeit‹ anbrechen.« Und dieses Zitat wiederum knüpft an ein bitteres vorhergehendes an, auf die Passivität seiner Kollegen gemünzt: »Wir gleichen den Eingeborenen aus der ersten Zeit der Kolonisation, die ihre Schätze, ihren Boden, sich selbst, alles, was sie besaßen, für wertlose Kinkerlitzchen hergaben und sich erst dann unbezahlt fühlten, als sie für irgendeine Leistung den üblichen Ramsch nicht bekamen.«

Einer der Vorwürfe, die man Haraszti, dem damals vierundzwanzigjährigen, im Jahre 1969 gemacht hat: »uferlose Demokratie und revolutionäres Asketentum«. Setzt man für »uferlose Demokratie« die hiesige wachsende Abneigung schon gegen das Wort Demokratisierung, setzt man für »revolutionäres Asketentum« Konsumverzicht, ein ebenfalls lange verteufeltes Wort, so weiß man, wo Haraszti hingehört: er ist kein »kapitalistischer Agent«, er ist hier wie dort unwillkommen, er weiß zu genau, wie die Hasen hinter dem Stücklohn herrennen, wie »Sie« und »Die«, die immer »Wir« sagen, dafür sorgen, daß keinem etwas geschenkt wird. Haraszti weiß, daß dieses »Know-how« der Technokraten auch eine Folge der »Entspannung« sein kann und daß der Trost, die Fabrik gehöre ja den Arbeitern, für sie nur »leeres Geschwätz« ist.

Daß »Die« ein solches Buch nicht mögen, »die da oben« und »die da drüben«, ist selbstverständlich, ihre Schwäche und Schwächlichkeit zeigt sich dann vor Gericht, wo sie dann allerdings ihre *Macht* demonstrieren und mit Erfolg anwenden. Es besteht kein Anlaß, hierzulande über den Prozeß gegen Haraszti und seine Freunde mit einem »Aha« zu triumphieren.

Die neuen Probleme der Frau Saubermann

Herr Saubermann ahnt noch nicht, daß er längst zum Schmutzfink degradiert ist. Mit männlicher Naivität nimmt er sich morgens sein frisch gewaschenes und gebügeltes Hemd aus dem Schrank, in der Annahme, daß sein Hemd den Ansprüchen genüge, weil es sauber ist. Frau Saubermann sieht ihm mit skeptischer Wehmut zu, wie er das Hemd in die Hose stopft, seine Krawatte bindet und, fröhlich den Autoschlüssel schwenkend, zu seinem Wagen schreitet. Frau Saubermann weiß, daß ihres Gatten Hemd zwar sauber, aber gewiß nicht rein ist, und sie weiß auch, daß Sauberkeit längst etwas für Schmutzfinken geworden ist. Wer ist schon nur noch sauber? Als kleines Mädchen hat sie wahrscheinlich noch gebetet: »Ich bin klein, mein Herz ist rein, soll niemand drin wohnen als Jesus allein.« Sie wäre nie auf die Idee gekommen zu beten: Mein Herz ist sauber.

Das waren noch Zeiten, als nur Frau Saubermanns Gewissen neben der Waschmaschine stand; als nur ihre Moral gefordert wurde. Jetzt ist die Metaphysik in die Trommel der Waschmaschine vorgedrungen, abstrakte Theologie der Engelsreinheit, nicht mehr bloß die greifbar-grobe irdische Sauberkeitsideologie. Natürlich, denkt Frau Saubermann, war Jesus wahrscheinlich (oder möglicherweise) rein, aber an seiner Sauberkeit hegt sie Zweifel. Sie ahnt unlösbare Konflikte, und da sie schwer lösbare Konflikte genug hat (ökonomische und moralische), bangt ihr vor der Metaphysik in der Waschmaschine. Ist das Hemd ihres Mannes rein? Soll Jesus im Hemd ihres Mannes Wohnung nehmen, dieser Reine, der wahrscheinlich so unsauber war?

Denkt sie erst an eine andere, ihr liebenswerte Erscheinung des Abendlandes, einen gewissen Franz von Assisi, wird ihr ganz bang: Auch der war – gewiß in der zweiten Hälfte seines Lebens – rein, aber wenn sie so darüber nachdenkt, wo er sich herumgetrieben hat, zweifelt sie an seiner Sauberkeit. Sind etwa Sauberkeit und Reinheit gar Gegensätze, und was soll sie machen, wenn ihr Mann, dieser naive Bankbeamte, eines Tages dahinterkommt, daß sein Hemd nicht mehr den metaphysischen Ansprüchen der Waschmittelreklame genügt? Hocken da etwa arbeitslos gewordene Theologen, sauber, aber unrein, oder rein, aber unsauber, als Werbetexter in der Anankastenindustrie?

Frau Saubermann ist den Tränen ziemlich nahe. Sauberkeit ließe sich noch halbwegs nachprüfen, aber wer mißt Reinheit, wer stellt fest, wie nahe man diesem hehren Ziel ist, das einst nur Engeln vorbehalten war?

Inzwischen hat ihr Mann, dieser Naivling, längst sein Auto bestiegen, es angelassen, das Fenster heruntergekurbelt, er hat ihr zugewinkt, hat gehupt, bevor er um die Straßenecke biegt, dieser fröhliche und friedliche Zeitgenosse, der kein schmutziges, aber ein schmutzigmachendes Gewerbe ausübt: er ist nämlich im Devisenterminhandel, muß dauernd die nicht so ganz sauberen Telefonhörer an Kopf und Kragen halten, manchmal ist er – wie Laokoon von Schlangen – von sehr unsauberen Telefonkabeln umschnürt, und so macht er sich auf die redlichste Weise schmutzig, auch wenn seine Weste rein bleibt. Und ein solcher Mensch soll sich redlichen Herzens auf die Badewanne und die Sauberkeitsreserven der Wäschekommode freuen.

Wie aber, wenn man nicht mehr nur von ihm verlangt, was unter Gentlemen permanent vorausgesetzt ist: die symbolisch reine Weste, sondern wirkliche Reinheit? Und wird er nicht an Sauberkeit einbüßen, was er an Reinheit gewinnt? Wird man da eines Tages die Absolution der Wäsche einführen und logischerweise die Exkommunikation etwa der Unterhosen?

Frau Saubermann jedenfalls, diese adrette Frau, die uns allen längst ans Herz gewachsen ist, fühlt sich schmutzig. Weil sie nur sauber und noch nicht rein ist. Die gute, die hübsche, diese nette, so sympathische Frau hat längst ihren Tränen freien Lauf gelassen; und es ist nicht nur Reue, die da aus ihren Augen fließt, es ist Verzweiflung, es gibt ja nicht nur den unschuldigen Herrn Saubermann, sie hat auch Kinder, zwei, und das fürchterliche Problem mit diesen Kindern, einem reizenden Buben und fast noch reizenderen Mädchen, ist: Sie machen sich nicht schmutzig genug! Denn weder Sauberkeit noch Reinheit der Wäsche sind demonstrierbar, wenn nicht Schmutz oder gar Dreck da ist, und so herrlich schmutzig, wie die Fernsehwaschmittel-Werbekinder da vor ihrer Fernsehwaschmittel-Werbemutter stehen, so herrlich schmutzig sind ihre Kinder nie! Kein Boden, keine Kasserolle, keine Kinderwange, kein Trikot, kein Teppich ist bei ihr je auf so unnatürliche Weise schmutzig geworden, wie es ihr da vorgeführt wird. Selbst wenn ihre Kinder sich in Pfützen wälzten oder auf Fußböden spielten, über die man vorher Schweine-

herden gejagt hat, sie würden vielleicht schmutziger als die einer lachenden Fernsehwaschmaschinenmutter vorgeführten Prachtrangen, aber auf *diese Weise* schmutzig würden sie nie.
Offenbar hat auch der Schmutz seine Natur, seine Struktur, und möge der Himmel einstürzen – auch der Schmutz hat seine natürliche Ehre und seine Würde. Selbst wenn sich einer die Suppe in den Schoß kippt oder ihm die Sauciere ausrutscht: Weder Hose noch Tischtuch oder Hemd werden auf so unnatürliche Weise schmutzig.
Frau Saubermann hat ihre Tränen getrocknet und ist längst in gefährliche Meditationen versunken: Ist denn nicht einmal mehr der Schmutz ehrlich und anständig, müssen da Kinderwange, Bubentrikot, Kasserolle, Spülbecken und Trikot künstlich bedreckt werden, damit man ihr vorführen kann, was Sauberkeit, was Reinheit bedeutet? Gibt es denn – verdammt noch mal – keine *echt* schmutzigen Kinder mehr?
Bahnt sich bei Frau Saubermann eine Bewußtseinsänderung an? Vorsicht! Hegt sie anarchistische Gedanken, wenn sie sich vorstellt, wie diese künstlich beschmutzten Fernsehkinder von den über diesen Dreck hocherfreuten Fernsehmüttern geradezu gestrippt und deren Klamotten mit künstlicher Wonne in die Anankastentrommel geworfen werden? Früher, denkt Frau Saubermann, riefen unsere Mütter uns nach: »Mach dich nicht so schmutzig.« Heute, denkt sie, müßte ich eigentlich meinen Kindern nachrufen: »Kommt mir nur ja recht dreckig nach Hause.«

Mein lieber Gustav Korlén,

um Dir zum Geburtstag (ist es tatsächlich der 60.?) mit der erforderlichen deutschen Tiefe zu gratulieren und zu danken, müßte ich in eine Kiste greifen, die mir verdächtig ist: die Veteranentruhe. Ich müßte dann ungefähr so anfangen: »Weißt du noch, als ich im Oktober 1956 zum ersten Mal und als einer der ersten deutschen Nachkriegsautoren nach Schweden kam . . .?«, und dann müßte ich fortfahren und berichten, wie heikel das war, für Euch, für mich, und wie es dann doch gut ausging, sich Freundschaft bildete und anhielt. Und wie mich ein Beamter der westdeutschen Botschaft warnte, ich möge doch in Schweden nicht zuviel Metaphysik an- und unterzubringen versuchen, Du aber – ohne von dieser Warnung zu wissen, mich geradezu auffordertest, einige Passagen aus dem entstehenden *Irischen Tagebuch* zu lesen, die man als ziemlich »metaphysisch« bezeichnen kann. Ich lüpfe den Deckel der Veteranentruhe nur so eben, laß ihn dann wieder zufallen und warte noch ein wenig.

Was ich Dir heute gern schenken möchte, ist eine ziemlich unscheinbare philologische Blume, die Du Dir als Ordinarius und Seminarleiter vielleicht ins Knopfloch stecken kannst.

Zum schöneren, vielleicht sogar schönsten Teil meiner Korrespondenz gehört die, die ich als Übersetzter und – gemeinsam mit Annemarie – Übersetzer führe. Leider bin ich bis vor wenigen Jahren sehr unordentlich mit dieser Korrespondenz verfahren, ich habe sie nicht gesammelt, erst seit kurzem einen Schnellhefter dafür angelegt, aus Faulheit übrigens, denn die Fragen wiederholen sich natürlich, und was ich dem einen schon einmal ausführlich erklärt habe (zum Beispiel etwas so Exotisch-Erotisches wie »Weiberfastnacht«), kann auch dem anderen in der gleichen Version dienlich sein. Ein besonderes Problem für Übersetzer sind Tier- und Pflanzennamen. Was dabei international gleich ist, ist die lateinische Bezeichnung, man muß also erst in einem entsprechenden englischen Fachlexikon die lateinische Bezeichnung suchen, dann im deutschen Fachlexikon alle zur Wahl stehenden Bezeichnungen absuchen, bis man Übereinstimmung mit der internationalen lateinischen Bezeichnung gefunden hat. Das ist manchmal mühsam, macht aber viel Freude, weil doch jedes Ding den Namen haben sollte, der ihm zusteht.

Neulich hatte ich nicht als Übersetzer, sondern als Übersetzter ziemlich Schwierigkeiten mit einer Blume, die bei uns »langer Heinrich« heißt. Es entstand ein lebhafter Briefwechsel zwischen Vancouver, B.C., wo meine englische Übersetzerin Leila Vennewitz wohnt, und Köln, aber selbst nachdem ich die Blume eingehend beschrieben hatte (es handelt sich um eine Art aufgeschossener Marguerite!), schüttelten kanadische Gärtner und Botaniker immer noch den Kopf: diesen Langstieler kannten sie nicht. Schon drohte Verzweiflung, oder mindestens Resignation, und da die Blume als solche im Zusammenhang nicht so wichtig war, waren wir beide bereit, einer Umbenennung zuzustimmen und so konventionell wie unproblematisch Blumen wie Rosen oder Nelken als Stellvertreter zu autorisieren. Im letzten Augenblick griff ich zum einzig wahren Instrumentarium, das ich bis dahin vergessen hatte: dem Wörterbuch der Brüder Grimm, und tatsächlich, da waren ziemlich viele Heinriche, die mich alle recht nachdenklich machten. Nicht nur der »eigentliche« Heinrich, der als »knökern«, »isern« und »holten« Hinnerk oder Hinrek, später als »sanfter Heinrich« auftritt, dann aber stellte ich fest, daß der Heinrich als Pflanzenname weitaus mehr Variationen hat denn als Vorname, und zwar »aus den Vorstellungen von elben und kobolden, die gern Heinz oder Heinrich heiszen, was hernach auf teufel und hexen übergieng. solchen dämonischen wesen schrieb man die heilkraft des krautes zu.« (Klein- und Großschreibung, scheinbare Schreibfehler nicht von mir, sondern von den Brüdern G., bearbeitet von Moritz Heyne, Leipzig 1877).

Und dann kamen sie alle daher:

1. der große Heinrich (den ich mit dem langen identifizierte) inula helenium. alantwurz.
2. der gute Heinrich, chenopedium bonus Henricus, der gemeine gänsefusz. der gute und stolze Heinrich, sonsten auch schmieriger Mangold oder Schmerbel genannt – auch Kühwurz, Sauerampfer
3. der stolze Heinrich – auch Kreuzwurz
4. der böse Heinrich – erbsenwürger, sommerwurz
5. roter Heinrich, wilder sauerampfer
6. wilder Heinrich, auch rapunzel – schweizerisch: wilde heimele.

Nun, der Korrektheit wegen muß ich noch hinzufügen, daß die

Zitate nicht vollständig sind, schon deshalb, weil ich Dir von diesen Heinrichen gar keinen anbieten will, sondern eine viel hübschere Blume. Denn es stellte sich heraus, daß auch die lat. Bezeichnung »inula helenium« nicht weiterhalf, und wir einigten uns auf eine Ersatzblume, von der ich bisher nur den englischen Namen weiß »Blackeyed Susan«. Die also, eine schwarzäugige Susanne, schick ich Dir zum Geburtstag.
Und grüße Dich und die Deinen sehr herzlich, auch von Annemarie.

Dein alter Heinrich

Wer hat Maos Segen?

Die Maoisten in der Bundesrepublik können beruhigt schlafen: Nachdem Franz Josef Strauß mit dem Großvater der Radikalität, mit Mao, gesprochen hat, wird es keinen Radikalenerlaß mehr geben. Keiner wird mehr als »rote Ratte« bezeichnet werden. Und da schon Helmut Kohl in China stolz hervorgehoben hat, daß Marx und Engels Deutsche waren, die sogar deutsch schrieben, deutsche Schriftsteller also, wird auch Franz Josef Strauß diesen Stolz auf radikale deutsche Schriftsteller in freundschaftlichen, fast herzlichen Gesprächen gewonnen haben. Die Einsicht, daß der Sozialismus, von manchem auch Kommunismus genannt, in manchen Teilen der Welt doch zu Law and Order dienen kann, wird nicht ohne Folgen bleiben.
Es wird sich alles, alles wenden. Innenpolitische Entspannung wird eintreten. Vom Papst empfangen zu werden, gilt längst nicht mehr als das letzte; wer zuerst zu Mao vordringt, gilt als Sieger, er ist der Favorit, er ist der Kanzlerkandidat, wer hat Maos Segen?
Die Maoisten in der Bundesrepublik und nicht nur sie, alle Radikalen und »Radikalen« können aufatmen. Innenpolitische Entspannung wird eintreten.

Eine Bombe der Ruhe

Über Andrej Sinjawskij, »Stimme aus dem Chor«

Über dem peinlichen Streit um die Dissidenten, Emigranten, die vertriebenen Autoren, die von gewissen Leuten hier wie eine Beute vorgezeigt und herumgereicht werden, vergißt man leicht, daß sie selbst immer wieder die Oberflächlichkeit des westlichen Publicity-Geschäfts betonen. Schon ermüdet Gott sei Dank die Maschinerie der politischen Skalpjäger, und für die Autoren fängt die Arbeit an. Was wird aus ihnen als Autoren? Werden, die drüben in der Sowjetunion auf ihren Untergang lauern, recht behalten? Werden die Skalpjäger ihr unverantwortliches Vernichtungswerk mit Erfolg fortsetzen? Wer von diesen interessiert sich ernsthaft für Literatur? Es wäre interessant, einmal eine Art Verhör anzustellen, was sie, die da lauthals triumphieren, wirklich gelesen haben, von Solschenizyn, Nekrassow, Maximow, Sinjawskij. Maximow sollte einmal den einen oder anderen Publizisten, Moderator oder Journalisten fragen, ob er *Die sieben Tage der Schöpfung* oder *Quarantäne* gelesen hat? Lieben die Skalpjäger Rußland wirklich so sehr, und wissen sie etwa, daß in Maximows *Quarantäne* unter anderem eine – wie mir scheint – lebensgefährlich mystifizierende, symbolische Darstellung Stalins als notwendiger Gottesgeißel zu finden ist, und im Nachwort der Satz: »Die geistige Konzeption des Romans ergibt sich ganz und gar aus der prophetischen Hypothese der Slawophilen über die besondere Bestimmung Rußlands in der Weltgeschichte«?

Es steht mir nicht zu, über diesen Satz zu richten oder auch nur zu streiten. Ich frage mich nur, ob es irgendeinen kalten, heißen oder lauen Krieger, irgendeinen ganz rechten oder rechtsliberalen Politiker auf dieser Welt gibt, der politisch in dieses Bekenntnis mit einstimmen möchte. Der Wunsch nach Erlösung ist stark in der Sowjetunion, aber ob man dort auch nur einen finden könnte, der durch die oberflächlich politisch polemisierenden »Erlöser« hier erlöst werden möchte? Ich zweifle daran.

Was man den Autoren wünschen möchte, ist die – bei aller Unterdrückung, Verfolgung, Belästigung – ungeheure Ruhe, die unsagbare, wunderbare, heilsame und heilende Ruhe, wie sie etwa aus Sinjawskijs Buch *Stimme aus dem Chor* spricht, das jetzt in Swetlana Geiers Übersetzung bei Zsolnay in Wien erschienen ist. Dies ist kein Buch, das man lesen muß wie einen Roman, es ist ein Buch zum Blättern: vor und zurück und wieder vor und zurück. Es hat keine andere Handlung als diese Ruhe, und seit wann ist Ruhe – außer vielleicht bei Stifter – Handlung?

Das Buch ist wie eine Postille, und es wäre zu wünschen, daß auch die kalterhitzten Krieger einmal hineinschauten. Es ist Sinjawskijs Frau Maria gewidmet: »Es besteht fast zur Gänze aus den Briefen, die ich in den Jahren meiner Haft 1966–1971 an sie gesandt habe.« Es besteht außerdem aus Meditationen über Kunst, Literatur, Religion, Geschichte, enthält (wahrscheinlich, weil Mitteilungen dieser Art für Briefschreiber und Empfänger zu gefährlich gewesen wären) kaum Andeutungen über die Haftbedingungen. Was sollten die Zensoren auch Gefährliches finden in kurzen, konzentrierten Essays über die Entwicklung des Romans, den Unterschied zwischen russischer und westeuropäischer Architektur, den Sinjawskij mit höchster Sensibilität an Hand des Materialunterschieds zwischen Holz und Stein behandelt? An Meditationen über das Runde in der russischen Architektur und das Spitze (Aggressive) etwa in der Gotik? Über das Innere russischer Kirchen, die nicht, wie die westeuropäischen, »Unendlichkeit, nicht Kosmos, nicht Sphärenharmonie, sondern vor allem Wärme, Schutz, Behagen« bieten? Wer möchte da nicht etwas mitbekommen von diesem »russischen Gott«, der »am Herzen unter dem Hemd wohnt«? Der das »spitze« Abendland (zu dem man selbst gehört, wie man bei der Lektüre feststellt) dauernd quälende Dualismus Form–Inhalt wird hier nicht nur an Literatur und Kunst abgehandelt, sondern auch an einer Definition von Dieben, die natürlich auch ihren künstlerischen Ehrgeiz haben. Betrachtungen über das Wesen der Kunst bestimmen den Charakter des Buches: »Deshalb wirken die Definitionen von Berufsästhetikern, die über Kunst zu Gericht sitzen und genau wissen, was sie ist (als wäre es je gelungen, als wäre es überhaupt möglich, das zu wissen!) beinahe tödlich.« Ein anderes Mal heißt es: »Kunst, das ist ein Ort der Begegnung. Des Autors mit dem Gegenstand seiner Liebe, des Geistes mit der Materie, der Wahrheit mit der Phantasie . . . Die wahre Kunst deckt vielleicht immer ein Unvermögen, einen Mangel an Meisterschaft auf. Jedenfalls zeigt sich in den genialen

Werken immer etwas, das an ganz elementare Ignoranz grenzt.«

Ach, würden die kalten Krieger sich doch ein wenig an diesem Buch wärmen! Und auch ein wenig von der Tiefe dieses Humors profitieren. »Ein Pole, Katholik, zum Aufseher: ›Laß mich in Ruhe, damit ich an meinem Feiertag nicht fluchen muß‹. Ein anderer Häftling: ›Im Laden alles, was das Herz begehrt, es fehlt bloß das Wasser des Lebens. Und – dein Geld‹.«

Was Graham Greene formuliert hat, stellt der Häftling Sinjawskij in der Sowjetunion, auf Grund der Sensibilität, mit der er Literatur aufnimmt und interpretiert, fest: daß mit den Anti-Smog-Bestimmungen, mit der Entnebelung Londons, diesem unbezweifelbaren Fortschritt, natürlich der englischen Literatur ein wichtiges Element genommen ist. Wie viele geheime Rendezvous deckte der Nebel, wieviel Stimmung brachte er. Und wie verändert sich die Londoner Kriminalität, wenn der feuchte Nebel nicht mehr da ist?

Man möchte dauernd zitieren, wo doch, wie bei einem Roman, die Pflichtübung »Inhaltsangabe« nicht geleistet werden kann. Welche Unterschiede in der Religiosität werden da sichtbar. Während man hier das erst kürzlich verkündete Dogma der leiblichen Himmelfahrt als peinlich empfand – in Rußland die große Anzahl von Mariae-Himmelfahrtskathedralen. Die Wichtigkeit der Stellung eines Kommas, dargestellt an den Worten, die Christus am Kreuz zu dem reumütigen Verbrecher sagt: »Ich sage dir heute, du wirst mit mir im Paradiese sein«, oder: »Ich sage dir, heute wirst du . . .« In dieser unterschiedlichen Stellung eines Kommas liegt für den Verbrecher der Unterschied von heute bis zum Jüngsten Tag.

Es ist gleichgültig, ob man Sinjawskijs Ansichten teilt oder ob man, die extreme Situation bedenkend, in denen sie gedacht und notiert sind, »Reduzierungen« vornehmen möchte – sie sind geeignet, westliche Selbstgefälligkeiten ins Wanken zu bringen. »Als die Frau ihrem Mann sagt (sie sprachen über einen Geflüchteten): Wenn du ihn anzeigst, gehe ich von dir weg, da haben wir verstanden, daß das Gute groß ist und uns unsichtbar regiert, im Mantel des Bösen, um sein Geheimnis zu bewahren.« Wenn man schon Sinjawskij gern »vorzeigen« möchte, zeige man bitte auch diesen Satz vor, in einer Welt, die die gesamte Bevölkerung in die Exekutive einbeziehen möchte.

Dieser – ich nenne es so – spirituell bedingte »Materialismus« ist immer greifbar, immer sinnlich: über einen Brief, »dieses Papier, das Du anfassen wirst«; und die Offerte einer Frau im Lager: »Laß mich dein Hemd waschen«, womit mehr gesagt ist als eine Liebeserklärung.
Sinjawskijs Erinnerungen an seine Kindheit, in der Nähe eines Kunstmuseums, und was dieses Museum für ihn bedeutete, Erinnerungen an die Eltern, Meditationen über »den ewigen Drang der russischen Autoren, ein Evangelium statt eines Romans« zu schreiben, und immer wieder über Bedeutung und Gewichtigkeit Mandelstams. Was wurde da im Lager alles gelesen oder wie über Gelesenes meditiert: Poe und Stevenson, die Klassiker ohnehin, aber auch die Geschichte der Langobarden von Paulus Diakonus, Band III, Betrachtungen über das Keltische, seine Märchen, Mythen, Grotesken, Verrücktheiten und deren Eingang in die christliche Kunst. Und auch das sollten wir »Spitzen« uns merken: »Das Wort ist für uns so gewichtig (geistig), daß es eine materielle Kraft darstellt und Schutz und Zensur (! Ausrufungszeichen vom Rezensenten) braucht. Wir sind Konservative, weil wir Nihilisten sind, und das eine verwandelt sich in das andere und löst es in der Geschichte ab.«
In diesem Buch wird von Politik fast gar nicht gesprochen. Mag das auch daran liegen, daß diese Briefe aus dem Lager geschickt oder geschmuggelt wurden: es erhöht die Ruhe, die aus dem Buch kommt. In unserer Welt, die ja nicht unruhig, sondern nur ruhelos ist, in der man im Zickzack lebt, im permanenten Zerhacken von Wirklichkeiten und von einer Sensation in die andere hetzt, wirkt dieses Buch wie eine Bombe der Ruhe. Es könnte zur Beruhigung beitragen.
Die Lektüre der Anmerkungen ist eine Ergänzung besonderer Art. Sie sind nicht nur als Hinweise und Erklärungen notwendig, sondern als Katalog der Gelehrsamkeit des Autors. Es gibt da eine Anmerkung über das russische Wort »Pokrow«: »Das Wort ›Pokrow‹ (Mariä Schutz und Fürbitte, 1. Oktober) hat im Russischen viele Bedeutungen: Decke, Schleier, Altardecke, Dach, Obdach, Zuflucht, Schutz, Schirm, Leichentuch, Throndecke, und entspricht der Vorstellung vom ›Schutzmantel‹ des heiligen Joseph oder dem der Maria (Adoptions- und Legitimationskinder heißen ›Mantelkinder‹)«. Das ist sehr schön erklärt. Und da kalte Krieger wohl immer frieren müssen, da sie ja in ei-

ner Art Tiefkühltruhe hocken, in der die Finger so steif werden, daß man ein Buch kaum noch durchblättern, geschweige denn lesen kann, so wünsche ich ihnen ehrlich, einen solchen »Pokrow« – und keinesfalls in der Bedeutung Leichentuch.

Aussage im Prozeß gegen Matthias Walden

Zunächst möchte ich erklären dürfen, warum ich zum Termin am 26. 2. 75 hier persönlich erschien. Nicht wir, mein Anwalt und ich, haben für diese gerichtliche Auseinandersetzung quasi-Öffentlichkeit hergestellt, nicht wir haben den Termin der Presse bekanntgegeben, aber da die Öffentlichkeit nun einmal durch die Gegenpartei hergestellt war, hielt ich es für meine Pflicht, hier zu erscheinen, zumal mir bekanntgeworden war, daß auch der Herr Beklagte erscheinen würde.
Bevor ich mich hier zu einigen Punkten der Auseinandersetzung äußere, die nicht Gegenstand eines Schriftsatzes sein können, weil sie philologischer Natur sind – und doch beweiskräftig –, möchte ich auf die objektive Absurdität des Kommentars vom 22. 11. 74 hinweisen, der hier zur Debatte steht. Der Kommentar galt einem Verbrechen, dessen Täter bis heute unbekannt sind, und da man die Täter nicht kennt, kennt man auch ihre Motive nicht. Ich verweise hier auf einen Artikel aus einer dem Herrn Beklagten gewiß unverdächtigen Zeitung, auf die *Welt* vom 14. 2. 75, in der festgestellt wird, daß 970 Hinweise zu keinem Ergebnis geführt haben. Nun herrscht hierzulande eine gefährliche Unsitte, die immer mehr um sich greift, die wohl auch bewußt angewandt wird, damit die Grenzen dieser Unsitte möglichst ausgeweitet werden können – die Unsitte, öffentlich über Verbrechen und mögliche Täter zu urteilen, bevor Ermittlungsergebnisse vorliegen. Dieser Tatsache galt mein umstrittener Artikel im *Spiegel* vom 10. 1. 72 über die Praktiken der *Bild-Zeitung.* Was die Tendenz dieses Artikels betrifft, habe ich nicht das geringste zurückzunehmen; im Gegenteil: in den drei Jahren, die seitdem verstrichen sind, hat sich erwiesen, daß diese Unsitte sich ausgebreitet hat. Der Kommentar des Herrn Beklagten ist ein Beweis dafür. Gewisse Verbalitäten des *Spiegel*-Artikels *habe* ich zurückgenommen, *öffentlich.* Ich muß hier zu diesem Artikel Stellung nehmen, da der Zitatenschatz der Gegenpartei ja zu einem Teil aus diesem Artikel stammt und aus den Polemiken, die daraus entstanden. Im übrigen möchte ich feststellen, daß die Auseinandersetzung über diesen Artikel sich an einigen wenigen Formulierungen entzündet hat. Etwa 95 % des Artikels blieben unbestritten. Meine letzte direkte Äußerung zur Baader-Mein-

hof-Thematik stammt vom 17. 2. 72. Dreieinhalb Monate später wurde mein Name im Zusammenhang mit einem Bombenattentat in Heidelberg in einem Fernsehkommentar genannt. Im Juli 1972 fand dann im Deutschen Bundestag eine Debatte über innere Sicherheit statt, in der es von seiten der CDU/CSU zu einer regelrechten Intellektuellenhetze kam – es fielen die Namen von einem guten Dutzend deutscher Schriftsteller. Daraufhin gab ich eine Art Schlußstatement über die ganze Kampagne ab, das die *FAZ* dankenswerterweise am 21. Juni 1972 abdruckte. Dieses Statement liegt dem Gericht vor. Ich habe mich darin bei meinen *Kritikern bedankt,* allerdings nicht bei den Verleumdern. Ich weiß nicht, ob ein Autor, der in eine solche öffentliche Auseinandersetzung verwickelt ist – die Dokumentation darüber bis zu einem gewissen Zeitpunkt liegt dem Gericht vor –, ob ein Autor mehr tun kann.

Meine nächste Äußerung, in der ich die Baader-Meinhof-Problematik notwendigerweise streifte, steht in einem Interview mit der *Frankfurter Rundschau* vom 14. 11. 74, es ist ein Interview mit eindeutiger Stellungnahme zu der Ermordung Herrn von Drenkmanns, eine Woche vor dem Kommentar des Herrn Beklagten abgegeben. Man kennt im Mordfall von Drenkmann bis heute weder die Täter noch die Motive; es gab einen anonymen Telefonanruf, in dem sich die Rote Armee Fraktion zu der Tat bekannte – und auf diesen anonymen Telefonanruf, den schließlich jeder tätigen kann, der zwanzig Pfennige in der Tasche hat – und die hat mancher in der Tasche –, basieren die Hypothesen der Täterschaft und geistigen Mittäterschaft – mehr Ermittlungsergebnisse liegen bis heute nicht vor. Ich erlaube mir die Frage, wer, wenn er auf dieser Basis eine Täter- und Mittätertheorie aufbaut, wer den Rechtsstaat mehr gefährdet, der Herr Beklagte oder ich, dem die Gegenpartei aus einem »Gesamtausstoß« von rund 150 000 Zeilen mühsam etwa 20 bis 30 strittige Zeilen entgegenhalten kann. Und selbst diese 20 bis 30 Zeilen sind ja, selbst wenn man sie total isoliert, mit dem besten und auch dem bösesten Willen nicht als Aufforderung zur physischen Gewalt zu interpretieren, sondern schlimmstenfalls als Ausdruck anarchisierender literarischer Attitüde. Ergebnis: 20 bis 30 Zeilen von 150 000.

Ich bestreite also die objektive Berechtigung des zur Verhandlung stehenden Kommentars über eine Tat und einen Täter, dessen Motive keiner kennt – und es besteht für mich nicht einmal die Andeutung eines Zweifels, daß die Nennung meines Namens in diesem Kommentar eine exakt geplante und exakt mit den Mitteln der Tatsachenfälschung ausgeführte Schmähung war. Ich werde es beweisen, und ich werde beweisen, daß es sich hier nicht um eine Meinungsäußerung handelt – daß der Herr Beklagte nicht ein Märtyrer der Meinungsfreiheit ist –, sondern um eine Tatsachenbehauptung, bei der gefälschte Tatsachen behauptet worden sind. Eine Nebenfrage erlaube ich mir noch: was, wenn sich herausstellen sollte, daß es sich beim Mord an Herrn von Drenkmann um einen Fall gewöhnlicher Kriminalität gehandelt hat? Bin ich dann auch noch der geistige Mittäter?

Nun zum Kommentar selbst. Im Schriftsatz der Gegenpartei vom 17. 2. 75 wird auf den Seiten 5/6 gesagt: »Daß es einfacher und kürzer gewesen wäre, die Namen des im Kommentar erwähnten Vikars, der Sozialhelferin und des Theologieprofessors zu nennen, ist richtig. Nur wäre es nicht zweckmäßig gewesen, da nicht vorausgesetzt werden konnte, daß die Mehrheit des Publikums jene Namen kannte. Von der Bekanntheit des Namens Heinrich Böll konnte hingegen ausgegangen werden.« Und es folgt dann der Satz: »Im übrigen muß es dem Kommentator überlassen bleiben, wie er seinen Kommentar ausgestaltet.« Nun, das ist sehr witzig. Der Beklagte gibt in der Klageabweisungsschrift vom 22. 1. 75 ausdrücklich handwerkliche Gründe für die Nennung meines Namens an, es zeigt sich schon an diesem Beispiel, welcher Art sein Handwerk ist, denn – wie gerate ich, der ich Frau Zühlke und Herrn Burghardt nicht persönlich kannte, Herrn Professor Gollwitzer allerdings aus einigen freundschaftlichen Begegnungen – wie gerate ich auf die Berliner Szene? Ich verdanke die Nennung meines Namens offenbar ausschließlich meiner Bekanntheit und muß also dann in Zusammenhang mit einem Mord gebracht werden, zu dem ich eine Woche vorher eindeutig Stellung genommen habe – und diese Stellungnahme war dem Herrn Beklagten bekannt.

Diese Anmerkung zur Technik, zum Aufbau des Kommentars – sozusagen zum Handwerk. Nun komme ich *zum Material* dieses Handwerks, zu den *sprachlichen* Mitteln des Herrn Beklagten. In seinem Kommentar heißt es wörtlich auf Seite 2: »Heinrich Böll bezeichnet den Rechtsstaat, gegen den die Gewalt sich richtet, als ›Misthaufen‹.« Das ist eine Tatsachenbehauptung.

Das Wort »Misthaufen« ist im Manuskript des Kommentars in Anführungsstriche gesetzt, also als Zitat gekennzeichnet. Und hier fängt die glatte Fälschung, fängt die gefälschte Tatsachenbehauptung an. Ich habe dieses Wort nie gesagt und nie geschrieben, und in der peinlichen Verlegenheit, dieses Zitat beweisen oder rechtfertigen zu müssen, wird nun eine Methode sichtbar, die das Handwerk des Herrn Beklagten entlarvt. Um die Verwendung des Wortes »Misthaufen« zu rechtfertigen – womit ja noch keinesfalls die Anführungsstriche, die es als Zitat ausgeben, gerechtfertigt wären, verweist man auf Seite 8 der Klageabweisungsschrift vom 22. 1. 75 auf einen Artikel, den ich im *September 1974* in der Zeitschrift *Konkret* veröffentlicht haben *soll*, in Wirklichkeit aber im *Oktober 1968* veröffentlicht habe; zunächst einmal verlegt man das Datum um sechs Jahre vor, legt es möglichst nahe an das Datum des Kommentars vom 22. 11. 74 heran – es wird nicht nur das Wort »Misthaufen« als Fälschung benutzt, es wird nicht nur der fragliche Artikel um ganze sechs Jahre vorverlegt – es wird, um meine angebliche Anwendung des Wortes »Misthaufen« auf den Rechtsstaat zu rechtfertigen, nicht nur ein Zitat gefälscht, sondern ein total gefälschter Sinn unterlegt. Es heißt nämlich in dem fraglichen Artikel an der entscheidenden Stelle – das Buch, in dem der Artikel abgedruckt ist, liegt dem Gericht vor, die fragliche Passage findet sich auf Seite 26 in den Zeilen 4 bis 7 von oben – ich zitiere aus dem Artikel *Notstandsnotizen:* »Natürlich werde ich weiter für irgendwelche Feuilletons schreiben, der Hahn kräht ja auf seinem Mist, aber erst seit der Bonner Notstandserfahrung weiß ich, daß ich auf dem Mist krähe.« Es sind also – mit einer Eindeutigkeit, die wohl kaum zu bestreiten ist, mit »Mist« die Feuilletons der deutschen Zeitungen gemeint, und daraus nun einen *»Misthaufen«* zu machen, als den ich den *Rechtsstaat* bezeichnet haben soll, ich weiß nicht, ob ich auf diese Art Handwerk noch näher eingehen muß. Ein Zitat aus einer Rede aus dem Jahre 1966, das weder datiert noch plaziert wird, gemischt mit einem gefälschten Zitat aus einem Artikel aus dem Jahr 1968, der dann ins Jahr 1974 vorverlegt wird – und wenn ich den Verfasser dieses Kommentars dann verklage, ist er der Märtyrer der Meinungsfreiheit – und ich bin der Prozeßhansel.

Ich erlaube mir hier noch einen kurzen Hinweis auf die Stimmung am Ort der Handlung, den ich lieber Tatort nennen möch-

te. Man sieht die Trauerfeier, man sieht die Witwe, Frau von Drenkmann, es spricht der Bundespräsident, es spricht der oberste Richter der Bundesrepublik Deutschland, Herr Benda, es spricht der Regierende Bürgermeister – und in diese Stimmung hinein fällt im anschließenden Kommentar mein Name, mit gefälschten, nicht datierten und nicht plazierten Zitaten geschmückt. Welche brennende Informationspflicht, auf die er sich beruft, bedrängte den Herrn Beklagten, welche ihn bedrängende Wahrnehmung berechtigter Interessen, auf die er sich ebenfalls beruft, nahm er wahr? Welchem Zweck diente das Unternehmen?
Nun erlaube ich mir einige kurze Bemerkungen zu der mir unterstellten Überempfindlichkeit. Ich befinde mich seit knapp dreißig Jahren auf der literarischen Szene. Ich habe 26 selbständige Buchpublikationen in deutscher Sprache vorzuweisen, etwa das zehnfache an selbständigen Buchpublikationen, wenn ich die Übersetzungen hinzurechne; ich habe außerdem gemeinsam mit der Dame, mit der ich verheiratet bin, weitere 45 Romane, Erzählungsbände, Theaterstücke und Essays ins Deutsche übersetzt, und wenn ich so alle Verrisse bedenke, ganze Verrißwellen, ganze Verrißjahre, so hätte ich – rechne ich verleumderische Artikel, die meiner nicht-literarischen Existenz gelten und noch die Leserbriefluten dazu – so hätte ich wohl *subjektiv* an die 1000 Mal Grund gehabt, mich verleumdet oder beleidigt zu fühlen, *objektiv* möglicherweise an die 200 bis 300 Mal. Ein einziges Mal habe ich an eine Zeitung einen Beschwerdebrief wegen einer Rezension geschrieben, der irrtümlich als Leserbrief veröffentlicht wurde. Das ist alles. Kein einziger Prozeß gegen einen Zeitungsjournalisten oder gegen einen Literaturkritiker. Empfindlich allerdings reagiere ich – und das ist eins der Hauptmotive für diese Klage –, wenn es in Anstalten des öffentlichen Rechts Schmähungen gibt. Ich habe einen Prozeß gegen Herrn Gerhard Löwenthal geführt; der Termin erwies sich als überflüssig, weil Herr Löwenthal, während ich für sieben Wochen im Ausland war, eine Richtigstellung gesendet hatte. Meine zweite gerichtliche Auseinandersetzung fand gegen Herrn Lummer in Berlin statt, gegen einen Politiker in verantwortlicher Position. In der ersten Instanz – es handelte sich nicht um einen Hauptprozeß, sondern um einen Antrag auf einstweilige Verfügung – wurde Herrn Lummer Immunität und Indemnität als Mandatsträger

zugebilligt, in der zweiten und letzten Instanz wurde ihm Meinungsäußerung, nicht Tatsachenbehauptung zugebilligt. Ich behalte mir vor, einen Hauptprozeß wegen übler Nachrede gegen Herrn Lummer zu führen, und wenn die Partei des Herrn Beklagten nun das Lummer-Urteil hier zur Präzedenz heranziehen möchte, so erlaube ich mir festzustellen:

1. genießt der Herr Beklagte weder Immunität noch Indemnität
2. Herr Lummer hat in seiner verleumderischen Verlautbarung zitiert, ebenfalls undatiert und unplaziert, er hat eine, wie ich immer noch finde, verleumderische Äußerung publiziert, aber *Tatsachen gefälscht* hat er nicht.

Schließlich habe ich noch eine autorenrechtliche Auseinandersetzung mit dem WDR gehabt, die ich in der ersten Instanz verlor; in der zweiten kam es zu einem Kompromiß, weil der WDR Wahrnehmungen berechtigter Interessen, die ich anerkannte, geltend machen konnte. Mein Fazit, was meine Prozeß- und Händelsucht betrifft: Ich habe die deutschen Gerichte bisher nicht übermäßig strapaziert, wenn Sie bedenken, wie oft ich Anlaß dazu hätte und gehabt hätte, in der letzten Zeit fast wöchentlich ein- bis zweimal. Erst kürzlich hat der Kolumnist Hans Habe behauptet, ich faselte dauernd von faschistischen deutschen Polizisten. Ich habe noch nicht ein einziges Mal einen Polizeibeamten als Faschisten bezeichnet, aber das wird dann einfach geschrieben und setzt sich fest, weil das Terrain gut vorbereitet ist und immer wieder aufbereitet wird, u. a. durch den Herrn Beklagten. Wäre diese Auseinandersetzung hier nicht quasi-öffentlich, so würde ich dem Gericht gern einmal erklären, welche Konsequenzen diese anhaltende, mit Lügen und Fälschungen, immer wieder an den Haaren herbeigezogenen Argumenten betriebene Verleumdungskampagne für meine Familie, meine Verwandten, meine Mitarbeiter hat. Ich verzichte darauf, weil hier Öffentlichkeit herrscht und ich die demagogische Drehorgel nicht in Bewegung halten möchte.

Nun will ich hier keineswegs auf den bloß Mißverstandenen hinaus, es gibt hin und wieder mißverständliche Äußerungen von mir, und es gibt noch öfter unmißverständliche satirisch-polemische Äußerungen in Wort und Schrift. Und sollte ich da jemanden beleidigt haben, so bin ich bereit, vor jedem ordentlichen Gericht zu erscheinen und mich dem Urteil des Gerichts zu unterwerfen. Bisher bin ich noch nicht verklagt worden, und wenn

nun die Gegenpartei in ihrem Schriftsatz vom 22. 1. 75 meint, meine gelegentlichen polemischen Äußerungen müßten mich unempfindlich machen gegen Schmähungen wie die des Herrn Beklagten, so sehe ich darin wiederum einen Verfall rechtlichen Denkens, denn – muß ich in einem Fernsehkommentar, der immerhin 3,2 Millionen Zuschauer hat, mich mit gefälschten Zitaten aufs übelste verleumden lassen, weil ich anderswo gelegentlich polemisiere? Nun hat die Gegenpartei auch, um zu beweisen, welch ein grober Mensch ich bin, darauf hingewiesen, daß ich in Berlin anläßlich der Verleihung der Carl-von-Ossietzky-Medaille, in Replik auf Herrn Lummer und die Absage der CDU, an dem Empfang für mich und Herrn Gollwitzer teilzunehmen, das Wort »beschissen« in den Mund genommen habe – und das als Nobelpreisträger für Literatur! Nun, ich bitte die Frau Vorsitzende um Verzeihung: aber ich erlaube mir hier einige biographische Feststellungen. Ich bin im Jahr 1917 geboren, ich habe die Wirtschaftskrise der 20er und 30er Jahre miterlebt, die Machtergreifung der Nazis – ich habe die beiden damals gültigen Schulen der Nation, den Reichsarbeitsdienst und die Deutsche Wehrmacht voll absolviert, ich habe vom ersten bis zum letzten Tag am Zweiten Weltkrieg teilgenommen – darüber hinaus noch ein halbes Jahr Kriegsgefangenschaft erlebt; ich bin Ende 1945 in das total zerstörte Köln zurückgezogen – und ich denke mir, daß das so häufig monierte Wörtchen mir hin und wieder, auch öffentlich, entschlüpfen dürfte.
Noch einige Bemerkungen zur Höhe des von mir geforderten Schmerzensgeldes, das ja auch Anlaß zu hämischen Spekulationen im Schriftsatz der Gegenpartei vom 22. 1. 75 war. Die Begründung für die Höhe der Summe liefert die Gegenpartei selbst auf den Seiten 5/6 ihres Schriftsatzes vom 17. 2. 75 nach, wo ja zugegeben wird, daß ich die Nennung meines Namens ausschließlich meiner Bekanntheit verdanke. Ich kann dem Gericht hier einen Brief meines englischen Verlegers vorlegen, der mich bittet, einen Satz aus meinem Buch zu streichen, das fast 200 Seiten umfaßt. Einen Satz, in dem nicht einmal eine Person, sondern eine publizistische Institution genannt wird; *einen* Satz zu streichen in einem Buch, das, wenn es Glück hat, eine Auflage von 5000 Exemplaren erreichen wird – nicht, wie der Kommentar des Herrn Beklagten, der *nur* – 3,2 Millionen Zuschauer gehabt hat – dieser eine Satz würde meinen englischen Verleger

100 000 Pfund = 560 bis 580 000 Mark kosten, und diese Summe würde ihn ruinieren, deshalb habe ich auf diesen Satz verzichtet. Mein Kollege, mein großer Kollege Graham Greene hat seinerzeit, als die Strafen für die englischen Posträuber bekannt wurden, eine wütende Polemik gegen die außergewöhnliche Höhe der Strafen gestartet, es hat heftige Kontroversen gegeben um diesen Artikel, aber kein Mensch, keiner in ganz Großbritannien wäre auf die Idee gekommen, Graham Greene als Bankräuber zu bezeichnen oder als geistigen Mittäter bei Bankraub. Dies zu den Sitten in anderen Ländern.

Ich wiederhole zum Schluß: Ich halte den Kommentar, einer Tat und einem Täter gewidmet, den keiner kennt, für *objektiv* absurd und das rechtsstaatliche Denken gefährdend. Es gibt für mich nicht die Andeutung eines Zweifels, daß die Nennung meines Namens exakt geplanter und exakt ausgeführter schmähender Absicht entsprach, und das in einer Anstalt des öffentlichen Rechts – nicht in einer privatwirtschaftlich betriebenen Zeitung, in der der Herr Beklagte, wie er es hin und wieder tut, über mich schreiben mag, was immer ihm einfällt. Eine Anstalt des öffentlichen Rechts hat für die Zuschauer einen quasi-amtlichen Charakter, und keiner wird mir einreden können, daß die Nachrichtenzuschauer zu dieser späten Stunde einen gesprochenen Text kritisch analysieren können, der gefälschte Tatsachenbehauptungen enthielt.

Gesprochener Atem

Ein Sammelband und ein Geburtstagsgruß
Über Hans Peter Keller, »Extrakt um 18 Uhr«

Zu den »Bewisperern von Nüssen«, wie Benn eine bestimmte Kategorie von Lyrikern genannt hat, gehört Hans Peter Keller wahrlich nicht. Nichts gegen Nüsse, und warum sollten sie nicht manchmal auch bewispert werden. An Hans Peter Kellers letzten Publikationen, wie sie sich spiegeln in dem Sammelband *Extrakt um 18 Uhr* entsteht die Frage, ob er überhaupt noch in die Kategorie der Lyriker gehört, wenn man sich darunter Herkömmliches vorstellt. Oder hat er – gemeinsam mit anderen Zeitgenossen, etwa Lec und Popa, die ja nicht zufällig in seine Nachbarschaft gehören – die Kategorie Lyrik erweitert? Wortreich und emphatisch war er nie, und doch immer poetisch, auch dort, wo er in Kurzprosa überging. Kellers Entwicklung führte ihn immer weiter von der wortkargen Poesie seiner ersten Publikationen fort, deren Ende man ungefähr ums Jahr 1958 ansetzen kann, als es in der *Wankenden Stunde* hieß:

»Immer geliebt das unverschnittene Licht – und folgen dem Brechungswinkel. Daß ich mein Zimmer seh, wie es ist, wenn ich nicht da bin!«

Das ist fast malerisch, im niederländischen Sinn: Wer wird nicht, wenn er das liest, weit, weit weg versetzt und blickt dorthin zurück, wo er längst nicht mehr ist. Und wenige Jahre später: *Jeder lebt von sich getrennt* (1960):

»Es scheint, Gefühl wird
heut anders getragen und nicht
auf der Hand: eher in der Tasche.«

Ich habe diese Zitate und die folgenden willkürlich – wie könnte man anders, wenn man ein Werk nicht zwingen will – herausgegriffen, und es zeigt sich in dieser willkürlichen Auswahl, daß H. P. Keller immer karger wird, auf bitteren Aphorismus und kurze satirische »Prosa« hingeht. In *Gesundheitspflege* (1965) heißt es dann:

»Weil er alt und gebrechlich und ihm
die Lüge schwer wird
übt er
Aufrichtigkeit.«

1966: »Laß dich gehen, aber zieh Stiefel an./Im Ernstfall wird der Spaß fällig.«
Und ebenfalls 1966: »Kein Transport von Träumen: zu teuer die Holzwolle./Kein Bedarf die Hände zu waschen in der sehr abgegriffenen Unschuld.«
Licht, Auge, Blick kehren immer wieder, und es scheint mir, als wäre das »unverschnittene Licht«, unter dem Kellers Gedichte und Aphorismen entstanden sind und entstehen, ein Hinweis auf eine im kulturhistorischen, nicht im politischen Sinn niederländisch-niederrheinische Landschaft, deren deutsche Variation noch nicht so recht wahrgenommen worden ist. »Am Strick baumelnd – auch eine Art Heilgymnastik, leichtfüßig« – das erinnert mich an Breughel und Bosch, die ja auch unter diesem unverschnittenen Licht, diesem Rembrandt-Himmel gearbeitet haben. In dieser Landschaft sind Schwermut, Bitterkeit und Humor, Düsterkeit und Licht keine Gegensätze, sie gehören zueinander, sie sind einander nicht »böse«, und ein »Moralist« ist nie nur ein Moralist. Er mag entlarven, liefert aber sein eigenes Geständnis immer mit. »Im Ernstfall wird der Spaß fällig.« Das nennt man anderswo gleich »makaber« oder »frivol«. »Marschmusik hat was Belebendes. Wäre man gelähmt! Seufzen die Toten« (1971). Man denke an die Sprichwortdarstellungen von Breughel und die »Verrücktheit« des Hieronymus Bosch. »Und sie erkannten, daß sie nackt waren. An dem Stoff hat die Mode was zu spinnen, Jahr für Jahr – wie doch ein Fehltritt beschwingt.« Die »Erbsünde« als permanenter Motor der Textilindustrie!
Es ist nicht einmal mehr einsilbig, nur noch halbsilbig, und könnte allzu leicht überlesen werden, was da 1971 zu lesen ist: »Satire, Liebeserklärung!« In einem seiner besten Essays hat Theodor Haecker einmal geschrieben, daß Satiriker und Lyriker nah beieinander wohnen: Man sollte das noch einmal prüfen und ernsthaft bedenken, daß die Trennung literarischer Kategorien oder Ausdrucksformen – etwa die in Poesie und Prosa – nie gestimmt hat, daß es keine »Spezialisten« in der Literatur gibt, auch wenn der eine nur »Poesie« und der andere nur »Prosa« schreibt. Keller hat mit der Halbsilbe »Satire, Liebeserklärung!« fast ein Geständnis abgelegt, mit dem all das, was nur als »bitter«, als »böse« verstanden werden könnte, sich selbst ins rechte, in dieses «unverschnittene Licht« stellt, und so mögen denn auch

die betreffenden und betroffenen Damen und Herren diese Halbsilbe als eine Art Schlüssel benutzen, wenn sie lesen: »Das Wort zum Sonntag. Die beste aller möglichen Welten. Ob auch ihr Hersteller am siebten Tag sich langweilte.«
In dem Buch *Mein Standpunkt* bezeichnet H. P. Keller seine Gedichte als »ausgesprochenen Atem«, und er fügt hinzu: »Wer schläft, atmet bekanntlich anders als einer, der wach ist, einer im Sessel anders als jemand, der schuftet, der Zwanzigjährige anders als der mit Achtzig, die Munterkeit anders als die Brust von Kummer, Askese anders als Fettsucht, ein Schock anders, Spiel und Sport und Rekord anders, aber auch der Bronchialkatarrh gehört hierher, der Husten, das Gelächter mit seinen Explosionen die introvertierten Synkopen des Kicherns.«
Am Niederrhein und in den Niederlanden ist einen erheblichen Teil des Jahres über der Atem sichtbar: wenn's – wie so oft – neblig, wenn's – wie so oft – feucht ist. Als Kinder haben wir manchmal versucht, mit unserem sichtbaren, so vergänglichen und doch so permanenten Atem in die Luft zu malen oder zu schreiben: völlig sinnlos, weil da nicht einmal die Schleife eines H auch nur den Bruchteil einer Sekunde »Dauer« hatte und keinerlei »Kontrolle« möglich war, und man konnte bestenfalls an den Kopfbewegungen etwas so Anmaßendes wie »Interpretation« riskieren. H. P. Keller ist es gelungen, den Atem sichtbar, sogar lesbar zu machen: Ich entdecke in seinen Gedichten und Aphorismen den Atem des Niederrheins (heutzutage, da – angeblich – die Winter immer schwächer werden und der Nebel durch Smog ersetzt wird, ist es ja auch mit dem Atem nicht mehr so wie einst). Das Niederrheinisch-Niederländische hat eben beides: das im herkömmlichen Sinne Lyrische – und diese verfluchte Nüchternheit unter »unbeschnittenem Licht«, wo baumelnde Gehenkte »leichtfüßig Heilgymnastik treiben« und die Toten unter belebender Marschmusik sich wünschen, Gelähmte zu sein. »Kein Transport von Träumen – zu teuer die Holzwolle.« Norbert Mennemeier hat »um einige Ecken herum« bei Keller die »rheinische Narrenbütt« entdeckt. Ja. Gewiß ist, »um einige Ecken« herum ist die Bütt da; ich frage mich nur, ob Keller mit dem, was so landläufig als »rheinisch« gilt, noch gedeckt ist. Die Bütten in Kleve oder Nijmwegen sind anders bestückt als in Köln, und es gibt da bei den Leuten vom Niederrhein eine gewisse Empfindlichkeit, wenn man sie zu nah an Köln heranrückt.

Allein die Tatsache, daß ein Verlag einem Dichter achtzehn Jahre und acht Buchpublikationen lang die Treue gehalten hat, wäre nicht nur der Erwähnung, sondern auch einer Laudatio wert, selbst wenn der Dichter am 11. März nicht sechzig, sondern neunundfünfzig Jahre alt würde. Es lebt ja einer, der so schreibt wie H. P. Keller, nicht von Bleistift und Papier allein: Er muß auch einen Verleger haben.

Es hat kürzlich im Landtag des Landes Nordrhein-Westfalen schlimme Vorwürfe der CDU-Opposition gegenüber der SPD/FDP-Regierungskoalition gegeben, und es ging da – man höre und reibe sich in kulturpolitischem Erstaunen sämtliche Augen – nicht um Schul-, nicht um Wirtschaftspolitik und nicht um die schlimmen Jusos und Judos – es ging um die Archive, Manuskripte, Nachlässe rheinisch-westfälischer Dichter und Denker. Und dieser edle Streit fand ausgerechnet in Düsseldorf statt, wo man dem einigermaßen bekannten rheinischen Dichter und Denker Heinrich Heine immer noch und wieder die Ehre verweigert, nach ihm eine Universität zu benennen.

Nun, hier gibt es einen rheinischen Dichter und Denker, an dem man den kulturpolitischen Aufstand proben könnte, bevor seine Manuskripte in Japan oder Australien mehr Interesse finden als hier.

Handwerker sehe ich, aber keine Menschen

Über Karin Struck, »Die Mutter«

Klassenliebe, das erste Buch von Karin Struck, war ein notwendiges Buch, bitteres Protokoll einer Befreiung aus ideologischem Zwang, Ausbruch des zur Funktion und zum Alibi gewordenen »Arbeiterkindes«. Nach diesem ersten, notwendigerweise noch fast privaten Buch ist Karin Struck mit ihrem neuen, umfangreichen Roman nicht nur – was schon viel wäre – ein paar Schritte, sie ist einen guten Sprung weitergekommen.

Sie ist eine ernste, fast zu ernste Arbeiterin mit zwei Hauptberufen: Mutter und Schriftstellerin. Sie hat sich einen Stoff und einen Titel gewählt, bei dem einige Mißverständnisse auf der Hand und vor der Tür liegen. Man stelle sich vor, ein Roman, betitelt *Die Mutter,* und nicht von einem sentimentalen Zurück-zu-den-Müttern-Mann, sondern von einer jungen Frau, Jahrgang 1947, selbst Mutter, geschrieben, und erscheint auch noch in diesem peinlichen »Jahr der Frau«, in dem man bisher wenig Kluges über Emanzipation gehört hat; erscheint in einem Augenblick, wo die Barrikaden gegen das Karlsruher Urteil – hier oder da – schon errichtet werden.

Und in diesem Roman werden Mutter und Mütterlichkeit nicht denunziert, nicht abgelehnt, sondern, wenn auch mit vielen schwermütigen Reserven, gepriesen; und auch noch Heimat, sogar Volk, und außerdem noch die Erde. Wohin soll das führen, wo doch jeder – mit Abscheu oder Genugtuung – sofort an »Blut und Boden« denkt. Doch Vorsicht: Wer mit Genugtuung an die dürftige Blut-und-Boden-Lehre der Nazis denkt, bleibt in deren Kümmerlichkeit, und wer in bloßem Abscheu-Reflex an sie denkt, bleibt eben in dieser bloßen Reflex-Dürftigkeit.

Karin Struck holt etwas nach und auf, sie setzt sich mit etwas auseinander, das ihr und ihrer Generation in der ebenfalls auf bloße Reflexe reduzierten Rechts-Links-Auseinandersetzung zwischen demagogischer Heimatvertriebenenpolitik und Heimatverachtung vorenthalten wurde. Und da wird auch noch in einer Phase, in der jedermann über die Übervölkerung der Erde jammert, in diesem Roman verkündet, die Erde müsse bevölkert werden. Denn die Erde ist ja »nicht der letzte Dreck«. Doch – noch einmal – Vorsicht, ihr Schwarzen und ihr Roten, ihr Gelben, Blauen und Grünen: So leicht ist Nora Hanfland, diese rebellische Heldin in Karin Strucks Roman, nicht unterzubringen und schon gar nicht unterzukriegen. Kühn wird da behauptet: »Die Mutter ist der wichtigste Mensch.« Und: »Die Zeit ist gekommen für eine offene Herrschaft der Mütter, für ein neues Mutterrecht.« Und Karlsruhe würde nicht arbeitslos.

Karin Struck geht das Thema und seine Probleme unbekümmert und mit einer Strenge an, die keinem so recht bekommen und in keine Propaganda passen wird. Der Aufbau des Romans ist folgerichtig. Die Kapitel heißen: »Briefe der Mutter«, »Die Kinderreichen«, »Beziehungslosigkeit«, »In der Fabrik«, »Judith«, »Die Heimat«. Im ersten Kapitel tritt die Heldin aus sich heraus, auf der Suche nach derjenigen, aus der sie herausgetreten ist: ihrer Mutter. Hartnäckiges Forschen, Briefwechsel, Fragen, Briefwechsel, Rückfragen, wobei viel »herauskommt«: über Eltern, Geschwister, Großeltern, Zeitgeschichte, Sozialgeschichte, Details über Bauernarbeit, Bauernschicksal, Vertriebenheit, Lebensbedingungen in Pommern vor dem Krieg, während des Krieges, danach.

Das zweite Kapitel »Die Kinderreichen« ist der notwendige Rundblick auf andere, die viel geboren haben und unter vielen geboren wurden; viele Recherchen, Reflexionen, haarsträubende Details über unsere notorisch kinderfeindliche Welt und Umwelt, die ja praktisch alle Kinderreichen, wenn sie nicht zufällig Millionäre sind, bestraft und in Asozialität drängt.

Solche Details – ganz gleich, wie das Urteil nun ausfallen wird und welche der »Parteien« nun gegen wen Barrikaden zu errichten gedenkt – sollten die Pro- und Kontra-Karlsruher doch nachdenklich machen. Für diejenigen, die da so viel und mit so viel Pathos vom »Schutz des Lebens« sprechen, die gleichzeitig aber keine Profiteinschränkungen hinnehmen wollen, ist in diesem Kapitel wie im ganzen Roman wenig Schmeichelhaftes zu holen.

Das dritte Kapitel »Beziehungslosigkeit« ergibt sich aus dem ersten und zweiten, nach der »verlorenen Mutter« und der unausweichlichen Asozialität der Kinderreichen. Dieses dritte Kapitel ist voller Angst, laut, leise, es ist voller Sehnsucht nach totaler Kommunikation, voller Widersprüche, nicht nur bei anderen, auch bei der Heldin. Denn auch sie ist natürlich nicht reine und permanente Liebe, auch sie ist, was sie an ihrer Umwelt ständig

feststellt: gereizt, übermüdet. Gerechter Zorn, ungerechter Zorn, Prophetinnen-Zorn. Und nach »Blut und Boden«, nach Heimat, Erde, Erdbevölkerung, Volk, wird ein weiteres Tabu angegangen: die Objektivität. »Ein Vierteljahrhundert in der Objektivität herumgestoßen. –Vielleicht war das Kindergebären das erste Beteiligtsein, die erste Anschauung, die erste Erfahrung, die Erfahrung ging von Kopf bis Fuß. Sie war leibhaftig.« Auf der Suche nach der verlorenen Zeit, der verlorenen Mutter, die gefundene Leibhaftigkeit.
Totale, fast absolute Beziehungslosigkeit dann in der »Fabrik«, die in diesem Kapitel nicht irgendeine, sondern *die* Produktionsstätte ist, eine Entbindungsklinik, in der ja immerhin – oder sollte dieses »Produkt« so ganz und gar nebensächlich und »emotionsfrei« sein? – Menschen geboren werden. In dieser vollautomatisierten Gebärfabrik werden ausgerechnet die sich selbst und ihrem »Produkt« entfremdet, die »ungeteilte Zuwendung« geben sollten, die eben nicht »Bezugsperson, sondern Mutter« sein sollen.
Und da wird – nicht nur einmal – ein Professor zitiert, der gesagt hat: »Die Gebärmutter ist ein vollkommen überflüssiger Muskel.« In dieser Fabrik findet die aufmerksam forschende Nora in den Kreißsaalpapieren eine Quittung der Behringwerke AG: »Fünfundfünfzig Plazenten erhalten. Abholdatum achter März 1974. Unterschrift des Abholers.« Wird man – satirisch-frivole Vorstellung des Rezensenten – demnächst nur noch Gebärende zulassen, damit die kosmetische Industrie weiterhin mit garantiert echten Plazenten versorgt werden kann? Und wird man eines Tages (fortgesetzte Frivolität des Rezensenten!), wenn die nachwuchsfreudigen Völker dieser Erde allzu gehorsam ihre Geburten kontrollieren, ihnen wieder nahelegen, nun aber wieder mehr Kinder zu zeugen, weil die Kosmetikafabriken reuevoll feststellen, daß letzten Endes doch nichts über eine echte Plazenta geht?
Doch es gibt da auf dem Weg nach Karlsruhe nicht nur das Bibelzitat, das da sagt »Wachset und mehret euch«, es gibt da noch eins, von dem in kirchlichen Kreisen weniger gesprochen wird: »Selig die Unfruchtbaren und die Leiber, die nicht geboren, und die Brüste, die nicht gesäugt haben.« Nora Hanfland kennt beide Zitate, und beide Zitate sind ständig anwesend in diesem Roman und ständig konfrontiert mit dem Motto, einem Hölderlin-Zi-

tat: *Unfreundlich ist und schwer zu gewinnen die Verschlossene, der ich entkommen, die Mutter.*

Schwermut, Erinnerung, Sehnsucht, auch im fünften Kapitel »Judith«. Sie ist für Nora eine Art Zwillingsschwester, an der sie sich selbst zu erfahren und zu erkennen versucht, mit der sie erfolgreicher als mit anderen kommuniziert. »Ein Buch führt uns zusammen: ›Nachdenken über Christa T.‹« Im letzten Kapitel »Die Heimat« ist nicht nur die geographische Heimat Pommern gemeint, die man per Bus, Bahn, Taxi, die man wandernd und schwimmend »erfährt«, das Kapitel ist nicht nur befaßt mit Spurensicherungen und Suche nach verlorenen Zeiten.

Gemeint ist auch die Mutter als Urheimat, auch Nora, selbst Mutter und fast schon verlorene Heimat ihrer eigenen Kinder. Mehr noch: Volk, und bevor die Blut-und-Boden- und Anti-Blut-und-Boden-Neurotiker um sich schlagen, sei rasch festgestellt: Mit Volk ist nichts Völkisches gemeint, sondern ein anderes und besseres Wort für Klasse oder gar Arbeiterklasse.

»Man muß die Menschen lieben«, sagte Nora, und Heinrich, ihr Gefährte sagt: »Dem Volk etwas sein.« Heinrich, dieser erstaunlich gütige Mensch, der Noras Härte und Unerbittlichkeit ausgleicht, schließt niemanden aus. Oder sollte einer sagen: Man muß die Bevölkerung lieben? Und es heißt ja um Himmels willen nicht: das *deutsche* Volk, das Wort schließt, auf die Bundesrepublik bezogen, Türken und Jugoslawen, alle Ausländer natürlich mit ein.

Bei diesem Roman mit seinen Anschauungen, seinem radikal neuen Ansatz, liegen nicht nur Mißverständnisse auf der Hand, auch seine Gefahren. Wenn auch Mütterlichkeit nicht aufs Biologische beschränkt wird (es wird sogar von mütterlichen Männern gesprochen – und da wären die väterlichen Frauen fällig!), wenn ich da lese: »Sie (Nora) könnte die Leute totschießen, die bei Hertie Konserven einkaufen«, frage ich mich, ob da gleich geschossen werden muß. Wer kann sich dieses »natürliche Leben« schon leisten, und wenn man dem Volk etwas sein will (schön ausgedrückt!), muß man dem Volk Alternativen bieten, wohin denn sollen die Zigmillionen Großstädter zum Einkaufen?

Weiteres Zitat: »Nora haßt das Fernsehen und die Illustrierten, ihre Autoren und Intendanten, daß sie so viel Wertloses dem Volk vorsetzen: daß sie meine Mutter berieseln, zuschütten, ihre

Seele verstopfen, ihre Phantasie, ihren Wirklichkeitssinn, ihr Gefühl für sich selber, wieviel menschenehrfürchtiger alles gemacht werden müßte.« Wiederum ein sehr schönes Wort: menschenehrfürchtig, und es trifft diesen lackierten Zynismus genau, der einem da so häufig vorgesetzt wird, und das, was sich so die »Medienpolitik« nennt, ist schon zum Gruseln.

Die ständige Angst vor Vertreibung beherrscht dieses Buch und seine Heldin, die natürlich auch sich selbst dauernd treibt und vertreibt. Nora sieht Befreiung, sogar Herrschaft der Frauen in ihrer Anerkennung als Mütter, Anerkennung des Mutterberufes, der Befreiung der Mutter aus der Klasse »ungelernter Leichtlohnarbeiterinnen« in die Klasse der anerkannten und herrschenden Schwerarbeiterinnen, denen man noch drei Jahre nach der Geburt eines Kindes den Lohn fortzahlen müßte. Nora, diese schwermütige Rebellin, würde nicht nur Schwangere in einem Kabinett dulden, sie würde ein Kabinett der Schwangeren vorschlagen. »Handwerker sehe ich«, zitiert sie mehrmals, »aber keine Menschen.« Ja. Vom Handwerk der Mutter weiß man zu wenig, und es ist eine der Stärken des Buches, daß es viele Lebensläufe enthält, von Hebammen, Ärzten, Bauern – und Müttern, deren Beruf ja kein Handwerk ist, sondern: »Mutterliebe ist Kunst.« Nicht Frauen-, sondern Mutterpolitik wird betrieben, und es wurde höchste Zeit, daß Schwangerschaft und Geburt einmal exakt ohne Zimperlichkeit und Sentimentalität beschrieben wurden, wie es in diesem Buch geschieht, der Alltag einer »gewöhnlichen Mutter« und ein Waschtag.

Der Roman enthält viele, vielleicht zu viele Ausdrucksformen: Erzählung, Hymne, Bekenntnis, Klage, Anklage, Meditation, Analyse, Polemik, Recherche und Utopie. Es ist ein schweres Buch, auch schwerwiegend, es ist lückenlos, pausenlos, biblisch, es ist ein Wendepunkt, eine Tendenzwende ganz besonderer Art, nicht vergleichbar mit den oberflächlichen Reflexen der bisher propagierten Tendenzwende; es ist ein schwermütiges Buch, was keineswegs bedeutet: freudlos; aber immer ernst; ein extrem deutsches Buch, auf eine imponierende und beängstigende Weise.

Karin Struck schreibt da im zweiten Kapitel: »Schreiben ist ein Versuch, das Spielen wieder zu lernen, die ernsthafteste und menschlichste Tätigkeit, die Nora sich vorstellen kann.« Das Wort »ernsthafteste« würde ich gern streichen, das Wort

»menschlichste« gern betonen. Vielleicht kann man nur ernst sein, wenn man den Ernst hin und wieder vergißt. Von Spiel enthält der Roman noch wenig. Der nächste könnte spielerischer sein, mir scheint, es wäre an der Zeit, Heinrich nach vorne zu holen, diese bisher im Hintergrund wirkende Gestalt, die das schwere Gebäude trägt.

Man spürt auch zu deutlich die Angst von Karin Struck, dieser Roman könnte als unpolitisch mißverstanden werden. Er ist politisch genug. Manchmal blitzt es in lakonischen Sätzen besonders deutlich auf: »Kinderreichtum ist Sünde«, oder: »Heimat war nur ein Schimpfwort.« Und es wäre schon wert, darüber nachzudenken, wieso wir Erde und Dreck so häufig gleichsetzen, ob man sich an Erde wirklich dreckig machen kann, während man allen möglichen chemischen Dreck für sauber, rein und reinigend erklärt. Was man Umweltschutz genannt hat, ist doch nichts anderes als der Wunsch nach Erhaltung des Bodens, den man auch Erde nennen kann, und Erde ist »nicht der letzte Dreck«.

Das meiste ist mir fremd geblieben

Ernst Jünger zum 80. Geburtstag

Es fällt mir nicht leicht, über Ernst Jünger zu schreiben. Ich bin mit mir selbst nie über ihn einig geworden. Diese Uneinigkeit betrifft nicht einmal Ernst Jüngers moralische, sie betrifft eher seine ästhetische Dimension.

Ernst Jünger wäre für mich ein Anlaß, über ein Thema zu meditieren, das ich »Die Ungerechtigkeit des Lesens« nennen würde. Wie wichtig, entscheidend sogar ist es, in welchem Augenblick, in welcher Stimmung, in welcher Autoren- oder Bücher-Gesellschaft man einen Autor kennenlernt. In einer Zeit, in der ich von zwei so absolut gegensätzlichen Autoren wie Dostojewskij und Chesterton fast ganz besetzt war, las ich als erstes Buch von Ernst Jünger *Auf den Marmorklippen.* Für dieses Buch war einfach kein Platz mehr frei – es geriet in einen Augenblick der Lese-Ungerechtigkeit, in ungerechte Gesellschaft und auf ungerechten Boden. Jahre davor war ich von Léon Bloy und Georges Bernanos besetzt gewesen. Hinzu kommt, daß ich natürlich von Herkunft, Erziehung und Neigung nicht gerade auf Ernst Jünger vorbereitet war.

Und doch hätte es da einen günstigen Einstieg gegeben: Ich hörte die Namen Ernst und Friedrich Georg Jünger zum ersten Mal von Gerhard Nebel, der einmal vertretungsweise für einige Wochen unser Deutsch- und Boxlehrer war. An die Lehrer des Gymnasiums, das ich ein Jahr nach Nebels stürmischen Auftritten absolvierte, erinnere ich mich mit großer Dankbarkeit, auch an Gerhard Nebel. Ich war in beiden Fächern, die Nebel gab, keine Glanznummer, im Boxen noch weniger als im Deutschen, aber Nebel hatte meine volle Sympathie. Er trug uns damals Gedichte von Friedrich Georg Jünger vor, machte uns auf Ernst Jünger aufmerksam und erklärte uns ziemlich offen, daß die Einführung des Boxens auf deutschen Schulen einem anglophobisch-anglophil gemischten Minderwertigkeitsgefühl der Nazis entsprungen sei. Es gab da zwei rabaukenhafte Nazis unter unseren Lehrern, die beide nicht in unserer Klasse unterrichteten; die anderen Lehrer waren schlimmstenfalls Hindenburgianer, die meisten waren beides nicht: weder Nazis noch deutschnational.

Nebel war schwer zu plazieren. Diese Mischung aus höchster Sensibilität mit einer gewissen Rauhbeinigkeit, etwas Poltrig-Liebenswürdig-Bärenhaftes; dazu war er »strafversetzt«; es wurde geflüstert, er sei Kommunist – zumindest gewesen. Unsere Lehrer ließen uns viel freundliches Entgegenkommen spüren, sie wußten wohl besser, was wir nur ahnten: daß der Krieg bald kommen würde. Gerhard Nebel paßte so gar nicht in diese stille, katholische Schule, die passiven Widerstand ausstrahlte – und ein oder zwei Jahre später von den Nazis aufgelöst wurde –, und doch, das spürte ich, Nebel »gehörte dazu«.

Ernst Jünger hatte also gute Empfehlungen, aber erst im Jahre 1939, wenige Monate oder gar Wochen vor Kriegsausbruch, las ich dann die *Marmorklippen.* Das Erscheinen dieses Buches war eine Sensation, es galt als das Buch des Widerstandes. Es wurde in unserer Familie diskutiert, ein Freund, begeisterter Jüngerianer, interpretierte es mir, aber ich sprang nicht recht ein und nicht an ... ich war besetzt, vielleicht sogar besessen und wohl ungerecht.

Natürlich erkannte ich den Mut des Autors, aber seine Mystik und seine Symbolik erschienen mir als zu weit hergeholt, die Sprache als zu künstlich-gepflegt. Gegen Bloy und Bernanos, Dostojewskij hielt er nicht stand – und da ich gleichzeitig von der katholisierten Eleganz Chestertons beeindruckt war, erschienen mir die *Marmorklippen* als zu »deutsch«. Der Ernst Jünger der *Marmorklippen* war mir zu weihevoll, auch zu sehr für Eingeweihte, nicht der moralische Einstieg mißlang, der literarisch-stilistische. Natürlich wußte ich auch, daß dieses Buch in unserer Situation und für diese wichtiger war als meine Lieblingslektüre, und doch: Die erste Annäherung mißlang.

Dem Jünger des *Abenteuerlichen Herzens,* das ich während des Krieges las, kam ich schon näher, aber erst später, wohl 1943, als ich in einem Lazarett *In Stahlgewittern* las, fand ich zu meinem eigenen Erstaunen Zugang. Es wurde mir an diesem Buch der Unterschied zwischen dem Soldatischen und dem Militärisch-Militaristischen bewußt gemacht, und gerade weil diese Welt der Stahlgewitter, des Heroischen, der Aktion mir so vollkommen fremd war (und ist), verstand ich zum ersten Mal, was am »Fronterlebnis«, das ich bisher nur in der kleinbürgerlichen Angeber-Anekdote kannte (nicht von meinem Vater!), über das Politisch-Geschichtliche hinaus einen Autor wie Ernst Jünger fasziniert haben mußte. Auf dem Umweg übers Exotische konnte ich »verstehen«.

Extremer Zivilist, der ich bin und schon damals – auch in Uniform – so deutlich war, daß alle intelligenten Berufssoldaten mich kopfschüttelnd aufgaben, habe ich mich mit Berufssoldaten immer besser verstanden als mit den übereifrigen Reservisten vom meist peinlichen deutschen Oberlehrertyp. Und da ich außerdem nicht nur antipreußisch erzogen und antipreußisch gediehen bin, kann ich mir jetzt, wo es sie nicht mehr gibt, erlauben, die Qualitäten des Preußischen zu erkennen, und so verstehe ich natürlich Ernst Jüngers Klage über den Verfall der deutschen Armee, wenn ich auch keineswegs in diese Klage einstimme.

Ich weiß nicht, ob Ernst Jünger wirklich, wie das Gerücht geht, an der Heeresdienstvorschrift mitgearbeitet hat (wahrscheinlich würden komplizierte kybernetische Instrumente und Berechnungen, mit denen man jetzt Scholochows Nicht-Autorschaft beweisen will, auf die alte Heeresdienstvorschrift angewendet, dienlich sein!), aber wenn Ernst Jünger Mitautor ist, so habe ich den Autor Jünger natürlich auch in diesem Text gespürt und erfahren, denn, was immer sie sonst gewesen sein mag: Präzis war sie, die Heeresdienstvorschrift, deren Inhalt mir aufs äußerste mißfiel, deren formalistischen Rang ich aber erkennen konnte. Der von Literaten konstruierte, von Bürgern leidenschaftlich aufgenommene – wie ich finde – künstliche Gegensatz von der reinen und der engagierten Literatur ist ja auch in Ernst Jünger aufgehoben.

Ich ziehe den subtilen Jäger und Kriegsbuchautor Ernst Jünger dem Erzähler vor. Das Symbolisch-Lehrhafte, mit dem etwas demonstriert werden soll, ist mir auch bei Bert Brecht weniger zugänglich als seine Gedichte. Am Erzähler Jünger fällt mir auf, daß er – als Erzähler, nicht als Person! – so selten mit Frauen umgehen kann; es kommt da manchmal etwas peinlich »Kasinohaftes« hinein.

Was mich an Ernst Jünger in Erstaunen versetzt, ist die (möglicherweise nur scheinbare) Unberührtheit. In manchen langen und offenen Gesprächen mit jungen Leutnants während des Krieges ist mir klargeworden, welche Bedeutung Ernst Jünger für eine, wahrscheinlich für zwei Generationen von Offizieren gehabt hat. Er war ihr Prophet, er war ihr Magier, er war ihr

Meister vom Stuhl, und ich hatte – gerade weil mir ihre Denkweise und ihre Existenz so fremd waren – viel Sympathie, die manchmal nahe an Freundschaft herankam, für diese Todeskandidaten.

Das meiste an Ernst Jüngers Werk ist mir fremd geblieben: das Zelebrative, Weihevolle, Eingeweihte. Als mich neulich jemand, wohl provokativ, fragte, was ich denn mit Ernst Jünger gemeinsam haben könnte, fielen mir einige (zunächst bloß statistisch) gemeinsame Merkmale ein: Wir sind beide Deutsche, beide deutsche Autoren, wir haben beide am Zweiten Weltkrieg teilgenommen, wir lesen – wie ich, was Ernst Jünger betrifft, den *Strahlungen* entnahm – beide regelmäßig die Bibel, und – etwas für einen Zivilisten wie mich absurd Lächerliches, für einen Soldaten aber Wichtiges – sogar die Waffengattung haben wir gemeinsam gehabt, und es gibt da »Begegnungen«, die ich in den »Strahlungen« entdeckte: als junger Soldat, der sich, wann immer er konnte, Dienstreisen nach Paris erschlich, kaufte ich die mir noch unbekannten Werke und Tagebücher von Léon Bloy, die ich mir in Cafés und Wartesälen entzifferte – zur gleichen Zeit, als auch Ernst Jünger in Paris Bloy las.

Judasbild und Judenbild: Die Verteufelung der anderen

Über Walter Jens, »Der Fall Judas«

Es ist schon merkwürdig, daß dem Petrus die dreimalige Verleugnung eher den fast liebenswürdigen Kredit menschlicher Schwäche eingebracht hat; dreimal – und in welcher Situation des Hohnes und der Verlassenheit! – krähte der Hahn, es weinte einer bitterlich und wurde später der erste Papst. Der andere, Judas, warf die Silberlinge in den Tempel, bekannte, er habe unschuldig' Blut verraten, verzweifelte und beging Selbstmord. Man muß, glaube ich, wenn man über den Fall Judas liest, den Fall Petrus immer in Ergänzung dazu denken, die beiden »Karrieren« gegeneinanderhalten, dazu denken muß man auch, daß Petrus, obwohl doch eindeutig Jude wie alle Jünger und Apostel, nie als »typisch jüdisch« interpretiert und dargestellt wurde. Der Jude, nicht ein Jude, blieb doch Judas: immer die Hand am Geldbeutel, geldgierig, ein Verräter; und es gehört wohl in diesen Themenkreis, daß im landläufigen Passionsspiel die Händler-, die Geldwechslerszene fast immer im Mittelpunkt steht, als wären die Händler und Geldwechsler nicht an allen Pilgerorten präsent, in Lourdes und Fatima, Rom, Kevelaer und anderswo.

Es war höchste Zeit, daß einer sich des Falles Judas einmal annahm. Walter Jens tut es auf eine einleuchtende Weise. Er läßt den Franziskaner Berthold B. einen Seligsprechungsprozeß für Judas beantragen, und ausgerechnet in Jerusalem. Der Fall, der zunächst hoffnungslos erscheint, wird dann korrekt nach kanonischem Recht durchgeführt. Der Patriarch von Jerusalem nimmt den Antrag an, der Prior des Augustinerklosters in Jerusalem übernimmt das Amt des Glaubensanwalts. Es wird verhandelt, Zeugenaussagen werden gesammelt, theologische Gutachten. Und nach zwei Jahren wird das umfangreiche Konvolut ordnungsgemäß nach Rom überstellt, wo der Protonotar zunächst die Ordnungsmäßigkeit der Unterlagen prüft und dann der Prokurator der Ritenkongregation, Kirchenjurist und Lizentiat der Theologie, Ettore P., seines Referentenamtes waltet, Berthold B. als bestellter Postulator Wohnung nimmt.

Die vielen Feinheiten, auch Spitzfindigkeiten theologischer, archäologischer, philologischer und psychologischer Art wiederzugeben, die Walter Jens in bester (und hier einzig angebrachter) Rhetorik anführt, dazu fehlt hier der Raum. Die Plädoyers und Schriftsätze von Berthold B., des Patriarchen von Jerusalem, der zusammenfassende Bericht von Ettore P., der die Nullierung des Verfahrens beantragt, die eingeflochtenen und eingestreuten exegetischen Passagen, die geschichtliche und politische Bedingtheit der Gutachten (etwa der südamerikanischen Theologen), das Problem Prädestination *und/oder* freier Wille. Das Jesuswort »Was du tun willst, tu schnell«, das Versprechen der zwölf Throne im Himmel.

Tat Judas nicht das für die Erlösung Notwendige, war er ein National- oder ein Sozialrevolutionär? Nicht nur die Pros in ihrer Subtilität scheitern, auch die Kontras erweisen sich als überflüssig, denn abgeschmettert wird der Antrag, weil man an der Überlieferung festhalten muß, und der Befürworter der uneingeschränkten Tradition schämt sich nicht, sogar die bildende Kunst mit ihrer Judasüberlieferung in seinen Dienst zu nehmen; gleichzeitig wird die Poetik, die es da wagt, Übersetzungsfehler zu reklamieren (behauptet sie doch, das griechische »paradidonai« sei mit »überliefern« richtig, mit »verraten« falsch übersetzt!), verworfen, verworfen wird auch der Verdacht, der gute Johannes habe seinen Text manipuliert, habe Anti-Judas-Propaganda betrieben.

Überhaupt: diese Neuerer, die da an Texten herumdeuteln, deren Auslegung feststeht und die durch die bildende Kunst bestätigt sind. Als ob es auf den einen oder anderen Übersetzungsfehler ankomme, wenn es darauf ankommt, nicht nur das *Judasbild*, auch das *Judenbild* in seiner eingängigen und tief eingegangenen Teuflischkeit zu erhalten. Judas ein Mensch? Gar ein Mensch wie du und ich? Und er sollte etwa noch an der *felix culpa* teilhaben, die da in der Osternacht mit wahrer Wollust gepriesen wird? Nein, der Antrag ist abzulehnen, und nicht nur das, man muß sich vorbehalten, gegen Zeugen und Richter in diesem Verfahren wegen erwiesener Ketzerei vorzugehen. Ehre sei Gott.

Doch dieser Ettore P., konservativ korrekt, Jurist, gläubig, sieht sich zwei Jahre später selbst verketzert, laisiert, zum Ettore P. Pedronelli degradiert, den der verstörte, längst zum Judas gestempelte Berthold B., der Hohn, Verfolgung, Verteufelung erfährt, noch einmal aufsucht. Und nun nimmt Ettore Pedronelli

die – man muß schon sagen – Judasnachfolge auf und auch den »Fall Judas«. Konservativ, gläubig, Jurist ist er geblieben.
Der Fall Judas, mit nicht nur geschliffenen und gescheiten, mit leidenschaftlichen Plädoyers aufgenommen, wird schließlich, nachdem er zum Fall Berthold B. geworden war, zum Fall Ettore P., der ebenfalls des Hohns, der Verleumdung gewiß sein darf, in diesem undurchdringlichen und undurchsichtigen Labyrinth von Taktik, jenem als Zeitlosigkeit getarnten oder ausgegebenen unermeßlichen Reichtum an Zeit, der Leidenschaft tötet oder ins Irrenhaus treibt, in diesem unbewegten und unbewegbaren, permanenten Aktenchaos, an dem jeder Zeitarme, jeder Sterbliche also, scheitern muß.
In diesem kurzen, gedrängten Buch (in dem sich, wie ich finde, ein Theaterstück oder eine Oper verbirgt) hat Walter Jens nicht nur den längst fälligen Fall Judas aufgenommen, nicht nur die bild- und textgeschichtliche Entstehung des Antisemitismus; noch einmal und wieder die Verteufelung und Verketzerung des »Anderen«, des Negers, des Dissidenten, des Verräters, des Abtrünnigen, der nichts weiter getan als seine Pflicht oder auch nur seine »Pflicht«. O felix culpa!

Was las Hindenburg?

Fragen nach dem Lesen von Peter Brückners Untersuchung, »Sigmund Freuds Privatlektüre«

Die Frage, was Lektüre an- und ausrichtet, was Bücher bedeuten und bewirken, ist noch zu sehr *Markt*forschung geblieben, angehängt an Auflagenhöhe, Beliebtheit, Bekanntheit, an Moden und Trends der aktuellen Szene; ein Buch, das zwei Jahre alt ist, hat kaum noch eine Chance, besprochen, bekanntgemacht zu werden, und was geschieht mit Büchern, die zwanzig, vierzig, hundert und mehr Jahre alt sind: Stendhal oder Sterne etwa, die ja in einigen Ausgaben zu haben sind und wohl gelesen werden? Ich erinnere mich des Romans *Und keiner weint mir nach* von Siegfried Sommer, in dem einem jungen Arbeiter von einer Bibliothekarin Jack Londons *Martin Eden*, empfohlen wird: und dieser Roman wird bestimmend für sein Leben. Im Zusammenhang mit der aktualisierten Diskussion über Gewalt wäre es auch wichtig, einmal die Quellen der Gewalt in unserem herkömmlichen Bildungsgut zu erforschen: im Alten Testament, der Odyssee, der Aeneis, dem Nibelungenlied, dem Bellum Gallicum und im *Asterix* als einer Art Anti-Bellum-Gallicum. Ich erinnere mich des Slogans: »Das Buch, ein Schwert des Geistes.« So gewaltlos klang das auch nicht.

»*Privat*lektüre«, wie sie Peter Brückner an einem Geist wie Sigmund Freud erforscht, ist doch für die meisten Menschen jede Lektüre, aber man bedenke dann, welche Bedeutung etwa Hitlers (Privat)-Lektüre nach 1923 für die Weltgeschichte bekommen hat. Was las Hindenburg? Oder Lyndon B. Johnson? Wahrscheinlich waren beide nicht unbedingt Büchernarren, wie Sigmund Freud es von Jugend auf war, der schon als Siebzehnjähriger sein Konto beim Buchhändler dauernd überzog. Der »Historiker der menschlichen Seele«, wie Alfred Döblin laut Brückner Freud genannt hat, war, was sein eigenes Leben anging, »von einer geradezu aggressiven Diskretion« (L. Marcuse).

In dieser gelehrten Arbeit von Peter Brückner, deren Wissenschaftlichkeit mit ihren zahlreichen Hinweisen und umfangreichen Quellenangaben ich keineswegs gerecht werden kann, wird unter anderem Joseph Conrad zitiert: »Von allen toten Objekten, von allen Schöpfungen der Menschheit stehen uns Bücher am nächsten, denn sie enthalten unsere Gedanken, unseren Ehrgeiz, unsere Empörungen, unsere Illusionen, unseren Glauben an die Wahrheit und unsere beharrliche Neigung zum Irrtum.« Trifft das zu, traf das je zu, trifft es *noch* zu, und auf wen? Haben Kino, Fernsehen und Funk den Leser wirklich in den Zuschauer und Hörer verwandelt? Man weiß da einiges über Lesequantitäten, über Lesequalitäten weiß man fast nichts; nicht alles, was geschieht, geschieht ja auf dem Markt.

Die Schwierigkeit bei der Beurteilung von Freuds Privatlektüre (und dieser Schwierigkeit ist sich Peter Brückner bewußt) ist die Frage, ob man die professionelle Lektüre – etwa die Dostojewskijs, die ja wohl *auch* Privatlektüre war – und die private – etwa Sternes und Dickens' – wirklich voneinander trennen kann. Ist alles, was nicht direkt in Forschungsarbeiten ausgewertet wurde, wirklich privat geblieben, oder nicht doch, vielleicht nur »irgendwie«, in die Arbeit eingegangen? In die Existenz doch gewiß. Ich stelle diese Frage, die ich nicht beantworten kann, als ein *Leser,* dessen Beruf das Schreiben ist und der noch lange nicht über alles schreibt, was er liest. In diesen beiden Eigenschaften – als Leser und Schreiber – finde ich Peter Brückners Buch aufschlußreich, anregend und wichtig, und denke mir, daß man die Erforschung von (Privat)Lektüre ausdehnen sollte auf Politiker, Arbeiter, Angestellte, Pfarrer, Lehrer, Akademiker. Man weiß zu wenig von denen, die lesen, weiß zu wenig von ihrer Phantasie, die oft die des Autors übertreffen mag. Immerhin schrieb Freud selbst: »Phantasieren und arbeiten fällt für mich zusammen, ich amüsiere mich bei nichts anderem«, und Peter Brückner kommentiert klug: »So ist selbst bei einem Manne seiner Arbeitsamkeit nicht auszuschließen, daß im einen oder anderen Fall (von Lektüre) der Hang zum Buch zwei widerstrebende Tendenzen versöhnt hat: die Neigung zur Faulheit und den Widerwillen gegen Beschäftigungslosigkeit.«

Es fällt auf, daß unter den von Freud privat bevorzugten Autoren, die Peter Brückner ausfindig gemacht hat, überwiegend Briten sind, mit der Ausnahme des Dänen Jens P. Jacobsen, des Niederländers Multatuli (Dekker) und des großen Cervantes. Aus dem englischen 17. Jahrhundert John Milton, aus dem 18. John Fielding und Laurence Sterne, aus dem 19. William Thakkeray, Charles Dickens und George Eliot (Mary Ann Evans) –

Nord- oder Nordwesteuropäer (außer Cervantes) alle und alle aus reformierten Ländern, in denen die neue Kirchlichkeit schon erheblich bröckelte und das Bürgertum im Kampf um seine Freiheiten schon erheblich weiter war, als es das in Deutschland zu Freuds Lebzeiten erhoffen durfte. Bleibt der einzige Katholik (oder sollte man »Katholik« sagen?) Cervantes. Was sie alle gemeinsam haben: Kritik an ihrer Gesellschaft, Rebellion gegen sie, Reformationsdrang, Empörung gegen Heuchelei und Nostalgiekritik am »Überbau« – bundesrepublikanisch aktuell ausgedrückt: lauter ziemlich radikale Autoren, nicht sonderlich »positiv«, und das Erstaunliche ist: obwohl alle mehr oder weniger »zeitgebunden«, doch »zeitlos«, oder müßte man sagen: weil zeitgebunden zeitlos? In zwei sehr sensiblen und kenntnisreichen Exkursen über die englische Gesellschaft und Literatur im achtzehnten und neunzehnten Jahrhundert, Hinweisen auf die politisch-sozialen Hintergründe Hollands gibt Brückner den notwendigen Einblick in das Zeitgenössische. Inzwischen sind Romane schneller »historisch« als noch im neunzehnten Jahrhundert, und man müßte schon fast einem Roman, der in den fünfziger Jahren unseres Jahrhunderts erschien, wenn man ihn heute interpretieren wollte, den entsprechenden Hintergrund mitgeben. Um Brückner intensiver und seiner Arbeit gerecht werden zu können, müßte man alle diese Autoren noch einmal lesen und sie in der notwendigen Zeitverschiebung sehen: was bedeuten sie zu ihren Lebzeiten, was zu Zeiten Freuds, was bedeuteten sie heute, und man müßte die Frage prüfen, wie Zeitgenossenschaft sich über Jahrhunderte erhalten kann, wo sich doch die Zeiten so sehr »ändern«, und wieviel ewige Wahrheit enthält so ein Autor, der im Zeitgeist und gegen ihn geschrieben hat? »Man tut gut daran, die Phantasie der Kinder reinzuhalten, aber diese Reinheit wird nicht bewahrt durch Unwissenheit«, schrieb Multatuli, der als Wüstling, als »liederliches Genie« galt und doch von sich selbst schreiben konnte: »In ganz bürgerlichem Sinn genommen, meine ich, daß es wenig Philister gibt, die so brav leben wie ich.«

Liegt nicht auch in diesem Widerspruch zwischen Werk und Leben Freuds Scheu, seine »geradezu aggressive Diskretion«, gegenüber Biographien begründet, in der Scham vor platter Identifikation von Autor und Werk, Leben und Phantasie? Brückner hat diese Diskretion überall gewahrt, nirgendwo wird er zudringlich, interpretiert, aber unterstellt nicht. Man entdeckt mit ihm gemeinsam nicht nur einen neuen, den Leser Freud, auch die Autoren, vor allem Multatuli, der hierzulande nicht greifbar zu sein scheint, und Jens P. Jacobsen, der in *Niels Lyhne* schrieb: »Der ungeheure Liebesstrom, der jetzt zu Gott emporsteigt, an den man glaubt, wird sich, wenn der Himmel leer ist, über die Erde ergießen.« Ist in einem solchen Satz nicht eine ganze Theologie der sechziger und siebziger Jahre unseres Jahrhunderts vorhergesehen oder vorweggenommen, und liegt nicht in solchen Sätzen die Rechtfertigung von Literatur, nicht als Ersatz für jenes direkte Leben und die direkten Aktionen, um die Freud noch das »Gesindel« beneidet hat; könnte es nicht umgekehrt sein oder werden: daß die »Gebildeten« sich dem »Gesindel« verständlich machen und das Gesindel den Gebildeten hilft, zu leben? Bilden sich nicht diese beiden »Klassen«, jede für sich, zu viel ein? Freud ergänzt das Zitat aus *Niels Lyhne* auf seine Weise: »Die Erde ist ein kleiner Planet, eignet sich nicht zum Himmel. Wir können dem, der uns folgen will, keinen vollen Ersatz versprechen für das, was er aufgibt. Ein schmerzliches Stück Verzicht ist unvermeidlich«.

War Freud ein großer Verzichter, war er der »Puritaner«, für den ihn einige Interpreten halten, und war – das wäre die an Peter Brückners Buch zu stellende Frage, die Brückner selbst in seiner Schlußbemerkung stellt – für Freud Lesen »Ersatz« für Leben, das er nicht leben konnte, um das er eben gelegentlich das »Gesindel« beneidete? Könnte man vielleicht mit einer Gegenfrage antworten: Versagt sich das »Gesindel« nicht etwas, wenn es nicht liest, oder wird ihm nicht Leben versagt, wenn man ihm das Lesen (übers Buchstabieren hinaus!) versagt? Frage und Gegenfrage sind wichtig, weil sich in der Kunstfeindlichkeit eines Teils der Linken nach meinem Verständnis fast etwas wie Lebensfeindlichkeit zeigt oder verbirgt. Stimmt das noch: »Der Glückliche phantasiert nie, nur der Unbefriedigte«, und stimmt Balzacs Bemerkung, die Brückner zitiert, noch »Chaque femme avec laquelle on couche est un roman qu'on n'ecrit pas«? Man müßte die Leser, diese immer noch unbekannten Wesen, fragen, und was die Autoren betrifft, so habe ich manchmal den Eindruck, daß Balzacs Spruch bei einigen von ihnen in der Umkehrung gilt »Chaque femme avec laquelle on couche c'est un roman qu'on ecrit«. Doch wichtiger im Zusammenhang mit all diesen

Problemen, die Brückners Buch aufwirft, sind die Leser, ihre Lektüre, was sie anrichtet, was sie bewirkt, wohin sie sie führt. Gewiß geschieht das Wichtigere weitab vom Markt. – Was las Adenauer, was liest die englische Königin?

Zum Fall Kocbek

Es wäre nicht nur schwer zu verstehen, es wäre unfaßbar, wenn Marschall Tito nun auch die zweite Verfolgung seines alten Kampfgefährten Edvard Kocbek durch Stillschweigen billigen würde. Nur er kann hier helfen, indem er sich auf die Ebene der Wahrnehmung zurückbegibt. Kocbeks Position während der Partisanenzeit war einmalig. Im Europa des Widerstands gibt es kaum Vergleichbares: Kocbek, Lyriker, Lehrer, fast Lehrmeister der katholischen slowenischen Jugend, brachte im Geiste einer renouveau catholique das katholische Slowenien in die Widerstandskoalitionen ein. Er, der katholischen Hierarchie so verdächtig wie abgeneigt, war dazu als Wortführer einer katholischen Moderne im Sinne Mouniers, durch seinen Werdegang, seinen Einfluß, seine Autorität und Glaubwürdigkeit, wie vorgesehen und vorbestimmt.
Gewiß war für ihn diese Koalition aus den verschiedensten Gruppierungen ein Modell für die Politik im befreiten Europa. Später erfuhr er, welche grausame Art der »Befreiung« und »Humanität« man gegen die Weißgardisten und wohl auch gegen deutsche Kriegsgefangene walten ließ. Viele von ihnen wurden umgebracht, und das entsprach keineswegs den Vorstellungen und auch Abmachungen. Edvard Kocbek schrieb darüber in seinen Kriegstagebüchern mit dem Titel *Tovarisija.* Sie wurden gedruckt, aber nie ausgeliefert. Seit fünfzehn Jahren haben sie verschiedenen deutschen Verlagen vorgelegen; keiner griff zu. War dieser stille und zarte slowenische Dichter, der nie schimpfte, der sogar seine Bitterkeit und Verbitterung in himmlische Höflichkeit zu kleiden wußte, war er nicht sensationell, nicht auffällig genug? War der Stoff zu heikel? War Slowenien zu sehr abseits, wurde da nicht laut genug geschrien? Die Gelegenheit, einen politisch wie geistesgeschichtlich einmaligen Vorgang, miterlebt und dargestellt von einem leidenschaftlichen, auf poetische Weise aufmerksamen Zeitgenossen, deutschen Lesern zur Kenntnis zu bringen, wurde versäumt. Nun wird Edvard Kocbek auf dem Umweg über die Sensation bekannt; das wäre nicht notwendig gewesen, mag man es jetzt auch als »unvermeidlich« bezeichnen. Nun wird auch er zum Fall. Es spricht nicht unbedingt für echte verlegerische Neugierde und Spürsinn, wenn ei-

ner erst zum Fall werden muß, bevor man auf ihn aufmerksam wird. Kocbeks Bücher liegen seit mehr als zwanzig Jahren vor.

Offenbar soll er nun in Jugoslawien zum Vehikel eines Machtkampfes werden, der schon an Marschall Tito vorbeigehen wird, wenn er sich nicht endlich wieder auf die Ebene der Wahrnehmung begibt. Ich erinnere mich eines Fotos, das den jugendlichen Edvard Kocbek neben dem noch jugendlichen Josip Broz Tito in einem Partisanengeheimquartier zeigt. Ein Foto, das Hoffnung und Freundschaft ausstrahlt. Schließlich hat Kocbek nicht nur – mit anderen – das katholische Slowenien »eingebracht«, über den slowenischen Katholizismus gab es Verbindung zu Klöstern, durch diese dann Verbindungen zum Vatikan, die keineswegs nur moralisch, sondern in sehr heiklen Situationen sich als politisch nützlich erwiesen. Dankbarkeit zu *erwarten* angesichts der unvermeidlichen Enthüllungen, die in Kocbeks Büchern zu lesen sind, wäre wohl töricht. Aber es ist nie töricht, es ist immer ein Zeichen von Größe, Dank *abzustatten* einem alten, sehr mutigen und sehr nützlichen Kampfgefährten, der den Hackmessern mediokrer Funktionäre ausgeliefert werden soll.

Größe besteht darin, Dank abzustatten, *nicht* zu vergessen, Größe, das heißt auch Aufmerksamkeit und Höflichkeit – und es würde nur ein Minimum von all diesem bedeuten, wenn Marschall Tito den kleinen und zarten Poeten, seinen Kampfgefährten und ehemaligen Kabinettskollegen, nicht jenen Wölfen überlassen würde, die Fälle genug produziert haben, peinliche Fälle: das Abstoppen neomarxistischer Forschung im internationalen Dialog, die Fälle Gotocac und Mihailov, skandalös genug. Soll es nun auch den Fall Kocbek geben? Wird man nun den einzigen slowenischen Dichter spiritualistischer Herkunft, der zwar zart ist, aber auch die Zähigkeit eines Gläubigen besitzt, ausliefern, nur weil er als leidenschaftlicher und aufmerksamer Zeitgenosse nichts verschweigen wollte? Jugoslawiens Ruf ist nach den aufgezählten Fällen angeschlagen genug. Man kann diesen Ruf aber noch ruinieren. Oder nimmt Marshall Tito nicht mehr wahr, was um ihn herum geschieht? Hier steht ein alter Partisan im Feuer einer Kampagne, ein eigenwilliger, aber ein Kampfgefährte – und mit ihm und hinter ihm eine große Minderheit.

Vilma Sturm

Während ich nachdenke, worüber Vilma Sturm schreibt – und sie schreibt nur über Themen und Gegenstände, die sie genau erforscht hat, fällt mir ein, daß es leichter ist, festzustellen, worüber sie nicht geschrieben hat: etwa über Militärgeschichte und -politik. Vielleicht sollte sie es gelegentlich tun, und wenn sie es täte, sie würde mindestens beim Kriege zwischen Rom und Karthago anfangen, Militärpolitik zu studieren und anläßlich der Schlacht bei Cannae, Strategie zu erkennen, und sie würde versuchen, beiden Problemen oder Themen gerecht zu werden. Jeder Sache, über die sie schreibt, gerecht zu werden, das ist ihre Last und ihr Verdienst; sie ist eine der wenigen Schreibenden, auf die viele Bezeichnungen zutreffen und keine ausschließlich: Autorin, Journalistin, Kritikerin, Reporterin, und wenn einer manchmal die leichte Hand zu spüren glaubt und das Wort »feuilletonistisch« anwenden möchte, nicht im freundlichsten Sinn: gerade das, eine Feuilletonistin ist sie nicht, obwohl ihr Schicksal ist, fast ausschließlich im Feuilleton und im feuilletonistischen Reiseblatt zu schreiben. Gerade der Leichtsinn, der zum Teil den Feuilletonisten ausmacht, den hat sie nicht, und sie ist doch, überzeugt und mit Leidenschaft, Rheinländerin, wenn auch noch mehr zum Niederländischen hin zu Hause als die Kölner, und was sie außerdem ist, ist so selbstverständlich, daß ich's kaum auszusprechen, hinzuschreiben wage: katholisch – was immer das genau sein mag, aber sie ist's, und sie ist's »richtig« – nicht »unreflektiert«, aber auch gar nicht very sophisticated. Sie ist eine Gründliche und nimmt wohl manches schwerer als notwendig, und mögen die, die die Rheinländer für leichtfertig und leichtsinnig halten, sich den Kopf darüber zerbrechen. Ob Schottlands Rhododendronwälder oder der theologisch, soziologisch und milieubedingte Kummer irgendeines Kaplans, es geht ihr nahe, und vielleicht wäre sie sogar geeignet, Bischofskummer zu ergründen.

Wir Deutschen haben eine peinliche Art, Probleme und Komplexe, die durchaus der Betrachtung und Analyse wert sind, mit peinlichen, manchmal fast tödlichen Namen zu benennen: Vergangenheitsbewältigung anstelle von etwa »Erinnerung an erlebte Geschichte«, und wo wir möglicherweise einfach sagen müßten, daß wir uns die Elemente Erde, Wasser, Feuer, Luft erhalten sollten, da nennen wir das scheußlicherweise »Umweltschutz«, damit wieder eine Schublade gefüllt ist und eine Klappe fallen gelassen werden kann. Was mit »Umweltschutz« (oder noch schlimmer: Umweltschützer) benannt und schubladisiert ist, das ist von Anfang an Vilma Sturms Sache gewesen, und sie hat eine intensive Methode, einer, jeder Sache gerecht zu werden: Quellenstudium im doppelten Sinne: nachlesen, lesen, sich informieren und dann einer Sache nachgehen per pedes oder nachfahren per velociped: ja, sie erwandert und erfährt die Flüsse und Wälder, die Städte und Parks, atmend, gehend, laufend erforscht sie sie. Das begann wahrscheinlich jugendbewegt, hat sich in Jugend und Bewegung fortgesetzt, ist fortgeschritten (im Sinne von Schreiten), hat sich entwickelt (im Sinne von: aus den Windeln kommen, entwickelt werden und sein) –, und sie schreitet fort: unentwegt, so scheint mir, ohne blind »fortschrittlich« zu sein.

Verzögerter Glückwunsch

Für Karl Rahner

Allmählich schwindet die Bitterkeit, auch Zorn und Ärger legen sich, der Stachel scheint entfernt, die Wunde hat sich geschlossen, es bleiben wahrscheinlich Narben, und Narben zeigt man nicht, oder nur der Frau, der Geliebten, dem Arzt (und unvermeidlicherweise gelegentlich im Schwimmbad). Was bleibt, ist nicht einmal Nostalgie, eher Mitleid mit jener umfangreichen gesellschaftlichen Gruppe, die man »deutscher Nachkriegskatholizismus« nennen könnte. Vielleicht wird sich ums Jahr 1995 herum jemand hinsetzen und die Geschichte dieser Gruppe zwischen 1945 und 1995 zu schreiben versuchen. Ob diese Dissertations- oder Habilitationsschrift einen Verleger finden würde, bleibt eine (für den potentiellen Verleger) bange Frage: Wen interessiert das? Wen wird die relative geschichtliche Bedeutung einer Gruppe noch interessieren, die politisch wichtig, theologisch interessant und statistisch immerhin erheblich war? Worin bestand ihre Kraft, worin bestanden ihre Zerwürfnisse, wer hat da wen oder was um welchen Preis mit welchen Mitteln verraten? Das könnte – wie so vieles Deutsche – für Ausländer interessanter sein als fürs schnöde Inland, denn daß große und wichtige Impulse von der katholischen Theologie dieser fünfzig Jahre fürs Ausland entscheidend waren, wird unbestritten sein.
Ich hoffe, man wird in einer solchen Geschichte Ida Friederike Görres nicht vergessen, die 1947 mit ihrem Brief über die Kirche in den *Frankfurter Heften* eine Fackel entzündete, die dann leider rasch erlosch. Warum erlosch sie, wer hat sie zum Erlöschen gebracht? Natürlich wird man Walter Dirks nicht vergessen, die Gruppe um die Werkhefte, diese »kleine Schar«, die nicht nur mit geringen, die mit fast gar keinen Mitteln so viel bewirkt hat. Gewiß nicht Rahner, Küng, Metz, Ratzinger, Greinacher, Lengsfeld – ich kann sie nicht alle aufzählen. Ich will dem potentiellen Doktoranden von 1995 nicht zuviel vorwegnehmen, nur noch rasch ein paar Peinlichkeiten erwähnen: die allerpeinlichste Fortschrittlichkeit, mit der deutsche Bischöfe in Rom »Weltruhm« erlangten und »Schlagzeilen« machten, und die niederschmetternde provinzielle Heuchelei, mit der sie im eigenen Land jede, jede Hoffnung zerstörten. Inzwischen trägt diese

Fortschrittlichkeit, die ein Rückgriff auf uralte, vergessene und verschüttete Freiheiten war, anderswo Früchte; hierzulande muffige Stagnation innerhalb der Amtskirche. Nein, die Narbe bricht nicht auf, Ärger, Zorn und Bitterkeit wollen nicht mehr aufkommen. Was bleibt, ist Mitleid und Bangigkeit um die potentiellen Opfer einer etablierten Schnödigkeit, wie sie das Milieu immer noch hervorbringt. Ich hoffe, dieser Zukunftsautor wird versuchen, herauszubekommen, falls er noch genug weiß, um die Wichtigkeit dieses Phänomens zu erkennen – wo, wann (oder durch welche Personen) jene Schwelle überschritten wurde, die ich »Exkommunikationsangst« nennen möchte. Und – was hat sich (bis wann?) alles hinter dieser Schwelle gestaut? Was ist, bevor es die Schwelle überschreiten konnte, vernichtet oder gar hingerichtet worden? Gewiß erscheint mir, daß die Schwelle längst überschritten ist und daß sich erst für die, die sie überschritten haben, herausstellt, wieviel Kraft, Freiheit und auch theologisches Genie vor und hinter dieser Angstschwelle gebunden gewesen ist. Neulich las ich im *Publik-Forum* einen Artikel von Regina Bohne über Reinhold Schneider, und mir fiel wieder ein, wie schnöde das Milieu über ihn »hingeschritten« ist. Den allzu selbstgefälligen Linken war er als Konservativer verdächtig, den Konservativen ein Greuel, weil er *als* Konservativer seine Stimme gegen die Wiederaufrüstung erhob. Welch ein geistiges und intellektuelles Schicksal – und welch deutsches! – liegt zwischen *Camoes* und *Winter in Wien.* Als ich den Artikel über Reinhold Schneider gelesen hatte, vergewisserte ich mich seiner Lebensdaten und stellte fest, daß er erst 55 Jahre alt war, als er starb. Mutig während des Krieges, mutig nach dem Krieg. So viele davon hatten wir nicht.

Ich erinnere mich der Bangigkeit von Verleger und Autoren aus der Zeit, als ich als Lehrling in einem Verlag Adressen schrieb und hin und wieder in einen Bürstenabzug hineinsehen durfte. Die bange Frage, hinter verschlossenen Türen und vorgehaltenen Händen geflüstert, lautete: »Was wird die Marzellenstraße dazu sagen?« und – falls ein Manuskript die Marzellenstraße passiert hatte – »Was wird Rom dazu sagen?« Ich habe nie verstanden, wie mutige, gebildete Intellektuelle wie diese Bonner Theologen ängstlich wie Quartaner, die auf das Ergebnis einer Klassenarbeit lauern, vor Rom oder der Marzellenstraße eine solche Angst haben konnten. Noch mitten drin im Milieu, wußte ich natürlich, was für die Herren auf dem Spiel stand, empört war ich darüber in meiner Eigenschaft als »Autor«, der ich damals, knapp zwanzig, schon war. Man mag getrost über den »Autor« lächeln. Weder als Autor noch als Milieugeprägter habe ich damals oder je geglaubt, daß irgendein Bischof, ob von Boston, Rom oder Köln, über irgend jemandes potentielle Teilnahme an irgendwelchen Seligkeiten oder Unseligkeiten entscheiden könnte.

Mir kamen diese liebenswürdigen, zugleich mutigen und ängstlichen alten Herren durchaus nicht verächtlich vor (ich konnte ihre innerkirchliche Problematik schon begreifen), auch nicht peinlich, aber auf eine fürchterliche Weise gedemütigt. Diese permanente Drohung zwischen »Imprimatur« und »Index«! Eine Schande und in schändlichen Händen eine permanente Entwürdigung. Deutschland hat immer gute Theologen hervorgebracht und einen im Durchschnitt mediokren Episkopat. Es ist mir nicht bekannt geworden, daß auch nur ein Bischof dem Lieblingsdichter des Milieus, dem bewundernswerten Reinhold Schneider, beigestanden hätte, als das Milieu über ihn herfiel. Jenes Milieu, das zähnefletschend nach antikommunistischen Handgranaten begehrte, die Adenauer so gern zu liefern bereit war. Es war die Zeit, in der die *Frankfurter Hefte* behutsam auf Pro-Wiederaufrüstung einschwenkten; in der Herr Rommerskirchen und andere weniger behutsam die männliche, andere sehr behutsam die weibliche Katholische Jugend »einbrachten«. Was hat das alles eingebracht? Vielleicht einen Aufsichtsratsposten, einen Sitz im Zentralkomitee und eine progressiv sich steigernde Unglaubwürdigkeit, weil man die Jungen allein gelassen hat, allein auch mit dem unverkennbaren Hohn, der die Wehrdienstverweigerer immer noch begleitet; der sich in einschlägigen Bundestagsdebatten offen auf Physiognomien und im Vokabularium zeigt; und das jungen Männern gegenüber, die nichts weiter tun als von einem Grundrecht Gebrauch machen. (Nebenfrage: *Wer* zerstört hier den Glauben an und das Vertrauen in die Verfassung?) Gewiß wird schon kein Autor oder Intellektueller aus meiner Altersgruppe, der noch aus dem Milieu stammt, sich um irgendwelche Drohungen kümmern, kaum noch verärgert sein über die verschiedenen Kochstellen, wo das Milieu nach wie vor vor sich hinkotzt, Gift in Süppchen tut, sein merkwürdiges Gebräu brodeln läßt. Der Autor von 1995 wird, falls er das

Evangelium wenigstens noch im Ohr hat, dann feststellen können: »Seht, wie sie einander geliebt haben!«

Gewiß meint Karl Rahner in seinem *Strukturwandel der Kirche* als Aufgabe und Chance nicht diese Suppenköche, wenn er von der »kleinen Herde« spricht, aber werden nicht immer noch sie es sein, die der kleinen Herde, die Rahner im Auge haben könnte, die öffentliche Artikulation zubereiten? Gewiß gibt es Millionen von Katholiken, für die Rahners kleines und mutiges Buch wichtig ist, aber steht da nicht zwischen ihm und denen, für die all das lebenswichtig ist (denn der weitaus größte Teil der Menschheit besteht ja nicht aus »Autoren«, die sich frei machen und für frei halten können) – diese fürchterliche katholische öffentliche Repräsentanz? Wie kommen sie – und da ist die pluralistische Gesellschaft, die in »Interessenvertretern« denkt, nicht hilfreich – am Episkopat vorbei, wie an einem so absurden Gremium wie dem Zentralkomitee? Für wen, in wessen Namen, von wem für was beauftragt, sprechen diese Leute eigentlich? Es muß doch (und für mich ist es) zum Umfallen komisch sein, wenn dieses Komitee gnädigerweise auch einem Sozialdemokraten Zutritt gewährt, und natürlich muß der dann Leber oder Schmitt-Vokkenhausen heißen. Wer ist denn da für wen zuständig, wenn der Dr. Vogel (Bernhard, der schwarze) sich anmaßen kann, katholischen Theologen übers Maul zu fahren, bevor noch irgendein Bischof damit anfängt? Es ist nicht zu fassen und geschieht doch. Ich erwähne das, weil ich das Demütigungsmodell hier in Betrieb sehe – und außerdem noch durch militante aktionskatholische Laien. Der verlängerte, der weltliche Arm der »Marzellenstraße«. (Ich bitte um Verzeihung, ich stamme nun einmal tatsächlich aus Köln, und »Marzellenstraße« ist in Köln der Inbegriff für Generalvikariat.)

Ich schreibe dies hier nicht nur für mich, sondern als Hommage für Karl Rahner, für ihn und viele, die ich kenne und an die ich mich erinnere; was im *Strukturwandel* gesagt wird, ist wichtig für viele Menschen, die Frage wäre nur, wie kann man Strukturwandel gegen die verhärtete und uneinsichtige Struktur vollziehen? Als ich auf dem Fernsehschirm Karl Rahner in Würzburg mit bewegter Stimme seine Sache vortragen sah (nicht nur ihn, auch andere, bewegt, engagiert) vor diesem Tribunal, vor dieser Vorstandsbank, auf der etliche Klötze saßen (episkopale und Laien), wurde mir bange um ihn. Das mag herablassend klingen,

ich bitte um Verzeihung, gemeint ist es nicht so. Ich versuche nur, mir vorzustellen, daß es für einen Theologen seiner Herkunft, seiner Entwicklung und – da dies eine Geburtstagshommage ist, darf's wohl erwähnt werden – seines Alters ein anderes Problem ist als etwa für Hans Küng, um den mir merkwürdigerweise nicht bange ist. Sollte irgendein Bischof von Rom oder Rottenburg auf die selbstmörderische Idee kommen, Küng zu exkommunizieren, so wird zwar die übliche Denunziationswelle (gierig von den jederzeit bereiten Milieu-Suppenköchen aufgenommen) sofort in Marsch gesetzt werden (*Private* Denunziation versteht sich), und sie wird Hans Küng wahrscheinlich noch mehr Ekel verursachen, als er ohnehin schlucken muß, aber es wird ihn weder fällen noch treffen. Bei Karl Rahner, wenn er auftritt, und auch in seinem kleinen Buch, sehe ich etwas, das ich »entblößtes Herz« nennen möchte, und die Geschichte der einsamen, verbitterten, von Kirche und Umwelt im Stich gelassenen Theologen ist noch nicht einmal angefangen.
Anderswo vollzieht sich Strukturwandel: Der Erzbischof von Besançon hat sich schon in den ersten Tagen des Streiks mit den LIP-Arbeitern solidarisiert, mit ihnen demonstriert. In Spanien werden ehrwürdige Bischöfe von regierungsfreundlichen Zeitungen als »Kommunisten« bezeichnet; in Belgien unterstützt der Klerus Streiks in der Borinage, und in Brasilien kursieren Hirtenbriefe gegen die Wirtschaftspolitik der Regierung. Vielleicht wird eine Zeit kommen, in der man nicht mehr mutige Theologen mit Exkommunikation bedroht, sondern Mietwucher und Aktiengewinne, und vielleicht wird der Erzbischof von Köln eines Tages sich mit den streikenden Arbeitern der Fordwerke solidarisieren. Nein. Vielleicht doch nicht.

PS. Dieser Beitrag wurde im August 1973 für eine Festschrift zu Rahners 70. Geburtstag geschrieben. Die Festschrift erschien wegen dieses Beitrags *nicht;* er wurde 1975 in *Publik-Forum* und in der *Frankfurter Rundschau* veröffentlicht.

Der gläubige Ungläubige

»Briefe von und an Ludwig Marcuse«

Es wäre notwendig, viel, fast möchte ich sagen alles, aus diesem Briefband zu zitieren, mehr jedenfalls, als in dieser kurzen Anzeige möglich ist. Und wenn ich nun ein Zitat auswähle, dann, weil ich es nicht nur wichtig, sondern bezeichnend finde, möglicherweise sogar für einen Leitfaden ansehe, an den sich Heimkehrende halten könnten. Der fünfundfünfzigjährige Ludwig Marcuse sieht nach sechzehn Jahren Emigration im Juli 1949 zum erstenmal seine Heimatstadt Berlin wieder und schreibt darüber an seine Freunde in Amerika, an die späteren Herausgeber dieses Buches: »Ich fühle mich nirgends so einsam wie in der Stadt, in der ich geboren bin.« Und an anderer Stelle dieses entscheidenden Briefes: »Nichts angetroffen, was zu meiner Vergangenheit gehört. Kein Gefühl gehabt außer Seekrankheit. Weshalb fühle ich mich nicht zurückversetzt? Gestaltpsychologisch zu erklären. Das Hansaviertel z. B. ähnelt so wenig dem Viertel, in dem ich lebte, wie Gustel F. dem Mädchen, mit dem ich Tanzstunde hatte.« Und es folgt der Satz, der nicht nur für Ludwig Marcuse, nicht nur für alle Heimkehrenden, vielleicht auch für Heimatvertriebene aller politischen Schattierungen gelten könnte: »Die Erinnerung hält fest, die Wirklichkeit ist nicht festzuhalten.«

Man könnte diesen Satz, der eine ganze Poetik oder Ästhetik enthält, ergänzen: die festgehaltene Wirklichkeit eines Augenblicks, einer Situation, wird zur Erinnerung, zum Memorandum, und in diesem Sinne wären diese Briefe von und an Ludwig Marcuse Memoranden der Erinnerung an etwas, das Emigration hieß, das man aber Vertreibung nennen müßte. Dreißig Jahre Zeitgeschichte, von 1933 bis 1971, deckt diese Sammlung, und sie enthält, wie jede vergleichbare andere Briefsammlung, eine Geschichte der Emigration, und nicht nur der des Ludwig Marcuse, denn hier werden Brief*wechsel* publiziert, etwa mit der Familie Mann, von und an Hermann Kesten, Alfred Döblin, Robert Neumann. Es werden Schicksale – und nicht nur in Andeutungen – sichtbar, Verstrickungen, Streit, die alltäglichen Kleinigkeiten eines Vertriebenenschicksals in all seinen Empfindsamkeiten, Empfindlichkeiten und auch Kleinlichkeiten, wie sie sich aus dieser besonderen Vertriebenheit ergeben, denn es waren ja Wissenschaftler, Künstler, Intellektuelle, Schriftsteller, die auf eine besonders tiefe Weise mit einem Land verbunden, an es gebunden waren: durch die Sprache. Es gab da ein Deutschland außerhalb des Deutschen Reiches, das man dreißig Jahre nach Kriegsende erst in Ansätzen wahrzunehmen beginnt. Trotz einigen sehr verdienstvollen wissenschaftlichen Publikationen, trotz einigen Kongressen ist dreißig Jahre nach Kriegsende und mehr als vierzig Jahre nach ihrem Beginn noch nicht in angemessener Tiefe und entsprechendem Umfang wahrgenommen worden, was diese Vertreibung angerichtet hat: bei denen, die Deutschland verlassen mußten – und in diesem Deutschland, das sie verlassen mußten. Wahrscheinlich wird man sich noch im Jahre 2200 in althergebrachter Weise darüber streiten, ob das Ende des Nazireichs im Mai 1945 als Niederlage, als Zusammenbruch, als Kapitulation, als verlorener Krieg oder als Befreiung zu verzeichnen sei. Anläßlich des dreißigsten Jahrestages hörte und sah man einiges über das Kriegsende, über die Emigranten sprach man nicht. Deutsche Emigranten – es würde sich lohnen, einmal eine Befragung durchzuführen, was sich die Bundesbürger darunter vorstellen. Waren sie alle Kommunisten, Juden, oder beides? Thomas Mann, Erich von Kahler, Hans Habe oder Bertolt Brecht? Welche Vorstellung mag da herrschen, wenn man Willy Brandt die Emigration vorwerfen und sie bei dem verstorbenen Freiherrn von und zu Guttenberg unerwähnt lassen konnte? Und es wäre wohl auch an der Zeit, darüber nachzudenken, warum so wenige Emigranten wieder in Deutschland seßhaft werden mochten und warum mehr in der späteren DDR als in der späteren Bundesrepublik. Und wenn alle, die in die spätere DDR zurückkehrten, Kommunisten oder Sozialisten gewesen wären, warum kamen dann nicht mehr Nichtkommunisten, Liberale und Konservative in die spätere Bundesrepublik Deutschland? Ist da etwas versäumt oder einfach nicht wahrgenommen worden?

Ich glaube, es ist mehr als versäumte Wahrnehmung, es war das Problem und die Tragik des Nichtwiedererkennens und Nichtwiedererkanntwerdens, wie es am Beispiel Alfred Döblins vielleicht zu erläutern wäre, mit dem Ludwig Marcuse einen umfangreichen Briefwechsel geführt hat. Döblin kehrte schon früh, im Jahr 1945, zurück, lebte in Baden-Baden, später in Mainz, gab eine literarische Zeitschrift heraus – er fühlte sich nicht angenommen nach der Wandlung, die er während der Emigration durchgemacht hatte, und wäre doch – wäre – einer der großen Autoren gewesen, auf die das Etikett »christlich« hätte angewendet werden können und die es angenommen hätten; er wurde nicht erkannt, nicht angenommen, und das in einem Land, einem Staat, einer Gesellschaft, die sich christlich bezeichnen.

Ludwig Marcuse kam im Jahr 1949 zum erstenmal in die Bundesrepublik, über Paris, Zürich näherte er sich – wie mir scheint – zögernd jenem Land, in dem wir damals ahnungslos lebten. Er geriet auf eine hektisch-konfuse kulturelle Szenerie; nicht mißtrauisch, aber skeptisch beschreibt er sie. Im Jahr 1962 kehrte er endgültig zurück, wohnte bis zu seinem Tode im Jahre 1971 hier, und da er streit*bar* – man verwechselt das auf unserer zahmen Szene leicht mit streitsüchtig –, belebte er in Diskussionen, Vorträgen, Artikeln, mit seinen Büchern und – wie diese Publikation erweist – mit seinen Briefen die festgefahrene literarische Szene. Er war keiner Gruppe, keiner Clique zugehörig, war nie als Claqueur zu mißbrauchen. Dieser intensiv gläubige Ungläubige, der sich selbst als ›bejahrten Philosophiestudenten‹ bezeichnete, vollzog immer wieder in seiner Philosophie, in seinen Artikeln und Büchern etwas, was man Kulturrevolution am eigenen Leib nennen könnte, und so blieb er auf die einzig mögliche Weise jung: indem er sich über sein Alter nichts vormachte; er war bereit, und beweist es in seinen Briefen, sich selbst immer wieder zu überprüfen, an sich selbst die Zeit, in der er lebte; und so ist denn auch sein wichtigstes Kennzeichen leidenschaftliche Zeitgenossenschaft. Gewiß hat er sich wie alle leidenschaftlichen Zeitgenossen nie Gedanken darüber gemacht, was von ihm ›überleben‹ würde, und gerade deshalb wohl wird seine Frische und auch seine gelegentliche Frechheit Dauer haben, und nicht nur das: auch manche seiner Mitteilungen: etwa die über die Umstände, unter denen Ernst Toller starb; der einmalig liebenswürdig-ironische Brief, in dem er Alma Mahler-Werfels Materialismus-Mißverständnis zurechtzurücken sucht. Ludwig Marcuse war nicht nur ein großartiger Briefschreiber, er war – und das eine ist die Ergänzung des anderen – auch ein glücklicher Briefempfänger: offenbar spürten alle, die ihm schrieben, auch wenn er sie nicht schonte oder geschont hatte, seine Herzlichkeit

hindurch. In seiner Existenz gab es diese Trennung zwischen Emotion und Erkenntnis nicht; nicht die neutrale oder neutralistische Vorsicht, mit der man Freundschaft verweigern kann. Ludwig Marcuse nahm Partei, und darin gleicht er seinem frequentesten Briefpartner, Hermann Kesten, einem großen, raschen, liebenswürdigen Briefschreiber und -sammler.
Wahrscheinlich sind Publikationen dieser Art ein verlegerisches Risiko; sie gehören zu dem Kulturgut, das gerettet werden muß, wenn man sich eines Tages daranmachen wird, den Bruch und Zusammenbruch, der durch die Emigration gekennzeichnet ist, zu erforschen. Briefbände dieser Art, vom Herausgeber Harald von Hofe durch einen sorgfältigen Apparat mit vielen Anmerkungen ergänzt, sollten subventioniert werden: und nicht nur Briefbände von bekannten oder berühmten Persönlichkeiten, auch solche von namenlosen und unbekannten.

Zeit des Zögerns – Der Zar und die Anarchisten

Über Jurij Trifonow, »Die Zeit der Ungeduld«

Eine Zigeunerin in Paris hatte dem Zaren Alexander II. prophezeit, sieben Attentate würde er überleben. Das sechste fand im Februar 1880 statt und bestätigte die Wahrsagerin: Es war dem Tischler Stepan Chalturin gelungen, sage und schreibe 150 Kilogramm Dynamit in das Winterpalais zu schmuggeln, und der Zar hatte diese fürchterliche Explosion überlebt. Chalturin entkam, während die Zündschnur noch schwelte; Wachsoldaten und Personal entkamen nicht. Und obwohl die Zeichen ungünstig standen (er hatte am Abend vorher beim Whist sein eigenes Bild vom Tisch gestoßen), ließ Alexander II. sich schon wenige Wochen später, am 1. März 1880, ausfahren, um eine Parade abzunehmen und bei seiner Lieblingskusine Tee zu trinken. Wie konnte er ahnen, daß im siebten Attentat das achte enthalten war? (Ein Zwillingsattentat, das als Drilling geplant war, denn als neuntes Attentat war Scheljabows Dolchstoß in Reserve gewesen, doch war Scheljabow im letzten Augenblick verhaftet worden.) So entging der Zar dem siebten Anschlag, Ryssakows Schuß, und erlag dem achten, Grinewitzkijs Bombe, die wenige Sekunden später geworfen wurde.

Vorbereitungen und Ausführungen des geglückten Anschlags und einiger mißglückter Attentate bilden den Handlungsfaden dieses erstaunlichen Buches von Jurij Trifonow, *Die Zeit der Ungeduld*.

Trifonow begibt sich in die spannungsgeladene Tradition russischer »Langatmigkeit« und wird doch weder konventionell noch spekulativ. Man muß den Glücksfall der Übersetzung von Alexander Kaempfe hinzuzählen, wenn man sich fragt: was ist das für ein Land, für ein Volk, eine Sprache, die nicht nur den Stoff für einen solchen Roman vor der Tür liegen haben, sondern wo ein solcher Roman auch noch geschrieben wird? Wir sollten uns, denke ich, auf einiges gefaßt machen, nicht nur von Trifonow oder Woinowitsch. In Trifonows Roman wird vom Autor weder gerichtet noch hingerichtet; Trifonow hält sich an keinerlei Klischee, weder ideologisch noch in seinen Formalitäten. Er bietet keine Revolutionärs-Ikonographie und hält sich an kein gängiges Kritiker-Klischee, nach dem ein Roman in eine bestimmte Kategorie zu gehören hat. Er nimmt das offenbar unerschöpfliche Phänomen »russische Nihilisten und Anarchisten im 19. Jahrhundert« auf, und diese historisch erfaßbare (und erfaßte), sehr heterogene Gruppe wird, obwohl sie reichlich in Aktionen und deren Vorbereitung verwickelt ist, dennoch eher in ihren Gesprächen und Zusammenkünften erfaßt, in den geglückten Augenblicken der Solidarität, deren Zerbröckelung und Wiederherstellung durch die beiden erstaunlichen und doch nicht hagiographisch hingestellten Männer Andrej Scheljabow und den »Hausmeister« Alexander Michailow. Und nicht nur beim Zaren, auch bei ihnen spielen trotz Planung, ideologischer Auffrischung immer wieder das »Schicksal« und diese unfaßbare »Zigeunerin« hinein. Obwohl viel geschieht und viel getan wird, erscheint mir die Handlung sparsam; vorherrschend ist die von innen und von außen betriebene Auflösung der Gruppe. Trifonow hat in diesem Roman verschiedene Romantypen, den historischen, psychologischen, den lyrischen und den Kriminalroman in- und aufeinandergebracht; diese Romantypen sind miteinander verwoben.

Endlose theoretische Auseinandersetzungen, Rivalitäten, Eitelkeiten, Eifersüchteleien, Torheiten, Liebenswürdigkeiten – und doch letzten Endes der Ernst des gemeinsam gefaßten Entschlusses, den Zaren zu ermorden; und diese Tat, die der Befreiung dienen, den Aufstand auslösen sollte, wird doch nur zum Signal für eine Tendenzwende: An Stelle des immerhin andeutungsweise liberalen Loris-Melikow kommt mit Alexander III. der oberste aller Reaktionäre, Konstantin Pobedonoszew, an die Macht, und schon kurz vor dem Mord werden auf der Straße »verdächtig aussehende Brillenträger und Langhaarige verhaftet«.

Nicht nur Spitzel, auch Verräter – auf beiden Seiten. Eine der wichtigsten Figuren ist der unscheinbare, fast unbedarfte Kleinbürger Nikolaj Kletotschnikow. Er wird als Informant der Revolutionäre in den Geheimdienst eingeschleust, bleibt der treueste Anhänger der Verschwörer, hält bis zum bitteren Ende durch; seine Motive werden nie so recht klar. Dieser ein bißchen wehleidige Kleinbürger hält sich jedenfalls besser als der intellektuell brillante, eitle und ebenso fulminante Aktivist Grischka Goldenberg, der den Generalgouverneur Kropotkin ermordet hat – und auf den ersten besten Lockspitzel und die plumpen

Anbiederungen des Staatsanwalts hereinfällt. Während der unfreiwillige Verrat Goldenbergs schon schwelt, hält das Ziel – die Ermordung des Zaren – die Gruppe ein letztes Mal zusammen – und die Utopie: »Der letzte Mord – welch eine Versuchung. Und dann beginnt das Reich der Vernunft. Die Gerechtigkeit triumphiert.«

Der Ungeduld der Attentäter entspricht dieses »Zögern von fast mystischer Gewalt« auf seiten des Zaren und seiner Berater, die längst fällige Reformen immer wieder verschieben. Am Vorabend seines Todes unterschreibt der Zar den Ukas über die Wahlmänner! Und während der »Zeit des Zögerns« die immer präsente, kaum definierbare Mischung aus Gewalt, Polizeistaat, Angst, Chaos und Schlamperei. »Die Angst war zu einer Besonderheit von Petersburg geworden, genau wie das feuchte Klima.« Und Chalturin berichtet über das Schloß: »Überhaupt geht es im Schloß schlampig und chaotisch zu. Für uns ist das natürlich von Vorteil, aber man kann nur staunen, von welchen Schlafmützen der Schloßhaushalt geleitet wird.«

Düsterkeit über der Zarenfamilie. Nicht einmal die Liebschaften gedeihen zur Fröhlichkeit. Die einst so jugendlich-liebenswürdige hessische Prinzessin, die Zarin, ist verkümmert – dann kommt auch noch Verwandtenbesuch! Diese dem Zaren verhaßte »hessische Säuernis« auf den Gesichtern der mäkligen Besucher. Und immer schwelt da was: Unglück, Unheil – oder Zündschnüre.

Verglichen mit der düsteren Zarenfamilie sind die Verschwörer fast fröhlich. Nicht angewiesen auf Zigeunerinnen, Chaos, Schlamperei und Ahnungen, wissen sie, was ihnen bevorsteht. »Gelassen«, so berichtet die Stimme Frolenkos, »sprach Scheljabow davon, wie man ihn aufhängen wird, er beschrieb sogar die Hinrichtung.« Sie feiern Feste, singen, trinken, tanzen, ihre Rededuelle entbehren keineswegs der formalistischen Lust, ihre Flugblätter sind brillant formuliert, ihre Druckereien, die immer wieder auffliegen, werden immer wieder als erste neu und rasch eingerichtet. Aus konspirativen Treffs werden Landpartien. Da gibt es eine behutsam durch den Roman transportierte, mit zärtlicher Kühle beschriebene Liebesbeziehung zwischen der »blutjungen Generalstochter« und leidenschaftlichen Verschwörerin Sonja Perowskaja und Andrej Scheljabow. Nach einer poetischen Beschreibung des kargen Zimmers, in dem die beiden sich

treffen: »In diesem Zimmer war eine Liebe, die kein Gestern und kein Morgen kannte, keine Hoffnung, keinen Tagesanbruch. Von allen und jedem gereinigt fiel sie vom Himmel herab wie Schnee. Ihr Los war das Los des Schnees: zu vergehen.«
Nicht nur Unglück, Unheil und Zündschnüre schwelen, auch die Folgen jenes Verrats aus Eitelkeit, den Grischka erst mündlich, in Geschwätzigkeit, später schriftlich und ausführlich begeht. Zu spät erkennt er seinen Fehler – und begeht Selbstmord. Das Unheil läuft nicht nur auf den Zaren, auf diesen 1. März 1880 zu, auch auf die Verschwörer, denen Kletotschnikow schon nicht mehr helfen kann. Die »Zündschnüre« laufen parallel, und die Explosion trifft den Zaren nur um Stunden früher. Nach der Verhaftung tritt eine neue Sorte von Verräter auf, der sie alle durch ein Loch in der Wand identifiziert und ihre Rollen, ihre Tätigkeiten preisgibt: Es ist der famose Iwan (Wanjetschka) Okladskij, dieser lustige, allseits beliebte junge Bombenbastler und Laufjunge, der, offiziell zum Tode verurteilt, von 1880 bis zum Februar 1917, 37 Jahre lang, ein Gehalt vom Polizeidepartement bezieht und erst 1925 als »Kronzeuge« entlarvt wird; aus dem lustigen Wanjetschka ist ein Greis mit leeren, kalten Augen geworden. Schließlich die dritte Sorte von »Kronzeuge«, der neunzehnjährige Nikolaj Ryssakow, dem Trifonow Stimme verleiht: »Natürlich konnte ich nichts erzählen und keinerlei Geheimnisse aufdecken. Nur ein Geheimnis hatte ich von Grund auf begriffen: das Geheimnis des Hungers. Ich hungerte sozusagen auf allen Ebenen. Mich plagte der gewöhnliche Hunger nach einem Stück Fleisch, der Hunger nach einem zusätzlichen Rubel, damit ich mir ein Paar Schuhe kaufen konnte, der Hunger nach Menschen, der Hunger nach Frauen. Sogar noch fünf Minuten vor der Hinrichtung holte Dobrochinskij (derselbe Staatsanwalt, dem Grisoka G. auf den Leim gegangen war) irgend was aus mir raus. Und ich glaubte und glaubte weiter. Man hatte mir schon das Hemd übergezogen und die Schlinge um den Hals gelegt, und ich glaubte immer noch, daß man mir gleich die Begnadigung verkünden würde. Aber der Henker schlägt mir die Bank unter den Füßen weg, und ich klammere mich mit den Füßen an die Bank – und ich klammere und klammere und klammere mich an, denn ich hoffe bis zur allerletzten Sekunde!«
Es folgt noch das Verhör Scheljabows, der sich zum »Wesen der Lehre Jesu Christi bekennt«: »Dieses Wesen nimmt unter mei-

nen sittlichen Begründungen einen Ehrenplatz ein.« Und das entspricht nun gewiß nicht der ideologisch klassenreinen Verschwörerhagiographie. Außerdem nimmt Scheljabow, für den dieses Verhör und der damit verbundene Auftritt vor Presse und Öffentlichkeit zum revolutionären Kampf gehört, jede Gelegenheit wahr, Propaganda zu machen – und Angst zu schüren vor einer (fiktiven) riesigen Verschwörergruppe.

Eins weiß man am Ende und wüßte es auch ohne jede Geschichtskenntnis: Das Unheil, die Düsterkeit und die Zündschnüre werden weiterschwelen bis zu jenem traurigen Zögerer »Nicky« am Ende dieses unglückseligen Reichs. Eine überraschende Wirkung dieses Romans von Trifonow: was man aus der inzwischen abgelaufenen Geschichte ja weiß, wird zurückverwandelt in Ahnung; die zwingende Formalität des Romans versetzt einen zurück in das Jahr 1880, in dem man ahnt, was man ansonsten »nur« weiß. Geschichtliches Datenwissen wird weggestaut im formalen Ineinander verschiedener Romantypen, bei dem der historische Roman nur den Rahmen bildet, in dem die Zeitlosigkeit des Problems aufgehoben ist. Wichtige Nebenerkenntnis, die man dem sehr nützlichen Personenregister verdankt: dem Strang entronnene Revolutionärinnen werden steinalt, die Jakimowa wurde sechsundachtzig, Vera Figner, die ebenfalls im Roman auftritt, neunzig.

Der Mythos Gatt oder: Zuviel gesucht

Über Erik Neutsch, »Auf der Suche nach Gatt«

In diesem Roman des DDR-Schriftstellers Erik Neutsch wird nicht nur Gatt gesucht: es werden viele und viel wird gesucht: zuviel, wie mir scheint. Es lohnt sich schon, an der Suche nach Gatt teilzunehmen. Ein von Härte und Ausbeutung geprägter junger Mann, fast noch ein Junge, kehrt aus dem Krieg heim, sucht eine Neue Zeit, ein Neues Leben, eine Neue Gesellschaft. Das ist schon ein Thema, in West und Ost und Süd und Nord.
Gatt arbeitet im Kupferbergbau, wie sein Vater und sein Großvater. Es ist wohl kein Zufall, vom Autor sogar vorsichtig ein bißchen draufzugelenkt: man soll sich Gatt mit einer Lutherphysiognomie vorstellen und auch mit dessen Hartnäckigkeit. Er wird Arbeiterkorrespondent einer Zeitung, schließlich deren Redakteur; doch die neue Gesellschaft nimmt ihn nicht so recht an; man beweist ihm deutlich sein »Bildungsdefizit«, nicht nur, was die »Kommata« betrifft: man korrigiert nicht nur seine Kommata, auch seine Artikel werden verändert. Demütigung, Herablassung. Gatt liest, lernt, verbissen und mit Erfolg. Eines Tages entlarvt er die, die ihn am meisten gedemütigt haben, als korrupt, sie haben Informationen über Schiebungen unterdrückt, sich bestechen lassen.
Eins ist gewiß: Gatt ist kein Opportunist und auch kein bloßer Fanatiker. »Ich, ein Arbeiterkind, elternlos und aus dem Berg gekrochen, wollte wissen, wie es sich anderswo lebt.« Er lernt Ruth Schneider – braunblonde Arzttochter aus der Mittelklasse, die ihn immer mit »Hallo, Arbeiterklasse« begrüßt – schon früh kennen, liebt sie, heiratet sie. Ruths Vater, bürgerlicher Zyniker, schon auf dem Sprung in die andere deutsche Republik, beobachtet amüsiert, herablassend diesen begabten und hartnäckigen Proleten. Gatt kämpft, gibt nicht auf.
An Ruth aber wird er scheitern. Deren Chef begeht unter Mitnahme wichtiger Produktionsunterlagen Republikflucht (ich lasse die Anführungsstriche weg, weil mir scheint, man könnte ja Republikflucht nicht nur als Flucht aus einer, sondern in eine Republik deuten). Ruth gerät in Verdacht, ihm geholfen zu haben; mit zwei, drei Sätzen könnte sie ihre Unschuld beweisen, doch sie schweigt, schweigt bis zum allerletzten Augenblick,

wohl um Gatt und seine Freundschaft auf die Probe zu stellen. Als sie endlich rehabilitiert ist, ist es zu spät. Gatt hat ihr wenn auch nicht direkt mißtraut, so doch auch nicht voll vertraut. Nicht nur die Ehe geht kaputt, Gatt wird schwer lungenkrank, liegt lange einsam in Sanatorien, will niemanden sehen, die Rückkehr in die Redaktion mißlingt; erbittert und verbissen konfrontiert er sich da mit einem Neuen, Hartung, »Hörsaalmarxist« und Karrieretyp, der auch noch für die Olympiade in Rom trainiert. (Später wird sich herausstellen, daß er aus Rom nur eine den Spesengeldern abgesparte schicke »West«-Uhr mitgebracht hat und sehr rasch zum marxistischen Spießer mutiert.)

Doch auch Weißbecher, Altkommunist, Emigrant, verfolgt und leidgeprüft, der nicht nur mit den »Kommata«, auch mit schwierigeren Bildungselementen vertraut ist, ganz Erzieher, gütig, hilfreich und hilfsbereit, hat versagt, als er Gatt hätte raten müssen, Ruth zu vertrauen. Weißbecher ist kein Opportunist, kein »Hörsaalmarxist«, kein Technokrat; nur: wie das bei Intellektuellen manchmal so ist: im Widerstand tapfer gewesen, ist er jetzt nicht gerade widerstands- und kritiklos, sondern, sagen wir, ein bißchen zu vorsichtig. Peinlich ist der Name dessen, der wirklich »ex machina« auftritt, um für Ruth zu bürgen: Gabriel. Den ganzen Roman über bis zu dem (für ihn wahrscheinlich bitteren) Ende bleibt er blaß, schemenhaft, lieb, gut, eben so wie man sich so einen Engel vorstellt. Peinlich auch die Gegenüberstellung: Gatt und Gabriel. Gabriel heiratet Ruth, hat zwei Kinder mit ihr, verhilft ihr zum Studium, sie wird Chirurgin (als Tochter eines Arztes?) und doch am Ende, nachdem Gatt sie und sie Gatt wiedergefunden hat, scheint es fast so, als zöge sie den Gatt dem Gabriel vor.

Es ist nicht einzusehen, daß dieser »Inhalt«, der hier nur verkürzt wiedergegeben wird, so mühsam aus dem Roman herausrecherchiert werden mußte. Gatt ist fast ein Mythos, eine Art Moby Dick, aber um einen Moby Dick unterzubringen, sind die Räumlichkeiten, ist auch die zur Verfügung stehende geographische Geräumigkeit zu klein. Moby Dick standen die Weltmeere zur Verfügung. Die DDR – und erst recht die nähere und weitere Umgebung von Mansfeld – sind keine Kontinente, und so wirkt diese mühsame Suche nach Gatt und anderen eher wie ein Vexierbild denn wie ein weiträumiges Labyrinth.

Die Chance des Kriminalromans, die in jeder Suche nach einer Person liegt, hat Neutsch nicht wahrgenommen oder nicht wahrgemacht. Der Roman entbehrt der notwendigen Spannung, innerlich und äußerlich, er hat nicht den Reiz lyrischer Klage oder des inneren Monologs und nicht den Reiz kriminalistischer Recherchen; die Interruptionen wirken willkürlich und sind ärgerlich. Ich hätte gern viel mehr über Gatt gewußt. Wenn Gatt und Gabriel schon eine, wie mir scheint, ziemlich aufdringliche Symbolik nahelegen, ist es dann erlaubt, in der Ehe, der ganzen Beziehung zwischen Ruth und Gatt eine symbolische Symbiose zwischen Arbeiter- und Mittelklasse zu sehen?

Der Roman hat zuviel »Inhalt« für so viel Formspielerei, zuviel ökonomisch-politische Ideologie, wo es genügt hätte, die inneren (und einleuchtenden) Spannungen zwischen Ruth, Gatt, Weißbecher, Gabriel und den heraufkommenden Marxismusspießern an einem simplen *plot*, an der gegebenen Situation auszudrücken. Für den *insider* ist es, wenn auch mühsam erlesen, interessant, wie hier versucht wird, aus der Flächen-Hagiographie in die mythologische Dimension vorzudringen; ein ehrenwertes, doch mißglücktes Experiment.

Überflüssig sind einige kleine historische Verlogenheiten, die, wenn auch nur zeilenweise eingestreut, Gatt und seinen Autor nicht überzeugender machen. Was bringt es uns (den Deutschen) denn ein, wenn die Hungerödeme in sowjetischen Lagern hier in platter Replik einfach zu solchen werden, die man in amerikanischen Lagern erworben hat? Der Hunger und die Härte in amerikanischen Massenlagern sind noch nicht beschrieben, vielleicht waren sie sogar grausamer, weil sie im Angesicht des Überflusses stattfanden. Es bringt auch den Deutschen (in beiden Staaten) wenig ein, wenn der 17. Juni zu einem rein faschistischen Kommandounternehmen wird, und wenn da steht: »Die sowjetischen Truppen werden mit Blumen empfangen«, so ist das einfach peinlicher Opportunismus, der auch der Roten Armee peinlich sein müßte; mag's auch das eine oder andere Mal geschehen sein (ich wüßte dann gern, wo und von wem; es mag ja auch sein, daß hier und da Engländer, Franzosen und Amerikaner mit Blumen empfangen worden sind, auch in diesen Fällen wüßte ich gern, wo und von wem).

Was einfach *historisch* nicht stimmt: daß die Deutschen die alliierten Armeen »mit Blumen« empfangen hätten. Es gehörte viel

Mut dazu, *irgendeiner* der einrückenden Armeen mit Blumen entgegenzugehen. In den meisten Fällen empfing man sie geduckt, und es ist manch einer be- und erschossen worden, der es auch nur riskierte, eine weiße Fahne zu zeigen.

Verschiedene Ebenen der Bewunderung

Wie geschlossen etwa Frankreich auf deutsche Peinlichkeit reagiert, hat sich gezeigt, als es im Prozeß gegen Beate Klarsfeld in Köln zu recht merkwürdigen Zwischenfällen kam. Man hat leider sehr wenig von diesen Zwischenfällen gehört, es kam zum geschlossenen Protest aller französischen Widerstandskämpfer; von der äußersten Rechten bis zur äußersten Linken war man sich einig, und es gab da wohl auch ein Telefongespräch zwischen Giscard d'Estaing und Helmut Schmidt – und Zeugen gegen Herrn Lischka, die man ursprünglich nicht hatte laden wollen, wurden geladen. Sehr viel hat man darüber in der deutschen Presse nicht gelesen. Ich frage mich, ob es einen Sinn hat, solche Reaktionen aus dem Ausland immer wieder und immer weiter zu verdrängen. Was außerdem an diesem Prozeß verblüffend war: die geringe Strafe für Frau Klarsfeld – und auch noch auf Bewährung ausgesetzt! – bei zugegebenem und nachgewiesenem Entführungsversuch, wo doch Entführung eines der schwersten Verbrechen ist, ein typisches Terroristendelikt. Solche »kleinen« Zwischenfälle und Einblicke werden auf die merkwürdigste Weise verdrückt, und man begnügt sich damit, ein paar hämische Notizen zur Person Beate Klarsfeld zu machen. Solche Kleinigkeiten gehen dann unter, und doch werfen sie Licht auf ganze Problemfelder, und man hätte an ihnen ganze Problemketten analysieren können.

Die Analyse wird nicht vorgenommen, und es gibt keinen konservativen Politiker, der sich wenigstens über die geringe Bestrafung für das Terroristendelikt Entführung öffentlich äußert. Merkwürdige Zustände, merkwürdige Bewußtseinslage, in der ein gewaltsamer Entführungsversuch *fast* straffrei bleibt.

Man sollte ausgiebig darüber meditieren, vor allem im Zusammenhang mit der angestrebten Vereinigung Europas und dem »Radikalenerlaß bzw. Extremistenbeschluß«. Da versucht man, einen Bürger der Bundesrepublik Deutschland gewaltsam zu entführen, geht fast straffrei aus, auf Grund diplomatischer Interventionen wird ein deutsches Gericht veranlaßt, im folgenden Prozeß *auch* kommunistische Zeugen zuzulassen – und nicht sehr viel später fragte der CSU-Bundestagsabgeordnete Dr. Schulze-Vorberg, Experte für auswärtige Kulturpolitik seiner

Partei, im Parlament, ob möglicherweise kommunistische Mitarbeiter bei deutschen Kulturinstituten in Italien beschäftigt sind. Will die CDU/CSU wirklich den Radikalenerlaß auf ganz Europa ausdehnen? Europa erwartet einiges von der Bundesrepublik Deutschland (ich nehme an: hauptsächlich Geld), aber eine europäische Variante des Radikalenerlasses erwartet es ganz sicher nicht und erwarten auch die konservativen und liberalen Europäer und ganz gewiß die europäischen Intellektuellen nicht.
Das Interessante an der Anfrage von Herrn Dr. Schulze-Vorberg war nicht die Anfrage selbst: Sie entspricht dem permanenten Mißverständnis der CDU/CSU gegenüber der Intellektualität, Kritik, Satire, Polemik. Wichtiger an der Anfrage ist die ihr zugrunde liegende Täuschung über die Einstellung etwa der italienischen Intellektuellen gegenüber Deutschland. Und nicht nur der italienischen (deren Anteil an Kommunisten wahrscheinlich höher liegt als die 33 %, die ihnen nach den letzten Regionalwahlen »zuständen«), auch der amerikanischen, unter denen es gar keine, und der holländischen Intellektuellen, unter denen es einige, gewiß nicht sehr viele Kommunisten oder »Kommunista« geben mag.
Es gibt ja verschiedene Ebenen der Bewunderung und des Ansehens, das ein Land genießt, und gewiß ist der Ruf der deutschen Tüchtigkeit ungebrochen. Es fragt sich nur, ob die Tüchtigsten immer die Beliebtesten sind. Und es fragt sich, ob in der peinlichen Anfrage von Herrn Dr. Schulze-Vorberg die Möglichkeit anklingt, eine CDU/CSU-Regierung würde den Ärger, den sie mit den Intellektuellen im eigenen Land hat, in ein vereinigtes Europa exportieren wollen. Peinlich daran ist nicht nur die bis zum Exzeß geübte Selbsttäuschung über Intellektualität, peinlicher ist die Täuschung über die europäische und internationale intellektuelle Szene. Es gibt zum Beispiel, was Chile betrifft, eine internationale Übereinstimmung, die Kommunisten, Liberale, Konservative aller Schattierungen einschließt. Und es gibt immer noch ein internationales intellektuelles Mißtrauen gegenüber der Bundesrepublik Deutschland, das in liberal oder konservativ bestimmten Ländern manchmal größer ist als in sozialistischen. Und man soll sich doch nicht täuschen oder nicht einfach hinwegsehen über den Einfluß der Intellektuellen: Sie schreiben die Leitartikel, sie bestimmen Verlagsprogramme, sie beurteilen nun einmal ein Land nicht allein nach seiner wirt-

schaftlichen und organisatorischen Tüchtigkeit. Es hat sich inzwischen halbwegs herumgesprochen, daß der Mensch tatsächlich nicht vom Brot allein lebt, auch dann nicht, wenn man ihm via Radikalenerlaß den Brotkorb höher hängt.

Vorwort zu »Der Fall Staeck oder wie politisch darf die Kunst sein?«

Nennen wir die Sache, um die es hier geht, zunächst einmal nicht »Affäre«, sondern »Londoner Zwischenfall« und versuchen wir zu rekonstruieren, wie es zu diesem Zwischenfall gekommen ist.

Nach langen Vorbereitungen, den üblichen administrativen und organisatorischen Komplikationen, nach Überwindung gewisser psychologischer Schwierigkeiten, die mit der deutschen Geschichte zwischen 1933 und 1945 zusammenhängen (von diesen Schwierigkeiten, die in der deutschen Presse nie so recht zu Buche schlagen, weiß jeder, der irgendwie im Ausland »deutsche Kulturarbeit« absolviert), kommt es zu einem Deutschen Monat in Großbritannien. Diese »Wochen« sind beliebte Instrumente kultureller Selbstdarstellung, ob sie nun italienische oder tschechische Wochen sind, die in Paris oder Düsseldorf stattfinden.

Zu diesem Deutschen Monat in Großbritannien lädt das Londoner *Institute of Contemporary Art* geschlossen eine Ausstellung von Joseph Beuys, Albrecht D., KP Brehmer, Hans Haacke, Dieter Hacker, Gustav Metzger, Klaus Staeck ein, die in Hannover unbeanstandet stattgefunden hat. Angesichts der geringen Aufmerksamkeit, die deutsche Gegenwartskunst im allgemeinen im Ausland erfährt, ist diese Einladung, in einer national-staatlichen Kategorie ausgedrückt, eine »Ehre«.

Zu jeder Ausstellung gehört ein Katalog, und es ist üblich, daß die Kulturinstitutionen des Landes, aus dem die Eingeladenen stammen, zur Finanzierung dieser Kataloge beisteuern. Im Falle der Ausstellung, die zum Londoner Zwischenfall führte, finanzierte das Londoner Goethe-Institut einen Teil der Katalogkosten.

Soweit die »Ehre«; soweit sehr gut und normal. Hier brauchte niemand einer ausländischen Organisation eine Ausstellung deutscher Gegenwartskunst nahezulegen oder gar aufzudrängen. Die Einladung war spontan und direkt erfolgt, sie entsprach dem Interesse für das, was in Germany so los ist. Und es war gerade diese direkte Art der politischen Satire, die man im gegenwärtigen England in dieser Form kaum kennt, die Interesse erweckt hatte.

Ich halte Klaus Staeck, dessen politische Plakate zum Londoner Zwischenfall führten, nicht für einen Karikaturisten; auch John Heartfield, an dessen Tradition er anknüpft, war ja kein Karikaturist, und als einer, der die Heartfieldsche Tradition fortführt, gehörte Klaus Staeck geradezu in diese Ausstellung während eines Deutschen Monats in Großbritannien.

Soweit immer noch gut, und immer noch »Ehre« genug. Und wäre da nicht so einiges passiert, wäre da nicht so einiges manipuliert und wäre kein Schaden angerichtet worden; freundliche Artikel in der englischen Presse, genau die Art von Zeitungsausschnitten, auf die jeder im Ausland tätige »Kulturarbeiter« geradezu scharf ist. Denn soviele Leute, die CSU wählen möchten, könnten und dürften, leben ja in Großbritannien nicht. Es ist kaum zu verstehen, daß Plakate, die im Inland, wo sie tatsächlich politisch etwas anrichten können, unbeanstandet geblieben waren, im Ausland, wo sie als Beweis für die Freiheiten in der Bundesrepublik Deutschland zur Kenntnis genommen wurden, beanstandet werden. Ist das bloß eine »typisch deutsche Ungeschicklichkeit?«

Bleiben wir bei dem »wäre« und »hätte«. Wäre Herr Dr. Schulze-Vorberg nicht geradezu auf die Staeckschen Plakate in London zugeführt worden, hätte er nicht protestiert, hätte Außenminister Genscher nicht seine peinliche Mißbilligung ausgesprochen, hätte man nicht dieser Sache die Höchststufe der Publicity verschafft, eine Anfrage im Parlament und die notwendige (ziemlich peinliche) Antwort von Herrn Staatssekretär Moersch provoziert, es wäre bei den Zeitungsausschnitten geblieben, die eine Kulturabteilung gesammelt, fotokopiert und als eine Art Erfolgsmeldung ins AA nach Bonn geschickt hätte.

Es bleibt also die Frage: wer hat da was hochgespielt und wie hoch? Und wer macht den Hochgespielten – liest man die hier gesammelten Pressestimmen – zum Hochspieler?

Ich wiederhole: ein paar Zeitungsausschnitte in der Kulturabteilung des Auswärtigen Amtes, nicht mehr, und Klaus Staeck wäre nach Hause gefahren und hätte weitergearbeitet. Der Trick (oder die Dummheit), mit dem man den Hochgespielten, falls er nicht alles über sich ergehen läßt, zum Hochspieler macht, ist bekannt und wird international angewendet.

Die Frage, was man in der Leitung der Goethe-Institute und in der Kulturabteilung des Auswärtigen Amtes unter Kultur, Politik, unter Kulturpolitik, was man unter Gegenwartskunst versteht, ist noch nicht geklärt. Was wäre denn, wenn Günter Grass in Portugal oder Griechenland aus dem *Tagebuch einer Schnecke* gewisse Passagen über Strauß und Barzel verlesen würde? Was lesen Enzensberger und Rühmkorf denn vor, wenn sie ins Ausland eingeladen werden? Und während des Deutschen Monats war ein Autor namens Franz Xaver Kroetz in England sehr erfolgreich.

Was veranlaßt Herrn Dr. Schulze-Vorberg, auf möglicherweise kommunistische Mitarbeiter der deutschen Kulturinstitute in Italien (wahrscheinlich gibt es derer auch in Frankreich, Portugal und demnächst in Spanien) aufmerksam zu machen? Will man wirklich den Radikalenerlaß auf ganz Europa ausdehnen? Was ist denn, wenn Stücke von Arrabal an einer (per se subventionierten) deutschen Bühne aufgeführt werden?

Der Londoner Zwischenfall war mindestens so peinlich wie skandalös: er zeigt ein Kulturverständnis, das provinziell zu nennen zu liebenswürdig wäre. Und die Folgen? Der Vorfall hat einem bisher nur in Einzelfällen plazierbaren latenten Unbehagen Umriß gegeben, und er hat außerdem wieder einmal ein innenpolitisch brisantes Thema aktuell gemacht: das permanente Mißverständnis der CDU/CSU zur Intellektualität in diesem Lande, auch ihr Mißverständnis von Kritik, Satire, Polemik.

Es ist gewiß kein Zufall, daß die ihr »nahestehenden Blätter« von der unsagbaren *Neuen Bildpost* bis in die bayrische Provinzpresse, zu den am übelsten riechenden Publikationsinstrumenten gehören; das geht einem »an die Kledage«; es ist schon aufschlußreich. Nicht weil ich, wie Helmut Schelsky meint, ein »masochistischer Zeitungsleser« bin, sondern auf die simpelste Weise, wie Klaus Staeck, durch einen Zeitungsausschnittdienst, bekomme ich diese Kloakenpublizistik ins Haus; und möge die Deutsche Bischofskonferenz und auch das so eifrige Zentralkomitee deutscher Katholiken sich einmal Gedanken darüber machen: sie ist gewöhnlich katholischer Herkunft.

Das Reden über Europa wird wirklich zum »Gerede«, wenn man sich vorstellt, wie italienische, französische, englische und skandinavische Intellektuelle nicht nur den »Londoner Zwischenfall« beurteilen würden, sondern die Anfrage von Herrn Dr. Schulze-Vorberg, die Mitarbeiter deutscher Kulturinstitute im Ausland betreffend. Europa erwartet einiges von der Bundesrepublik Deutschland, den Radikalenerlaß erwartet es ganz sicher *nicht.* Das Europa, wie es aus den Anfragen von Herrn Dr. Schulze-Vorberg spricht, will kein europäischer Intellektueller, auch die Konservativen und Liberalen nicht. Man soll sich doch nicht selbst immer wieder täuschen und den Ärger, den man mit den Intellektuellen im Inland hat, auch noch exportieren. Natürlich gab es und gibt es CDU- und möglicherweise sogar CSU-Politiker, die da heimlich grinsen über Staecks Anti-Strauß-Plakate. Ich nehme an, daß diese Art Sympathie Staeck ebensowenig willkommen ist wie die nach außen gezeigte Empörung.

Man redet da gern, und Staeck hat sich entsprechend dazu geäußert, von der Ausgewogenheit. Der Ausdruck stammt aus der höchst ehrenwerten Kaufmannschaft: man wiegt dem Kunden auf einer zuverlässigen Waage seine 125 Gramm Butter oder 250 Gramm Kaffee aus; ein ehrenwerter Vorgang aus einer ehrenwerten Welt mit ehrenwerten Vorstellungen.

Ausgewogenheit im Sinne des Wortes und seiner ehrenwerten Herkunft kann es weder in der Kunst noch in der Literatur geben, nicht im Rundfunk und nicht im Fernsehen, und wenn das Londoner *Institute of Contemporary Art* politische Kunst einlädt, dann müßte man sich klarmachen, daß Unausgewogenheit geradezu das Merkmal politischer Kunst ist. Wenn man nun politische Kunst oder Literatur nicht mehr gern im Ausland vorzeigen möchte, dann muß man sehr viel von seiner Liste streichen, zwischen von der Grün und Wallraff oder Walser, zwischen Kroetz und Peter Weiss, Herburger und Zwerenz.

Das ist durch den Londoner Zwischenfall sichtbar geworden. Zur »Affäre« gemacht, hochgespielt haben ihn: die Deutsche Botschaft in London, Herr Dr. Schulze-Vorberg, Herr Genscher und Herr Moersch. So wie es gekommen ist, hat man Staeck hochgespielt und wirft ihm jetzt vor, daß er nicht alles und jedes einfach hinnimmt.

Nicht die Londoner Ausstellung war skandalös. Skandalös ist die Art, wie der Zorn von Herrn Schulze-Vorberg nun bis in die letzte Provinzseele hinein zur Denunziation wird. Es wäre Pflicht des Auswärtigen Amtes, einem Künstler, der schließlich nicht sich selbst eingeladen hat, sondern eingeladen wurde, Deckung zu geben.

Getarntes Dasein

Über Karl Korn, »Lange Lehrzeit«

Die Spannung ließ nicht nach: Ich habe das Buch verschlungen und warte gespannt auf die Fortsetzung; die *Lange Lehrzeit* endet 1941, als Karl Korn dreiunddreißig war, mit seinem Eintritt in die Wehrmacht. Welche Lehren werden da zwischen 1941 und 1945 gemacht und gezogen? Welche Erfahrungen nach 1945 und bis 1974 gemacht? Auch daran möchte ich teilnehmen.

Die *Rheingauer Jahre* waren ein fast uneingeschränkt fröhliches Bekenntnis zu einer Landschaft, die kulturgeschichtlich und geologisch als gesegnet gelten kann. Das neue Buch von Karl Korn: *Lange Lehrzeit – Ein deutsches Leben* beginnt wie eine notwendige Fortsetzung. Wie heil war die Welt, in der Karl Korn aufwuchs?

Da gibt es natürlich die ökonomischen Knappheiten, wie sie in einem Lehrerhaushalt vor 1914 unvermeidlich waren, doch es herrscht, von kleineren Spannungen abgesehen, Familiensolidarität, fast Übereinstimmung; das Leben wird angepackt und gepackt. Liebevoll und kritisch zugleich sind die Rückblicke auf das Dorf Ransel, die Heimat des Vaters; Wanderungen dorthin, wo die »Kronbas« – man kann schon sagen fast »amtiert«. Die Heimat der Mutter, das Städtchen Rüdesheim am Rhein. Ein starker Rückhalt im Bäuerlichen, der bei den Stadtbewohnern Korn sich ins nützlich Gärtnerische verwandelt, ein offenes Bekenntnis zum Schrebergarten und zur Tatsache, »daß ich von früh an den Widerspruch gewisser linker Neigungen mit erzkonservativen Grundprägungen zu verbinden wußte«.

Hier wäre die erste Frage fällig: ob in einer Zeit, in der die »Linken« (zugegeben: aus unterschiedlichen Motiven) alte Häuser, alte Bäume schützen; in der sie aufs Land ziehen, um es zu bebauen, in Gärten und Schrebergärten; in der »Erzkonservative« und »Progressive« in gemeinsamer Schnödigkeit mehr Häuser abrissen, als im Zweiten Weltkrieg zerstört wurden – ob in einer solchen Zeit dieser Widerspruch zwischen »links« und »konservativ« nicht schon aufgehoben war, seine Aufhebung nur nicht erkannt wurde? Wer hat denn die zerstörten Städte zerstört?

Fast unauffällig kommt nicht gerade das Unheil, aber doch ein Bruch in die »heile Welt«. Äußerlich: die Hamstererfahrungen des Ersten Weltkriegs; innerlich: das Erlebnis der *Zwangs*beichte oder des Beicht*zwangs*. Karl Korn schreibt offen darüber: »Ich habe es meinem Vater lange verargt und kann es selbst heute noch nicht gutheißen, daß er seine Kinder unter Druck mindestens alle vier Wochen an einem Samstagabend zur Beichte schickte.« Diesem Beichtzwang gegenüber entwickelt Korn eine »Verdrängungsasketik«, von der er sagt, daß sie »meinem geistigen und seelischen Haushalt äußerlich« blieb.

Hier fange ich an zu zweifeln, nicht an Korns Bekenntnis, sondern an seiner Einschätzung der geistigen und seelischen Folgen des verheerenden Beicht*zwangs* für Kinder. Man lese, wenn man diese Folgen in ihrer literarischen Artikulation kontrollieren möchte, die kurze, bittere Autobiographie des Stanislaus Joyce, Bruder des großen James; die *Katholische Kindheit* der Mary McCarthy, Albert Vigoleis Thelens *Insel des zweiten Gesichts*. Noch einmal Karl Korn: »Es ist mir in der Rückschau jetzt klar, daß ich aus den Pubertätsnöten und -schwierigkeiten eine allgemeine Lebenshaltung gelernt habe, die Tarnung. Später, während der nationalsozialistischen Zeit ist es mir fast zur spielerischen Lust geworden, getarnt zu existieren. Ich konnte verbergen bis zur Unkenntlichkeit.«

Ich muß hier ausführlicher werden, weil ich diese Partien für entscheidend halte, nicht für die Biographie von Karl Korn, der ja offen darüber schreibt; das Persönliche ist hier schmerzlich, das Typische aber weit wichtiger. Hin und wieder kann (oder konnte) man von evangelisch Erzogenen hören, daß sie einen um die Beichte beneiden. Der Neid mag bei Erwachsenen und Jugendlichen angebracht sein, die mal ein Bekenntnis in Verschwiegenheit brauchen. Für viele katholische Kinder ist der Beicht*zwang* eine Tortur gewesen, nicht, weil sie nun besonders sündig gewesen wären, sondern weil sie es eben nicht waren. Vielleicht müssen – übertrieben ausgedrückt – evangelische Kinder Tugendhaftigkeit heucheln, katholische müssen oft genug Sündhaftigkeit heucheln. Es soll da sogar »Sündenbörsen« gegeben haben, an denen man einen Tip bekommen konnte, falls die wirklich begangenen Sünden zu mager ausfielen; im übrigen regten ja die detaillierten »Beichtspiegel« die Phantasie ausreichend an. Mag sein, daß das evangelische Modell zu einer Übergewissenhaftigkeit führt, das katholische führt am Abgrund der Gewissenlosigkeit entlang; die »Blasphemie«, deren Karl Korn sich heute noch anklagt, liegt immer sehr nahe, wenn ein Sakrament, als hochheilig gepriesen, auf solche Weise mißbraucht wird – und das trifft nicht nur auf das Bußsakrament zu. Welche Wonnen entstehen, wenn eine »echte«, eine handfeste Sünde begangen wird und gebeichtet werden kann; das wäre in einschlägigen irischen Kurzgeschichten nachzulesen. Mögen Theologen und Psychologen gemeinsam herausfinden, wer da wen um welches Modell beneiden sollte und was verheerender ist: eine Sünde zu begehen oder eine erfundene zu beichten.

Die Offenheit, mit der Karl Korn über seine »Verdrängungsasketik« schreibt, über Tarnung bis zur Unkenntlichkeit, ist verblüffend und heilsam, sie regt zu einem Aufsatz an: »Die Folgen des Beichtzwanges und gewisser Beichtpraktiken auf die deutsche Geschichte.«

Es wäre nun nicht nur vollkommen ungerecht, es wäre eine gefährliche politische und geistesgeschichtliche Täuschung, wollte man die »Verdrängungsasketik« dem katholischen Milieu allein anlasten: Mögen die liberalen, protestantischen, atheistischen, die jüdischen, mögen alle Mischformen bürgerlicher, adliger und proletarischer Verdrängungsasketik sich ebenfalls entlarven.

Vorausgesetzt muß sein, daß hier ein Intellektueller, ein Publizist, Kulturkritiker und Kulturpolitiker von hohen Graden seine Autobiographie vorlegt, jemand, der wie jeder andere ist und doch nicht irgendwer; jemand, in dem sich das Bäuerlich-Gärtnerische mit Intellekt verbunden hat: der naiv und bewußt zugleich ist und weiß, was er schreibt, und der noch schaudert in seinen späten sechziger Jahren vor seiner kindlichen oder jugendlichen »Blasphemie«. Wer je ohne »Verdrängungsasketik« ausgekommen ist, werfe den ersten, zweiten und dritten Stein. Vielleicht besteht diese »Verdrängungsasketik« bei einem sexuell freizügig erzogenen Kind oder Jugendlichen darin, daß es sich später nach so etwas wie Keuschheit zu sehnen beginnt.

Vorausgesetzt sein muß ebenfalls mein persönlicher Einstieg in dieses Buch; denn immerhin ist einer ja auch katholischer Herkunft, rheinisch dazu, und wenn da auch ein paar Koordinaten und Abszissen anders verlaufen (soziales Milieu, Topographie, Jahrgang), so ist doch vieles sehr vertraut, fast vertraulich, als wär's intim.

Später, spätestens während der Universitätsjahre, kommt dann etwas hinzu, was ich »Verdrängungsästhetik« nennen möchte:

keineswegs bei Karl Korn, deutlich beim gebildeten Bürgertum, das bis dato 1933 die »deutsche Universität« ausmachte. Die Blindheit, mit der deutsche Professoren vom Range Hans Naumanns, Ernst Bertrams und andere in den Nationalsozialismus hineinliefen, auf ihn hereinfielen, ist immer noch und immer wieder bemerkenswert; und der schwerwiegendste und typische Fehler des gebildeten Deutschen bestand doch wohl darin, *Mein Kampf* nicht gelesen zu haben. Karl Korn dazu: »Erst nachdem die zwölf Jahre vorüber waren, erfuhr ich und mit mir Millionen Deutsche, daß man in diesem Buch alles, was zum Krieg und zur Ausrottung geführt hat, als Entwurf und als Ziel hätte lesen können.« Hätte lesen können. Fürwahr. Es gehörte eben zur Verdrängungsästhetik des gebildeten Bürgertums, daß es sich die Berührung mit diesem Dreck versagte, der doch Deutschlands wahre Zukunft enthielt und voraussagte.

Es gibt noch zwei Jahre Aufschub für den frisch promovierten jungen Korn: »Lecteur allemand« in Toulouse. Lockerung, Befreiung, Aufatmen, und doch, das ist gut beschrieben und erklärt: kein Ducken des »Teutonen«. Oh, Gott in Frankreich, warum hast du so wenig Urbanität und Gelassenheit für uns *Allemands* übriggelassen, so wenig Möglichkeit, beides zu sein: konservativ und links, ländlich und städtisch, gebildet und vital? Es wird deutlich, daß diese beiden Jahre in Toulouse, von 1932 bis 1934, Korns glücklichste Zeit geblieben sind.

Wie sehr sich die deutsche, erst recht die intellektuelle Szene verändert hat, erfährt der Heimgekehrte bald. Natürlich gibt es da noch viele Leute, die retten wollten, was vielleicht 1932 zu retten gewesen wäre, beim *Berliner Tageblatt* und anderswo; aber trotz aller Windungen und Gewundenheiten, bei aller Tapferkeit: da war nichts mehr zu retten. Natürlich gab's auch Inseln, Freunde, Kollegen, Vertraute; es kam die Zeit mit der *Neuen Rundschau* im S. Fischer Verlag unter der Leitung Peter Suhrkamps, den Korn ausführlich charakterisiert. Verehrung für Paul Scheffer, Oskar Loerke, Margret Boveri, andere; Namen werden nicht verschwiegen. Wie kostbar Freundschaften in Diktaturen sind, wird deutlich; doch zu retten war nur noch das Private. Fast am Schluß des Buches steht zu lesen: »Ich habe mich wie Tausende geduckt und insgeheim gebetet, es möge mich auslassen. Damals wurde mir unversehens gelegentlich nach Kirchgang zumute ...« Und: »Jeder begann vor jedem Angst zu haben. Selbst im

S. Fischer Verlag begann man sich vor diesem oder jenem in acht zu nehmen.« Geduckt. Angst. Mißtrauen. So endete das, nicht nur für Karl Korn, schon – oder erst? – 1941.
Wichtigste Erkenntnis über die Erfahrungen eines Intellektuellen, Publizisten, Redakteurs in der Nazidiktatur: wieviel Mut man für wie wenig brauchte. Ein Aufsatz über Eugen Gottlob Winkler – das ging schon ans Fell. Der milde Verriß eines Nazikitschbildes kostete schon die Stellung. Wie heilsam auch, hier aus der Feder eines ehemaligen *Reich*-Redakteurs zu erfahren, wie der so ungeheuerlich »Verfolgte«, dieser Märtyrer der Demokratie, wie »des Führers größter lebender Bildhauer«, wie Arno Breker, einen »peinlich superlativischen Lobpreis«, von einem Adlatus des Meisters geschrieben, ins *Reich* lancieren konnte. Gut.
Weitere wichtige, von Korn keineswegs verdrängte, sondern nahegelegte Erkenntnis: wie wenig oder gar keinen Sinn es hatte, sich mit den Nazis arrangieren zu wollen, wie man es anläßlich der Gründung der Wochenzeitung *Das Reich* noch einmal versuchte – dieses gescheite (und gescheiterte) Lavieren, kaschierte Mitteilungen unter Eingeweihten, während andere anderswo ganz andere »Weihen« empfingen, peinliche Gebildeten-Vergeblichkeit. Ich bekenne, daß ich *Das Reich* von allen Nazipublikationen am meisten gehaßt habe.
Abzuwarten bleibt, was Korn über die Jahre 1941 bis 1974 zu berichten hat. Ob es auch in der Besatzungszeit und nach der Gründung der Bundesrepublik Deutschland Versuche gegeben hat, zu ducken? Wenn ja: wer wen, und mit welchem Ergebnis? Ob »Verdrängungsasketik« und Tarnung noch notwendig waren?

Vergebliche Warnung

Laudatio für Manès Sperber zur Verleihung des Georg-Büchner-Preises 1975 durch die Deutsche Akademie für Sprache und Dichtung in Darmstadt am 10. Oktober 1975

Mit etwas Ungehörigem fange ich an: ich konfrontiere einen Autor mit etwas, an dem er gewöhnlich unschuldig ist: mit einem Schutzumschlag. Sie schreiben in den *Wasserträgern Gottes,* lieber Manès Sperber, Sie hätten sich selbst auf Ihrem Jugendbild nicht mehr erkannt oder nicht mehr gefunden, und da muß ich – zum ersten, vielleicht nicht zum letzten Mal – widersprechen. Wenn ich die beiden Abbildungen auf dem Umschlag zu eben diesem Buch so nebeneinander sehe, stelle ich fest: kaum je zuvor habe ich eine so verblüffende Ähnlichkeit eines nicht mehr so ganz jungen Herrn mit dem Kind, das er einmal gewesen ist, feststellen können, und so beginne ich, indem ich Ihnen widerspreche, mit einer Schmeichelei. Kaum etwas ist ja trauriger, als wenn man im Gesicht eines Menschen nicht mehr das Kind entdeckt, das er einmal gewesen ist. Im Gesicht dieses Schriftstellers, Verlagsdirektors, Psychologen sehe ich den Jungen, der mitgenommen wurde, im doppelten Sinn: den Prüfungen und Leiden unterworfen, ein mitgenommenes Kind; aber auch mitgenommen wie auf eine abenteuerliche Reise im geographischen, biographischen und intellektuellen Sinn.
Zwischen diesen beiden da auf dem Schutzumschlag, dem Jungen im Matrosenanzug mit seinen aufmerksamen, schon ein wenig skeptischen Augen, und dem Herrn, der das Jugendbewegte nicht verleugnet, gibt es eine innerpersonale Tradition, vielleicht sogar eine unausgesprochene Verschwörung: jedenfalls hat der ältere den jüngeren noch nicht vergessen, und hat der jüngere den älteren nicht schon im Auge?
Ich denke, das ist keine Frage des Jungbleibens oder Altwerdens, es ist doch einer immer beides, und wenn einer jung ist, spürt er das Alter des ihm Mitgegebenen: Volk, Religion, allerlei Zugehörigkeit, Gepäck, das der ältere an seinem Weg abwirft – oder glaubt, abgeworfen zu haben.
Ich kam darauf, weil die Warnung, die fast immer zur vergeblichen wird, mir eines der Hauptthemen Ihres Werkes zu sein scheint – und nicht zufällig ist ja *Die vergebliche Warnung* der

Titel des zweiten Teils Ihrer Autobiographie. Ist nicht die Vergeblichkeit der Warnung mitgegeben, weil unsere Zeitlichkeit unwirklich ist, wir ständig zwischen Vergangenheit und Zukunft schweben, die Gegenwart immer nur eine Sekunde ist, sie kann nicht bleiben, war nur und wird sein, und doch arbeiten wir in ihr, planen für sie, leben in ihr, die nur für einen Augenblick, für einen Wimpernschlag auf unserer Fingerkuppe wohnt.

Sie sind in einem Ihrer Essays auf diese fiktive oder man könnte fast sagen fingierte Gegenwart eingegangen. Ich weiß sehr wohl, es ist das ewige Dilemma zwischen Geschichtlichkeit und Geschichtslosigkeit: man kann sich in dem einen und im anderen nicht niederlassen, die Zeit ist keine Heimat, und doch wissen wir, daß Zeitgenossenschaft, das Beobachten und Erdulden der Zeit, unsere einzige Niederlassung ist, Ungeduld in einer Gegenwart, die es gar nicht zu geben, deren Wesen Flüchtigkeit zu sein scheint: flüchtig, auf der Suche nach einer Heimat, auf dieser Erde und in dieser Zeit, mißtrauisch gegenüber einer Zukunft, in die uns der Sekundenzeiger immer wieder hineinschiebt. Und doch ist es immer da und immerdar, dieses Stückchen Zeit, auf dem wir uns niederlassen, nicht bewußt der Tatsache, daß wir auf ihm hüpfen wie ein Korken auf der Flutwelle.

Sie haben erwogen, lieber Manès Sperber, ob Sie Ihrer ganzen Autobiographie den Titel geben sollten: Die ewige, die unnötige Heimkehr. Ist es nicht die Heimat der verlorenen Augenblicke, in die wir zurück möchten? Das hat nichts zu tun mit dem albernen Schlagergefühl, das man Nostalgie nennt, die ja nur die Sehnsucht nach den verlorenen Augenblicken *anderer* ausdrückt. Die Frage nach der Heimat ist eine der am heftigsten gestellten Fragen in Ihrem Werk: nach einer intellektuellen, nach einer geographischen Heimat. Wie viele Menschen, meistens jüdischer Herkunft, sind aus Osteuropa westwärts gezogen, freiwillig, unfreiwillig, und wäre da nicht zu überlegen, ob – einige Dutzend Hypothesen, Illusionen, Träume, Konstruktionen aneinandergereiht und aufeinandergehäuft: daß es keinen Ersten Weltkrieg, keinen Zweiten, keine russischen Revolutionen, nicht den Nazismus, nicht Auschwitz und nicht den Zusammenbruch der k. u. k. Monarchie gegeben hätte – dieser Junge im Matrosenanzug, der da wachsam an dem nicht mehr ganz so jungen Herrn vorbeiblickt und ihn doch im Auge hat; ob dieser Junge wirklich in Zablotow geblieben wäre?

Ich weiß, ich habe gut reden: ich wohne in der Stadt, in der ich geboren bin, aber ich erlaube mir hier für ein paar Augenblicke den Luxus, mir die Geschichte der letzten vierzig Jahre als ohne gewaltsame Veränderung abgelaufen vorzustellen: wahrscheinlich würde ich in Berlin, Wien oder Paris leben. Es könnte ja auch sein, daß einer sich nicht als aus der Heimat, sondern in die Heimat vertrieben empfindet, und nicht nur im intellektuellen Spiel; auch ein Arbeiter, Soldat, Angestellter oder Beamter könnte ja plötzlich »Der Fremde« sein, fremd in der verlorenen oder nicht verlorenen Heimat, am eigenen Tisch, im eigenen Haus, sich selbst fremd in einer flüchtigen Heimat, zugedeckt vom Schnee der Erinnerung; verhaftet – das hat ja eine doppelte Bedeutung, und es ist doch erstaunlich, zu erfahren, wie viele Menschen, Männer und Frauen, sich plötzlich aus dieser Verhaftung in Beruf, Wohnort, nettem Haus mit netter Familie und nettem Nachbarn, entfernen, flüchtig werden. Was hat sie gewarnt?

Heimat, das ist ein Weltthema, für die, die gezwungen sind, aus ökonomischen oder politischen Gründen auszuwandern, für alle, die vertrieben worden sind, und ich maße mir hier nicht an, ihren Verlust und ihren Schmerz zu ermessen. Ich habe nur, angeregt durch den von Ihnen erwogenen Titel: Die ewige, die unmögliche Heimkehr, einige Überlegungen angestellt, ob die unverlorene geographische Heimat nicht zur Fremde werden kann.

In den Jahren 46/47 schrieb ich eine Erzählung, die den Titel *Zwischen Lemberg und Czernowitz* trug; den Titel ließ ich mir leider ausreden. Während des Sommers, auf der Suche nach Ihnen, tat ich, was ich immer als erstes tue, wenn ich mich mit einem Menschen, einem Land, einer Stadt beschäftige: ich schlug den Atlas auf, suchte Zablotow, fand es und stellte fest, daß es zwischen Lemberg und Czernowitz liegt. In Europa. Osteuropa. Im Jahr 1953 gab mir mein Verleger ein Manuskript, das ich begutachten sollte, es trug den Titel: *Die verlorene Bucht*, und es passierte mir zum ersten Mal, daß ich vom Lektor zum Leser wurde, das Manuskript wurde zum Buch, und ich geriet tief, tief hinein in das Ost- oder Südosteuropa Ihrer Helden und Heldinnen, die keine sein sollen und keine sein wollen, und als dann die weiteren Bände der Trilogie kamen, war ich wieder dort, wo ich schon einmal gewesen war als Soldat, später als Autor: Zwischen

Lemberg und Czernowitz. Ich schrieb kein Gutachten, ich sagte nur zu meinem Verleger: Wenn du dieses Manuskript nicht druckst, bist du kein Verleger.

Es war ein ganz neues, ein erweitertes Europa, das ich in Ihrem Werk als zum Leser gewordener Lektor, später als Leser, der nicht mehr lektorieren mußte, entdeckte: Ost- und Südosteuropa. In Westeuropa geboren, aufgewachsen, erzogen, einigen Bildungsvorgängen unterworfen, war ich ja wie alle Westeuropäer, wie vor allem alle linksrheinischen Europäer, ganz von der Einbildung geprägt, Europa läge westlich Mainz, Straßburg oder Köln, und wenn man da nicht so ganz scherzhaft, sondern mit mokanter Arroganz sich zuflüsterte, daß östlich des Rheins Sibirien (und so ungefähr an der Donau entlang der Balkan) beginne, so vergaß man sogar die Tatsache, daß diese Dame Europa ja immerhin balkanischer Herkunft ist – und daß vom Balkan aus das Christentum, das ja nicht so ganz europäischer Herkunft ist, von Slawen zu Slawen gebracht wurde, und man vergaß natürlich erst recht die kaum zu messenden Einflüsse, die aus den jüdischen, von jüdischen Vertriebenen besiedelten Gebieten Osteuropas in die Weltliteratur und in die Wissenschaften eingegangen sind.

Diesen Hochmut, diese oberflächliche Arroganz, diese Verkennung und Verleugnung hat Europa teuer bezahlt: nach sechs Jahren Krieg, innerhalb der sehr kurzen Frist von zwölf Jahren, waren seine abendlandischen Strukturen, auf die es so stolz war, von der Barbarei hinweggefegt! Ich kann hier nicht einmal andeuten, was Ost- und Westeuropa einander gebracht haben. Was da alles vergessen wird und verlorengeht im Gefälle wechselseitiger Arroganz, Besserwisserei, undefinierbarer Gegensätze, die sich nach zwei Kriegen und einigen Revolutionen ergeben haben. Ich fürchte, die da so viel von Europa sprechen, meinen immer noch nur Westeuropa: eine tüchtige und doch, betrachtet man, was sie an Geist zu bieten hat, magere, fast dürftige Hälfte, die oft genug Freiheit mit freiem Markt verwechselt, in der jene Einbildungskraft, an der sich dem dreijährigen Knaben Manès Sperber offenbarte, daß sie den Weg ins Freie weist, sich allzusehr – und manchmal einzig und allein – auf den Erwerb richtet, der da ewig währen und wachsen soll – wo wir doch wissen, daß wir auf dem Sekundenzeiger wohnen.

Ist das eine Heimat oder gar ein Zuhause? Und birgt Osteuropa

wirklich nur Gefahr, ist es nicht erbärmlich, wie wir seinen Geist, auch seinen Geist des Widerstands und die, die ihn tragen, die glauben, hier eine christliche, worunter sie verstehen nichtmaterialistische Welt, gekommen zu sein, auf unseren Märkten verschleißen, um so oder so ein paar Wählerstimmen zu bekommen? Sind wir nicht gewarnt und wieder einmal vergeblich? Nicht gewarnt vor den anderen, sondern vor uns? Es ist schon recht, wenn Sie warnen, lieber Manès Sperber, wenn Sie in Ihren Erinnerungen rücksichtslos offenbaren, daß auch Sie sich nicht warnen ließen, blind blieben noch eine Weile vor der einen Gefahr, weil die andere, die faschistische, näher und direkt an Ihrem Leib war. Nun warnt man die portugiesischen Revolutionäre, man warnt die Umstürzler in Südamerika, in Afrika und Asien – aber wer hat die gewarnt, die über jede historische, sogar jede strategische Vernunft hinaus, die Gegenwart nicht einlassen wollen? Wer warnt die, die immer noch die Garotte anwenden, die sogar über die vitale, primitive Vernunft des Überlebenwollens hinaus die Unvernunft ihrer Gegner herausfordern, wer warnt die, die nicht nur moralische Grenzen, die auch die Zeichen der abgelaufenen Zeit nicht erkennen?
Mit der Klarheit des Essayisten haben Sie analysiert, mit der Bitterkeit und Zartheit des Poeten haben Sie ausgedrückt, wovor gewarnt werden soll, und haben doch gleichzeitig die erfahrene Heimat, die man Solidarität nennen kann, angenommen – und liegt nicht im letzteren auch wieder eine Verführung, eine Rücknahme fast der Warnung? Denn auf dem Markt, das wissen wir doch alle, ganz gleich, wo wir herkommen oder wo wir hinwollen, auf dem Markt – da mag's Kumpaneien geben, Solidarität aber gibt es nicht.

Das Schmerzliche an Oberschlesien

Über Horst Bienek, »Die erste Polka«

Oberschlesien, so scheint mir, ist der Held (oder wohl besser: die Heldin, es kommt mir ziemlich weiblich vor) des Romans. Er ist zwar um Valeska Piontek (eine Klavierlehrerin, staatl. gepr.) und ihre Familie herumgruppiert, doch immer wieder schiebt sich die eigentliche Heldin, eben jenes Oberschlesien, nach vorne, lokalisiert in Gleiwitz, wo an diesem Tag, am Vorabend des Kriegsausbruchs 1939, zwei Kinder Augenzeugen des seltsamen Überfalls auf den Sender Gleiwitz werden, der zum Mit-Auslöser des Zweiten Weltkrieges wurde. Nicht der bevorstehende Krieg beunruhigt die beiden Kinder, Ulla Ossadnik und Andreas, die in einer heftigen, ungeschickten Umarmung ihre Kindheit ablegen und zu Jugendlichen werden; beunruhigt sind sie, weil sie sich zur Hochzeitsfeier für Irma Piontek verspäten, und es sind diese beiden Ereignisse, der bevorstehende, schon geahnte Krieg, und die Hochzeit, die Bieneks Personal in Bewegung setzen und halten. Valeska P. ist eine umsichtige, blickt man genauer hin, gütige Frau, vielleicht ein bißchen zu tüchtig für ihren Mann; sie ist nicht nur entschlossen, trotz des Verbots weiterhin Chopin zu spielen und zu lehren, sie macht auch mit Hilfe ihres schlauen Bruders Willi Wondrak (ehemals: Wondraschek) Grundstücksspekulationen, ist katholisch und, wie man heutzutage sagen würde, »frustriert«, hat da mal was mit einem Arzt gehabt (wie weit das ging, erfährt man nicht genau), läßt sich von einem Zeitschriftenwerber im eigenen Hausflur ziemlich heftig küssen, wodurch fünfzig freiwillige Vaterunser und zehn Credos fällig werden; sie ist katholisch genug, das selbst zu bestimmen, wozu da erst beichten gehen; da gibt's natürlich die Schwarze Madonna von Czenstochau (die mich doch sehr – auch in ihren Funktionen – an die Schwarze Mutter Gottes in der Kupfergasse zu Köln erinnerte); dann Halina, die polnische Magd; die Witwe Hupka; zwei verschiedene Tanten Lucie; schließlich Leo Maria Piontek, ihren Mann, an Asthma erkrankt, schon lange bettlägerig, mehr ein Amateur als ein professioneller Fotograf, nicht gerade ein Erfolgstyp. Josel, der Sohn, fünfzehn (eigentlich vierzehn), in Pubertät begriffen; er absolviert sowohl den Don Bosco-Bund wie die HJ, und so nebenbei betreibt er in einer leerstehenden Baracke eine Absteige, die angesichts der Anwesenheit so vieler Soldaten ziemlich einträglich ist. Nicht nur die Schwarze Madonna, auch Chopin, dessen Herz in Warschau ruht, wohin man gern pilgern möchte, und so einiges, was nicht gerade von einer klar umrissenen kantisch-preußischen Sittenverfassung spricht.

So recht zu kategorisieren, »faßbar« oder erfaßbar ist das alles nicht, nicht in seiner Nationalität, nicht in seiner Religiosität, manches erinnert an den Kohlenpott, als wäre er nach Osten verrutscht, aber zutreffender wäre wohl, den Kohlenpott als ein nach Westen verrutschtes Oberschlesien zu bezeichnen. Manche Personen aus Bieneks Roman könnten sicher, so wie sie sind, auch in Gelsenkirchen oder Rotthausen »vorkommen«, mit ihrem »Salonik«, ihren vielen »pierunjes«, nur ist das Ruhrgebiet, wenn auch immer international begehrt, kein Grenzland, und Ansprüche darauf waren immer ziemlich weit hergeholt.

Was ich nach der Lektüre der *Ersten Polka* endgültig begriffen habe: Oberschlesien ist nicht Schlesien, es ist beides nicht eindeutig: weder deutsch noch polnisch, und seine Unabhängigkeitsansprüche waren gar nicht weit hergeholt, wenn auch politisch hoffnungslos. Es konnte einem in Lothringen passieren, daß man eine deutsche Antwort bekam, wenn man die Leute französisch ansprach, und umgekehrt, zerquetscht und ständig hin und her gerissen zwischen zwei anspruchsvollen, total humorlosen Nationalismen, waren's die Leute einfach leid, ständig »bekennen« zu müssen.

Von Bekenntnis zu einem der angebotenen Nationalismen ist auch in Bieneks Gleiwitz wenig zu spüren, es bestand, wie mir scheint, ein leichter Überhang zum Polnischen, und zwar des Katholizismus wegen, dieser unzuverlässigen Konfession, für die das in Warschau ruhende Herz Chopins, Rosenkranz, Vaterunser, Ave Maria wichtiger waren als irgendwelche kühlen preußischen Symbole, und schließlich waren die Polen in Preußen ja nicht nur verachtet, weil sie Polen, mehr noch, weil sie katholisch waren.

Dieses Problem hält und spannt den Roman, in beiden ineinander verflochtenen Handlungen: Kriegsbeginn und Hochzeitsfeier. Chopin, ein eindeutig *oberschlesischer* Klerus, der sich in Erzpriester Pattas eindeutig für die Musikalität der polnischen Ortsnamen ausdrückt, die er wie eine Litanei intoniert; er, der überall in diesem Land (Oberschlesien) die »gleiche Liebe und Treue zur Heimat und zur heiligen Mutter Maria« gefunden hat; und was die Besitzverhältnisse anbelangt, so drückt das der sterbende Leo Maria Piontek aus: »Es ist ein verfluchtes Stück Erde. Die Armen haben die Saat in die harte trockene oberschlesische Erde gesteckt und sie mit ihrem Schweiß gedüngt, und die Reichen haben die Frucht genommen. Die Armen sind unter die Erde gegangen, haben gegraben in der Erde des Herrn und die Kohle herausgeschaufelt mit Methan in den Lungen, und die Reichen haben sie verkauft.«

Nicht nur Eichendorff, auch Schaffgotsch und Ballestrem, und noch ein weiterer Bestandteil der oberschlesischen Bevölkerung: der jüdische, wird in der *Ersten Polka* personifiziert in dem Landgerichtsrat a.D. Georg Montag, einem wahren oberschlesischen Katholiken, der sich angesichts der Judenverfolgung allzu heftig an seinen jüdischen Großvater erinnert, sich schließlich wieder judaisiert, völlig zurückgezogen lebt und an einer Korfanty-Biographie arbeitet, bevor er, eben am Vorabend des Kriegsausbruchs, Selbstmord begeht. Er ist der wahrhaft Heimatlose, nicht Angenommene, während sich die anderen gewohnheitsmäßig im Hin und Her ihrer Geschichte anzupassen beginnen. Nicht zufällig hat Montag in der Geschichte Korfantys eine eigene oberschlesische Identität gesucht, und nicht zufällig ist Montag das erste Opfer und Vorläufer der großen Vernichtung. Er ist der erste Heimatvertriebene.

Der erste Roman von Bienek hat seine Schwächen, auch (was nicht dasselbe ist) einige Längen; ich führe das nicht auf die Tatsache zurück, daß hier ein geborener Lyriker seinen Erstlingsroman vorlegt; schließlich ist Bienek auch ein gestandener Prosaschreiber, nicht nur in der »Zelle«, auch als Rezensent und Essayist; die paar Längen und Schwächen sind von der Art, wie sie auch »gestandenen Prosaisten« jederzeit und Gott sei Dank unterlaufen; es ist kein geglättetes, kein ganz ausgebügeltes Buch. Am Ende hat man, wie es sich für einen Roman gehört, Personen und Gestalten, wenn auch einige in »Rollen«, kennengelernt, hat an Konflikten, Entwicklungen, Spannungen teilgenommen, und an einer »Kleinbürgerhochzeit«, die großzügig – im besten Haus am Platze, im Haus Oberschlesien – geplant ist, aber nicht großzügig ausfällt; da gibt es viele Gewürze, peinliche Gäste, eine obskure Sorte Prominenz; und was trist zu werden verspricht, en-

det traurig: mit Josels Mord an einem deutschen Feldwebel, der die sehr oberschlesische Ulla Ossadnik vergewaltigt, die so wunderbar Chopin spielen kann; mit Montags Selbstmord, dem Kriegsausbruch, und Leo Maria Pionteks Tod.
Das paßt alles zu gut übereinander, zieht sich am Schluß zu lange hin, und eine katholische Buchhändlerin, die sich dann wohl, weil sie letzten Endes doch »verschmäht« wird, die Brustwarzen abschneidet: das mag vorgekommen sein und vorkommen: ist aber dann doch zu »oberschlesisch«; Valeska P.s fünfzig freiwillige Vaterunser und zehn Credos genügen.
Man erfährt auch einiges – und das ist gut – vom zeigenössischen Fußball, z. B. vom damaligen Torjäger Helmut Schön, ein paar Buchtitel, Scholtis: *Das Eisenwerk*, Bergengruen: *Der Großtyrann und das Gericht* (ich erinnere mich: dieser beziehungsreiche Roman war eine Sensation, seinerzeit in der *Kölnischen Volkszeitung* abgedruckt), und da findet man Bernhard Etté wieder, La-Jana-Frisuren werden Mode.
Nun wäre es Täuschung, zu vergessen, daß dieser Roman über Oberschlesien, in diesem Augenblick, nach den Ostverträgen und ihren Folgen, eine politische und speziell heimatpolitische Bedeutung bekommen könnte, die weder beabsichtigt noch datiert war. Stellen wir erst einmal fest: dieser Roman ist deutsch geschrieben von einem Deutschen, zärtlich, fast weich, schmerzlich, fast unkritisch, hier wird kein »Nest beschmutzt«, es wird in der Vielfalt seiner Zusammensetzungen geschildert. Das Schmerzlichste an Oberschlesien (das ist mein Eindruck von Bieneks Roman, was die heimatpolitische Seite angeht) war offenbar der Zwang, sich entscheiden zu müssen; jetzt, wo in der Folge jenes Krieges, der in Gleiwitz mitgezündet wurde, die Geschichte diese grausame Entscheidung gefällt hat, ist es jedermanns Recht, sich deutsch oder polnisch zu definieren.

Die unbequeme Hoffnung auf eine geistige Wende

Über Alexander Solschenizyn, »Drei Reden an die Amerikaner«

Seitdem Alexander Solschenizyn eine widerwärtige Zitatmontage, die die *National und Soldaten-Zeitung* als authentisches Interview mit ihm abdruckte, als totale Fälschung entlarvt hat, sollte man Solschenizyns Vermarktung in der Presse mit etwas mehr Skepsis verfolgen. Kennzeichnend war auch, daß nicht alle Zeitungen sein Dementi publiziert haben; so werden also auch seine Dementis vermarktet. Nun liegen seine *Drei Reden an die Amerikaner* gedruckt vor, nicht aus dem Englischen, sondern aus dem russischen Original übersetzt, genau datiert: am 30. Juni 1975 im Hilton Hotel Washington vor dem amerikanischen Gewerkschaftsbund und am 15. 7. 1975 auf einem Empfang im Senat.

Man kann also lesen, was er gesagt hat: nicht mehr in Ausschnitten, nicht mehr jeweils markt- und interessengerecht ausgewählt; der vollständige Text liegt vor, und es zeigt sich, daß Solschenizyn nicht nur ein großer Autor, auch ein großer Rhetor ist: Aufbau der Reden, Steigerung, Wiederholungen, Zitate, Rededauer, moralischer Anspruch, alles hat auch *formal* einen Rang, der die gewöhnlich nichtssagenden Floskeln politischer Reden verblassen läßt.

Es wird kaum möglich sein, Solschenizyn zu widerlegen, wenn er die russische, die sowjetische Geschichte der vergangenen fast sechzig Jahre analysiert, Taktik und Strategie der Innen-, Außen-, Wirtschafts- und Kulturpolitik kommentiert.

Als ehemaliger Offizier der Roten Armee wird er sich aber auch daran erinnern, welche Kontroversen es jahrelang zwischen den Alliierten um die »zweite Front« gegeben hat, jene Entlastungsoffensive, die dann erst im Juni 1944 mit der Invasion in der Normandie entstand; erinnern wird er sich auch daran, daß Rußland, die Sowjetunion, die größten Opfer in diesem Zweiten Weltkrieg gebracht hat: 20 Millionen Tote, ein paar tausend Städte, 70 000 Dörfer zerstört, man schätzt den Gesamtschaden auf 250 Milliarden Mark. Das stärkte Stalins Verhandlungsposition, und das »kleine Hitlerdeutschland«, wie Solschenizyn es nennt, war eben so klein nicht. Ein Blick auf die Europakarte von 1943/44 genügt.

Man kann natürlich und darf die Folgen dieser Pakte für Osteuropa beklagen, beklagen müßte man auch die verhängnisvolle Unkenntnis der komplizierten Geographie Osteuropas, die bei diesen Verhandlungen waltete.

Die Hypothese, es hätte diese Verträge und Pakte nicht gegeben oder nicht geben dürfen, würde konsequenterweise die Hypothese einschließen müssen, was aus den »Untermenschen« Osteuropas geworden wäre, wenn Hitler gesiegt hätte. Solschenizyn läßt nicht den geringsten Zweifel an seiner Einstellung zu Hitlerdeutschland: Ein von Hitlerdeutschen zwischen Calais und Wladiwostok beherrschtes Eurasien und ein von Japanern beherrschtes Asien – das wären die Gegenvorstellungen.

Über manche Details seiner Reden müßte stundenlang diskutiert und meditiert werden. Solschenizyns Warnungen vor den Strategien und Taktiken der sowjetischen Führung heute sollte jeder ernst nehmen; es wäre angebracht, wenn der »linke« und der »rechte« Markt, auf denen Mißverständnisse manipuliert und hin und her gehandelt werden, durch einige weitere Ebenen ergänzt würden, wo Solschenizyns Mahnungen nicht irgendeiner Parteipolitik, der einen oder anderen Interessengruppe dienstbar gemacht werden.

Seine *Drei Reden an die Amerikaner* sind ja nicht nur »Anti«-Reden, sie drücken die Hoffnung auf eine geistige Wende aus, die, wenn man sie rein tagespolitisch ausmünzt, geschändet wird. Schon in seinem Brief an die Sowjetführung waren Ansätze zu einer asketischen Konzeption zu erkennen, die in seinem gesamten Werk immer vorhanden war und in den *Drei Reden* fortgesetzt wird. Er erwartet eine »Wende«, spricht von einer Zeitenwende, in der wir leben, und es ist doch deutlich genug zu spüren, daß ihm Begriffe wie Konsumdenken, Konsumwirtschaft, diese ganze Wegwerfverschwendungswirtschaft so fremd sind wie jenes wirtschaftspolitische »Schlüssel«-Denken, für das die Steigerung der Autoproduktion und die damit verbundene weitere Zerstörung unserer Landschaft durch sinnlosen Straßenbau selbstverständlich ist.

In diesen seinen asketischen Prognosen für die Menschheit ist er – so absurd es klingen mag – den Thesen der Jusos und den Theorien von Wolfgang Harich näher als etwa denen des Wirtschaftsrates der CDU. Wenn Solschenizyn von der Profitgier sagt: »Das ist es ja, was der menschliche Verstand kaum begreifen kann: Diese brennende Profitgier, die nur Geld scheffeln will, ohne Vernunft, ohne Selbstbeherrschung, völlig gewissenlos« (Applaus), so möchte ich doch gern wissen, ob die Delegierten des amerikanischen Gewerkschaftsbundes, die da applaudierten, wußten, was sie taten.

Ich will den Delegierten des amerikanischen Gewerkschaftsbundes nicht mehr Profitgier oder »Profitgier« unterstellen als irgendeinem von uns, frage mich aber, wollen sie wirklich diese Wende, die von der Produktion um der Produktion willen wegführt? Hier liegt auch ein Mißbrauch Solschenizyns durch diejenigen vor, die uneingeschränkt »soziale« oder »freie« Marktwirtschaft propagieren. Man kann nicht seine »Antis« kaufen und diesen Ruf nach einer geistigen Wende, nach einer Abkehr vom Materialismus einfach ignorieren.

Was Solschenizyn über Italien, Portugal, Vietnam voraussagt, möchte ich lieber als Warnung verstehen, als Prophezeiung ist es zu düster, verbreitet Hoffnungslosigkeit in Ländern, die einen Trost verdient haben. Es wäre sinnlos, die Gefahren in diesen Ländern und Teilen der Welt zu leugnen, doch bevor man diesen Menschen jede, jegliche Hoffnung auf die immerhin mögliche neue Version des Sozialismus oder Kommunismus nimmt, muß man doch feststellen, was die »Christen«, angeblich Nicht-Materialisten, in diesen Ländern angerichtet haben, bevor diese anfingen, auf neue Formen des Sozialismus zu hoffen.

Was hat man denn der Bevölkerung etwa von Moçambique in fast vierhundert Jahren allerchristlicher Regierung geboten oder angeboten, was hat man den Portugiesen in fünfzig, den Italienern in dreißig Jahren christlicher Regierungen geboten, was hat Franco von Gottes Gnaden den Spaniern geboten? Was hat man den Völkern Südamerikas bisher an »Christlichkeit« geboten? Nicht viel mehr als den Materialismus der Macht (Macht als Materie definiert) und des Besitzes. Da wird denn auch die Einteilung der Welt in Gut und Böse fragwürdig. Wie »gut« ist es, wenn 400 bis 500 Millionen Menschen hungern, jährlich 10 bis 15 Millionen Kinder allein *ver*hungern? Und wer ist dafür verantwortlich?

Wer hat denn jeden, aber auch jeden Ansatz von »Spiritualismus« bis in die Ur- und Untiefen der Kirchen hinein verhöhnt, sogar verfolgt und das Christentum auf Verteidigung von Besitz und Privilegien reduziert?

Ich muß Solschenizyn ohne jede Einschränkung zustimmen, wenn er die Ausübung des Schießbefehls an der Grenze zur DDR nicht nur verurteilt, sondern für typisch erklärt, wenn er vom »Entgegenkommen« der anderen Seite spricht; man muß ihm zustimmen, wenn er die peinliche Entwicklung von Angela Davis nach ihrem Freispruch als Beispiel nennt; wenn er den Stalinismus als aus dem Leninismus kommend definiert; wenn er auf das Schicksal Polens und der baltischen Staaten verweist; wenn er sich sarkastisch über diesen Koppelungskram äußert, den man, nicht in seinen technischen, doch in seinen politischen Dimensionen getrost als Weltraumkitsch bezeichnen kann: dieser Austausch vakuumverpackter Flaggen war ja wohl ein schlechter Witz. Ich stimme ihm zu, wenn er jetzt, spätestens jetzt Festigkeit gegenüber der Sowjetunion erwartet; wenn er, wiederum sarkastisch, eine Ausstellung über kriminologische Techniken in Moskau kommentiert, die amerikanische Geschäftsleute veranstaltet haben.
Was er Vietnam, Italien, Portugal prophezeit, entspricht seinen Erfahrungen. Es fragt sich nur, ob diese für die Zukunft der gesamten Menschheit zutreffend sind. In Portugal ist noch nichts entschieden, in Vietnam sind die prophezeiten Massenmorde noch nicht verübt, die Riesenkonzentrationslager noch nicht errichtet.
Wahrscheinlich ist, daß sich in Italien das Schicksal des westlichen Kommunismus entscheiden wird, noch ist es nicht entschieden, und ich wiederhole: Was haben denn die christlichen Regierungen den Italienern geboten, wer hat denn die Werte, deren Erneuerung Solschenizyn beschwört, zerstört, ganze Enzykliken und einige Hirtenbriefe gegen die Torheiten des Spiritualismus vom Stapel gelassen? Der Mensch lebt nicht vom Brot, aber auch nicht vom Wort allein, und Worte, Formeln, Slogans, christliche Spruchbänder waren es, die man hinausflattern ließ. Für diese Menschen ist die christliche Sorte des Regierens *jetzt* – und wohl für eine Zeitlang – unglaubwürdig geworden.
Es gibt in den *Drei Reden* einige Sätze, über die ich gestolpert bin; einen davon möchte ich zitieren: »Die amerikanische Arbeiterbewegung ließ sich niemals blenden, wenn man Sklaverei für Freiheit ausgab.« Mag man einen solchen Satz der Höflichkeit gegenüber den Gastgebern opfern – wollte man ihn historisch betrachten, so müßten die Neger in den USA, die Landarbeiter,

legale und illegale Chicanos, die Plantagenarbeiter auf Kuba, in Guatemala, Costarica, die Minenarbeiter in Peru und Chile darüber urteilen, was die »amerikanische Arbeiterbewegung« je für ihre Freiheiten und ihre Lebensbedingungen getan hat.

Andere Sätze in den *Drei Reden* hat man hier geflissentlich überhört. Solschenizyn zählt einige Fälle auf, wo Festigkeit zum Erfolg, zum Nachgeben der Sowjetunion geführt hat: Finnland 1939, Berlin 1948, Korea 1950, Kubakrise 1962 – und fährt fort: »Und der verstorbene Adenauer führte die Gespräche mit Chruschtschow in Festigkeit – und leitete mit Chruschtschow eine echte Entspannung ein.« Nun, Adenauers Festigkeit sei unbestritten, nur: Polen, dieses nach Westen gedrückte Land, mit seiner unseligen, ungesicherten Position nach einem halben Dutzend Teilungen: es bedurfte der Ostverträge, um atmen, um leben zu können; und Adenauer war Realist genug, zu wissen, daß die Oder-Neiße-Linie, die sein Freund de Gaulle schon längst akzeptiert hatte, endgültig, aber innenpolitisch im Jahre 1956 noch ein zu heißes Eisen war.
Adenauers Festigkeit galt den deutschen Kriegsgefangenen und Kriegsverbrechern. Willy Brandt brauchte noch 1969 Mut und Festigkeit, um eine Ostpolitik einzuleiten, die den Völkern Osteuropas mehr einbringt als schadet. Solschenizyn fährt dann fort – und das klingt nicht so ganz unversöhnlich: »Chruschtschow begann nachzugeben, und wenn man ihn nicht abgesetzt hätte, wäre er im Winter nach Deutschland gekommen und hätte die *echte* (Hervorhebung von mir) Entspannungspolitik fortgesetzt!«
Schließlich möchte ich noch den Schlußsatz der zweiten Rede zitieren: »Die Menschen aus der Sowjetunion, aus China, aus den anderen kommunistischen Ländern sollten zu Ihnen reisen können, ohne Überprüfung durch den KGB, ohne die Befürwortung durchs ZK der Partei, einfach so, von sich aus. Und diese Menschen sollten Ihnen die Wahrheit über das erzählen können, was bei uns geschieht. Und das wäre dann, wie ich es nenne, eine Periode der ›offenen Handfläche‹.«
Damit ist der wichtigste aller Punkte berührt, eines der Probleme, zu dem noch nicht einmal andeutungsweise der Schimmer einer Lösung sichtbar ist: die freie gegenseitige Begegnung und Information. Die bisher übliche Praxis, sorgfältig ausgewählte

Verbandsdelegationen zu schicken, ist das Reisegeld nicht wert, und die Informationen, die solche Delegationen mitbringen und mitnehmen, sind das Papier nicht wert, auf dem sie gedruckt oder geschrieben sind.
Offene Handflächen – das ist ein schönes Bild. Solschenizyn hat es den Umgangsformen beim Urhandel entnommen, bei dem man die geöffneten Hände dem Partner entgegenhielt und dann die Hände drückte. Soll der Westen nun seine Hände öffnen und Solschenizyn zeigen, was er drin hat.

Ein Nestbeschmutzer von Rang

Die Aufzeichnungen des Obergefreiten Erich Kuby, »Mein Krieg«

Im Herbst der Nostalgien, der halben und halb zurückgenommenen Bekenntnisse und Geständnisse, im Jahr 30 nach Kriegsende, in dem man endlich erfuhr, welchen entsetzlichen Leiden und Mißverständnissen Frau Leni Riefenstahl und der arme Herr Arno Breker ausgesetzt waren – in diesem Herbst ist Kubys Buch eine wahre Wohltat. Mit bewegter und egangierter Kälte hat ein Soldat, der Erich Kuby hieß, es einmal bis zum Obergefreiten gebracht hatte, dann degradiert und zu Gefängnis verurteilt wurde, Tagebuch geführt, Briefwechsel aufbewahrt; kein Schweijk, kein Barbusse, »nur« ein – Gott sei Dank – zersetzender Intellektueller, der durchaus zu herzlichen und durchgehaltenen Freundschaften fähig war. Er hat die Täuschungen, Blindheiten und Enttäuschungen der Deutschen und ihrer Wehrmacht registriert, analysiert und sich mit Hohn getröstet. Ich konnte mir nicht helfen: während der Lektüre dieses Buches stellte ich mir den Obergefreiten Kuby vor einem Wehrmachtsrichter vor, der Dr. Hans Filbinger hätte heißen können; und in dieser fiktiven Konfiguration wäre ein gutes Stück intellektuellen deutschen Nachkriegselends personifiziert; der ewige – und wohl auf ewig weiterwährende – Kampf der »guten« Deutschen gegen die »schlechteren«, der Saubermacher und Sauberhalter gegen die »Nestbeschmutzer«.

Es kann kein Zweifel bestehen, dieser Erich Kuby hat der Deutschen Wehrmacht wenig Ehre gemacht oder eingebracht; oder doch, indem er eben den Krieg aus seiner Position heraus beobachtet, die Reaktionen der »Heimat« oder des »Reichs« registriert und frivol interpretiert? »Meine gute Mutter schreibt, sie wolle mir Geld schicken, wenn ich dafür hier Kaffee oder Tee *kaufen* könnte (in Frankreich 1940!). Das fugenlose Ineinander von bürgerlichen Vorstellungen und Barbarei (d. h. die Nichtzurkenntnisnahme selbigen, was auf das gleiche hinauskommt) hat für mich schon lange etwas Faszinierendes.« Der peinliche Moralismus moderner Armeen, der sich etwa in Transparenten wie »Plündern wird mit dem Tode bestraft« ausdrückte, wird von Kuby handfest und man könnte fast sagen handgreiflich widerlegt, indem er munter Plünderungen schildert, die man ja in der bürgerlichen Schmunzelsprache dann als »Organisieren«, »Requirieren« bezeichnen konnte. Wenn man sich vorstellte, wieviel ordentliche, anständige Bürger, die heute bis zum Überschnappen jegliche Art von Privateigentum verteidigen, in verschmunzelter Selbstverständlichkeit anderer Leute Eigentum »organisiert«, »requiriert« haben, wie das besetzte Frankreich ausgeplündert wurde – so ist Kubys Offenheit von beachtlicher Aktualität.

Wie »modern« der Nazikrieg war, erweist sich auch an der Schilderung des »Währungsgefälles«, das den Kurs des französischen Franken 1940 auf 5 Pfennig festsetzte (für 3 Franken bekam man eine Flasche Wein, für 3 weitere ein Huhn, für ein Drittel des Kriegssoldes von 1 Mark täglich also eine gesegnete Mahlzeit!) und Inflation, Ausplünderung, Bankrott beschleunigte. So war selbst das Bezahlen eine legalisierte Plünderung: ein Hemd für 2,50 bis 3 RM – und eine üppige Mahlzeit für 1,50 RM (»Wir bezahlten stumm und hätten uns fast entschuldigt. Ich sagte zu Bertram: Denk dran, wenn wir wieder in der deutschen Wüste sind, und auch dann, wenn sich die Wüste bis hierher ausgebreitet hat.«) Solche Beobachtungen und Analysen waren natürlich nicht erwünscht, schlimmer noch, daß der Soldat Kuby an französische Kriegsgefangene Äpfel verteilte und nicht sehr heroisch reagierte, als er das Schmerzensgebrüll eines Verwundeten mit anhören mußte. Nein, dieser Mensch paßte nicht so recht in eine, erst recht nicht in diese Armee – und war doch drin, und wurde auch noch Obergefreiter.

Nun könnte leicht das Mißverständnis entstehen, Kuby habe sich »gedrückt«; es ist albern, gehört aber wohl zu den unvermeidlichen Albernheiten bei Konfrontationen mit der deutschen Geschichte, daß hier betont werden muß: Nein, Kuby hat sich – auch im Sinne des Idiotenvokabulariums *irgendeiner* Armee – nie »gedrückt«. Dieser haut-, magen-, fußempfindliche degradierte Obergefreite Kuby hat sich mehr Gefahren ausgesetzt, als bei seiner Intelligenz und seiner Einsicht in das Funktionieren des Apparats, wohl auch bei seinen Beziehungen notwendig gewesen wäre. Sein Motiv: er wollte dabeisein, er wollte sehen, hören, erfahren; er war dabei, er hat gesehen, gehört, erfahren, er hat Tagebuch geführt, Durchschriften seiner Briefe gemacht, sein Protokoll durch Briefe seiner Frau, seiner Familie, Briefe

von Bekannten ergänzt. Er hat gewußt, wie es kommen, wie lange es dauern, wie es ausgehen würde. Vielleicht wäre es besser gewesen, dieses Wissen in diesem Buch zu verschweigen oder zurückzuhalten: auch, oder gerade, wenn man recht behalten hat, gerät man ja leicht in den Verdacht der Rechthaberei, und merkwürdigerweise: obwohl ich Kuby glaube, daß er diese Prognosen seinerzeit gemacht hat – sie stören, weil er auf eine ganz andere Weise ausreichend »Recht« hat. Kuby, der auf französischen Orgeln Konzerte gibt, der malt und Gefängnisse ausmalt, der frivol die doppelte Moral moderner Volksarmeen, dieser großen Organisierer, ignoriert, der an Regiments-Chroniken arbeitet, als Nachrichtensoldat sich keineswegs »drückt«; es ist schon ein Wunder (und auch ein Segen), daß dieser Mensch Kuby den Krieg überlebt hat, an der »Front«, im Hinterland, im Vormarsch, im Rückzug, im Lazarett, im Gefängnis; er, der ganze Stäbe organisiert hat, um an einer fiktiven Regiments-Chronik zu arbeiten, die dem Erlebnis- und Erinnerungsaufsatzkult des gebildeten Deutschen schmeicheln sollte.
Dreißig Jahre nach Kriegsende diesen noch einmal vorgeführt zu bekommen von einem degradierten Obergefreiten und Wehrkraftzersetzer von Rang, der weder von außen noch von oben registriert, nicht von irgendeiner »objektiven Warte« aus, von einem, der der ganzen peinlichen Niedertracht ausgesetzt war – das ist erfrischend. Gerade weil er kein Soldat war, ist Drückebergerei nicht sein Refugium gewesen, die Drückebergerei ist ja eine Soldateneigenschaft, sie ist sozusagen in der ganzen Dienstauffassung immanent, wird schmunzelnd weitergegeben. Es ist immer und immer wieder der extreme Zivilist und extreme Intellektuelle Kuby, der aus Verachtung gegenüber dem Apparat Kommandos annimmt. Ein gefährliches Spiel, eine gefährliche Neugierde, eine lebensgefährliche Verachtung.
Wenig Freundliches hat Kuby über die zeitgenössischen Geistesheroen zu sagen. Carossa wird zum »sensiblen Opportunisten«, weitere Heroen werden zu »fiesen Möppen«, ob Thomas Mann oder Ernst Jünger. Geistesheroen der Vergangenheit kommen – außer Hölderlin – nicht besser weg. »Richard Wagner (er wird, wie Goethe, Bach, Schubert, Mozart von Kuby ins Jahr 1939 versetzt) hätte versucht, durch den Bodensee in die Schweiz zu schwimmen, wäre aber dabei aufgegriffen worden, weil er vorher von seinem Plan im Gasthaus geredet hätte. Im Gefängnis

hätte er sich benommen wie Gerhart Hauptmann, schweinisch. Außerdem hätte er den großartigen Charkow-Marsch komponiert und wäre daraufhin Staatskapellmeister geworden.« In diesen Zusammenhang gehört auch der Kubysche Briefseufzer: »Warum muß ich in ein Volk hineingeboren worden sein, das aus Wagneropern Geschichte macht.«

Zynismus, Frivolität (und auch ein gut Teil Eitelkeit) sind als Tarnungen eines äußerst empfindsamen Herzens, im Zusammenhang mit *diesem Krieg*, den Kuby mit Recht *Mein Krieg* nennt, zu verstehen. Vor allem: sie werden nicht versteckt, eher ein bißchen zu sehr herausgekehrt, ihre Künstlichkeit wirkt stellenweise zu durchsichtig und enttarnt sich an anderen Stellen, wo die weiße Wut Kubys sichtbar wird. Zum Beispiel da, wo Kuby auf der Durchreise an die »Westfront« (im Juni 44, kurz vor der Invasion) an der Straßburger »Reichsuniversität« Bekannte und Geistesverwandte besucht: »Hier in Straßburg sind eine Menge ansehnlicher Leute versammelt, die vom Dritten Reich und vom Krieg soviel wie möglich verpassen wollten ... Was mich an diesem Kreis stört, ist sein elitäres Gehabe, und was ich am wenigsten vertrage, ist Ironie gegenüber den Nazis, die sich gefahrlos äußert. Diese Kultur- und Wissenschaftsplutokraten tragen ein unsichtbares Schild um den Hals: Wir sind die anderen Deutschen. Wer glaubt, ein ›anderer‹ Deutscher zu sein und sich dennoch als Repräsentant der Deutschen schlechthin fühlt, beteiligt sich an dem Schwindel, die deutsche Führung, Hitler, Goebbels, Göring, Schacht, Bormann, Heydrich seien keine exemplarischen Deutschen. Das aber sind sie« – und weiter: »Es macht mir erstaunlich wenig aus, hier abzufahren. Das ist nicht meine Welt.«

Der Soldat Kuby fuhr nach Westen weiter. Frivolität, Zynismus, Eitelkeit und ein empfindsames Herz hinderten ihn nicht, sich an eine der gefährlichsten Stellen des Krieges zu begeben. Es blieb ihm nichts erspart: nicht der Terror der Durchhalte-Deutschen (über den er später schrieb), nicht die Kriegsgefangenschaft, deren amerikanische Variante er ausführlich beschreibt. Nein, er hat sich nicht »gedrückt«, obwohl er in Straßburg gewiß irgendeinen »Wissenschaftsplutokraten« hätte auftreiben können, der ihm ein ärztliches Attest verschafft hätte. Ich kann und konnte mir nicht helfen: Während der Lektüre des Buches stellte ich mir den Soldaten, den degradierten Obergefreiten Kuby, vor einem

Kriegsgericht vor, dem Dr. Hans Filbinger vorsaß. Auf das Urteil hätte man gespannt sein dürfen.

Textilien, Terroristen und Pfarrer

Laudatio für Heinrich Albertz zur Verleihung der Carl-von-Ossietzky-Medaille, gehalten am 7. Dezember 1975 im Jüdischen Gemeindehaus in Berlin

Über Politik wollte ich gar nicht sprechen und werde auch nicht viel darüber sprechen. Hauptsächlich wollte ich über Textilien und ein bißchen über Zigarettenbildchen reden. Und wir werden dann festellen, wie politisch beide sein können oder sein sollen. Also nichts über die himmlischen Heerscharen des CIA, die in Chile das Paradies Menschenrechte eröffnet haben, nichts über irdische Heerscharen anderer Geheimdienste, nichts über Zeitungen, über bestimmte und gewisse, kein Wort . . .

Aber die Dokumentation, die wir eben gehört haben, für die ich sehr dankbar bin, hat neben den sehr ernsten Dingen und neben der Entwicklung von Gewalt, über die man lange noch reden müßte, auch etwas sehr Komisches gezeigt: wie doch das Wort Mao, die Worte Mao und Peking, in der Wertschätzung gewisser politischer Kommentatoren und auch Parteipolitiker wechseln. Es war ja keine lustige Geschichte, die wir da gehört haben, und doch haben wir lachen müssen. Daß damals noch der Botschafter Maos »Bombenmaterial« geliefert hat, und heute ist es ja eine Ehre, nach der sich jeder drängt, von Mao in Peking empfangen zu werden. Aber wir unterliegen alle einer gewissen Zeitlichkeit, und es mag auch uns so ergehen, daß wir uns geirrt haben. Was ich nur nicht verstehe, aber das wirklich nebenbei, daß ein Besuch bei Mao – ganz gleich, ob er von einem Oppositionspolitiker oder vom Bundeskanzler gemacht wird, irgend etwas mit innenpolitischer Qualifikation in diesem Lande zu tun haben könnte.

Nun, lieber Herr Albertz, zu Ihnen. Zuvor noch etwas: Ich hatte gesagt, daß ich über Textilien sprechen werde. Ich habe ein ganzes Dossier studiert, Ihren Lebenslauf, Ihre Vorkriegskarriere, Nachkriegskarriere, sogar die Kriegskarriere. Keine Geheimdokumente, nur Publiziertes. Ich will das nicht alles aufs neue analysieren und interpretieren, ich denke mir, daß eines Tages, vielleicht schon bald, Historiker sich daran begeben werden, alles, was vor und nach dem 2. Juni 1967 bis auf den heutigen Tag geschehen ist, chronologisch zu ordnen, – nicht nur generationspsychologisch, auch politisch und geistesgeschichtlich zu interpretieren. Und nicht nur nach der äußeren und inneren Entwicklung der verschiedensten Bewegungen und Gruppen, auch das, wovon man so wenig hört, was außerhalb dieser Gruppen geschah: die gesamte Reaktion der veröffentlichten Meinung. Ich betone: die gesamte! Und daß jemand den Mut haben wird, herauszufinden, wieviel diese publizierte öffentliche Meinung zu der schrecklichen Entwicklung beigetragen haben könnte.

Es gehört ja zu unseren merkwürdigen Gewohnheiten, unseren deutschen, daß wir einer Sache, die heute geschieht, ihre Geschichte und ihre Vorgeschichte nehmen. Daß wir etwa über die Folgen des Krieges sehr viel, über den Krieg selbst, seine Entstehung, seine Verheerungen, wenig nachdenken. Und dieses Modell wird ja auch auf die Nachkriegsgeschichte der Bundesrepublik weitgehend angewendet. Aber lassen wir es. Es wird ja fast schon politisch. Ich wollte ja über Textilien sprechen – eigentlich . . .

Ich habe also dieses Dossier über Sie studiert, seinen Inhalt zur Kenntnis genommen. Es ruht wohlverwahrt, und sogar mit einer Nummer versehen, in meinem Archiv. Wer weiß, was daraus noch wird. Es gäbe da manchen biographischen Anknüpfungspunkt zwischen uns beiden. Ich habe festgestellt, daß wir fast gleichaltrig sind, daß wir den gleichen Vornamen haben. Was wäre da alles zu sagen über die vielen Heinriche in der deutschen Geschichte, auf denen unser Vorname ruht und beruht. Es gibt eine ganze Menge und sehr komische Vögel darunter. Dann wäre da noch ein konfessionsgeschichtliches Klischee abzubauen oder zu interpretieren: der sogenannte schlesische Lutheraner oder Protestant und der sogenannte rheinische Katholik. Was sich da alles so in unserer merkwürdigen Geschichte für Bilder geprägt haben . . . Dann hab ich festgestellt, daß wir den gleichen Dienstgrad in der deutschen Wehrmacht erklommen haben. Wie reizvoll wär so ein Geplauder von Obergefreiter a. D. zu Obergefreiter a. D. Ich glaube, das wollen wir vermeiden. Das gefährlichste Glatteis, lieber Heinrich Albertz, das wissen Sie, ist das Glatteis des Veteranismus. Übrigens nicht nur unter Kriegs-, auch unter Literaturveteranen. Es steigt aus der Tiefe der Erinnerung so einiges auf, das sich wie ein frischer Quell gibt, sich aber rasch in eine sehr, sehr flache Pfütze verwandelt, deren Gefrierpunkt sehr niedrig liegt, und schon ist man auf Glatteis ausgerutscht, nicht kunstvoll wie ein Holiday-on-Ice-Clown, sondern wie ein Dilettant, mit Beulen und kleinen Brüchen. Lassen wir das also. Wenn schon dieser biographische Einstieg erfolgen sollte, dann würde er umständlich und sehr weitschweifig sein müssen, weil jedes, jedes einzelne Wort ganze Ströme von Erklärungen erforderlich machen würde. Zum Beispiel das merkwürdige Wort Nazi.

Es hat ja offenbar gar keine gegeben. Und doch waren sie's fast alle. Und wenn's drauf ankommt, sind auch ziemlich viele da, die keine mehr sind und doch welche waren und immer noch sind. Merkwürdige Sache. Mit der werden wir nicht fertig. Und man muß ja Frau Winifred Wagner inzwischen dankbar sein, daß da wirklich einmal ganz klar ausgesprochen wird, was hinter diesem merkwürdigen Wort Nazi alles an Blindheit versteckt gewesen ist.

Als ich herausfand, daß Breslau Ihr Geburtsort ist, dachte ich merkwürdigerweise als erstes an den SA-Obergruppenführer Heines, der am 30. Juni '34 erschossen worden ist. An sein Schreckensregiment in Schlesien. Und ich versuchte mir natürlich vorzustellen, was der damals 19jährige Heinrich Albertz wohl erlebt, erfahren, empfunden hat an diesem Tag. Und außerdem: War dieser Heines etwa ein Nazi? Wahrscheinlich war nicht einmal er einer.

In den Jahren 32/33 war ich in dem Alter, in dem man noch Zigarettenbildchen sammelt. Und ich besaß damals einen ganzen Stoß von der Zigarettenmarke Alva, mit SA-, SS-, Partei- und Hitlerjugendgrößen, das war eine sehr informative, instruktive Serie mit Buntphotos. Und noch in der Nacht zum 1. Juli '34, es herrschte eine ungeheure Erregung in unserer Stadt, keiner wollte so recht schlafen gehen, weil man nicht wußte, was noch alles passierte, noch in der Nacht identifizierte ich anhand eines Extra-Blattes die Erschossenen, sortierte sie aus meinen Zigarettenbildchen aus und legte sie beiseite. Das war ein ziemlich umfangreicher Stoß Bildchen mit merkwürdigen Physiognomien, aber die Physiognomien der Nichterschossenen waren nicht weniger merkwürdig. Und bei Göring und Himmler etwa dachte ich: Warum hat man die nicht auch erschossen?

Vierzig Jahre später rutschte dieser Satz: Warum die nicht auch, oder den nicht auch, in eine Erzählung und von dieser Erzählung in einen Film. So geschieht das mit Sätzen, die man als 15–16jähriger bei der Durchsicht von Zigarettenbildchen denkt. Da fiel mir also als erstes der Herr Heines ein, an den Sie sich ganz gewiß erinnern. Und es bedürfte ja nun fast schon eines Romans, eines sehr komplizierten, vielschichtigen, um auch nur diesen einen Tag, den 30. Juni '34, im Leben des damals 19jährigen Heinrich Albertz zu schildern. Ich kann das nicht leisten und müßte es doch, wollte ich Ihr Leben, Ihr Werk, Ihren Werdegang, auch nur annähernd würdigen.

Da gibt es den Vikar Albertz, den Pfarrer Albertz, der staatsfeindliche Predigten hielt, der mit jungen sozialistischen Häftlingen in der Festung Glatz saß. Was war damals eine staatsfeindliche Predigt, was wäre heute eine? Über was hat sich dieser Pfarrer da mit seinen Mithäftlingen unterhalten, mit Sozialisten hat er gesprochen, um Gottes willen!

Der Roman droht dreibändig zu werden. Ich kann das nicht leisten. Ich will lieber über etwas ganz anderes sprechen. Über etwas wahrscheinlich sehr Unpolitisches, über Hemden. Vielleicht stellen wir dann am Schluß fest, wie das ist. Natürlich meine ich nicht auf so plumpe Weise politische Hemden, wie Braun-, Blau-, Schwarz- oder Grünhemden. Ich meine zivile Hemden.

Und ich finde ja überhaupt, es wird viel zuwenig über Kleidung gesagt und geschrieben. Einer der wenigen Autoren, die etwas über die Bedeutung der Kleidung für den Menschen geschrieben haben, nicht essayistisch, sondern als Erzähler, im Zusammenhang mit der Charakterisierung einer Person, ist J. D. Salinger. In *Hebt den Dachbalken hoch, Zimmerleute* und *Seymour wird vorgestellt* schreibt er in einem längeren Abschnitt über die Kleidung des Erzählers und die seines Bruders von sich, dem Erzähler, daß er in seiner Jugend krokusgelbe Krawatten zu tragen pflegte, und er kommentiert das in Klammern mit folgenden Worten: »Ich glaube sogar, daß einer, der schreibt, seine alten krokusgelben Krawatten nie los wird. Früher oder später tauchen sie in seiner Prosa auf, und er kann verflucht wenig dagegen tun.«

Seitdem ich diesen Satz vor etwa 12, 13 Jahren gelesen habe, beschäftigt mich der Grundgedanke, der in ihm ausgesprochen ist und der, glaube ich, nicht rein psychologisch, nicht rein soziographisch oder sozial zu interpretieren ist; der natürlich übertragbar ist auf Spielzeug, auf Autos, auf Dinge, die man gehabt hat, gern wiederhaben möchte, auf Dinge, die man nie gehabt hat oder nie haben konnte. Ein bißchen kultisch; denn alle Kleidung ist ja auch Verkleidung und etwas Kultisches, von jedem etwas, und etwas mehr und vielleicht auch mehr, als ich andeuten konnte, und das auch noch in ständig wechselndem Mischungsgrad.

Einer, der schreibt, das tue ich ja auch gelegentlich, da müßte einer in dem, was ich geschrieben habe, die Hemden oder Mäntel wiederfinden, die ich trug, mehr die, die ich gern getragen hätte. Irgendwo müssen sie versteckt sein. Ein Schriftsteller hat es ja gut: Er kann seine krokusgelben Krawatten irgendwo unterbringen oder verstecken. Er kann sie in Socken, in Mützen, in Hüte, in Schuhe, in Unterhosen sogar, verwandeln. Frage: Was machen die anderen, die keine Schriftsteller sind, was machen sie mit ihren krokusgelben Krawatten, die sie getragen oder, was viel schmerzlicher ist, gern getragen hätten ...

Es gehört ja zum Standarderlebnis westlicher, auch leider literarischer westlicher Touristen, daß ihnen in der Sowjetunion irgendeiner irgendeines seiner Kleidungsstücke abzukaufen versucht, die krokusgelbe Krawatte sozusagen, seinen Traum oder den Traum eines anderen, den er dann weiterverkauft. Und aus diesem Standarderlebnis wird dann die ungeheure Überlegenheit des einen Systems über das andere geschlossen. Ich glaube, hinter diesem Wunsch liegt mehr; er sitzt tiefer, als bei oberflächlicher Betrachtung, bei bloßer Registrierung herausgefunden werden kann. Die beiden Systeme, von denen das eine so etwas als Kränkung, das andere es als Triumph empfindet, täuschen sich.

Es gibt da die Anekdote, von keinem Geringeren als Gottfried Benn, der sich die Hutmarke eines Besuchers merkte, weil er gern selbst einen so feinen Hut tragen wollte. Eine wunderbare Anekdote, finde ich.

Was bedeutet Kleidung, ein bestimmtes Kleidungsstück, für den, der es nicht hat, aber gern hätte? Wir wissen es nicht genau, und auch die sehr gescheiten, sehr einfallsreichen Werbepsychologen der Textilindustrie – und sie wissen viel und wenden es klug an – wissen nicht alles. Sie wollen und dürfen zum Beispiel nicht wissen, daß man an einem Kleidungsstück auch hängen kann bis zur Verschlissenheit, daß man es nur ungern ablegen möchte, denn das widerspricht natürlich dem Slogan »Öfter mal was Neues«. Ahnen sie die Kämpfe, die um eine Hose, um ein Hemd, um ein Paar Schuhe ausgefochten werden, die nun wirklich verschlissen und nicht mehr zu retten sind?

Verzeihen Sie diese Abschweifung. Das Thema hat so viele und einige schmerzliche Dimensionen. Es wird uns ja sehr eindringlich erklärt in Schule, Kirche, Elternhaus, der Spruch »Kleider machen Leute« treffe nicht zu. Aber da merken wir bald, daß dieser in Schule, Kirche, Elternhaus ausgesprochene Trost nicht zutrifft. Denn nur für *die* Leute, die schon gemacht sind, trifft zu, daß Kleider Leute nicht machen. Es wird uns klar, dieser Spruch »Kleider machen keine Leute« ist ein sehr luxuriöser Spruch. Es sind ja die Kinder der sehr, sehr reichen Leute, die es sich leisten können, in wirklich zerfetzten Jeans und barfuß Auto zu fahren.

Die, deren Jeans wirklich, um es modisch auszudrücken, »echt« zerfetzt sind, und die keine ganzen Jeans haben, und die barfuß laufen, weil sie einfach keine Schuhe haben, sie sehnen sich immer noch nach den krokusgelben Krawatten. Das ist fast so wie mit den Silberlöffeln. Wenn ein sehr wohlhabender Mensch in einem Café sitzt, jemand, dessen Wohlhabenheit offenkundig, vielleicht sogar bekannt ist, und steckt, weil er ein bißchen kleptoman ist oder auch nur ein Hobby hat, einen Silberlöffel ein, dann wird der Kellner sehr, sehr zurückhaltend den Geschäftsführer herbeirufen, der Geschäftsführer wird sehr zurückhaltend, mit äußerster Vornehmheit, den Herrn oder die Dame darauf aufmerksam machen, daß er da irrtümlich einen Löffel eingesteckt hat. Wenn aber ein armer Schlucker, der den Löffel einstecken *muß*, weil er ihn verscheuern muß, um sich etwas zu fressen zu kaufen, wenn der den Silberlöffel einsteckt, wird die Polizei gerufen. Es ist also mit den Silberlöffeln eine komplizierte Sache, wie mit den Kleidern.

Noch etwas zu den Hemden: Vor einiger Zeit traf ich mit einem ziemlich berühmten Autor zusammen. Wir hatten wenig Zeit für private Gespräche, das ergab sich nicht. Als wir aber dann so etwa zwanzig, dreißig Minuten Zeit hatten, sprachen wir nicht über Literatur, nicht über Politik, schon gar nicht über Literaturpolitik, wir sprachen über Hemden. Über die Bedeutung, die ein ziviles Hemd für einen Soldaten oder einen Gefangenen haben kann. Ein Hemd ist ja etwas, das man manchmal unter die Uniform schmuggeln kann. Über die Bedeutung des Hemdes für einen Gefangenen sprachen wir, wobei zu unterscheiden war zwischen einem kriminellen und einem politischen Häftling, bei denen wieder zu unterscheiden in solche, die in Lagern oder in Gefängnissen einsitzen, und natürlich die Bedeutung eines zivilen Hemdes für den Kriegsgefangenen. Das Thema war und ist unerschöpflich, wie wichtig etwa die Länge eines Hemdes ist – ich möchte bei dieser Gelegenheit feststellen, daß unsere Hemden nicht nur immer teurer, sondern immer kürzer werden, bis sie fast nur noch Blusen sind. Wir sprachen darüber, wir beiden Autoren, ob der Kragen weich oder gestärkt sein sollte, welche Art von Manschette man vorzog – zum Glück war kein Werbepsychologe der Textilindustrie anwesend, er hätte viel gelernt, gelernt, worauf man bei Hemdenträgern unserer Altersklasse anspielen müßte, denn irgendwann, irgendwo haben wir ja alle nicht unsere eigenen Hemden getragen, und wenn wir sie hätten tragen können, hatten wir wahrscheinlich nicht das Geld, um sie zu kaufen. Jene Hemden, die unserer Vorstellung von der krokusgelben Krawatte entsprochen hätten. Und wer, der je unfreiwillig eine Uniform trug, hat, wenn er schon kein Hemd besaß, nicht wenigstens mit einem Halstuch es versucht, natürlich mit einem roten.

Und als ich mit meinem Kollegen über Hemden sprach, fiel mir ein Erlebnis ein, das ich ihm auch mitteilte. Mir hat nämlich einmal in einer sehr, sehr peinlichen, delikaten, ich möchte schon sagen heiklen Situation ein amerikanischer Soldat, für den ich eigentlich nur ein ›fucking German Nazi‹ war, ein Hemd zugeworfen. Und siehe da, dieses Hemd bedeckte nicht nur meine Blöße, es entsprach auch meiner Vorstellung von der krokusgelben Krawatte. Und dieses Erlebnis ist für mich sehr wichtig gewesen, wie die Zigarettenbildchen.

Nun bin ich ziemlich weit abgeschweift, habe aber, glaube ich, mich nicht zu weit von Ihnen, lieber Herr Albertz, entfernt, denn Sie sind doch der Pfarrer, der einem Häftling, einem Anarchisten, möglicherweise sogar einem Terroristen, ein Hemd geschenkt hat. Ich habe den Eindruck, daß man diese Tatsache viel zu wenig gewürdigt hat, und meine Andeutungen über die Bedeutung der Kleidung oder eines bestimmten Kleidungsstückes für Menschen, waren nur vorbereitender Art.

Der Platz in der Geschichte Berlins, auch ein Platz in der schrecklichen Geschichte der Entführungen und Geiselnahmen, ist Ihnen sicher. Ich weiß nicht, was das Hemd für den, dem Sie es geschenkt haben, bedeutet. Für Sie war es selbstverständlich. Aber ich wollte nicht, daß diese Selbstverständlichkeit so völlig vergessen wird bei allem, was man so über Sie gehört und gelesen hat. Gerade deswegen, weil es für Sie selbstverständlich war, möchte ich, daß es nicht vergessen wird. Denn vielleicht erleben wir noch, daß das, was uns selbstverständlich war, zur Sensation wird. Und daß man für Selbstverständlichkeiten dieser Art, nicht für die politisch so deutlich sichtbaren, möglicherweise einmal Auszeichnungen erhält. Ich möchte schließen mit der Frage, die offenbleibt: Ob Hemden wirklich unpolitisch sind?

Der Fall Horst Herrmann

Die Rechtslage im Falle Horst Herrmann ist, wie mir scheint, eindeutig: Herr Tenhumberg, Bischof von Münster, hat natürlich das Recht, von Minister Rau zu verlangen, Prof. Herrmann die Lehrerlaubnis zu entziehen. Dieses Recht ist im Konkordat verankert. Merkwürdig – und wahrscheinlich bis in alle Ewigkeit hinein strittig – ist die Begründung, Herrmann sei der »kirchlichen Lehre zu nahe getreten«.

Nun sollte einer meinen dürfen, daß ein Theologieprofessor der kirchlichen Lehre ziemlich nahe treten muß, wenn er sich mit ihr beschäftigt. Offenbar müßte die Betonung hier auf dem *zu* liegen – nahe treten: ja, *zu* nahe treten: nein. Man wird nicht mehr herausfinden können, was die Verfasser des Konkordatstextes sich gedacht haben. Die säkulare Bedeutung von »zu nahe treten« ist einigermaßen eindeutig: Man tritt einer Dame (oder einem Herrn) zu nahe, d. h.: man macht einen Annäherungsversuch, den man, wenn er zu grob ausfällt, Zudringlichkeit nennen kann.

Hat Horst Herrmann also einen Annäherungsversuch an die kirchliche Lehre gemacht, ist er zudringlich geworden? Und, wenn ja, wäre das so verwerflich, wenn ein Theologe Annäherungsversuche an die kirchliche Lehre macht? Zudringlichkeit ist ein relativer Begriff: Es gibt einen Augenblick, in dem ein Verliebter einfach zudringlich werden muß, um herauszufinden, wie weit er gehen kann: Irgendwann ist ja mit Blicken und Seufzern nichts mehr zu machen; es muß einer nahe treten, wie nahe, ob *zu* nahe, bestimmt das auserwählte Sub- oder Objekt. Und dann gibt es schlimmstenfalls was auf die Finger.

Möglicherweise muß ein Theologe ziemlich nahe an die kirchliche Lehre rangehen, bis er's auf die Finger bekommt. Die Frage wäre: Gibt es eine objektive Instanz, die feststellen könnte, ob da einer einer Lehre *zu* nahe getreten ist? Minister Rau kann diese Instanz nicht sein: Er muß die Feststellung des Tatverdachts dem Bischof überlassen. Laut Konkordat müssen innerkirchliche Konflikte, soweit sie lehrbeauftragte katholische Theologen betreffen, nicht durch die Kirche selbst, sondern durch den »weltlichen Arm«, der da laut Konkordat zur Verfügung steht, gelöst werden; und wäre der zuständige Minister des Landes NRW –

was ja laut Grundgesetz denkbar wäre – Mitglied der DKP, der Minister muß exekutieren.
Wieviel Geld es kosten würde, den jungen Prof. Herrmann zu pensionieren; was sein Nachfolger kosten würde – diese Sonderrechnung müßte einmal aufgestellt werden, denn Prof. Herrmann ist, sein Nachfolger würde ja Beamter, sie werden nicht aus dem Kirchensteueraufkommen bezahlt, sondern aus dem Wissenschaftsetat des Landes NRW. Und natürlich kann man, wenn einer der Kirche zu nahe getreten ist, nicht ans Sparen denken: Wir haben's ja, und wie!
Es gab im Fall Herrmann einen umfangreichen Briefwechsel, es gab Statements, Presseerklärungen, und nachdem die Angelegenheit einige Publizität erreicht hatte, merkte man: es soll eingelenkt werden. Wird also dem Steuerzahler ein nettes (welches?) Sümmchen erspart, das er hätte aufbringen müssen, weil da einer der kirchlichen Lehre zu nahe getreten ist? Wen interessiert das eigentlich?
Vor Jahren hat Karl Rahner, als er vor der Isolierung des Katholizismus in der Bundesrepublik warnte, von »Getto« gesprochen. Inzwischen kann man die Bezeichnung Getto nur noch als Euphemismus begreifen. In den osteuropäischen Gettos jedenfalls herrschte ein ausgeprägtes, lebhaftes, trotz tiefster Armut vielfältiges kulturelles Leben. Die osteuropäische Literatur jüdischer Prägung ist zu einem der wichtigsten und vielfältigsten Beitrage zur Weltliteratur geworden. Mein Gott, wieviel »Zunahetreter« hat's da gegeben. Rahners Wort vom Getto war – so scheint es nachträglich – viel zu optimistisch. Vielleicht sollte man inzwischen statt vom Getto von einem »Friedhof« sprechen. Daran ist nicht Herr Tenhumberg schuld, nicht der einzelne Bischof, nicht der Episkopat als solcher. Mir scheint, es liegt an der einmaligen »Verfassung« der deutschen Kirchen, wie sie eben Horst Herrmann in seinem Buch *Ein unmoralisches Verhältnis* dargestellt hat. Wenn man schon, das (zugegebenermaßen übertriebene) Wort »Friedhof« ausspricht, muß man auch von der »Friedhofsverwaltung« sprechen. Man muß sich die determiniert katholischen, von der Amtskirche gebilligten Publikationen einmal anschauen, das peinliche Verhalten gegenüber *Publik*, die Millionen, die der *Rheinische Merkur* bekommt. Man muß sich dieses elende Dreckblättchen ansehen, zeitweise schlimmer als *Bild*, das sich *neue bildpost* nennt. Nein, die treten keinem zu nahe.

Das Wort Getto ließe sich möglicherweise auf die Professoren der Theologie anwenden: Sie leben in einem Beamtengetto und ihrem Status gemäß finanziell sorglos, und innerhalb dieses Gettos geht es streckenweise ziemlich lebhaft zu. Innerkirchliche Auseinandersetzungen über »Zunahetreter« sind aber nur für einen Bruchteil der Bevölkerung von Interesse, für einen geringen Bruchteil. Von Interesse für die Bevölkerung sollte das Konkordat sein, die Frage, ob Herr Tenhumberg letzten Endes auf Erfüllung besteht, ob Minister Rau vollziehen wird oder würde, ober ob alles wieder »unter den Teppich gekehrt wird«. Was wird die nächste Gebäudereinigungsfirma alles unter diesem Teppich finden? Wahrscheinlich nur verfilzte Undefinierbarkeiten.

Noch ein Wort zum Vokabularium. Da tauchte – ich möchte fast sagen: prompt – das Wort vom »priesterlichen Lebenswandel« auf! Lebenswandel, das weiß »man« ja, betrifft das private sittliche Verhalten. Da denkt man doch gleich an Weiber, Alkohol, Orgien, und wie das im Saubermannsland nun einmal ist, auch an unrasierte Wangen, schlecht geputzte Schuhe, die keine Verstöße gegen irgendeine Sittlichkeit darstellen, aber doch *fast* schon in eine gewisse deutsche Sittlichkeitsvorstellung (jedenfalls die ungeschriebene, die oft grausamer ist als die geschriebene) eingegangen sind. Wenn meine Eltern und Verwandten vor vierzig, fünfzig Jahren das Wort »Lebenswandel« aussprachen – also ungefähr um die Zeit, als das Konkordat abgefaßt wurde – war's *so* zu verstehen. Man brauchte gar nicht zu sagen: »Der (oder die) hat einen schlechten Lebenswandel.« Es genügte, von jemandem zu sagen: »Der hat einen Lebenswandel.« Das Wort *riecht,* fast so übel wie die *neue bildpost,* und ich denke, solche Schwenker und Schlenker sollte man einander, wie hart die Auseinandersetzung auch sein mag, doch ersparen.

Junge und jüngere Politiker aller Parteien sollten sich fragen, ob in einer Gesellschaft, die sich mit Inbrunst »pluralistisch« nennt, ein Minister zum Vollstreckungsbeamten innerkirchlicher Auseinandersetzungen werden sollte. Als Fall ist der Fall Herrmann von mehr Interesse als der Fall Küng. Im Fall Küng ging es um »Rom«, das weit weg ist und immer weiter wegrückt; die römische Entscheidung hätte Küngs Bischof gezwungen, den zuständigen Minister zur Vollstreckung aufzufordern. Im Fall Herrmann geht es unmittelbar um die kirchliche Verfassung innerhalb unserer Verfassung. Die älteren Politiker wagen sich da nicht ran, hoffen wir auf die jüngeren aus *allen* Parteien.

Hin und wieder kommen ausländische Freunde, Katholiken, mit mir auf unser Kirchensteuersystem zu sprechen: in Frankreich, England, Portugal, Italien, Schweden. Bisher hat mir noch keiner von ihnen geglaubt, daß dieses System ist, wie es ist, daß der Staat bei uns Vollzugs- und notfalls Vollstreckungsgewalt für eine steuerrechtlich verankerte Abgabe an die Konfessionen hat, die ein staatlich garantiertes Recht auf ein Zehntel unserer Lohn- und Einkommensteuer haben. Das glaubt mir kein Ausländer. Es ist so manches unglaublich, aber wahr am kirchlichen Leben in der Bundesrepublik.

Wer wie die katholische Kirche eine sakramental begründete, mystische Bindung *fiskalisiert,* sich diese Fiskalisierung garantieren läßt, sollte sich über nichts mehr wundern.

Quellennachweise und Anmerkungen

Zur Weiterentwicklung der Maulwürfe. Siegfried Unseld (Hg.), »Günter Eich zum Gedächtnis«, Frankfurt 1973

Wer ist Jesus von Nazareth – für mich? Titelloser Beitrag zu Heinrich Spaethmanns Buch mit diesem Titel, München 1973

Protest – laut oder leise? Die Zeit v. 19. 1. 1973. Ausgangspunkt dieses Dialogs mit Eugen Kogon war ein »Offener Brief« an Willy Brandt, den Walther Marseille und Dietrich Wabner verfaßt hatten und der u. a. auch von Heinrich Böll unterzeichnet worden war:

Sehr verehrter Herr Bundeskanzler, unter Ihren Freunden sind die Unterzeichneten nicht die ersten, die Ihnen zu einer außenpolitischen Wendung raten, die Sie sicher schon längst erwägen: die brutale Kriegspolitik des amerikanischen Präsidenten aufs schärfste zu verurteilen – im Namen der von Ihnen geführten Regierung und der überwältigenden Mehrheit des deutschen Volkes.

In diesen Tagen werden Entscheidungen fallen, welche für viele Jahre nachwirken konnen: wird die Welt tatenlos mitansehen, wie die mächtigste Nation ein kleines Volk vergewaltigt, sein Land zerstört und seine eigenen Söhne zu Verbrechern heranbildet? Wenn zynischer Opportunismus nur wirkungslose Proteste erlaubt und dadurch dem amerikanischen Präsidenten zum Erfolg seiner barbarischen Pläne verhilft, dann werden wir zukünftige Gewaltverbrecher, Nationen wie Einzeltäter, durch eigene Schuld ermutigen. Herr Bundeskanzler, wir appellieren an Sie, daß Sie tun, was in Ihrer Macht steht, um zu verhindern, daß die Bundesrepublik an solchem Versagen mitschuldig wird.

Alle Ihre wahren Freunde in der ganzen Welt werden mit Erleichterung und Freude begrüßen, wenn Sie in einem ersten Schritt sich mit Ihrem Kollegen, dem schwedischen Ministerpräsidenten Olof Palme, öffentlich solidarisch erklären. Und den egoistischen »Realisten«, die Ihnen einreden wollen, wir könnten doch »bloß wegen Vietnam« nicht unser Schutzbündnis mit den Vereinigten Staaten aufs Spiel setzen, können Sie erwidern, daß es sogar im Interesse nüchterner Realpolitik vordringlich ist, unseren Verbündeten wissen zu lassen, daß wir kein Verlangen haben, von ihm in der Weise beschützt zu werden, wie er Südvietnam »beschützt« – ohne Rücksicht darauf, ob wir damit die Herren im Weißen Haus verstimmen.

Wir maßen uns nicht an, über den vorgeschlagenen ersten Schritt hinaus weitere politische Vorschläge zu machen. Vielmehr wollen wir Ihre Aufmerksamkeit auf einen Punkt lenken, welcher erstaunlicherweise bisher überhaupt nicht beachtet worden ist. Der Präsident der USA ist ein kranker Mensch. Richard Nixon hat sich vor aller Welt stolz zu den Symptomen seines größten Wahns bekannt: er wird nicht der US-Präsident sein, der einen Krieg verliert. Er verspricht seinem Land einen ehrenvollen Frieden. Er glaubt, daß er durch seine patriotische Politik das amerikanische Volk wieder geeinigt hat. Das alles sind Wahnvorstellungen. Denn noch niemals ist ein großes Volk durch eine unehrenhafte Niederlage tiefer gespalten worden als das amerikanische durch den Vietnamkrieg. Diese Wahnvorstellungen Nixons sind nicht etwa deswegen bedenklich, weil sie seinem maßlosen Ehrgeiz entstammen. Im Gegenteil: In allen Phasen seines Aufstiegs war sein Ehrgeiz gekennzeichnet durch ein Ich-besessenes, skrupelloses und mitleidsloses Durchsetzungsvermögen. Die dem amerikanischen Präsidenten anvertraute Machtfülle ist jetzt im Begriff, seinen Wirklichkeitssinn zu korrumpieren. Nur der US-Kongreß kann ihm Einhalt gebieten. Dadurch, daß er ihm die Vollmacht entzieht, allein und ohne die verfassungsmäßige Mitbestimmung der Volksvertretung über Krieg und Frieden zu entscheiden – und ihm vor allem die alleinige Entscheidung über einen Einsatz der nuklearen Waffen zu entziehen.

Nixons Gegner bedürfen dringend der Unterstützung durch eine unzweideutige Weltmeinung.

In aufrichtiger Verbundenheit Walther Marseille, Dietrich Wabner

Am 12. 1. 1973 nahm Eugen Kogon in der »Zeit« unter der Überschrift: »Protestieren – lieber laut oder leise? Von der nützlichsten Form moralischen Wirkens dazu Stellung, was Böll zu seiner Antwort veranlaßte. Hier der Artikel Kogons:

I

Hat Heinrich Böll recht daran getan, den Appell mitzuunterzeichnen, den in Sachen Vietnam deutsche Schriftsteller an den Bundeskanzler und Friedens-Nobelpreisträger Willy Brandt gerichtet haben?

Der Brief ist von ihnen am 4. Januar veröffentlicht worden – zwei Wochen nach dem (vielleicht nur vorübergehenden, hoffentlich nicht nur vorübergehenden) Halt im Flächenbombardement gegen Hanoi und Haiphong, das auch die ZEIT in ihrer Ausgabe vom 29. Dezember 1972 »Terror und Tortur« genannt hat, »um die Nordvietnamesen gefügig zu machen«.

Es sollen, so legt der Text des Briefes an Brandt gleich zu Beginn es nahe, einschneidende Konsequenzen gezogen werden. »Unter Ihren Freunden sind die Unterzeichneten nicht die ersten, die Ihnen zu einer außenpolitischen Wendung raten, die Sie sicher schon längst erwägen: die brutale Kriegspolitik des amerikanischen Präsidenten aufs schärfste zu verurteilen – im Namen der von Ihnen geführten Regierung und der überwältigenden Mehrheit des deutschen Volkes.« Im übernächsten Abschnitt des Appells heißt es dann: »Alle Ihre wahren Freunde in der ganzen Welt werden mit Erleichterung und Freude begrüßen, wenn Sie in einem ersten Schritt sich mit Ihrem Kollegen, dem schwedischen Ministerpräsidenten Olof Palme, öffentlich solidarisch erklären.«

Zwar beginnt die zweite Hälfte des Briefes mit dem Satz: »Wir maßen uns nicht an, über den vorgeschlagenen ersten Schritt hinaus weitere politische Vorschläge zu machen.« Aber dem Bundeskanzler wird nicht weniger zugemutet als die Annahme der These, die der Münchener Psychotherapeut Walther Marseille, Verfasser und Erstunterzeichner des Textes, markant dartut: daß der gegenwärtige Präsident der Vereinigten Staaten »ein kranker Mensch« sei . . ., ». . . in allen Phasen seines Aufstiegs war sein Ehrgeiz gekennzeichnet durch ein Ich-besessenes, skrupelloses und mitleidsloses Durchsetzungsvermögen«, angestachelt von Wahnvorstellungen; nur noch der US-Kongreß könne dem Einhalt gebieten. »Nixons Gegner bedürfen dringend der Unterstützung durch eine unzweideutige Weltmeinung.«

Nun, Nixon selbst ist es gelungen, in aller Welt das moralische Bewußtsein weiter Kreise, die auf die Vietnam-Politik der Vereinigten Staaten stets Rücksicht genommen haben, in laut vernehmliche Proteste zu bomben. Jetzt wird die Beendigung des Krieges durch Verhandlungen in jedem Fall gefordert. Der mächtigste Präsident hat nicht mehr nur die Kommunisten in dieser Sache gegen sich und die unermüdet Demonstrierenden der weltweit linken Jüngeren – immer wieder Veteranen unter ihnen, die dem Weißen Haus die Kampfauszeichnungen über den Zaun werfen.

II

Der Erwägung wert ist es natürlich, welche Bedeutung Willy Brandts Verhalten im Zusammenhang hat. Ein Zweifel an seiner Gesinnung besteht gewiß nicht. Es kann sich nur um die Mittel und Wege handeln, dieser Gesinnung zur bestmöglichen politischen Wirkung zu verhelfen.

Sehen wir von der Unklarheit in dem Brief ab, was mit der »außenpolitischen Wendung« gemeint sein mag, die der Bundeskanzler, angeblich auf Rat ihm Nahestehender, selber »sicher schon lange« erwägt und zu der die öffentliche Solidarisierung mit dem schwedischen Ministerpräsidenten – »Ihrem Kollegen« – »der erste Schritt« sein soll. Von keinem der Unterzeichner des Briefes ist bekannt, daß er etwa ein Vertrauter des Bundeskanzlers wäre und daher, möglicherweise, über sicher nur geheimste Absichten Bescheid wüßte, die Richtlinien der Politik der Bundesrepublik Deutschland im Sinne einer »Wendung« neu zu bestimmen. Solche »Erwägungen« und solches Wissen anzunehmen, wäre blanker Unsinn; allerdings ein nicht ganz ungefährlicher Unsinn angesichts einiger innenpolitischer, aber auch internationaler Vermutungs-, Gerüchte- und Beschuldigungssucht. Wird der *Bayernkurier* die Stelle im Brief als Beweisstück für beabsichtigte Wegbereitung europaverschlingender großrussischer Vorherrschaftspolitik aufziehen? Man weiß nicht, was der Satz aussagen oder andeuten möchte. Lassen wir ihn daher beiseite.

Und beiseite, daß mit der zweiten Hälfte des Briefes – dem Hinweis »auf einen Punkt, welcher erstaunlicherweise bisher überhaupt nicht beachtet worden ist«: der gegenwärtige Präsident der Vereinigten Staaten von Amerika sei ein Fall für den Pathologen – der Regierungschef der Bundesrepublik unmöglich etwas Brauchbares anfangen kann. Auch der Außenminister nicht. Und kein Kabinettsmitglied.

Welche Gründe bieten sich, ohne daß man von irgend jemandem oder irgend etwas Intimus zu sein brauchte, als Erklärung dafür an, daß der Bundeskanzler den Schritt, der im Appell der Schriftsteller von ihm gefordert und erwartet wird, nicht getan hat?

III

Um mit der sozusagen diskreten Schwierigkeit zu beginnen: Er hätte sich von der Stellungnahme des schwedischen Ministerpräsidenten differenzierend distanzieren müssen – was in Fällen, in denen es gerade auf die Gemeinsamkeit ankommt, offensichtlich nicht die beste Methode ist, Erfolg durch Zusammenarbeit zu erzielen. Keiner der Vergleiche, die Olof Palme gewählt hat, um die Barbarei des amerikanischen Vorgehens zu brandmarken, trifft den Sachverhalt: Weder Guernica, noch Oradour, noch Babi Jar (die Massenvernichtung jüdischer Einwohner Kiews in einer nahegelegenen Schlucht), noch Katyn, noch Lidice, noch Sharpeville (ein polizeiliches Panikgeschlächter in der Republik Südafrika), noch Budapest, noch Treblinka sind »Vietnam-Vorläufer«. Warschau, Rotterdam, Coventry, dann Dresden, Hamburg, Berlin, die Zerbombung weiterer deutscher Städte im Zweiten Weltkrieg, um die Verbindung zwischen Regime und

Volk, um nationalen Widerstand zu zerbrechen, hätten genannt werden müssen; aber das ging nicht.
Willy Brandt seinerseits, als Staatsmann, der die Geltung der Moral in der Politik wahrlich nicht heuchelt, sondern sie immer wieder so glaubhaft wie eindrucksvoll bekundet, ist in der heiklen Situation, darauf achten zu müssen, nicht hier in Deutschland und nicht im Ausland, anstatt der Besinnung auf die Prinzipien der Humanität zu dienen, nationale »Aufrechnungsfronten« wachzurufen. Er ist zwar der einzige nichtamerikanische Politiker, der 1972 in der lediglich zehn Namen umfassenden Anerkennungsliste der Bevölkerung der Vereinigten Staaten figuriert, aber hätte selbst er den Neuaufstand der – mittlerweile eher latent gewordenen – antideutschen Ressentiments verhindern können, wenn er sich, noch dazu »im Namen der von ihm geführten Regierung und der überwältigenden Mehrheit des deutschen Volkes«, dem Vergleich mit jenen Greueltaten angeschlossen hätte?
Das Massenblatt *New York Daily News* schrieb am 3. Januar 1973: »Olof Palme, der *Peacenik*-Ministerpräsident Schwedens, hatte die Unverschämtheit, die amerikanischen Bombenangriffe gegen Nordvietnam mit den abscheulichen Verbrechen Nazi-Deutschlands zu vergleichen. Wie können es die Schweden wagen, Moralpredigten zu halten? Wenn wir uns recht erinnern, dann standen sie während des Zweiten Weltkrieges voller Selbstgefälligkeit abseits, steckten durch Geschäfte mit Hitler-Deutschland ansehnliche Profite ein und ließen die Nazis außerdem noch Schweden als geschützten Durchgang für ihre Truppen benutzen, die im darbenden Norwegen als Besatzer Dienst taten. Hat sich Palme dadurch das Recht erworben, sich zum Richter über die Vereinigten Staaten aufzuschwingen?«
Für uns in der Bundesrepublik Deutschland geht es in dieser Sache viel eher als um Protest um die Darlegung des eigenen Interessen-Standpunktes, der sowohl politisch als auch moralisch ist und einen Mitanstoß dafür geben soll, in der Komplexheit der Zusammenhänge, die seit mehr als eineinhalb Jahrzehnten nun schon fünf US-Präsidenten in verhängnisvoller Weise gefangenhalten, unser gemeinsames Fundament des Handelns zu bedenken: die Sicherung, nicht die Einstampfung der Menschenrechte.
Darum geht es, nicht generell darum, »Nixons Gegnern« Unterstützung zu geben. Es bedarf nicht der Intervention eines deutschen Regierungschefs, die Stimme der Moral und der Vernunft in den Vereinigten Staaten hörbar zu machen. Nicht wegen der ausländischen Interventionen begann schließlich auch der amerikanische Kongreß in Aktion zu treten.

IV

An der internationalen diplomatischen Einflußnahme, die parallel zu den Demonstrationen und zu den Prostesten, formal unabhängig von ihnen, erfolgt ist, war der Bundeskanzler, wie man mittlerweile weiß, aus eigener Initiative und »namens der von ihm geführten Regierung« sehr wohl beteiligt – in Abstimmung sicherlich mit Präsident Pompidou und dem französischen Außenminister, die zur Wiederaufnahme der Verhandlungen zwischen Washington und Hanoi vermittelten, in Abstimmung sicherlich auch mit dem britischen Premier Edward Heath, der seinerseits unter heftigem Druck der Labour-Opposition stand, sich protestierend zu solidarisieren, dagegen aber einwandte, daß das »nicht immer der beste Weg« sei, dem Frieden zu dienen. Ganz gewiß nicht der einzige Weg, obwohl unentbehrlich heutzutage gegen den uralten Zynismus der Macht. Egon Bahrs treffliche Regierungsformel vor der Abreise in die Vereinigten Staaten: »Mit den Freunden spricht man offen, aber nicht öffentlich«, wäre freilich durch eine rechtzeitige, noch so kurze Verlautbarung des Bundespresseamtes nützlich eingeleitet gewesen: daß der Bundeskanzler in der Sache tätig sei. Die Angriffe gegen ihn und die Appelle an ihn, zahlreich von vielen Seiten vorgebracht, hätten sich dann erübrigt. Auch der Satz im Schriftstellerbrief: »Herr Bundeskanzler, wir appellieren an Sie, daß Sie tun, was in Ihrer Macht steht . . .«

Das Ziel ist allen gemeinsam, die gleicher Gesinnung sind wie Willy Brandt und Heinrich Böll: der Humanität in der Politik, der Wirtschaft, der Bildung und im Recht die zureichenden Bedingungen zu schaffen, sie jedermann in der Welt sichern zu helfen. Das ist in der UN-Deklaration der Menschenrechte, in der Europäischen Konvention der Menschen- und Bürgerrechte feierlich beurkundet. Insofern sind Recht und Pflicht zum individuellen wie zum kollektiven Engagement unbestreitbar.

Aber noch fehlt die universelle Friedensmachtordnung; wir sind erst am Beginn des langwierigen und mühsamen Weges zu einem wirksamen Weltsicherheitsrat. Man muß daher sehen, wie sich von Fall zu Fall auf mannigfache Weise, in mancherlei Kombination der gegebenen Möglichkeiten zurechtkommen läßt.

V

Es sollte zwischen den pluralistisch-demokratisch institutionalisierten Gesellschaften leichter geschehen können – sie trennt kein fundamental ideologischer Gegensatz. Die Vietnam-Verantwortung der Vereinigten Staaten ist in der Tat auch unsere Sache, von der besonderen deutschen, der vergangenen Schuld und unseren Unterlassungen heute zu schweigen. Es muß uns erlaubt sein zu intervenieren – durch Darlegungen, Demonstrationen und Proteste die einen, diplomatisch-freundschaftlich, soweit erforderlich eindringlich, die anderen. Warum da den Bundeskanzler zur Gleichschaltung auf eine einzige Methode zwingen wollen – worauf er sich selbstverständlich nicht einläßt?

Sehr viel schwieriger wird es innerhalb der Allianzen zwischen systemverschiedenen Regimen – im Verhältnis zum Griechenland der Obristen beispielsweise, zum gegenwärtigen Persien, zu Franco-Spanien, zu Portugal, zur Republik Südafrika. Die ungehinderte Protestbewegung, die den moralischen Stachel gegen die Exzesse der *»Law-and-Order«*-Autoritäten scharf hält, gewinnt da an Bedeutung, sie darf auch über Jahre hin nicht erlahmen – die Regierungen müssen Gelegenheiten zu Verbesserungseinflußnahmen und zu Korrekturen wahrnehmen.

Wenn es sich um erklärten Faschismus handelt, dürfen Bündnisse mit solchen Staaten weder gesucht noch angenommen werden. Die Sozialdarwinisten anerkennen keinen anderen Sinn der menschlichen Geschichte als expansive Herrschaft in Über- und Unterordnung, in Dienst und Ausbeutung; Humanität ist in ihren Augen Duselei, Geheuchel und allenfalls Schwäche. Sie können, je nach den Umständen, nur durch Festigkeit oder durch vertretbare Ausgleichsvorteile dazu gebracht werden, Menschenrechte für andere als sich selbst gelten zu lassen und einzuhalten.

Bleibt das Verhältnis zur Macht im Kommunismus. In ihm ist eine aus der Theorie des Historischen Materialismus dogmatisch abgeleitete kollektiv politische und ökonomische Fundierung der Humanität angestrebt, die nur durch den Klassenkampf der Arbeiter- und Bauernschaft unter Beitritt der aufgeklärten Intellektuellen zu erreichen sei. Das Erfordernis der »Einheit der Aktion« zur generellen geschichtlichen Durchsetzung der Menschenrechte schließt Pluralismus der Ideologien und der Parteien aus, in allen Fällen der Notwendigkeit die Unterdrückung solch »irrtümlicher und schädlicher Freiheit« zwingend ein.
Wie soll, wenn die Freiheit der Argumentation nicht als Menschen- und Bürgerrecht, sondern als elementare Bedrohung des Fortschritts zu gesicherten Bedingungen der Humanität angesehen wird, sowjetischen Schriftstellern, die wegen oppositionellen Verhaltens in »Nervenheilanstalten« eingewiesen sind, von uns aus geholfen werden können? Durch Proteste? Heinrich Böll hat das für seine Person, in der Sowjetunion wohlangesehen, bis unlängst, als man ihn in der Bundesrepublik immer wieder dazu aufforderte, abgelehnt – auf Grund der besonderen Möglichkeiten, die sich ihm bei Besuchen zu bieten schienen, hat er bewußt den geduldigen Dialog und die »diplomatische Intervention« des Partners, der kein Feind ist, vorgezogen.

VI

Ich weiß nicht, wie Böll es jetzt damit halten möchte. In Stockholm, bei der Bankettrede zur Verleihung des Literaturnobelpreises an ihn, hat er Unrecht, das die politische Macht begeht, generell und unzweideutig auch auf die Sowjetunion bezogen, verurteilt. Im internationalen PEN-Club ist er als dessen derzeitiger Präsident für die Gründung einer Kommission eingetreten, die sich mit allen Fällen von Unterdrückung Geistigschaffender befassen soll. Die Gründung ist unter Beitritt von PEN-Mitgliedern aus den Staaten des kommunistischen Bereichs zustande gekommen! Sie kann, wenn sie sich nicht alsbald als ein totgeborenes Kind erweisen sollte, von erheblicher Bedeutung sein – sowohl durch Protestaktionen als auch durch reale Einflußnahmen auf Grund von Verständigungen, soweit sie nur möglich sind.
Koexistenz und Kooperation können auf die humanitäre Fortschrittsrolle der Intellektuellen im Bereich sowohl der öffentlichen Meinungsbildung als auch der unmittelbaren politischen Verantwortung auf Dauer nicht ohne spürbaren Einfluß bleiben.
Um noch einmal zu der aktuellen Kontroverse zurückzukehren: Die Wahl der Mittel zum Protest sollten wir dort, wo die Gesinnung nicht in Zweifel steht, in die Diskretion derer stellen, die am ehesten die Wirkung ihres Tuns abzuschätzen vermögen. Was Böll in Moskau recht war, muß Brandt in Washington billig sein.

Einmischung erwünscht. In New York Times v. 18. 2. 1973 (u. d. T.: *A Plea for Meddling*). Deutsche Erstveröffentlichung in: Dokumente, März 1973

Blick zurück mit Bitterkeit. Der Spiegel v. 9. 4. 1973

Versuch über die Vernunft der Poesie. Erstdruck: Frankfurter Allgemeine Zeitung v. 3. 5. 1973 (auszugsweise). © 1973 Die Nobelstiftung

Am Anfang. Westdeutscher Rundfunk 20. 5. 1973

Gefahren von falschen Brüdern. Frankfurter Rundschau v. 25. 7. 1973

Eine Brücke, die ich nicht betrete. Frankfurter Rundschau v. 8. 8. 1973. Der Artikel ist eine Antwort auf einen »Offenen Brief« von Peter Schütt an Heinrich Böll in der Frankfurter Rundschau v. 31. 7. 1973 der in vollem Wortlaut am 16. 8. 1973 in Konkret abgedruckt wurde:

Lieber Kollege Böll!

Ihre öffentliche Stellungnahme in Sachen Amalrik hat mich enttäuscht. Ich bin betroffen, daß ausgerechnet Sie, der noch vor einem Jahr von der Springerpresse und der gesamten Reaktion mit Gift und Galle bespien wurden, zum Kronzeugen der abgefeimtesten Antikommunisten und Friedensfeinde gemacht worden sind. Zur selben Zeit sind die Feuilletonseiten aller bürgerlichen Zeitungen, von der »Welt« über die »Zeit« bis zur »Frankfurter Rundschau«, voll von Artikeln über die angebliche Verschärfung der sowjetischen Kulturpolitik, und die Rundfunk- und Fernsehkommentatoren der ganzen »Freien Welt« überschlagen sich wie zu Adenauers Zeiten in Wehklagen über die Leiden der unterdrückten Intellektuellen und Schriftsteller in der Sowjetunion. Wenn das nicht zentral gesteuert ist, heiß ich Amalrik! Die »einhellige Empörung« geht weit über die Landesgrenzen hinaus. »Le Monde« und die »New York Times« sind genauso mit von der Partie. Der Verdacht drängt sich auf: Hier handelt es sich um eine großangelegte Kampagne des Antisowjetismus, die von den erfahrenen Meinungsmachern des CIA ausgebrütet worden ist. Als Sie Ihre Stellungnahme abgaben, konnten Sie von diesen Zusammenhängen nichts wissen. Sie sind überrumpelt worden; ich weiß nicht, ob von einem gut- oder übelwollenden Journalisten oder von Ihrer spontanen Empörung. Ich bin übrigens nicht der Meinung, daß wir über die Sowjetunion, ihre Politik, ihre Gesellschaft nicht diskutieren dürfen. Ganz im Gegenteil! Die Sowjetunion, Ihr Freund und der Freund vieler, die den Frieden wollen, darf kein Tabu sein.

Über Herrn Amalrik will ich nicht den Stab brechen. Aber was er in seiner Studie darüber, ob die Sowjetunion das Jahr 1984 erleben könne, geschrieben hat, ist weder ein Dokument des Realismus noch des Humanismus. Aber diese Schrift wird ihm gar nicht zur Last gelegt. Er hat sich gegen Gesetze des Sowjetstaates vergangen. Ist das undenkbar? Ist Herr Amalrik unfehlbar?

Sie, lieber Kollege Böll, sind ein entschiedener Fürsprecher der Entspannung, mehr noch: ein Vorkämpfer. Mit Ihrem Werk, mit Ihren Erklärungen haben Sie unendlich viel zur Verständigung zwischen dem Volk der Bundesrepublik und den Völkern der UdSSR beigetragen. Jetzt aber haben Sie sich, fürchte ich, in eine weltweite Aktion einspannen lassen, die ausgerechnet von denen gesteuert wird, denen die ganze Entwicklung der letzten Jahre, die Durchsetzung der Koexistenzpolitik, die Verträge von Moskau und Warschau, das Atomstoppabkommen, ein Dorn im Auge ist. Und ich fürchte, genau diese Kräfte haben auch Herrn Amalrik, vielleicht gegen seinen Willen, vor ihren Karren gespannt. Insofern besteht wirklich ein Zusammenhang zwischen Entspannungspolitik und Amalrik-Prozeß. Legt es Herr Amalrik nicht mit allen Mitteln darauf an, sich mit den sowjetischen Behörden anzulegen? Versucht er nicht alles, um die sowjetische Rechtsprechung zu Maßnahmen zu zwingen, die sie vor den Augen der Weltöffentlichkeit diskreditieren sollen? Liefert er nicht mit großer Beharrlichkeit denjenigen Material und Munition, die den Entspannungsprozeß mit Lüge

und Hetze zu bremsen versuchen und kulturpolitisch einen neuen Kalten Krieg vom Zaume brechen wollen?
Wenn einer in der Sowjetunion partout gegen die Entspannung arbeiten will, wie wäre das in einem Land, in dem es keine Hetzsender, keine Groschenhefte und keine Springerzeitungen gibt, anders möglich als mit Methoden, denen sich Herr Amalrik bedient? Er verleumdet die Sowjetunion, spielt westlichen Verlagen und Nachrichtenagenturen »verbotene« Manuskripte zu, kürt sich mit Entschlossenheit zum Märtyrer, spielt den Bürgerschreck und gibt sich demonstrativ als Nichtstuer. Nichtstuer sind in Gesellschaften, wo die Arbeiter die Macht haben, nun einmal schlecht angesehen.
Herr Amalrik ist, das werden Sie nicht bestreiten, ein Einzelfall. Es gibt keine organisierte Schriftstellerverfolgung in der UdSSR. In keinem Land der Welt sind die Schriftsteller so frei wie in der Sowjetunion. Sie haben dort eigene Verlage, Zeitschriften und unbegrenzte Geldmittel. Sie sind von keinem Verleger abhängig und sozial bestens versorgt. Nirgendwo haben sie mehr Leser, mehr Möglichkeiten, ihre Werke zu diskutieren und ihre Ideen in die Tat umzusetzen. Nirgendwo werden die Schriftsteller so ernst genommen. Um den Preis allerdings, daß sie ihre jahrhundertealte Narrenrolle, den Garantieschein für Wirkungslosigkeit, verlieren!
Herr Amalrik hat die Sowjetunion kritisiert. Das, sagen Sie, ist sein gutes Recht. Aber ist es nicht ein fundamentaler Unterschied, ob ein Autor eine korrupte und dekadente Gesellschaftsordnung kritisiert oder eine Gesellschaft, die sich, allen Widerständen und Widersprüchen zum Trotz, schrittweise humanisiert? Es richtet sich nach den gesellschaftlichen Verhältnissen, ob eine Kritik vorwärts drängend und klärend wirkt oder ob sie den Kräften der Beharrung, der Reaktion, des Unfriedens nützt. Auch Kritik muß kritisierbar sein, korrigierbar, unter Umständen sogar: strafbar, wenn sie dem Geiste des Friedens und des Humanismus entschieden zuwider ist. Oder besitzt ein Kritiker in Ihren Augen absolute Immunität? Aber Herr Amalrik ist nicht als radikaler Kritiker der Sowjetunion verurteilt worden. Sie wissen, vermutlich besser als ich, in der Sowjetunion gibt es viele begabte und bedeutende Schriftsteller, die Mißstände offen kritisieren, Rosow oder Aitmatow zum Beispiel. Sie werden nicht verfolgt, sondern geachtet und heftig diskutiert. Kritik ist in der Sowjetunion nicht verpönt, sondern, im Interesse des gesellschaftlichen Fortschritts, von der Partei und vom Staat gefordert.
Und gesetzt den Fall, Herrn Amalrik sei wirklich Unrecht geschehen – was ich selber schwer annehmen kann –, hätten Sie dann wirklich recht, seinen Fall so herauszustellen? Gemessen an dem Unrecht, das viele fortschrittliche Schriftsteller und nicht nur Schriftstellerkollegen in Südvietnam, Südafrika, Indonesien, Persien, Brasilien, Angola, Portugal, Spanien oder Griechenland erleiden! Gemessen an dem Unrecht, das in allen Ländern des Kapitalismus zum System gehört! Auch bei uns. Die Unternehmer haben in diesen Tagen sechshundert gewerkschaftliche Jugendvertreter aus ihren Betrieben gefeuert, und mehr als hundert linke Lehrer sind inzwischen Opfer jenes unseligen Ministerpräsidentenbeschlusses geworden.
Sagen Sie nicht, dergleichen zu vergleichen, sei unfair! Zum humanen Realismus Ihres Werkes gehört auch ein Augenmaß für Proportionen. Wenden Sie dieses Maß auch jetzt an! Machen Sie deutlich, auf wessen Seite Sie stehen!
Es grüßt Sie in Verehrung und Verbundenheit Ihr

gez. Peter Schütt

Prag – ja oder nein? Konkret v. 23. 8. 1973. Die Konkret-Redaktion hatte folgende Fragen gestellt:

1. War der Einmarsch der Warschauer-Pakt-Truppen in die ČSSR am 21. August 1968 notwendig, weil die Regierung Dubček die Konterrevolution nicht mehr hätte verhindern können?

2. Wie beurteilen Sie die Haltung der westeuropäischen Sozialisten und Kommunisten zur Besetzung des ČSSR?

3. Ist die Stabilität des Warschauer-Pakt-Systems Voraussetzung für die Politik der Entspannung? Wären ohne den Einmarsch die Verträge zwischen Bonn, Moskau und Warschau und Ost-Berlin nicht zustande gekommen?

4. Haben Sie heute, 5 Jahre danach, die gleiche Meinung über die Ereignisse in der ČSSR oder hat sich Ihre Meinung inzwischen geändert?

Zum Tode Ingeborg Bachmanns. Der Spiegel v. 22. 10. 1973 (u. d. T.: *Ich denke an sie wie an ein Mädchen*)

»Ich glaube, meine Erinnerung liebt mich«. Süddeutsche Zeitung v. 6. 12. 1973

Alltag einer zerfetzten Welt. Der Spiegel v. 17. 12. 1973

Radikalität und Hoffnung. Westdeutscher Rundfunk v. 25. 12. 1973

Nachwort zu O. Henry, »Nebel in Santone und andere Stories«. Olten 1974

Zum Problem der Kleinschreibung. I. Drewitz u. E. Reuter (Hg.), »vernünftiger schreiben – reform der rechtschreibung«, Frankfurt 1974 (Im Original titellos)

Man muß immer weitergehen. Die Zeit v. 11. 1. 1974

Gutachten zum Prozeß gegen Erich Fried. In: »Die Erschießung des Georg von Rauch«, Berlin 1976 (Heinrich Böll erstattete das Gutachten am 24. 1. 1974)

Die himmlische Bitterkeit des Alexander Solschenizyn. Frankfurter Allgemeine Zeitung v. 9. 2. 1974

Ich belehre niemanden in der Sowjetunion. Extra-Dienst v. 15. 2. 1974. Böll antwortet hier auf den Offenen Brief Volker von Törnes v. 3. 1. 1974 im Extra-Dienst, »Gespräch mit einem Dissidenten«:

Sehr geehrter Herr Böll!

Am 14. Oktober 1973 habe ich in Moskau mit Wladimir Maximow gesprochen. Über dieses Gespräch möchte ich Ihnen kurz berichten, da mich Herr Maximow darum bat.

Zuvor einige Erläuterungen: Ich gehöre zu den Unterzeichnern der Erklärung »Freiheit für Amalrik – Freiheit wofür?« Diese Erklärung hat uns hierzulande den Vorwurf politischer Einäugigkeit eingebracht; mehr noch: uns wurde mit der Begründung, wir seien nicht bereit, »Unrecht und Unterdrückung in der Sowjetunion und anderen ›fortschrittlichen Ländern‹« (»Die Welt«, 13. 11. 73) zu verurteilen, das moralische Recht abgesprochen, gegen undemokratische Maßnahmen in unserer Gesellschaft wie »den Radikalenerlaß« öffentlich einzutreten.

Dieser Vorwurf, erhoben von unseren traditionellen Antikommunisten vom Dienst, hätte mich wenig beeindruckt. Es hat mich jedoch irritiert, daß auch

Schriftstellerkollegen ähnliche Vorwürfe gegen uns geäußert haben. Ich habe daher im Oktober einen Aufenthalt in der Sowjetunion dazu genutzt, um im Gespräch mit Herrn Maximow meinen Standpunkt zu überprüfen.
In Herrn Maximow vermutete ich – aufgrund seiner in unserer Presse wiederholt veröffentlichten Erklärungen – einen der aktivsten und wohl schärfsten »Systemkritiker« in der Sowjetunion. Besonders sein offener Brief an Sie (*Die Welt*, 23. 8. 1973) interessierte mich, da sich Herr Maximow in diesem Brief einerseits als »Christ« bezeichnet und andererseits unter Anrufung des »Allmächtigen« die Entspannungspolitik »Teufelsspiele der Halbkönner der Diplomatie von heute« genannt hatte mit der Schlußfolgerung, diesen »Halbkönnern« sei »ein Platz auf der Anklagebank eines zweiten Nürnbergs . . . zweifellos gewiß«. Die Frage, wie ein Schriftsteller, der sich selbst als »Christ« bezeichnet, dazu kommt, eine Politik, die den Frieden und die Verständigung zwischen den Völkern zum Ziel hat, »Teufelsspiele« zu nennen, beschäftigte mich.
Mein Gespräch mit Herrn Maximow fand in dessen Wohnung statt.
Herr Maximow erklärte mir sofort nach Beginn des Gespräches, daß er sich als »orthodoxer Christ« verstehe, jede Gewalt ablehne und das »Sowjetregime« als »blutbefleckt und gewalttätig« verurteilen müsse. Mein Versuch, die historische Entwicklung und die Gegenwart der Sowjetunion mit ihm in Gründen und Gegengründen zu diskutieren, wurde von ihm mit dem Hinweis abgelehnt, eine Diskussion dieser Gründe interessiere ihn nicht. Wenn ich mich als Deutscher vom Trauma der faschistischen Vergangenheit meines Volkes nicht lösen könne, so nütze es mir auch nichts, nach den Gründen und Ursachen des deutschen Faschismus zu fragen; alles, was ich tun könne, sei, mich dorthin zu stellen, wo ein Mensch erschossen worden sei, und zu beten.
Herrn Maximows christlich begründeter moralischer Rigorismus wurde für mich fragwürdig in dem Augenblick, als wir auf die gegenwärtige Situation in Chile zu sprechen kamen. Ich fragte ihn, warum er und sein Freund Sacharow nicht auch die Verbrechen der faschistischen Militärjunta verurteilt hätten. Herr Maximow, der vorher im Hinblick auf die Sowjetunion jede Diskussion von Gründen abgelehnt hatte, erklärte mir nun, daß Herr Sacharow und er zwar nicht alles, was gegenwärtig in Chile geschehe, gutheißen könnten. Andererseits sei jedoch durch die Politik von Präsident Allende und der von ihm geführten Unidad Popular die Verfassung in Chile verletzt und das Land in ein »wirtschaftliches und moralisches Chaos« gestürzt worden. Bei der Herstellung »normaler Verhältnisse« wende das Militär natürlich Mittel an, die er nicht akzeptiere. So habe er in einer gemeinsamen Erklärung mit Herrn Sacharow die Begleitumstände beim Tod von Pablo Neruda bedauert. So viel sei jedoch für ihn sicher: Präsident Allende und seine nur auf Sozialismus und Revolution bedachte Regierung seien an den gegenwärtigen Zuständen in Chile allein schuldig. Mein Versuch, mit Herrn Maximow die ökonomischen und politischen Hintergründe für die in Chile während der Präsidentschaft Allendes entstandene schwierige wirtschaftliche Lage zu diskutieren, lehnte Herr Maximow mit dem Argument ab, ich verstünde nichts von Ökonomie. Außerdem sei bereits unter der Präsidentschaft Allendes in Chile gemordet worden, wobei er offenbar für die von der ultrareaktionären Organisation »Libertad y patria« begangenen Morde die »Unidad Popular« verantwortlich machte.
Unser Gespräch endete mit einer langen Erklärung von Herrn Maximow zur Situation in der BRD. Er erklärte mir, er stehe nach wie vor zu seinem Urteil über

die Entspannungspolitik Willy Brandts. Er könne es nicht verstehen, daß ein christlicher Schriftsteller wie Heinrich Böll die Politik und die Person Willy Brandts verteidige. Denn diese Politik sei ein Unglück für das gesamte westliche – von Herrn Maximow offenbar als christlich verstandene – Europa. In diesem Zusammenhang richtete Herr Maximow auch heftige Angriffe gegen die Jugend in der BRD und Westberlin. Er bezeichnete unsere junge Linke pauschal als »gewalttätige Extremisten« (wörtlich: »Extremisten«!). . . . Herr Maximow erklärte kategorisch, unsere Jugend sollte studieren und arbeiten, aber nicht auf den Straßen demonstrieren. Maßnahmen wie das Berufsverbot gegen Linke erklärte er mir damit, daß sich unsere Gesellschaft gegen »Extremisten« schützen müsse.

Nach meinem Gespräch mit Herrn Maximow frage ich mich: Was ist ein christlich begründeter moralischer Rigorismus wert, der immer dann aussetzt oder zu relativieren beginnt, wenn Gewalt angewendet wird wie in Chile oder vielen anderen Orten unserer westlichen Welt gegen Menschen – Kommunisten, Sozialisten oder Christen – die sich mit bestehendem Unrecht nicht als natur- oder gottgegeben abfinden? Und ich frage mich auch: Geht es Herrn Maximow und seinen Freunden wirklich um eine menschlichere Welt, in der Freiheit nicht länger ein Privileg einiger weniger ist?

Mit freundlichen Grüßen
Ihr Volker von Törne

Zum Beispiel Schuhe. Sunday Times (London) v. 24. 2. 1974 (englischer Originaltitel: *Attitudes and Anglo-Saxons. Essay about the English People.*) Deutsche Erstveröffentlichung in Dokumente, Juni 1975

Die Raubtiere laufen frei herum. Erstdruck: Frankfurter Rundschau v. 14. 3. 1974. Auf diese Rede reagierte der Herausgeber der *Zeit,* Gerd Bucerius, am 22. 3. mit einem Offenen Brief an Heinrich Böll unter der Überschrift »Ein Raubtier beschwert sich«.

Lieber Herr Böll,
mein Alter verbietet mir, Ihnen meine Verehrung auszudrücken; lassen Sie mich dieses Wort durch »Respekt« ersetzen. Keinem lebenden Schriftsteller verdanke ich soviel wie Ihnen. Zu bewundern war, wie differenziert und präzise, wie human und gesetzestreu zugleich Sie sich etwa über Dissidenten in der Sowjetunion, den Prager Frühling oder die Baader-Meinhof-Leute ausgedrückt haben. Sie brauchen Ihre Fähigkeiten in politicis nicht unter den Scheffel zu stellen.

Nun lese ich, daß Sie mich in Ihrer Rede vor der SPD-Fraktion des Bundestages ein »Raubtier« genannt haben, ein »frei herumlaufendes« dazu. Zuerst habe ich mir gesagt: »Der meint dich nicht.« Aber Sie meinen natürlich die Unternehmer. Als Verleger bin ich einer; und meine Erfahrung erlaubt mir nicht, mich von meinen Kollegen zu distanzieren.

Nun lassen Sie doch »Herrn Erhard« in Gottes Namen in Springer-Zeitungen vor sich hin reden. Kann man bestreiten, daß er ein System geschaffen hat, das in kürzester Zeit und (verglichen mit irgendeinem anderen Land) mit den geringsten sozialen Unterschieden unsere Gesellschaft aus dem Elend zum Wohlstand brachte?

Man möge sich fragen (sagten Sie der SPD), »was vom Tage der Währungsreform an aus den ersparten 100 Mark eines Arbeitnehmers geworden, die auf sieben Mark schrumpften, und was aus den 100 Mark Aktien eines Aktionärs geworden ist, die keiner Schrumpfung unterlagen.« Also: die Aktionäre, diese Raubtiere, haben bei der Währungsreform bekommen, was man den Sparern genommen hat.

Richtig ist: für 100 Reichsmark Sparguthaben gab es nach der Währungsreform nur 7 Mark. Aber: die wichtigste Ersparnis des Beamten ist nicht ein Sparguthaben, sondern seine Pension; die wichtigste Ersparnis des Arbeitnehmers ist die Sozialversicherung. Beide wurden vom Tage der Währungsreform voll bezahlt. Wenn man fragt, was ein Arbeitnehmer besitzt, wird der Vermögenswert der Rente leider oft vergessen. Dabei kann sie – je nach Höhe des Verdienstes – heute am Ende eines Arbeitslebens oft 100 000 Mark betragen, sogar bis 150 000 Mark steigen.

Nur die 100 Mark, die der Arbeitnehmer außer der Rente »auf der Kasse« hatte, wurden auf sieben Mark abgewertet. Aber sie wissen natürlich nicht mehr, daß noch ein Jahr nach der Währungsreform viele Aktien, die vorher 100 Reichsmark gekostet hatten, nicht einmal jene 7 DM wert waren. 100-Mark-Aktien der Deutschen Bank, die 117 Reichsmark gekostet hatten, waren noch Mitte 1949 für 5,50 DM zu haben. 100 Mark Aktien der AEG, die 111 RM gekostet hatten, kosteten 9,00 DM. Wenige gute Aktien waren »nur« auf ein Viertel gesunken, die meisten auf knapp zehn Prozent. Mancher Selbständige, der für seine Altersversorgung Aktien gekauft hatte, sah sich fast als Totalgeschädigter. So ging die Bitternis quer durch alle Stände. Wo waren da die Raubtiere?

Erst nach 1950 begannen die Aktien langsam zu steigen, von 1957 an sogar explosionsartig. Deshalb überlegten gegen Ende der fünfziger Jahre die Experten aller Parteien (die der SPD nicht einen Tag früher als die der CDU), wie man die Wertsteigerungen der Aktien zur Steuer heranziehen könne. Aber siehe da: 1960 war es aus mit den steigenden Aktienkursen! Die Tabelle 1 zeigt es: Die Kurse schwanken, aber sie steigen seit zwölf Jahren nicht mehr.

In diesen zwölf Jahren hat die Aktie auch noch die Geldentwertung mitgemacht: Der Aktionär erhält heute für seine 1960 gekaufte Aktie real 30 Prozent weniger als 1960 (und die Dividenden lagen unter dem Sparkassenzins). Nun, wer Aktien kauft, der will ein Risiko laufen; also mag er auch 30 Prozent verlieren.

Nur eines ist in dieser Gesellschaft unbeirrbar wertbeständig und steigt sogar: der Arbeitslohn. Tabelle 2 zeigt Ihnen, wie der Reallohn (bei sinkender Arbeitszeit) gestiegen ist: von Lohn und Gehalt kann der Angestellte heute fast dreimal so viel kaufen wie 1950. Dieser Anstieg hat 1960 nicht aufgehört! Kein schlechtes System, sollte man eigentlich sagen?

Oder ärgern Sie die paar tausend sehr reichen Leute? Reich wollen wir alle nennen, die mehr als ein Minister verdienen: also mehr als 150 000 Mark jährlich (plus Pension und Bundestagsdiäten; der Bundeskanzler verdient etwa 200 000 Mark plus Pension und Diäten). Der Chef einer großen Firma liegt etwas höher, ebenso die Chefs einer Industriegewerkschaft, wenn sie ihre Aufsichtsratstantiemen behalten. Was die noch höher Verdienenden verschwenden, also nicht investieren, sondern für den Reitstall, die Luxusreise, den Mercedes 600, die Perlenkette, die teure Zweitwohnung ausgeben, läßt sich schätzen. Es sind höchstens 1,5 Milliarden Mark jährlich. Wenn wir das auf die 25 Millionen Verdiener (unter 150 000 Mark) verteilen, erhält jeder im Monat fünf Mark, im Jahr 60 Mark. Diese 60 Mark sind der Preis für das erfolgreichste Wirtschaftssystem, das

je ausprobiert wurde. Der Preis kann Ihnen zu hoch sein. Objektiv ist er nicht zu hoch; denn die Gesellschaft wäre in keinem anderen Wirtschaftssystem so reich geworden. Aber Sie mögen es für anstößig halten, daß einige wenige Geld verschwenden können. Es ist Ihr gutes Recht die Abschaffung des Systems zu verlangen. Aber uns deshalb »Raubtiere« zu nennen? Wenige nur kennen wie Sie Wesen und Seele des Menschen. Aber von »Wirtschaft« habe ich nie etwas in Ihren Bücher gelesen. Sind Sie sicher, daß Sie die – ich versichere Ihnen: äußerst komplizierten – wirtschaftspolitischen Fakten beherrschen? So beherrschen, daß Sie uns Raubtiere nennen können?
Mit den besten Grüßen bin ich stets Ihr dankbarer

Gerd Bucerius

Raubtier, nicht Raubtier oder Karnickel? Die Zeit v. 19. 4. 1974. Antwort auf den Offenen Brief von Gerd Bucerius

Von der Natur nicht vorgesehen. Die Zeit v. 16. 4. 1974

Wie das Gesetz es befahl. Der Spiegel v. 22. 4. 1974

A propos Freude. »Concilium« (Nijmwegen), Mai 1974

Ignazio Silone – für die Seelsorge zu radikal. Frankfurter Allgemeine Zeitung v. 11./12. 5. 1974

Herrliche Zeiten. Der Stern v. 16. 5. 1974

Ein gutes Modell. Erstdruck: Frankfurter Allgemeine Zeitung v. 20. 5. 1974

Radikaler im öffentlichen Dienst. Süddeutsche Zeitung v. 29./30. 6. 1974

George Bernard Shaw: an Herbert Wehner. Frankfurter Rundschau v. 31. 8. 1974

Ansprache zum 25. Jubiläum des Verlages Kiepenheuer & Witsch. Erstdruck

Wo verbirgt der Weise sein Blatt? Die Zeit v. 4. 10. 1974 (u. d. T.: *Galopp mit der Raum-Zeit-Maschine*)

Ab nach rechts. L'Espresso v. 27. 10. 1974

Spurensicherung. Frankfurter Allgemeine Zeitung v. 23. 11. 1974

Ich habe die Nase voll! Erstdruck: Neues Forum (Wien), Januar/Februar 1975

Ich bin ein Deutscher. Südwestfunk, 16. 12. 1974

Boris Birger. Vorwort zu »Boris Birger – A catalogue«, Ann Arbor 1975

Die 10 Gebote heute: das 8. Gebot. Thilo Koch (Hg.), »Die 10 Gebote heute«, München u. Dortmund 1975

Über Miklós Haraszti, »Stücklohn«. Vorwort zu M. H., »Stücklohn«, Berlin 1975

Die neuen Probleme der Frau Saubermann. Die Zeit v. 17. 1. 1975

Mein lieber Gustav Korlén. In: »Germanistische Streifzüge, Festschrift des Deutschen Instituts der Universität Stockholm für Gustav Korlén« 27. 1. 1975

Wer hat Maos Segen? Süddeutsche Zeitung v. 1. 2. 1975

Eine Bombe der Ruhe. Die Zeit v. 14. 2. 1975

Aussage im Prozeß gegen Matthias Walden. 1. vollständiger Abdruck. Auszug (u. d. T.: *Sache und Meinung*) Frankfurter Allgemeine Zeitung v. 28. 2. 1975

Gesprochener Atem. Die Zeit v. 7. 3. 1975

Handwerker sehe ich, aber keine Menschen. Frankfurter Allgemeine Zeitung v. 11. 3. 1975

Das meiste ist mir fremd geblieben. Frankfurter Allgemeine Zeitung v. 29. 3. 1975

Judasbild und Judenbild: Die Verteufelung der anderen. Frankfurter Allgemeine Zeitung v. 29. 3. 1975

Was las Hindenburg? Frankfurter Rundschau v. 5. 4. 1975

Zum Fall Kocbek. Frankfurter Allgemeine Zeitung v. 26. 5. 1975

Vilma Sturm. »Köln«, Juni 1975

Verzögerter Glückwunsch. Publik-Forum v. 13. 6. 1975. Der Artikel wurde 1973 geschrieben, erschien aber erst 2 Jahre später mit folgender Vorbemerkung: »Anläßlich des 70. Geburtstags von Karl Rahner sollte eine Festschrift erscheinen für die u. a. auch ein Artikel von Heinrich Böll erbeten und rechtzeitig eingereicht worden war. Inzwischen mußten die Herausgeber der Festschrift, Johann Baptist Metz und Herbert Vorgrimler, mit Bedauern feststellen, daß diese Festgabe für Rahner, der mittlerweile schon seinen 71. Geburtstag gefeiert hat, endgültig gescheitert ist; weil sich kein zuständiger katholischer Verlag in der Lage sah, diesen Beitrag aufzunehmen. Bei der ganzen Angelegenheit ging es nicht um die Frage, ob sich Herausgeber oder Verleger mit einem solchen Beitrag identifizieren können oder nicht: es ging allein darum, ob ein solcher Text überhaupt innerhalb des katholischen Milieus erscheinen kann. In diesem Sinne halten die Betroffenen wie auch die Redaktion die Zusammenhänge, die dazu führten, daß die Festschrift wegen dieses Beitrags nicht erscheinen konnte, für fatal und der Glaubwürdigkeit der Kirche in unserem Land abträglich.«

Der gläubige Ungläubige. Hessischer Rundfunk, 13. 7. 1975

Zeit des Zögerns – Der Zar und die Anarchisten. Die Zeit v. 15. 8. 1975

Der Mythos Gatt oder: Zuviel gesucht. Frankfurter Allgemeine Zeitung v. 16. 8. 1975

Verschiedene Ebenen der Bewunderung. Dokumente, September 1975

Vorwort zu »Der Fall Staeck oder wie politisch darf die Kunst sein?« Göttingen 1975. Erstdruck (u. d. T.: *Wie man eine Sache hochspielen kann. Der Londoner Zwischenfall und seine Folgen*): Vorwärts v. 2. 10. 1975

Getarntes Dasein. Die Zeit v. 3. 10. 1975

Vergebliche Warnung. Erstdruck: Frankfurter Rundschau v. 25. 10. 1975

Das Schmerzliche an Oberschlesien. Frankfurter Rundschau v. 11. 10. 1975
Die unbequeme Hoffnung auf eine geistige Wende. Kölner Stadt-Anzeiger v. 25. 11. 1975
Ein Nestbeschmutzer von Rang. Süddeutsche Zeitung v. 6./7. 12. 1975
Textilien, Terroristen und Pfarrer. Erstdruck in: Hobo, Berliner Wochenmagazin, Dezember 1975 (u. d. T.: *Über das Hemd des Heinrich Albertz*)
Der Fall Horst Herrmann. Konkret v. 24. 12. 1975

Wir danken den Autoren und Rechteinhabern für die freundliche Genehmigung des Abdrucks der Texte und Offenen Briefe.

Register

Heinrich Böll
Frauen vor Flußlandschaft

Roman

Bonn ist der Schauplatz des neuen Romans von Heinrich Böll – ein Ort höchster politischer Aktualität. Was Böll jedoch interessiert, ist nicht die Tagespolitik, sondern das Netz der Beziehungen und Geschichten hinter den Kulissen der offiziellen Selbstdarstellung. Die Frauen der Politiker, sonst nur gesellschaftliches Beiwerk auf dem Bonner Parkett, rücken in den Vordergrund des Geschehens. Sie sind das heimliche soziale Korrektiv in einer Welt der Ränke und Skandale, die die Männer fast ausnahmslos umtreibt.

Kiepenheuer&Witsch